OSCAR DE MURIEL

Die Schatten von Edinburgh

GOLDMANN
Lesen erleben

Buch

London, 1888. Jack the Ripper fordert ein weiteres Opfer. Daraufhin wird der begnadete Inspector Ian Frey zusammen mit seinem Vorgesetzen aus dem Dienst des Scotland Yard entlassen. Doch als ein Violinist grausam in Edinburgh ermordet wird, die Kehle durchgeschnitten, der Bauch aufgeschlitzt, bittet Premierminister Lord Salisbury Frey, in Schottland zu ermitteln. Er befürchtet Ripper-Nachahmer, die im gesamten Königreich Panik auslösen könnten. Für den kultivierten Engländer ist diese Versetzung eine wahre Strafe – schließlich sind die Schotten ein ungehobeltes Pack. Als er seinen neuen Vorgesetzten, Inspector McGray, kennenlernt, findet er all seine Vorurteile bestätigt: Extrem abergläubisch und bärbeißig hat der Schotte seinen ganz eigenen Ermittlungsstil. Doch der schier unlösbare Fall bringt die beiden grundverschiedenen Männer zusammen: Denn das völlig aufgelöste Dienstmädchen des toten Geigers schwört, dass es in der Nacht drei Musiker im Musizierzimmer gehört hat. Doch in dem von innen verschlossenen, fensterlosen Raum fand man nur die Leiche des Hausherrn …

Autor

Oscar de Muriel wurde in Mexico City geboren und zog nach England, um seinen Doktor zu machen. Er ist Chemiker, Übersetzer und Violinist und lebt und arbeitet heute in Manchester. »Die Schatten von Edinburgh« ist sein erster Roman.

Oscar de Muriel

Die Schatten von Edinburgh

Ein Fall für Frey & McGray

Aus dem Englischen
von Peter Beyer

GOLDMANN

Die englische Originalausgabe erschien 2015
unter dem Titel »The Strings of Murder«
bei Penguin Books Ltd., England.

Dieses Buch ist auch als E-Book erhältlich.

MIX
Papier aus verantwortungsvollen Quellen
FSC® C014496

Verlagsgruppe Random House FSC® N001967

5. Auflage
Deutsche Erstveröffentlichung Februar 2017

Umschlaggestaltung: UNO Werbeagentur, München
Umschlagmotiv: FinePic®, München
Redaktion: Eva Wagner
MR · Herstellung: Str.
Satz: DTP Service Apel, Hannover
Druck und Bindung: GGP Media GmbH, Pößneck
Printed in Germany
ISBN: 978-3-442-48505-5
www.goldmann-verlag.de

Besuchen Sie den Goldmann Verlag im Netz

Das Erste ist für die Picuitäubchen

Oh, könnte ich doch nur einen kurzen Tag teilhaben an den geheimen Künsten der Götter, ein Gott ich selbst, im Sehen und im Hören verzückten Menschseins; und dadurch, das Geheimnis von Orpheus' Leier entschlüsselt oder eine Sirene in meiner Geige bergend, Sterbliche zu meinem eignen Ruhme fördern!

Madame Blavatsky, *Unheimliche Geschichten*

Prolog

23. Juni 1883

Dr. Clouston konnte sich kaum auf dem Sitz halten. Die Räder der Kutsche holperten ständig krachend über Unebenheiten und durch Pfützen, und das Gepolter durchbrach die Stille der Nacht, während sie wie wild gen Dundee fuhren.

Während der Fahrt war er mehrfach mit dem Kopf gegen das Dach der Kutsche geprallt. Doch die körperlichen Umstände waren eine Lappalie im Vergleich zu seiner Gemütsverfassung. Die Nachricht, die er erhalten hatte, war zu furchtbar, zu ungeheuerlich, als dass er sie hätte begreifen können, und Clouston bemühte sich mit aller Macht, den winzigen Hoffnungsfunken am Glimmen zu halten.

Immerhin, so redete er sich ein, hatte er lediglich ein überstürzt verfasstes Telegramm gelesen, das der Diener ihm geschickt hatte, und der alte George hatte immer schon einen Hang zur Übertreibung gehabt. Er fingerte in seiner Brusttasche nach dem zerknüllten Stück Papier. Es waren nur einige wenige, inzwischen verschmierte Zeilen, doch sie enthielten die Worte *durchgedreht*, *plötzlich*, *tot* und die Namen jedes einzelnen Mitglieds der Familie McGray. Wie konnte ein so kleines Stückchen Papier eine so grauenhafte Nachricht übermitteln?

Clouston schauderte erneut. Er versuchte, auf andere

Gedanken zu kommen, indem er aus den Fenstern schaute. Doch vergebens – am Himmel hingen dichte Wolken und tauchten die Straße in abgrundtiefe Finsternis. In den letzten Stunden seiner Reise zog er es sogar vor, sich auf das Holpern der Kutsche und seine dadurch verursachte leichte Übelkeit zu konzentrieren.

Als er das Gefühl hatte, schon seit Ewigkeiten unterwegs zu sein, tauchte endlich das große Landhaus vor ihnen auf. Die sommerliche Morgenröte warf bereits einen ersten hellen Schimmer auf die Felder, doch war es immer noch so dunkel, dass Clouston durch eines der Fenster des Hauses das rötliche Glühen eines Feuers erkennen konnte.

Kaum war die Kutsche zum Stehen gekommen, machte Clouston selbst die Tür auf und sprang auf den schlammigen Boden. Die Pferde schnaubten und wieherten. Dies und das Geklapper der Hufe waren die einzigen Geräusche, die er vernahm.

»Welch fröhlicher Anblick«, murmelte er. Thomas Clouston war ein stämmiger Mann mittleren Alters. Seit zehn Jahren war er ärztlicher Leiter der Königlichen Irrenanstalt von Edinburgh, und diese Stellung war nichts für Zartbesaitete.

Entschlossen strebte er auf das Haus zu, und im gleichen Augenblick riss jemand die Eingangstür auf. Zwei Gestalten traten heraus, um ihn zu begrüßen. Er erkannte sofort die beiden einzigen Bediensteten, die die McGrays auf ihren Sommerreisen begleiteten – George und Betsy, beide schon betagt und von der Arbeit auf dem Land verhärmt.

Ihre Gesichter wurden von einer einzelnen Kerze beleuchtet, die die bucklige Betsy mit ruhiger Hand hielt. Als er näher trat, sah Clouston, dass ihr das heiße Wachs auf die Finger tropfte.

»Um Himmels willen, benutzen Sie doch einen Kerzenleuchter!«

»Ist schon gut, Sir«, erwiderte sie mit ihrem schweren schottischen Akzent.

»Wie gut, dass Sie gekommen sind, Sir!«, sagte George. Er hatte dunkle Ringe unter den Augen, und sein schütteres graues Haar stand ihm wirr vom Kopf ab. »So früh hatten wir gar nicht mit Ihnen gerechnet. Gott segne Sie! Bitte kommen Sie herein ...«

Tatsächlich war Clouston gar nicht erst stehen geblieben, sondern hatte die Türschwelle bereits überschritten. »Wo sind sie?«, drängte er.

Der eiskalte dunkle Flur erinnerte ihn an eine Gruft. Aus dem angrenzenden Salon, jenem einzigen beleuchteten Zimmer, das Clouston von der Straße aus gesehen hatte, drang nur schwaches Licht. Die Tür stand einen Spaltbreit auf.

»Wir haben sie dort aufgebahrt«, erklärte George im Flüsterton, so als befürchtete er, sie aufzuwecken.

Als Betsy die knarrende Tür langsam aufschob und ihn eintreten ließ, schluckte Clouston. Er sah, dass nur ein armseliges Holzscheit im Kamin brannte und flackernde Schatten in alle Richtungen warf ... Und dann setzte sein Herz einen Schlag aus.

Direkt vor dem Kamin standen zwei Holzsärge. Ihre Silhouetten zeichneten sich gegen das schwache Glühen des Feuers ab.

»Allmächtiger ...«, stieß Clouston hervor. Mit zögernden Schritten trat er näher. Der kalte Hauch der Angst machte sich in seiner Brust breit.

Erst als er in die offenen Särge spähte, glaubte er das, was George ihm bereits mitgeteilt hatte. Der Anblick war dermaßen schockierend, dass sich Clouston unwillkürlich die Hand vor den Mund hielt und gegen einen plötzlichen Würgereiz ankämpfte. Einen Moment herrschte nur gähnende Leere in seinem Kopf. Verzweifelt bemühte er sich zu begreifen, was er vor Augen hatte.

»Und … wann … ist es passiert?«, stieß er schließlich mit einem dicken Kloß im Hals hervor.

»Gestern Abend«, stöhnte George geradezu. »Der Leichenbestatter hat sie vor zwei oder drei Stunden hergerichtet.«

Clouston nickte und holte dann tief Luft. Das half ihm immer. »Waren Sie es, der nach dem Leichenbestatter geschickt hat?«

»Nein. Das hat der junge Adolphus getan«, erwiderte George und wischte sich rasch die Tränen ab, die er nicht mehr zurückhalten konnte. »Herrjeh! Der arme Bursche … Weiß nicht, wo er die Kraft hernimmt; er hat den Bestatter geholt, den ganzen Papierkram geregelt … er hat sich sogar selbst die Wunde verbunden, nachdem …«

Sichtlich schaudernd verstummte George.

»Er ruht sich gerade aus«, fügte Betsy hinzu, »falls man das überhaupt ausruhen nennen kann …«

»Ich muss ihn sprechen«, sagte Clouston sofort, worauf George und Betsy ihn in ein nahe gelegenes Arbeitszimmer führten – jenes, das dem mittlerweile verstorbenen Vater gehört hatte, James McGray.

Behutsam öffnete George die Tür, bemüht, seinen jungen Herrn nicht zu stören. Betsy trat ein, in der Hand die Kerze, die sie gerade auf eine schmutzige Untertasse gesteckt hatte. Clouston entriss ihr das Licht und ging vorsichtig vorwärts.

Als er den unglückseligen jungen Mann auf einer zerschlissenen Couch liegen sah, wurde ihm das Herz noch schwerer. Der hoch aufgeschossene, kräftig gebaute Sohn der McGrays lag dort so, als sei auch er tot. Seine Wangen waren leichenblass, und die Ringe unter seinen Augen waren fast so rot wie eine offene Wunde. Der junge Adolphus atmete in tiefen, gequält klingenden Zügen, und seine Augäpfel bewegten sich wie wild unter den Lidern hin und her. Ab und zu mahlte sein Kinn, und seine Hände zuckten. Diese Art von Schlafstörung hatte Clouston zwar schon bei zahllosen Patienten gesehen, doch er hatte sich nicht einmal im Traum vorstellen können, McGrays Sohn, der sonst so stattlich und frohgemut war, einmal derart gebrochen zu erblicken.

»Ich glaube nicht, dass er jemals wieder gut schlafen kann«, flüsterte Clouston. »Hoffentlich irre ich mich …«

Adolphus' Hand zuckte erneut. Erst jetzt sah Clouston den dicken Verband an der Hand. Als er die Kerze näher heranhielt, erkannte er, dass der Mull feucht und fleckig war und dass sich an den Rändern dunkle Stellen halb getrockneten Bluts befanden. Es sah so aus, als habe Adolphus beim Tragen der Särge mitgeholfen.

»Sie müssen ihm den Verband wechseln«, blaffte Clouston.

»Ach, lieber nicht, Sir«, sagte Betsy rasch. »Der arme Junge hat nicht geschlafen, seit es passiert ist. Erst als die Särge ankamen, ist er hier zusammengebrochen …«

»Gute Frau, er braucht einen frischen Verband! Das Letzte, was der Bursche jetzt braucht, ist eine infizierte Hand!«

Betsy knickste ungelenk und verließ das Zimmer, wobei sie umhertastete, um nicht in der Dunkelheit zu stolpern.

Clouston wandte sich George zu und stellte ihm die

Frage, deren Antwort er am meisten fürchtete: »Wo ist das Mädchen?«

Aus dem Gesicht des Butlers wich die wenige Farbe, die ihm geblieben war. »Wir ... wir mussten sie einsperren, Doktor. Sie ist vollkommen durchgedreht!«

Clouston klopfte dem Mann auf die Schulter. »Sie brauchen deswegen keine Schuldgefühle zu haben. Sie haben getan, was Sie tun mussten.«

»Aber, Sir ...« George fing jämmerlich an zu weinen und zitterte nun am ganzen Körper. Der Kummer zerfurchte ihm das Gesicht. »Miss McGray! Unsere Miss McGray! Unser kleines Mädchen ...«

In Tränen aufgelöst kehrte Betsy mit sauberen Verbänden zurück. Bemüht, ihre Trauer zu verbergen, eilte sie auf Adolphus zu.

Clouston war klar, dass er das Schlimmste noch nicht gesehen hatte. Er folgte George hinauf, wo die aufgehende, doch immer noch trübe Sonne durch eine gesprungene Fensterscheibe fiel und einen langgezogenen Flur beleuchtete. Sämtliche Zimmertüren waren zu, doch im Schloss der letzten Tür steckte ein Schlüssel.

»Wie haben Sie es geschafft, sie hier einzuschließen?«

»Ach Sir, das haben wir gar nicht! Selbst zwei Gärtner, der Constable und ich konnten sie nicht bändigen. Nein, sie ist selbst auf ihr Zimmer gerannt, und als sie einmal drinnen war, konnten wir sie einschließen. Niemand bekam sie in den Griff; Sie haben ja gesehen, was das Mädchen angerichtet hat!«

Allein der Gedanke an den blutigen Verband, den Betsy gerade wechselte, ließ Clouston schaudern. Schlussendlich war alles tatsächlich so schlimm, wie George es in seinem Telegramm geschildert hatte.

Als Clouston Anstalten machte, die Hand auszustrecken, um den Schlüssel umzudrehen, machte George einen Satz nach vorn und ergriff seinen Arm.

»Wollen Sie da einfach hineingehen? Einfach so? Ich sage Ihnen, Sir, das Mädchen ist …«

Hätte es sich um jemand anders gehandelt, hätte Clouston ihn schlicht beiseitegeschoben. Stattdessen klopfte er George beruhigend auf den Rücken und entzog ihm sanft seine Hand.

»Mein guter George, ich hatte es in meiner Laufbahn schon mit äußerst betrüblichen Dingen zu tun. Glauben Sie mir, ich kann mit dieser Angelegenheit umgehen.«

Einen Moment lang rührte sich George nicht. Als Clouston jedoch begann, den Schlüssel langsam zu drehen, trat der alte Butler sofort zurück.

Clouston öffnete die Tür gerade so weit, dass er hineingehen konnte. Plötzlich wehte es ihm eiskalt ins Gesicht. Als er eingetreten war, schloss er die Tür hinter sich. Kaum hatte er das Einklinken des Riegels vernommen, fühlte er sich sonderbar verletzlich. Im Schlafzimmer war es so ruhig, dass er das Sausen in seinen Ohren als anhaltenden Lärm vernahm.

Das nach Osten hinausgehende Fenster stand weit offen, und der düstere Himmel der Morgendämmerung war das Erste, was Clouston erblickte. Inmitten der Dunkelheit konnte er die schlanke Gestalt von Amy McGray ausmachen.

Sie saß zusammengekauert auf dem Bett und wiegte sich langsam vor und zurück. Ihr weißes Sommerkleid leuchtete in dem trüben Morgenlicht. Schon ein erster Blick verriet ihm, dass die arme Sechzehnjährige rettungslos verloren war. Der fließende helle Stoff, der Amys Brust, Bauch und Beine bedeckte, war blutverschmiert.

Clouston rang nach Luft. Im Glauben, sie sei verletzt, trat er auf sie zu. Doch als er bemerkte, dass sie ein Messer in der Hand hielt, dessen Klinge in der Sonne glänzte, blieb er augenblicklich stehen.

Clouston vermutete, es müsse sich um das Hackbeil handeln, das Betsy in der Küche zum Durchtrennen von Knochen verwendete. Das Mädchen strich mit seinen dünnen bleichen Fingern sanft über die Klinge. Ihre Hände waren verschmiert mit trockenem Blut, das nun allmählich abbröckelte.

Clouston hätte auf die Knie sinken und weinen können. Dies war das Mädchen, das letzte Weihnachten die schönsten Weihnachtslieder gespielt hatte, das Mädchen, dem Whisky-Fudge noch immer ein Lächeln auf das Gesicht zauberte, das Mädchen, das selbst seinem griesgrämigen Vater – Gott hab ihn selig – bloß mit einer verspielten Umarmung ein Lächeln entlocken konnte. Ihre Eltern und ihr Bruder nannten sie Pansy, Stiefmütterchen, weil ihre großen, fast schwarzen, von langen Wimpern umrahmten Augen sie den Lieblingsblumen ihrer Mutter ähneln ließ.

Gegenwärtig aber ähnelte sie eher einem Gespenst als einer Blume. Mit stechendem und doch irgendwie abwesendem Blick starrte sie das Hackmesser forschend an. Clouston musste unwillkürlich an eine unheimliche Porzellanpuppe denken und war gezwungen, alle Kraft aufzubringen, die ihm die Routine von mehr als zwanzig Jahren verlieh. Erneut holte er tief Luft und trat näher. Erst als er die Hand ausstreckte, fiel ihm auf, wie sehr er zitterte.

»Amy …«, sagte er, so liebevoll er konnte, »gib mir das Messer …« Sie gab keine Antwort. »Bitte, gibst du mir …«

Nun rührte sich Pansy, doch nur, um ihm den Rücken zuzudrehen. In ihren glasigen Augen spiegelte sich das Sonnenlicht, und Clouston bemerkte, dass sie dehydriert war; höchstwahrscheinlich hatte sie seit fast zwei Tagen weder gegessen noch getrunken. Immer wieder strich sie langsam über die Klinge ... so sanft, dass sie sich nicht damit in ihre zarte Haut schnitt.

Mit pochendem Herzen trat Clouston noch einen Schritt näher. Er musste zweimal schlucken, bis ihm seine Stimme gehorchte.

»Pansy ...«, flüsterte er, auf ihren familiären Spitznamen zurückgreifend. »Gib es mir, bitte. Betsy braucht es in der Küche.«

Das Hin- und Herwiegen hörte auf. Pansy drehte sich um, richtete sich auf dem Bett auf und schaute Clouston an. Ihr Blick war nun nicht mehr abwesend; ihre Augen, so dunkel wie ein tiefer Brunnen, brannten vor unerklärlicher Wut.

»Sie glauben, ich sei verrückt ...«, fauchte sie. Dann hob sie langsam den Arm und schwang das Hackmesser. Ihre Pupillen weiteten sich, und der Wahn nahm Besitz von ihr.

Clouston wich nicht zurück – nicht einmal, als er sah, dass das Mädchen die Waden anspannte und im Begriff war, einen Satz nach vorn zu machen.

»Gib es mir«, beharrte er höflich, aber bestimmt. Bis zum heutigen Tag hatte sich noch nie ein Patient gegen ihn durchsetzen können. »Betsy wird dich zurechtmachen ... und dann machen wir dir etwas zu essen ...«

»Ich bin nicht verrückt!«, murmelte sie, während sich ihre Brust hob und senkte. »Was mir passiert ist, war viel schlimmer ...«

Eine tiefe Stille trat ein, durchbrochen nur vom Rascheln der Vorhänge in der morgendlichen Brise. Und dann lachte sie. Es waren die bösartigsten Laute, die Clouston jemals von einem Menschen vernommen hatte – ein jenseitiges, schrilles Lachen, das immer lauter wurde und ihm durch Mark und Bein fuhr.

»Was ist denn?«, fragte Clouston, ohne von der Stelle zu weichen. »Ich kann dir helfen!«

Pansy holte tief Luft und gab die letzten Worte von sich, die die Welt jemals aus ihrem Mund vernehmen sollte.

»Es ist der Teufel …«

Dann stieß sie ein gequältes, durchdringendes Heulen aus und stürzte sich auf den erschrockenen Arzt.

I

Der vielleicht beste Moment, meine Erzählung zu beginnen, ist der Abend des 9. November 1888. Der Tag, an dem meine Welt Stück für Stück einstürzte.

Ich hatte soeben eine dringende Nachricht von Commissioner Sir Charles Warren erhalten, dem Leiter von Scotland Yard. Darin bat er mich, ihn in der ersten Bankreihe der St.-Pauls-Kathedrale zu treffen.

Ganz so überraschend kam diese Nachricht nicht, denn wir befanden uns in einer Phase des Umbruchs. London bereitete sich darauf vor, die Amtseinführung eines neuen Bürgermeisters zu zelebrieren, doch die festliche Stimmung sollte sich schon bald trüben. Mir war zu Ohren gekommen, dass Jack the Ripper am Morgen einen weiteren Mord verübt hatte, jedenfalls deuteten die letzten Berichte darauf hin. Ich ging davon aus, dass Warrens ungewöhnliche Vorladung damit zu tun haben musste – und sollte mich damit nur zum Teil täuschen.

Meine Kutsche brachte mich in einer mir ewig lang vorkommenden Fahrt vom Hauptquartier von Scotland Yard nach St. Paul's. Es war ein verregneter Tag gewesen, sodass die Straßen verschlammt waren und die Kutscher nur ein schleppendes Tempo anschlagen konnten.

Durch die Fenster bemerkte ich, dass auf den Straßen trotz der späten Stunde und des Dauerregens reger Betrieb herrschte. Ein Meer von triefenden Regenschirmen wogte in beiden Richtungen die Straße entlang, und unter den gelben Lichtern der Gaslaternen sahen sie dabei aus wie schwarze schimmernde Muschelschalen.

Dies war nicht mehr die Stadt, in der ich während meiner Kindheit so gern den Winter verbracht hatte, dachte ich bitter. Mittlerweile lebte ich in einem London, das überlaufen war von geschundenen Arbeitern, Matrosen und Lumpensammlern, geschwärzt vom Qualm aus den kohlefressenden Fabriken … und heimgesucht vom Ripper und tausend weniger bedeutenden Schuften.

Die Kuppel der Kathedrale erhob sich wie ein unbeugsamer Wächter. Ihre einst weiße Oberfläche war durch die Dämpfe der Industrieanlagen geschwärzt und nun so dunkel wie der finstere Himmel. Wenig später hielt mein Kutscher vor der langgezogenen Vorhalle an. Ich ging an den weißen Säulen entlang, und als ich das Gotteshaus betrat, war es darin mucksmäuschenstill; meine eiligen Schritte hallten auf dem Marmorfußboden durch das gesamte Längsschiff.

Normalerweise war es in St. Paul's hell und luftig, und seine imposante Kuppel erstreckte sich in perfekter Symmetrie in dem durch die Buntglasfenster hereinfallenden Licht. An diesem Tag jedoch ließ die armselige Novembersonne das Gotteshaus schummrig, ja sogar unheimlich wirken.

In der Kathedrale befanden sich lediglich zwei Menschen: ein junger Mesner, der die Kerzen auf dem Leuchter entzündete, und eine dunkle Gestalt, die direkt vor dem Altar saß. Letzterer war, natürlich, Sir Charles Warren. Er saß in sich zusammengekauert und hielt mit zittrigen Händen seinen Hut umklammert. Wer immer ihn sah, hätte ihn für einen einsamen Betenden gehalten.

Sein weißes schütteres Haar und sein buschiger Schnurrbart standen im Kontrast zu seinem rabenschwarzen Anzug. Ich erkannte den altmodischen Schnitt seines Jacketts, das so konservativ war wie der Kerl selbst. Es war ein offenes Geheimnis, dass Sir Charles Warren ein verschrobener Gentleman war, höchst eigenwillig und daher höchst umstritten. Sein größter Makel bestand darin, volle Kontrolle über den Polizeiapparat auszuüben und sowohl dem stellvertretenden Commissioner als auch den Superintendents jedwede Eigenständigkeit zu verwehren. Schlimmer noch: Er war nicht imstande, irgendeine Aufgabe, die er für unerlässlich hielt, zu delegieren. Kein Wunder also, dass er mich persönlich treffen wollte.

»Ich wusste gar nicht, dass Sie religiös sind«, sagte ich. Obwohl ich ihn leise angesprochen hatte, schreckte ich ihn auf.

Er schaute zu mir hoch, richtete sich sofort auf und warf mir einen kühlen Blick zu.

»Sie sind spät dran, Frey.«

»Die Straßen sind eine Katastrophe. Ich bitte mich zu entschuldigen.« Ich musste mit gleicher Förmlichkeit antworten, obschon Sir Charles und ich uns seit sieben Jahren gut kannten.

Etwas Unheilvolles ging von ihm aus. Er hatte eine beinahe fassbare Mauer um sich herum aufgebaut, die selbst unsere alte Freundschaft nicht zu durchbrechen vermochte.

Ich nahm in angemessener Entfernung Platz. »Was kann ich für Sie tun, Sir?«

Warren räusperte sich. »Zwei furchtbare Morde sind geschehen, Frey. Vom ersten haben Sie sicher gehört …«

»Allerdings. Mary Jane Kelly, wieder eine Frau aus Whitechapel.«

Sir Charles schüttelte den Kopf. »Dieser Mord war

anders, Frey. Er war brutal – ich meine, auf schockierende Weise. Der vorläufige Bericht von Dr. Bond hat mir Übelkeit verursacht: Ihre Gedärme wurden überall verstreut. Der Tatort sah so furchtbar aus, dass sich einer unserer Officer an Ort und Stelle übergeben musste, und ein verfluchter Korrespondent der *Times* hat alles gesehen. Zurzeit versuchen einige meiner Mitarbeiter, ihn … dazu zu überreden, die Story nicht zu veröffentlichen.«

Ich nickte knapp. Die vom CID bevorzugten Überredungskünste kannte ich. »Haben Sie mich aus diesem Grund kommen lassen? Möchten Sie, dass ich Ihnen im Fall des Rippers unter die Arme greife?«

»Aber nein …« Warrens Miene verdüsterte sich. Er rieb sich die Augen und fuhr fort. »Diese Sache kommt zum schlechtestmöglichen Zeitpunkt. Ich wusste, dass es irgendwann passieren würde, aber nicht so früh …«

»Was denn?«

Warren stieß einen tiefen Seufzer aus. »Ich habe Ihnen gesagt, dass es zwei Morde gab. Der eine an dieser Frau, Kelly … Der andere an einem alten Knaben, einem Musiker, wie ich erfahren habe. Offenbar ist er auf brutalste Art und Weise ermordet worden … in Schottland, glaube ich.«

Ich runzelte die Stirn. »Entschuldigen Sie, Sir, aber warum sagen Sie ›glaube ich‹? Ist der Bericht denn nicht vertrauenswürdig?«

»Ich habe keinen Bericht erhalten, Frey. Ich habe nur Gerüchte vernommen.«

Die Falten auf meiner Stirn gruben sich tiefer ein. »Wie ist das möglich? Sie sind der Leiter der Polizei …«

Plötzlich ging mir ein Licht auf.

Warren schluckte, und sein zerfurchtes Gesicht drehte

sich verneinend hin und her. »Das bin ich nicht mehr, Frey. Ich wurde gezwungen, meinen Rücktritt einzureichen.«

»Von wem?«

Warren stieß müde den Atem aus. »Von Lord Salisbury persönlich.«

Der Premierminister von Großbritannien. Diese Angelegenheit musste wirklich schwerwiegend sein, und während der Momente des Schweigens, die nun folgten, schossen mir tausenderlei Dinge durch den Kopf.

Das durch Jack the Ripper angerichtete Chaos hatte seinen Höhepunkt erreicht. Angst und Schrecken währten nun schon unerträglich lange. Die Presse war so von ihm besessen, dass alles, was er tat, tausendfach übertrieben wurde und es in der Unterschicht Londons kein anderes Gesprächsthema mehr gab. Erst vor Kurzem hatten die Schlagzeilen einen gefälschten Brief ausgeschlachtet, der angeblich mit Theaterblut geschrieben worden war.

Ich konnte mir vorstellen, wie der Marquess, der Lage überdrüssig und Antworten einfordernd, in Warrens Büro gestürmt war, nur um festzustellen, dass Scotland Yard weit davon entfernt war, den Mörder dingfest zu machen. Lediglich eine Handvoll Personen war aufgespürt worden, einer als Täter so unverdächtig wie der andere.

Dann dachte ich an diesen mysteriösen neuen Mord in Schottland. Wenn selbst Sir Charles Warren keinen Zugang zu den Berichten hatte …

»Die Bruchstücke an Informationen, die ich einholen konnte«, sagte Warren, »lassen mich glauben, dass die Regierung befürchtet, in Schottland könne ein Nachahmungstäter des Rippers tätig sein … oder sogar viele von ihnen, überall im Land …«

»Was, meinen Sie, hat er vor …«

»Das ist nicht das dringendste Problem, Frey. Ich habe Sie kommen lassen, um Sie zu warnen.«

»Mich warnen?«

»Ja. Sobald ich endgültig abgelöst bin, werden sie Scotland Yard im Handumdrehen verändern.«

»Wird Monro die Leitung übernehmen?« Ich betonte den Namen mit Bitterkeit, denn ich kannte die Antwort bereits.

»Höchstwahrscheinlich.«

James Monro war der Stellvertretende Commissioner von Scotland Yard, nur einen Rang unter Warren stehend. In letzter Zeit war es den beiden nahezu unmöglich gewesen, miteinander zu arbeiten, und es hatte sich rasch herauskristallisiert, dass einer der beiden schlussendlich seinen Hut würde nehmen müssen.

»Nicht nur die Organisation des CID wird sich verändern, Frey. Es werden bald Köpfe rollen, und der Ihre könnte darunter sein.«

Einen Moment lang nickte ich lediglich stumm, über Warrens Worte nachsinnend. Seine lange Freundschaft mit meiner mittlerweile verstorbenen Mutter hatte bei meiner Einstellung eine entscheidende Rolle gespielt, und seine Beziehung zu meiner Familie war allseits bekannt. Es war nur natürlich, dass, wenn er fiel, all seine Peers und Protegés mit ihm stürzen würden. Zwar wurde in den Zeitungen nach wie vor mein Erfolg im Fall von Good Mary Brown erwähnt, einer kleinen Näherin, die ihre fünf Ehemänner mit Arsen vergiftet hatte, nachdem sie Lebensversicherungen auf ihre Namen abgeschlossen hatte. Doch wenn die Politik das Zepter übernahm, würden meine Einsatzbereitschaft und meine Fähigkeiten nicht von Bedeutung sein.

»Glauben Sie, ich sollte etwas dagegen unternehmen?«, fragte ich wagemutig.

»Ich würde Ihnen dringend dazu raten ... dies nicht zu tun.«

Ich blinzelte verständnislos. Mit jeder anderen Antwort hatte ich gerechnet, nicht aber mit dieser.

»Habe ich Sie recht verstanden? Falls sie beschließen, ich sei überflüssig, soll ich beiseitetreten wie ein verzagter Schwachkopf? Nach mehr als sieben Jahren Dienst?«

Er schaute mich durchdringend an. »Ja, und das müssen Sie, wenn Sie das Beste für sich wollen!« Warren hatte die Stimme erhoben, und ihr Echo hallte wider. »Die Situation wird das Schlechteste bei diesen Leuten hervorbringen, Ian«, flüsterte er. »Sie sind gut beraten, denen nicht in die Quere zu kommen.«

Sir Charles nannte mich nur selten beim Vornamen. Tief im Inneren wusste ich, dass er recht hatte. Er, der jahrzehntelang gegenüber der Familie meiner Mutter loyal gewesen war, gab mir nun die besten Ratschläge, und die durfte ich nicht leichtfertig beiseiteschieben.

Dennoch rang ich mit mir. Diese Nachricht war nicht leicht zu verdauen.

»Dann sollte ich also damit rechnen, dass Commissioner Monro mich schon sehr bald zu sich zitiert und mir schlechte Nachrichten überbringt ...« Ich seufzte, um dann ein spöttisches Grinsen aufzusetzen. »Ein Teil von mir freut sich darauf, muss ich zugeben. Mich ihm zu stellen wird amüsant werden ...«

Mein bissiger Humor entlockte Warren einen Grunzlaut. Er erhob sich. »Wenn man Sie zum Rücktritt auffordert, müssen Sie tun, was man Ihnen sagt, verstehen Sie? Glauben Sie nicht, Ihr Name oder Ihr Scharfsinn würde Ihnen dieses Mal viel helfen. Es wird sich jetzt alles ändern, Frey. Denken Sie an meine Worte.«

Er warf mir einen letzten Blick zu. Ob der Mann kochte oder den Tränen nahe war, vermochte ich nicht zu sagen. Wie dem auch sein mochte – er zog es vor, seine Gefühle zu verbergen, wandte sich hastig ab und strebte dem Ausgang der Kathedrale zu.

Düsteren Gedanken nachhängend verließ ich St. Paul's.

Wie gesagt, es waren familiäre Bindungen und eine gehörige Portion Glück gewesen, die mir die Stellung bei Scotland Yard verschafft hatten. Ich hatte meinen Dienst angetreten, nachdem ich kurz zuvor erst die Medizinische Fakultät in Oxford und dann die Juristische in Cambridge vorzeitig verlassen hatte. Mein Weg war nicht vorgezeichnet, und es gab nur wenige Ziele, die mich angespornt hätten. Ich hätte auch zu Hause bleiben und vom Vermögen meiner Familie leben können – meine beiden Großväter hatten mir gut gefüllte Bankkonten hinterlassen –, doch mein agiler Geist langweilte sich schnell. Darüber hinaus war ein Leben des Müßiggangs leer, was ich nicht akzeptieren konnte – der Gedanke an eine solche Existenz, daran, diese Welt wie eine unbemerkte Brise zu durchqueren, ein sinnloses Dasein zu führen, war manchmal so unerträglich, dass ich nicht schlafen konnte. Wie es mein Vater so kurz und bündig (und ziemlich herablassend) formulierte, musste ich »meinen Wert beweisen«.

In Anbetracht der Beziehung meines Onkels zu Commissioner Warren fand ich rasch eine Stelle als stellvertretender Inspector bei Scotland Yard. Eine recht bescheidene Position für einen ehemaligen Oxfordstudenten, doch das störte mich nicht, denn es sollte ja nur eine zeitweilige Ablenkung sein. Meine Kenntnisse der Anatomie und des Rechts, mochten sie auch nicht fundiert sein, konnten sich bei der Polizeiarbeit als nützlich erweisen, und die Stelle würde mir einen triftigen Grund dafür liefern, das Haus zu verlassen. Letzteres spielte alles andere als eine untergeordnete Rolle; noch eine weitere Woche den Klatsch und Tratsch meiner Stiefmutter oder das Violinenspiel meines jüngsten Bruders Elgie zu den sonderbarsten Zeiten hätten mir den Garaus bereitet.

Doch die Arbeit beim CID fesselte mich und ließ mich nicht wieder los.

Bevor ich michs versah, arbeitete ich jeden Abend bis weit nach Mitternacht, studierte Akten und löste Fälle, die sich nur als facettenreiche Puzzle beschreiben lassen. Ein Zeichen auf einer Wand, der Inhalt einer Brieftasche, die Haarlocke einer verlorenen Liebe, ein achtlos zurückgelassener Handschuh … diese kleinen alltäglichen Details, Dinge, über die sich ein gewöhnlicher Mensch keine Gedanken machen würde, das waren unsere Informationen; und sie reichten meist dafür aus, uns ein vollständiges Bild von Opfern und Tätern machen zu können. Ihr Leben und ihr Charakter, ihre Fehler, ihre Leidenschaften und Philosophien … kurz, ihre innersten, dunkelsten Geheimnisse waren greifbar, wenn man es nur verstand, die Welt um sie herum zu deuten.

Wie spannend, wie faszinierend dieses Spiel doch war. Endlich hatte ich meinen Platz gefunden. Meinen Wert bewiesen. Mein Enthusiasmus hatte Commissioner Warren natürlich beeindruckt, und im Laufe der Jahre waren wir enge Kollegen geworden.

Mittlerweile ging ein erbärmlicher, aus dicken schwarzen Wolken prasselnder Regen über London nieder, sodass das einzige Licht auf den Straßen von den Gaslaternen entlang der Strecke stammte. Als die Kutsche durch ein

Schlagloch holperte, riss mich dies für einen Moment aus meinen Gedanken. Die Straßen in Central London waren in einem jämmerlichen Zustand – uneben, zerfurcht und für gewöhnlich überschwemmt –, und sie wurden schlimmer, je näher wir dem kleinen Haus an der Suffolk Street kamen, das ich angemietet hatte.

Es ist schon verwunderlich, dass ich diesen Ort mein Zuhause nenne. Wie mein Beruf hatte auch das Haus eigentlich nur ein Provisorium sein sollen. Ich hatte es vier Jahre zuvor angemietet, als mich Fälle bis spät in die Nacht an das Büro fesselten. Ich war mir der Verbrechensquote, die in London herrschte, nur allzu bewusst, und daher waren nächtliche Fußmärsche in der Stadt das Letzte, was ich unternehmen wollte. Daher beschloss ich, in der Nähe von Whitehall Place Räumlichkeiten anzumieten, um dort die Nacht verbringen zu können, falls die Arbeit mich bis in die späten Stunden bei Scotland Yard festhielt.

Außerdem fuhr ich dorthin, um nachzudenken und über meine Fälle zu sinnieren, denn ich weiß Privatsphäre zu schätzen, vor allem, wenn ich mich konzentrieren muss. Natürlich wagte ich es nicht, mich im Hauptquartier in ungebügelten Hemden zu präsentieren, sodass ich einen Teil meiner Habseligkeiten dorthin bringen ließ und natürlich eine Dienstmagd einstellen musste. So ging es weiter, immer weiter, und bevor ich michs versah, war das kleine Haus zu meinem ständigen Wohnsitz geworden. So bescheiden es war, so fühlte es sich manchmal doch viel heimischer an als die Villa meiner Familie am Hyde Park Gate.

Als ich ankam, stellte ich überrascht fest, dass aus dem Küchenfenster Licht drang. Ich fand dort Joan vor, meine Haushälterin, die sich Schinkenbrote geschmiert hatte.

Joan war eine stämmige Witwe von Mitte vierzig. Mit

ihrem grauen Haar und ihrem üppigen Busen und Hintern erinnerte sie mich immer an eine füllige, zu groß geratene Taube. Von dem Moment an, als ich sie einstellte, wusste ich, dass sie dazu neigte, kein Blatt vor den Mund zu nehmen, und später stellte ich fest, dass sie auch eine Schwäche für billigen Sherry hatte. Dennoch konnte ich mich nicht beklagen. Joan hielt die Räume in tadellosem Zustand, wusste genau, wie ich meine Kleider haben wollte, und kochte köstlichen schwarzen Kaffee. Ich sah bewusst über ihr Schandmaul hinweg, selbst wenn ich Besuch hatte, denn so war sichergestellt, dass kein anderer Arbeitgeber je versuchen würde, sie abzuwerben.

»Nanu, Joan? Sie sind noch hier? Ihre Pünktlichkeit beim Gehen gleicht doch für gewöhnlich Ihre Unpünktlichkeit beim Kommen aus.«

An jedem anderen Tag hätte Joan jetzt mit einem derben Scherz gekontert, doch zu meiner Verblüffung blieb sie stumm.

»Joan, was ist denn?«

»Briefe für Sie, Sir«, nuschelte sie in ihrem schweren Lancashire-Akzent. Ich sah, dass sie auf zwei kleine Umschläge wies, die auf dem Tisch lagen, doch sie rührte sich nicht.

Im Glauben, Warrens Vorhersage habe sich viel schneller bewahrheitet, als ich geglaubt hatte, schreckte ich zunächst davor zurück, auf die Briefe hinabzuschauen. Aber noch bevor ich sie in die Hand nahm, erkannte ich die Handschriften auf den Umschlägen.

»Eine Nachricht von Eugenia und eine von meinem Bruder …«, murmelte ich argwöhnisch. Wäre bei ihnen etwas nicht in Ordnung gewesen, hätten sie einen Diener geschickt, um mich zu holen. »Joan, das hier kann nicht so dringlich gewesen sein, dass Sie hier bis fast Mitternacht ausgeharrt haben. Erklären Sie mir, was los ist.«

Sie nahm einen riesigen Bissen von ihrem Schinkenbrot, als wollte sie Mut sammeln, und als sie ihn verdrückt hatte, sagte sie: »Sir, ist es wahr? Hat es wieder einen Mord gegeben?«

Ich stieß einen erschöpften Seufzer aus und riss den ersten Umschlag auf. Ich wusste, dass Joan keine Ruhe geben würde, bis ich ihr die Wahrheit erzählte. »Ich fürchte, ja, es gab gestern Abend einen Angriff.« Ich redete weiter, während ich begann, die Nachricht zu lesen. Es war alles andere als eine dringende Nachricht – sie stammte von Eugenia, meiner Verlobten. Sie hielt mich schlichtweg auf dem Laufenden mit unbedeutenden Banalitäten und fragte zum x-ten Mal, wann ich Zeit haben würde, sie zu besuchen. Wegen meiner Arbeit hatte ich sie vernachlässigt und musste das bald wiedergutmachen. Die zweite Nachricht stammte von Laurence, meinem ältesten Bruder. Er erinnerte mich an das Abendessen im Familienkreis am kommenden Abend.

Als ich zu Ende gelesen hatte, wandte ich meine Aufmerksamkeit wieder Joan zu. »Sie haben doch nicht hier die ganze Zeit gewartet, bloß um die Nachricht bestätigt zu bekommen, oder?«

Nun rückte sie endlich damit heraus. »Nein, Mr Frey. Ich … ich hatte ganz vergessen, dass die Tage kürzer werden, und ehe ich michs versah, war es dunkel.«

Ich zog eine Braue hoch. »Fahren Sie fort.«

»Ich weiß, dass Sie mich für einfältig halten, aber nachts nach Hause zu gehen, bei allem, was passiert ist … Ich dachte, dass im Vorratsraum vielleicht genug Platz ist, Sir. Ich dachte, vielleicht könnte ich dort übernachten, wenn es schon dunkel ist … bloß, bis die Polizei ihn geschnappt hat. Sie werden gar nicht mitbekommen, dass ich da bin, das verspreche ich.«

Ich konnte die Stimme meines Vaters hören, als wäre er hier im Raum – *Du bist viel zu nachsichtig gegenüber den Bediensteten!* –, doch wie hätte ich die flehentliche Bitte dieser armen Frau ablehnen können? Selbst ich, ein groß gewachsener bewaffneter Polizeiinspector von einunddreißig Jahren, fühlte mich nicht wohl, wenn ich allein durch die dunklen Straßen der Stadt ging.

»Bitte, Mr Frey. Ich bezahle auch für den Raum!«, bettelte sie. »Sie können es mir vom Lohn abziehen und …«

Sie klang mittlerweile so verzweifelt, dass ich ihr Einhalt gebieten musste.

»Joan, nun bewahren Sie doch um Himmels willen ein wenig Haltung! Kennen Sie mich denn überhaupt nicht? Ich hatte nicht vor, Sie Miete zahlen zu lassen. Und hören Sie auf damit, von diesem verdammten Vorratsraum zu sprechen. Es gibt doch ein Mädchenzimmer, das können Sie nach Belieben benutzen.« Ich schaute auf meine Taschenuhr. »Allerdings ist es schon sehr spät. Heute Abend können Sie im Gästezimmer schlafen – aber nur heute Abend.« Elgie hatte die Angewohnheit, unangemeldet zu kommen und dann Anspruch darauf zu erheben. Doch so spät wie jetzt würde er nicht mehr hereinschneien.

»Oh danke, Mr Frey … Ich …«

»Schon gut, schon gut«, beruhigte ich sie und eilte nach oben, bevor Joan sich unangemessenem Weinen hingab.

Als sie ihre Fassung wiedererlangt hatte, bereitete sie mir ein leichtes Abendessen zu, und ich wies sie an, meine vollkommen verdreckten Schuhe vor dem Frühstück zu polieren.

Als ich schlafen ging, dachte ich an die Worte von Commissioner Warren: *»Es wird sich jetzt alles ändern …«*

So aufgedreht ich auch gewesen war, schlief ich doch ein, kaum dass mein Kopf auf das Kissen gesunken war. Es sollte für lange Zeit der letzte tiefe Schlaf sein, den ich haben würde. Denn am nächsten Tag änderte sich in der Tat alles.

2

London an einem Novembermorgen roch nach Kloake und abgestandenem Alkohol aus den Pubs. Ich rümpfte ob des Gestanks die Nase, während ich zum Scotland Yard eilte und dabei immer wieder den angefrorenen Pferdeäpfeln auswich, die die Straßen übersäten.

Gestank und Pferdeäpfel waren nicht die einzigen schmutzigen Dinge, die mir im Kopf herumschwirrten. Während des Frühstücks hatte ich eine Nachricht von Wiggins erhalten, meinem Assistenten, in der er mich drängte, ins Hauptquartier zu kommen. James Monro, der neue Commissioner, forderte mein sofortiges Erscheinen. Augenblicklich war mir klar, dass meine Laufbahn bei der Londoner Polizei beendet war.

Häufig hatte ich zwar nicht mit ihm zu tun gehabt, doch die wenigen Male, bei denen ich mit Monro hatte zusammenarbeiten müssen, hatten gereicht, mir eine Meinung über ihn zu bilden. Kleinkariert, voreingenommen, religiös bis an die Schwelle zum Fanatismus … und um dem Ganzen die Krone aufzusetzen, war der Mann auch noch aus Edin-blöd-burgh, wie mein Vater es gerne nennt.

Dass jeder gescheite englische Gentleman alles Schottische ohne Wenn und Aber verabscheut, ist in Stein gemeißelt. Allerdings ist mein Vater ein Extremfall. Irgendein gescheitertes Geschäft in Aberdeenshire hatte ihn als jungen Mann eine so obszöne Stange Geld gekostet, dass er für den Rest seines Lebens niemals mehr den Namen einer schottischen Stadt, eines Dorfes oder einer Persönlichkeit aussprach, ohne dabei ein Schimpfwort einzufügen.

Im Falle meiner Entlassung würde ich daher dem alten Mr Frey wenigstens die Schande ersparen, dass einer seiner Erben Befehle von einem Schotten entgegennahm.

Wie immer war Scotland Yard einer der geschäftigsten Orte im Westminster-Viertel. Fortwährend kamen und fuhren Kutschen ab, und ein steter Strom von Beamten und Constables betrat oder verließ das rote Backsteingebäude. Auch innen herrschte Durcheinander – Menschen liefen kreuz und quer herum wie aufgescheuchte Hühner, und mein kleines Büro im zweiten Geschoss war da keine Ausnahme. Akten stapelten sich bis an die Decke; mehr als einmal war Wiggins unter einer Lawine von Dokumenten begraben worden. Neue, größere Büroräume wurden gerade am Embankment nahe der Westminster Bridge gebaut, und ich freute mich darauf, dorthin umzuziehen. Als ich mein Büro betrat, beugte sich Wiggins wie üblich über einen Stapel Akten.

»Guten Morgen, Sir«, sagte er mit zittriger Stimme. Den Grund für seine Schüchternheit habe ich nie ganz begriffen; der junge Mann war gebildet und zuverlässig und hatte eine vielversprechende Karriere vor sich, falls es ihm gelang, ein wenig Selbstvertrauen zu gewinnen.

»Der neue Commissioner will mich also sprechen«, sagte ich und warf meinen Mantel beiseite.

»Ja, Sir.«

»Soll ich in *sein* Büro oder in das von Warren kommen?«

»Weder – noch, Sir. Er möchte Sie im Großen Sitzungssaal sprechen …«

»Was?«

Wiggins ließ seinen Federhalter fallen, worauf das Tintenfässchen umkippte. »Der ... der Commissioner hat für zehn Uhr eine Sitzung einberufen, Sir«, erklärte er, während ich ihm half, die Tinte aufzuwischen. »Aber er will Sie vorher unter vier Augen sprechen.«

»Mich gleich am frühen Morgen loswerden ... Der alte Mann verschwendet keine verdammte Minute«, murrte ich und ging mit großen Schritten aus dem Büro.

Ich beeilte mich und fand den Sitzungssaal düster wie ein Grab vor. Er hatte zwar große Fenster, wurde aber von der halb hinter den Wolken verborgenen Sonne nur schwach beleuchtet, sodass es schien, als sei es spät am Abend.

In dem Raum befand sich nur ein Mensch: James Monro, ein kräftiger Mann von Mitte fünfzig mit vierschrötigem Gesicht, einem grauen Schnurrbart und abscheulichen weißen Koteletten. Er hatte es sich auf dem größten Stuhl bequem gemacht und wirkte so entspannt, als sei er schon seit Jahren Commissioner.

»Ich glaube, ich muss Ihnen gratulieren ... Sir«, heuchelte ich, so gut ich konnte.

»Machen Sie sich nicht lächerlich, Frey«, erwiderte er. »Nehmen Sie Platz. Ich habe Ihnen einiges mitzuteilen und nur sehr wenig Zeit.«

Ich setzte mich, verschränkte die Finger, legte die Arme auf den langen Tisch und wartete. Doch Monro steckte die Nase tief in die unordentlich vor ihm liegenden Dokumente. Erst nach der Zeitspanne, die die Höflichkeit vorgab, erhob ich das Wort. »Entschuldigen Sie, Sir. Sie deuteten an, dass etwas Dringendes vorliegt ...«

Monro hob lediglich den Zeigefinger, um mich verstummen zu lassen.

Wie sehr muss er es genießen!, dachte ich. Doch blieb mir nichts anderes übrig, als auf meinem Stuhl sitzen zu bleiben, die Zähne zusammenzubeißen und voller Abscheu seine borstigen Koteletten, seine Hakennase und seine dummen Kuhaugen zu betrachten.

Mit übertriebener Strenge schaute er mich dann endlich an und erhob die Stimme.

»Ich sage es einfach und geradeheraus. Wie Ihnen bekannt ist, ist Ihr Freund Sir Charles … zurückgetreten. Da ich nun die Leitung übernommen habe, habe ich vor, bedeutende Veränderungen vorzunehmen. Diese beginnen mit der Entlassung jedweder überflüssiger Elemente, die nur aufgrund Warrens Veranlagung zur Sentimentalität hier sind.«

So also endet es, dachte ich und zog die Hände zurück, um sie unter dem Tisch unbemerkt zu Fäusten zu ballen.

»Es ist kein Geheimnis, dass Ihre Position überbezahlt ist und es Ihnen schwerfällt, mit einigen Ihrer Kollegen zusammenzuarbeiten. So kam mir vor nicht langer Zeit zu Ohren, dass Sie Berry, den Fotografen, ein … wie war das noch? *Stinkendes Stück ranzigen Hammels* genannt haben?«

Wie hätte ich den Mann treffender beschreiben können? Fotografien waren sündhaft teuer und wurden nur bei außerordentlichen Fällen wie den Whitechapel-Morden eingesetzt. Doch dieser tollpatschige Höhlenbewohner behandelte die Ausrüstung mit aberwitziger Geringschätzung. Ständig zerbrach er die Dreibeinstative seiner Gandolfi-Kamera, und die Linsen und Platten seiner Ausrüstung waren immer mit den Schlieren seines fetttriefenden Lunchs verschmiert. Als er mir Fotografien eines Tatorts überreicht hatte, die mit angetrockneten Stücken halb zerkauter Wurst übersät waren, hatte ich die Beherrschung verloren.

Ich räusperte mich. »Mir ist bewusst, dass ich in den Augen anderer womöglich … überreagiert habe; gleichwohl habe ich nicht die Angewohnheit, andere schlecht zu behand…«

Monro warf mir einen solch vernichtenden Blick zu, dass ich es für besser hielt, mir meine Bemerkungen zu verkneifen.

»Kurz und gut«, sagte er, »ich kann Sie nicht im Dienst belassen.«

Genau, wie Sir Charles es vorhergesagt hatte …

Offenkundig hatte Monro vor, sämtliche hohen Beamten zu ersetzen, die Sir Charles Warren gegenüber loyal gewesen waren. Seine »bedeutenden Veränderungen« waren schlichtweg ein Schachzug, um sich mit Verbündeten zu umgeben und seine Autorität abzusichern. Es war alles nur Politik, ein erbärmliches Machtspiel; ein Spiel, das bedauerlicherweise meine Karriere den Bach hinuntergehen ließ.

»Ich verstehe Sie sehr gut«, brachte ich mit fester Stimme hervor.

»Wenn Sie weiter nichts zu sagen haben, muss ich Sie bitten zu gehen. Ich erwarte jeden Moment einen wichtigen Besucher und möchte nicht, dass er Sie hier sieht. Ich habe ihm weiß Gott düstere Nachrichten zu überbringen.«

Ich stand auf, konnte mir die Frage aber nicht verkneifen: »Geht es um den Musiker, der in Schottland abgeschlachtet worden ist?«

Ich sah förmlich, wie das Blut aus Monros Gesicht wich. »Was haben Sie … Wie können Sie …?« Dann wechselte seine Gesichtsfarbe von leichenblass zu zornesrot. »Wollen Sie mich erpressen, Sie erbärmlicher kleiner Wicht?«

»Ganz und gar nicht!«, antwortete ich gleichmütig. »Erpressung würde bedeuten, dass ich etwas von Ihnen brauche, und eher friert die Hölle ein, als dass ein Frey von Magdeburg die Hilfe eines gemeinen Bewohners von Lothian um etwas ersucht. Gott verdam…«

In diesem Augenblick schlug die Tür auf, und ein kleiner rundlicher Mann kam mit raschen Schritten herein. Er hatte sich in einen schweren Regenmantel gehüllt und wurde von vier Wachen und einem jungen Assistenten begleitet. Der Mann warf seinen Mantel beiseite, und nun erblickte ich seinen runden Bauch, seinen kahlen Kopf und seinen Rauschebart. Es schnürte mir die Brust ein, als ich begriff, dass dies kein anderer war als Lord Robert Cecil, 3. Marquess of Salisbury und Premierminister des Vereinigten Königreichs.

Monro stand automatisch auf und hätte dabei fast seinen großen Stuhl umgeworfen.

»Herr Premierminister«, sagte er unterwürfig. »Willkommen in unserer …«

»Behalten Sie Ihre Schmeicheleien für sich«, blaffte Salisbury, während er an mir vorbeischritt. Er warf mir einen irritierten Blick zu. »Wer ist das?«

Monro wirkte wie gelähmt. Zweimal machte er den Mund auf, doch es drang kein Laut über seine Lippen.

Da ich erkannte, dass er einen Kloß im Hals hatte, verbeugte ich mich respektvoll. »Inspector Ian Frey, Mylord.«

»Ich habe ihn soeben entlassen«, schaltete sich jetzt Monro ein. »Inspector Frey gehörte zum engsten Kreis von Warren. Es tut mir leid, dass Sie jetzt …«

»Ihr Gesicht kommt mir bekannt vor«, sagte der Premierminister, Monro vollkommen ignorierend. »Sind Sie nicht der Detective, der diese Schwarze Witwe mit dem Arsen in den Kerker gebracht hat?«

»Good Mary Brown«, sagte ich wie aus der Pistole geschossen, und mir schwoll die Brust an wie ein Blasebalg. »Das bin ich tatsächlich, Sir.«

Lord Salisburys Gesichtsausdruck veränderte sich fast unmerklich – es wäre mir entgangen, hätte ich nicht so nahe bei ihm gestanden. Er fixierte mich einen Moment, zog langsam eine Braue hoch und musterte mich genauer. Ich spürte, dass ihm tausenderlei Gedanken durch den Kopf schwirrten – und das gefiel mir nicht.

»Lassen Sie uns allein, Mr Frey«, befahl er, doch in einem Ton, der deutlich milder war als bei seinem ersten Aufbrausen.

Ich verbeugte mich erneut und verließ den Raum augenblicklich. Der stechende Blick des Premierministers hatte sich mir eingebrannt.

Wenn ich an diesen Moment denke, schaudere ich nach wie vor ein wenig. Hätte Monro mich einfach als »Niemand« entlassen, oder hätte ich den Raum eine Minute früher verlassen, wäre der Rest meines Lebens sicher anders verlaufen.

3

Ich benötigte nur wenige Stunden, bis ich Inspector Swanson einen ausführlichen Bericht über die Fälle erstattet hatte, an denen ich gerade arbeitete. Mein ordentliches Ablagesystem erwies sich dabei als große Hilfe, und als ich das Büro verließ, vergrub sich der Mann zuversichtlich in einem Stapel von Dokumenten.

Wiggins, der mehr als drei Jahre lang mein Assistent gewesen war, konnte seinen Kummer nicht verbergen. Ich spürte, dass er seine Arbeit bei der Polizei fast genauso liebte wie ich, und es ärgerte mich, dass ich nicht erleben würde, wie er Karriere machte.

Als ich das Büro verließ, bemühte sich Wiggins stotternd um eine Abschiedsfloskel, schluckte dann jedoch lediglich heftig. Ich tätschelte ihm die Schulter und zwinkerte ihm zu.

»Ich komme zurück, Wiggins«, versicherte ich ihm, auch wenn ich selbst nicht die leiseste Hoffnung hegte.

Kaum draußen winkte ich die erste Droschke herbei, die ich sah.

Mit blankem Entsetzen wurde mir klar, dass ich plötzlich Zeit hatte, an der abendlichen Gesellschaft meiner Eltern teilzunehmen … und ihnen die düstere Nachricht zu überbringen. Mein Vater würde nicht erfreut darüber sein, und mein Bruder Laurence würde es mit Sicherheit zur Gänze auskosten. Ich schaute auf meine Taschenuhr und rechnete mir aus, dass mir genug Zeit blieb, zur Suffolk Street zu fahren, meine Kleidung herrichten zu lassen und den Barbier aufzusuchen, um die fällige Rasur nachzuholen. Ich mochte arbeitslos und von der Gesellschaft verstoßen sein, aber niemals verlottert.

*

Das Herrenhaus der Freys am Hyde Park Gate stand nicht weit von den Kensington Gardens. Das elegante Haus hatte eine in makellosem Weiß verputzte Fassade, die inmitten der Trübheit Londons leuchtete, als meine Kutsche auf die breite, tadellos gepflegte Auffahrt einbog. Die Ahornbäume verloren bereits ihre Blätter, doch hart arbeitende Straßenkehrer hielten die Zufahrt makellos sauber.

Die Kutsche hielt vor dem dreigeschossigen Haus, wo der Butler mich bereits erwartete und unverzüglich Mantel, Hut und Handschuhe entgegennahm.

Mich empfingen die dunkle Eichenvertäfelung, grüne Samtteppiche und der charakteristische Geruch der Villa, eine Mischung aus Rosenwasser und Pfeifentabak, was stets die wärmsten Kindheitserinnerungen in mir aufkommen ließ.

Ich ging durch einen langgezogenen Flur, in dem die prunkvollen Porträts der Frey'schen Ahnen aus zwölf Generationen hingen, zurückgehend bis zu dem protestantischen Bankier, der 1583 aus Magdeburg emigriert war. Bei allen Schwankungen in Sitten und Gebräuchen hatten die männlichen Familienmitglieder der Freys nie dazu geneigt, Gesichtsbehaarung zur Schau zu stellen; auf keinem einzigen Porträt waren Schnurrbärte, Bärte oder Koteletten zu sehen, und mein Vater sowie meine drei Brüder waren, wie ich auch, stets glatt rasiert.

Ich hätte diese Gemälde stundenlang anstarren können. Obwohl sie schon so lange an der Wand hingen, wie ich denken kann, ziehen sie mich auf seltsame Weise immer noch in ihren Bann. Ich komme nicht umhin, Stolz zu empfinden angesichts der Geschichte und der Erfolge meiner Familie. Auch wenn Letztere nicht die meinen genannt werden können, haben sie doch immer bewirkt, dass ich das Gefühl hatte, mein eigenes kurzes Leben sei Teil von etwas Bedeutenderem.

Plötzlich drangen die Klänge einer Geige an meine Ohren. Es war Elgie, mein jüngster Bruder, der im benachbarten Salon spielte.

Es war ein breiter, luftiger Raum mit großen Fenstern und einer hohen Decke. Ein ausnehmend schöner Wandteppich, auf dem die Figuren eines Drachen, eines Löwen und eines Einhorns dargestellt waren, schmückte eine Wand, während die anderen mit italienischen Ölgemälden dekoriert waren, die Mittelmeerlandschaften wiedergaben. Mahagonistühle und mit Samtstoff bezogene Polsterbänke standen gleichmäßig verteilt entlang am Rand eines Perserteppichs, und in dem großen offenen Kamin knisterte munter ein Feuer.

In der Mitte des Raums stand, mit dem Rücken zu mir, mein achtzehn Jahre alter Bruder. Trotz des Altersunterschieds war Elgie schon immer mein Lieblingsbruder. Er war mir stets zu dünn und zu schmalschultrig vorgekommen, und jetzt, da er sein Jackett abgelegt hatte, um freier spielen zu können, trat seine schmächtige Gestalt allzu offenkundig hervor.

Vor ihm saßen mein Vater und meine Stiefmutter. Hingerissen hörten sie zu, während ein Diener mit einem Tablett voller Pasteten und kaltem Braten bereitstand. Als sie

Anstalten machten, mich zu begrüßen, hob ich eine Hand, sodass sie still blieben, bis Elgie sein Stück beendet hatte.

Während ich die lebhafte Musik genoss, inspizierte ich flüchtig den Raum. Erst jetzt bemerkte ich einen weiteren jungen Mann, der in der Nähe des Feuers saß – mein zweitjüngster Bruder Oliver.

Ich wünschte ehrlich, ich könnte mehr über ihn sagen, doch Oliver verkörpert fleischgewordene Langeweile. Ich weiß sogar noch, dass er schon als Baby ruhig in seiner Wiege lag, nicht weinte, nicht spielte, ja sich nicht einmal regte, sondern einzig und allein mit seinen großen blauen Augen ins Nichts starrte. Als Junge hatte er weder Freude am Herumlaufen noch am Jagen oder Reiten. Ich ging davon aus, er werde ein eher intellektuelles Interesse entwickeln, und schenkte ihm über lange Zeit hinweg Bücher, Musikinstrumente und Künstlerbedarf. Lange nachdem mein Vater ihn bereits aufgegeben hatte, nahm ich ihn immer noch mit in Museen, Theater und Opernhäuser. Doch er interessierte sich für nichts anderes, als herumzusitzen und an Keksen zu knabbern. Infolgedessen entwickelte er sich zu einem ziemlich pausbäckigen jungen Mann mit einem runden blassen Gesicht. An diesem Abend saß er ein wenig zu dicht am Kamin, und seine Wangen leuchteten feuerrot, so als wären sie mit kreisrunden Brandeisen markiert worden. Ihm stand das pure Unbehagen im Gesicht geschrieben, doch ich wusste, dass er niemals den Platz wechseln würde.

Wenn man Elgie betrachtete – der aufrecht dastand, hager und quicklebendig war und inbrünstig Violine spielte –, konnte man sich kaum vorstellen, dass sie Brüder waren.

Im Gegensatz zu mir haben Elgie und Oliver helles Haar und blassblaue Augen und eine eher schwächliche Konstitution. Unsere unterschiedliche Physis ist nur natürlich, denn sie sind meine Halbbrüder, Söhne meines Vaters mit seiner zweiten Frau.

Elgie schloss mit einem kraftvollen Triller ab, und die gesamte Familie applaudierte (Oliver naturgemäß eher träge). Mit dem Gehör eines Musikers vernahm er sofort unerwarteten Applaus hinter sich und drehte sich um, um mich zu begrüßen.

»Ian! Ich dachte, du wärst anderweitig beschäftigt!«

Ich grinste und tätschelte ihm die Schulter. »Nun, wie gewöhnlich liegst du falsch, Elgie. Dieses Stück war wunderschön. Was war das?«

»Paganinis Capriccio Nr. 24 in a-Moll. Mittlerweile solltest du es wiedererkennen.«

»Wie modern. Ich dachte, du spielst ausschließlich Barockmusik.«

Nachdem ich Oliver zur Begrüßung kurz zugenickt hatte, trat ich vor, um die Hand meiner Stiefmutter Catherine zu küssen.

»Was für eine Überraschung, Ian. Es ist ja so schön, dich zu sehen.«

»Gleichfalls, Catherine«, erwiderte ich mit größter Höflichkeit.

Es ist mir stets gelungen, die Verachtung zu verbergen, die ich gegenüber dieser Frau hege. Catherine White hatte meinen Vater geheiratet, als ich neun Jahre alt war, und selbst damals verzog ich lediglich den Mund und behandelte sie mit vorgetäuschtem Respekt.

Mit achtunddreißig sah sie immer noch recht gut aus. Ich hatte den Eindruck, dass ihr langer Hals durch das Gewicht ihrer extravaganten Zöpfe ein wenig nach hinten geneigt wirkte. Dieser gedehnte Hals verlieh ihr ein stolzes Aussehen, was durch ihren vollkommenen Mangel an Humor noch hervorgehoben wurde – sie saß stets kerzengerade da, die Hände sittsam auf dem Schoß gefaltet und mit ihrem forschenden Blick alles analysierend.

Mein Vater, mittlerweile ein alter Mann von fünfundsechzig (und somit siebenundzwanzig Jahre älter als seine zweite Frau), begrüßte mich mit geringer Zuneigung. Er war mir immer so fern gewesen wie die Porträts an den Wänden. Zwar trat er stets als äußerst kultivierter Gentleman auf, doch in jüngster Zeit vernachlässigte er seine Umgangsformen wie auch seine Gesundheit. Er hatte um die Hüfte herum angesetzt, und ich kann mich nicht erinnern, ihn jemals ohne ein Glas mit einem hochprozentigen Getränk in der Hand gesehen zu haben. An diesem Abend hielt er einen dicken Cognacschwenker in der Hand, und in seinen Mundwinkeln hingen Brotkrumen. Ich war froh, dass er sich auf größeren Gesellschaften nach wie vor zusammennahm.

»Du hättest uns darüber informieren können, dass du kommst«, murrte er.

»Es gab unvorhergesehene Probleme«, erwiderte ich und hoffte, dabei vor dem alten Mann respektvoll, jedoch nicht unterwürfig zu wirken. »Ich hoffe, ich bin nach wie vor willkommen.«

»Aber natürlich bist du das!«, rief Catherine, wie immer darum bemüht, die Wogen zu glätten. »Dein Vater ist nur ein wenig bekümmert, weil du *schon so lange* nicht mehr zum Essen zu uns gekommen bist.«

Sie mochte vermittelnd wirken, doch Catherine legte den Akzent auf genau die Worte, die die Stimmung meines Vaters verdüsterten.

»Er hat seine Familie und seine guten Beziehungen für diese lächerliche Anstellung links liegen lassen«, murrte er mit monotoner Stimme. »Dein Großvater würde sich im Grab umdrehen.«

Wie oft wir diese Unterhaltung schon geführt hatten, weiß ich nicht mehr. Ich schaute mich um, bemüht, das Thema zu wechseln.

»Und wo ist mein herzallerliebster Laurence?«, fragte ich mit beißendem Sarkasmus.

»Dein Bruder hat das *Feingefühl* aufgebracht, eine Nachricht zu schicken«, beschied mir Catherine. »Er wurde auf der Chancery Lane aufgehalten, *versicherte* uns jedoch, er werde rechtzeitig zum Abendessen hier sein.«

»Was bedeutet, dass er innerhalb der nächsten sieben Minuten hier eintreffen sollte«, erwiderte ich scharf. Fast so, als hätte ich ihn herbeigeredet, hörten wir prompt die Türglocke. Elgie trat ans Fenster.

»Wenn man vom Teufel spricht …«

Während ich einen Stich im Magen verspürte, sagte Catherine fröhlich: »Wie entzückend! Zum ersten Mal seit *Monaten* werden wir alle zusammen sein.«

Ich blies die Wangen auf und dachte dabei: *Würde die Etikette es mir doch nur gestatten, einer Frau einen Tritt zu versetzen …*

Kurz darauf betrat Laurence den Salon, mit seinem selbstsicheren Gang, in elegantester Kleidung und mit einem Spazierstock in der Hand, den er in keiner Weise benötigte.

Es hieß immer, wie ähnlich wir uns doch sähen. Laurence und ich hatten beide die dunklen Augen und das dunkle Haar unserer verstorbenen Mutter Cecilia, einer Lady französischer Abstammung, und unsere länglichen Gesichter mit schmalen Unterkiefern und hohen Wangenknochen stammten unbestreitbar vom verstorbenen Monsieur Plantard, unserem Großvater mütterlicherseits. Bis vor Kurzem hatten wir beide die gleiche hochgewachsene feingliedrige Figur gehabt, doch die zumeist sitzende Tätigkeit meines Bruders als Anwalt bescherte ihm nun eine kräftigere Taille. Es hieß, wir hätten beide den gleichen scharfen Blick, doch Laurence bedachte alles und jeden mit einer Prise Spott und Herablassung, die mir, so hoffe ich aufrichtig, fehlt.

»Guten Abend, Familie!«, sagte er mit seiner tiefen, durchdringenden Stimme.

»Wir dachten, du wärst aufgehalten worden«, sagte Vater und lächelte zum ersten Mal an diesem Abend. »Aber es ist schön, dich hier zu haben.«

Laurence schenkte sich ein Glas Cognac ein. »Fast wäre ich nicht gekommen, doch eine unglaubliche Neuigkeit zwang mich dazu, Vater.« Seine Mundwinkel verzogen sich zu einem verächtlichen Grinsen. Ich sah seine Attacke kommen. »Ian«, sagte er und wandte sich mir zu, »ich habe von James Swanson erfahren, dass man dich aus Scotland Yard herausgeworfen hat ... auf recht schockierende Art und Weise ... Ist das wahr?«

Catherine rang nach Luft. Das war neben dem Prasseln des Feuers das einzige Geräusch im Raum. Ich spürte, wie mir die Farbe aus dem Gesicht wich.

»Warum fragst du, wenn du die Antwort schon kennst?«, blaffte ich ihn an.

»Ach, du lieber Gott!«, stieß Vater hervor und vergrub sein Gesicht in den Händen.

»Ian, das darf nicht wahr sein«, sagte Catherine. »Dein Vater wird *so enttäuscht* sein.«

»Ich sehe, dass er verdammt enttäuscht ist!«, schrie ich. »Er sitzt direkt neben dir!«

»Sprich nicht in diesem Ton mit deiner Stiefmutter!«,

brüllte Vater. Aus den Augenwinkeln heraus sah ich, wie Oliver sich tief in seinem Sessel vergrub und Elgie mit zitternden Händen seine Violine umklammerte. »Welche Schande hast du über die Freys gebracht!«

»Allerdings«, schaltete sich Laurence wieder ein. »Und das Beste habt ihr noch gar nicht gehört. Es ist in aller Munde. Euer lieber Sohn wurde im Beisein von Lord Salisbury persönlich entlassen! Und als wenn das noch nicht genug wäre, hat er James Monro auch noch einen gemeinen Bewohner von Lothian genannt.«

Catherine umklammerte die Hand meines Vaters. »Oh Ian, bitte, bitte sag uns, dass das nicht wahr ist.«

»Ich wurde nicht *direkt* im Beisein des Premierministers entlassen …«, entgegnete ich vorsichtig. »Sondern ein paar Sekunden, bevor er den Raum betreten hat, und *dann* musste Monro ihn davon in Kenntnis setzen.«

»Wie kannst du auch noch Witze darüber machen?«, zischte Laurence. »Glaubst du, dass dich irgendeine respektable Institution … oder Person … nach dieser Sache noch einstellen wird? Du hättest nie zur Kriminalpolizei gehen dürfen, wenn du nicht den Mut hast …«

Mit vor Zorn funkelnden Augen stürzte ich mich auf Laurence und packte ihn am Kragen.

»*Ian, nicht!*«, rief Catherine.

»Hör auf damit, du Schwachkopf!«, flüsterte ich Laurence so leise zu, dass nur er es hören konnte. »Du wärst beim CID schon in deiner ersten Dienstwoche zusammengebrochen.«

»Ian, lass deinen Bruder los. *Sofort!*«, befahl Vater, worauf ich Laurence von mir stieß. »Was würden die Leute sagen, wenn sie wüssten, dass die Brüder Frey sich so gut verstehen wie Hund und Katze?«

Wir hörten, wie sich der Butler räusperte. Er war schon vor einer Weile eingetreten, um das Abendessen anzukündigen, und hatte die Szene mit stillem Amüsement mitverfolgt.

»Ausgezeichnet«, sagte mein Vater. »Wir können die Angelegenheit beim Essen besprechen.«

»Ich habe keinen Hunger«, erwiderte ich sofort und ging zur Tür.

»Oh, du solltest aber lieber noch bleiben«, schaltete sich Elgie ein. Er zog mich am Arm und flüsterte mir dann ins Ohr: »Auch ich habe große Neuigkeiten!«

Resigniert stieß ich einen Seufzer aus. Irgendwie konnte ich diesem Schlingel nichts abschlagen. »Na schön, ich werde bleiben. Aber ich werde mich neben dich setzen.«

Während des Essens herrschte betretenes Schweigen. Bemüht, die Stimmung am Tisch aufzuheitern, erzählte Elgie uns lustige Geschichten vom Lyceum Theatre, wo er als Musiker engagiert war.

»... und dann sagte Mr Sullivan, wir würden alle beeindruckt sein, wie sehr seine Nichte doch das Cembalo beherrsche – ich musste mir auf die Lippen beißen, um nicht zu sagen, dass sich das Cembalo anhört wie das Gejaule zweier rolliger Katzen!«

»Elgie!«, rief seine Mutter, »ich dulde solch unflätige Ausdrücke am Tisch nicht! Dein Vater auch nicht!«

Der alte Mann lachte allerdings hinter seiner Serviette. Dies wiederum erschien Elgie als perfekter Moment, um zuzuschlagen.

»Wo wir gerade von Mr Sullivan sprechen: Er hat eine fantastische Partitur für den neuen *Macbeth* komponiert. Mama hat sie gehört.«

»Oh, in der Tat. Mr Sullivan hat mich zu einer Probe eingeladen; wundervolle Musik. Mich stört nur, dass diese alte Trulle Ellen Terry die Rolle der Lady Macbeth übernimmt. Andererseits braucht es wohl einen Drachen für diese Rolle.«

»Da es ›Das Schottische Theaterstück‹ ist«, fuhr Elgie fort, »wollen sie damit im kommenden Sommer auf Tournee nach Edinburgh gehen …« Sein Blick fiel auf mich, und ich wusste sofort, worauf er hinauswollte. »Der Scottish Theatre Company mangelt es an Musikern, daher … nun, sie haben mir eine Stelle dort angeboten.«

Catherine und mein Vater schauten ihn verständnislos an, so als hätte er in Rätseln gesprochen. Elgie musste es ihnen ohne einen Hauch von Schalk im Gesicht vorbuchstabieren.

»Ich will mitreisen.«

Ihre Mienen verwandelten sich von ausdruckslos zu beunruhigt. Bedächtig legte Catherine ihr Besteck ab. »Elgie, mein Lieber, das kann nicht dein Ernst sein.«

»Ist es aber. Das ist eine großartige Gelegenheit. Ich werde die erste Geige spielen!«

Vater schnaubte. »*Erste Geige in Schottland!* Mein lieber Mann, was für eine Karriere! Mir wäre es lieber, du spieltest die dritte Triangel in dieser verdammten Kirchengemeinde in Whitechapel.«

»Vater!«

»Denk doch nur mal nach«, sagte Laurence, so herablassend wie immer. »Wo würdest du denn wohnen? Wir haben weder Verwandte noch Bekannte dort oben.«

»Ich könnte ein Zimmer anmieten«, erklärte Elgie und brachte damit seine Mutter dazu, nach Luft zu ringen. »Nun, Ian tut das auch.«

Ich versank in meinem Stuhl.

»Wir reden hier nicht über Ian«, schaltete sich mein Vater ein. »Du bist noch viel zu jung, um in einem anderen Land allein zu leben!«

Elgie entgegnete erwartungsgemäß: »Ich bin nicht zu jung, Vater. Ich bin achtzehn Jahre alt!« Dann streute er ein wenig Salz in die Wunde: »Willst du, dass ich auf ewig hier wohnen bleibe und ein zweiter Oliver werde?«

Catherine protestierte ob dieser Bemerkung, doch unser lieber Bruder war zu sehr mit seiner Rehkeule beschäftigt, als dass er Anstoß genommen hätte.

Vaters Stimme erklang leise, aber in jenem unheilvollen Ton, den wir alle in unserer Kindheit fürchten gelernt hatten. »Ich bin jetzt ernsthaft verärgert deinetwegen, Elgie. Diese ganze Angelegenheit steht nicht zur Debatte, und ich möchte kein Wort mehr darüber hören. Hast du mich verstanden?«

Elgie warf seine Serviette auf den Tisch und erhob sich so rasch, dass sein Stuhl nach hinten umkippte. Als er davonstürmte, wäre er um ein Haar mit einem Diener zusammengestoßen, der gerade hereinkam.

»Allmählich kommt bei ihm das Temperament der Freys zum Vorschein«, erklärte Laurence, während sein Weinglas nachgefüllt wurde.

Catherine starrte mich zornig an. »Das ist deine Schuld! Sieh nur, was für ein Beispiel du für mein Kind abgibst, indem du unser Haus für deine von Flöhen heimgesuchte Behausung verlässt!«

Ich holte tief Luft. Doch statt mich auf einen Streit einzulassen, schaute ich zu dem Diener auf, der auf einem Silbertablett einen Brief gebracht hatte. »Ja?«

»Eine Nachricht für Sie, Sir.«

»Vielleicht bieten sie dir die Stelle wieder an!«, wagte Catherine zu äußern, sarkastisch bis ins Mark.

Ich nahm die Mitteilung an mich und erkannte die Handschrift meiner geliebten Verlobten.

»Sie ist von Eugenia«, sagte ich. Meine Stimmung hob sich weiter, als ich den Umschlag aufriss.

Liebster Ian,
ich habe dich gerade in der Suffolk Street aufgesucht. Deine Dienstmagd sagte, du seist im Hause deiner Eltern. Dürfte ich bitte heute Abend um eine Unterredung bitten? Ich muss dich sehen. Es ist dringend. Wenn es sein muss, werde ich den ganzen Abend auf dich warten.
E.

»Nun, so reizend der Abend auch war, ich muss los!«, erklärte ich mit triumphierendem Grinsen. »Eugenia möchte mich unverzüglich sehen.«

»Ich frage mich, warum …«, murmelte Laurence.

Wenige Minuten später saß ich bereits in einer Kutsche und hielt frohgemut auf das Haus der Ferrars zu. Urplötzlich fühlte sich die kühle, rauchgeschwängerte Luft von London überraschend belebend an.

4

Eugenia erwartete mich in ihrem Salon. Als ich eintrat, war sie nur in Gesellschaft eines jungen Dienstmädchens, das Tee einschenkte.

Sie dort ganz allein warten zu sehen ließ eine Welle der Zuneigung in mir aufsteigen. Alles an diesem Gesicht war süß und wunderschön; die großen blauen Augen, die schneeweiße Haut, die kindlichen Lippen und die goldenen Locken. An diesem Abend trug sie ein scharlachrotes Musselinkleid, das perfekt zu ihrer schmalen Taille passte. Ein weißes Kätzchen spielte auf ihrem Schoß und miaute, während sie ihm über das glänzende Fell strich. Plötzlich erschienen all meine Querelen und Drangsale ein kleiner Preis dafür, mit ihr zusammen zu sein.

Eugenia war erst vor ein paar Monaten zwanzig geworden, daher stellte ich sie mir gerne als ein junges Mädchen vor, das ich verwöhnen konnte. Ihre ständige Launenhaftigkeit und die Art, wie sie die Nase rümpfte und mit den Füßen aufstampfte, wenn sie böse war, ließ sie nur noch niedlicher erscheinen.

Reginald Ferrars, ihr Vater, war ein hochangesehener Rechtsanwalt in der Chancery Lane. Der Mann war ein Geschäftspartner meines Bruders Laurence und nahm recht häufig an Catherines Gesellschaften teil. Bei einer dieser Gelegenheiten hatte ich Eugenia kennengelernt, und wenig später hatten wir uns verlobt.

»Guten Abend, meine Liebe«, sagte ich schmunzelnd. »Warum bist du denn ganz allein? Ist dein Vater nicht zu Hause?«

Als ich mich neben sie setzte, musste ich daran denken, wie häufig ich zu hören bekam, was für ein nettes Paar wir doch abgaben: Sie war klein, niedlich und schüchtern, ich groß und ein typischer Beschützertyp.

»Er hat zu tun«, antwortete sie kurz angebunden. Dann hatte ich Gelegenheit, ihr Gesicht zu studieren. Der warme Lichtschein vom Kamin und das Gaslicht verbargen zum Teil, wie blass ihre Wangen tatsächlich waren. Ein kaum merkliches Stirnrunzeln huschte über ihr hübsches Gesicht.

»Eugenia ... stimmt etwas nicht?«

Sie machte eine Handbewegung, mit der sie sowohl das Dienstmädchen wegschickte, das den Tee servierte, als auch das andere, das mich angemeldet hatte. Augenblicklich ließen uns die beiden allein. Doch Eugenia blieb zunächst stumm. Stattdessen strich sie mit der Hand über den Rücken der Katze; es war nur eine Sekunde, doch ein Zittern ihrer Finger verriet mir, dass sie äußerst besorgt war.

»Bitte sag mir, was dich bedrückt«, ermutigte ich sie tröstend.

Sie senkte den Blick, holte tief Luft, schluckte und sprach dann hastig, so als wären ihre Worte heiße Kartoffeln, die sie ausspucken musste, um sich nicht die Zunge daran zu verbrennen.

»Ian, ich kann dich nicht heiraten.«

Das Kätzchen miaute und wand sich in ihren nervösen Händen, bevor es auf den Boden hinabsprang. Keiner von uns beiden sagte einen Ton.

Ich rechnete damit, dass sie noch etwas sagen würde ...

irgendetwas. Trotz der Flut schlechter Nachrichten, die ich während des Tages erhalten hatte, war Eugenias Nachricht die erste, die mich zum Stottern brachte.

»Wa… wa… D-das meinst du nicht ernst!« Ich lachte nervös und tastete nach ihrer Hand. »Eugenia, das war heute für mich nicht der beste aller Tage, und ich bin nicht …«

Kaum berührten meine Finger die ihren, entzog sie mir ihre Hand. »Ian, es ist mir noch nie im Leben ernster gewesen. Ich löse unsere Verlobung auf.«

Nun tastete Eugenia nach meiner Hand, aber nur, um mir einen geschmackvollen Diamantring auf die Handfläche zu legen.

Ich starrte auf den glitzernden Edelstein, während sie nach ihrer Katze schaute. Die fünf goldenen Spitzen eines winzigen Ahornblatts umschlossen den perfekt geschliffenen Edelstein. Diesen Ring hatte ich eigens für sie bei Giuliano in Auftrag gegeben.

»Das war es dann also?«, fragte ich. »Was für eine lächerliche Angelegenheit hat dazu geführt, dass du so plötzlich deine Meinung änderst? Hast du von meiner Entlassung gehört? Ist es das, was dich beunruhigt?«

»Oh Ian, ich habe tatsächlich davon gehört, aber das ist es nicht … Es ist …«

Erneut brach ihre Stimme. Zärtlich strich ich ihr über das Kinn. »Ganz gleich, was dich bedrückt, du kannst es mir sagen. Du weißt, dass ich Verständnis aufbringen werde. Das verspreche ich.«

Schluchzend gelang es ihr zu sprechen.

»Ich … Ich habe einen Antrag von jemand anders bekommen.«

»Du hast *was?*«

»U-und ich … Ich habe ihn angenommen.«

Ihre blauen Augen, für gewöhnlich engelhaft, blitzten plötzlich auf.

Ich blinzelte, holte Luft, ließ den Blick hin und her schweifen und stellte erst nach einem Moment fest, dass die Rädchen in meinem Kopf aufgehört hatten, sich zu drehen. Als mir die Bedeutung ihrer Worte voll bewusst geworden war, quoll mir ein Strom kränkender Schmähungen aus dem Mund, die sich wie Säurespritzer unaufhaltsam ihren Weg bahnten.

»Du … du kratzbürstiges, verlogenes kleines Miststück!«

»*Ian!* Du hattest versprochen, Verständnis aufzubringen!«

»Und du hattest versprochen, mich zu heiraten, meine Liebe! Wir sind nicht besonders gut darin, unser Wort zu halten, wie es scheint.«

»Ian …«

»Meine Karriere und mein berufliches Ansehen sind möglicherweise für immer ruiniert – vielleicht sogar vor den Augen von Lord Salisbury persönlich –, *und jetzt erzählst du mir, dass du den Antrag eines verdammten anderen angenommen hast!*«

Durch das Fenster sah ich, wie sich Passanten den Kopf verrenkten und ins Fenster hereinstarrten, denn meinen letzten Satz hatte ich gebrüllt. Ich lief im Kreis herum wie ein Tiger im Käfig, bemüht, meinen Zorn im Zaum zu halten.

»Ian, du solltest jetzt gehen«, sagte sie mit bebenden Lippen.

Schon sehr bald sollte ich mein schändliches Auftreten bereuen, doch in diesem Moment konnte ich nicht klar denken.

»Was ist mit deiner Ehre?«, stammelte ich, ohne ihr

zuzuhören. »Was, glaubst du, werden die Leute über dich sagen, wenn sie hören, was du getan hast?«

»Wahrscheinlich werden sie meinen gesunden Menschenverstand loben«, blaffte sie zurück. »Hast du nicht gerade gesagt, dass *du* es bist, dem nur wenig Ehre geblieben ist?«

Diese Worte hätte ich von jedem anderen ertragen können, sogar von meinem Vater, aber von ihr kommend wirkten sie wie Dolchstiche.

»Bitte, Ian. *Geh*«, forderte sie mich auf.

An jedem anderen Tag hätte ich dagegen aufbegehrt, wäre geblieben und hätte mich mit ihr gestritten, bis sie wieder zu Sinnen gekommen wäre. Aber so schwer war mir mein Herz noch nie gewesen. Die vorangegangenen Stunden hatten meine Kräfte aufgezehrt, und ich war müde, zu müde, um noch eine weitere Schlacht schlagen zu können.

Außerdem hatte sie recht: Ich sollte besser gehen, bevor ich die wenige Würde, die mir geblieben war, auch noch verlor.

Meine Hand umschloss den Ring, während ich mich zur Tür wandte. Bevor ich den Raum verließ, warf ich meiner ehemaligen Geliebten einen letzten Blick zu. Sie streichelte das Kätzchen und starrte durch das Fenster, als wäre sie gar nicht mehr anwesend.

Trotz meiner Ermattung gelang es mir, eine letzte Frage zu stellen. »Darf ich wenigstens den Namen dieses noblen Gentleman erfahren, der einer bereits verlobten Frau seine Liebe erklärt?«

Eugenia gab keine Antwort. Sie blieb einfach stumm am Fenster stehen, mit der Katze in den Armen.

»Bei näherer Betrachtung … will ich es gar nicht wissen«, flüsterte ich und verließ sie.

Sie hielt noch eine weitere, überaus hässliche Überraschung für mich bereit. Doch es sollte noch eine Weile dauern, bis ich davon erfuhr.

An Morgen dieses Tages, nicht ahnend, was noch kommen würde, hatte ich noch eine prestigeträchtige Tätigkeit innegehabt, die ich mit Leidenschaft ausgeführt hatte, und eine Liebste, die mir das Gefühl gab, alles erreichen zu können … Überhaupt hatte mir eine blühende Zukunft vor Augen gestanden … Doch noch vor der Abendessenszeit hatte ich bis auf meinen aufgeblasenen Stolz alles verloren.

Ich stieg die Stufen zum Eingang meines Hauses hinauf und holte rasch meine Schlüssel hervor.

»Gott bewahre …«, murmelte ich.

Die Tür war bereits geöffnet und stand einen Spaltbreit offen, sodass jeder hätte eintreten können. Heftig schluckend tastete ich instinktiv nach meiner Pistole, nur um mich daran zu erinnern, dass ich die Waffe am Nachmittag entladen hatte, da ich mich nicht mehr im Dienst befand.

Von außen schien es, als wären alle Zimmer dunkel, sodass ich beschloss, die Waffe dennoch zu ziehen. Immerhin würde ich dann nicht wehrlos wirken.

Ich trat die Tür endgültig auf und rief mit lauter Stimme: »Joan!«

Keine Antwort.

Die Straßenlaternen warfen diffuses gelbes Licht bis in die Diele, gerade genug, um zwei, drei Meter des Flurs zu beleuchten. Vorsichtig und langsam trat ich in die Dunkelheit hinein.

Ich blieb einen Moment stehen, bis meine Augen sich an das Dunkel gewöhnt hatten. Als ich mindestens fünf Männer zusammengedrängt in der Diele stehen sah, stockte mir das Herz.

»*Keine Bewegung, oder …*«, brüllte ich.

Plötzlich packte mich eine Hand an der Schulter, und ich hörte, wie die Tür mit lautem Knall zuschlug. Mit wild klopfendem Herzen drehte ich mich um und richtete meine Schusswaffe auf den großen Schatten eines Mannes. Ich konnte lediglich ein kleines Paar Augen erkennen, die streng auf mich gerichtet waren, während der Eindringling sprach.

»Beruhigen Sie sich, Frey, ich weiß doch, dass Ihre Waffe nicht geladen ist.«

5

Ich zögerte. Eiskalter Schweiß lief mir an den Schläfen hinab, und ich vernahm, wie die Männer um mich herum näher kamen. Einen Moment lang traute ich meinen Ohren nicht.

»Sind Sie das … Salisbury?«

Der Mann stieß einen Seufzer aus und riss ein Streichholz an. Die kleine Flamme beleuchtete seinen Rauschebart, und mich traf ein durchdringender Blick; es war wahrhaftig der britische Premierminister. Vollkommen verwirrt senkte ich augenblicklich meine Waffe.

»Ja, Frey«, bestätigte er und entzündete mit dem Rest des Streichholzes eine Öllampe, die neben ihm stand. »Allerdings heißt es für Sie *Lord* Salisbury, mein Herr.«

Ich schaute mich um und stellte fest, dass die anderen Männer im Haus jene Wachen waren, die ihn auch schon am Morgen begleitet hatten. Keiner von ihnen trug eine Uniform.

Es war mehr als grotesk, plötzlich gezwungen zu sein, sich vor dem Mann zu verbeugen, der gerade in mein Haus eingebrochen war. »Selbstverständlich. Ich bitte um Entschuldigung, aber Eure Lordschaft werden gewiss meine Verwunderung verstehen …«

»Nun, ich bin derjenige, der verwundert ist. Ich hatte nicht erwartet, dass ein leitender Inspector eine so bescheidene Unterkunft bewohnt …« Meinen Vater hätte der

Schlag getroffen, wenn er eine solche Bemerkung aus dem Mund des Premierministers vernommen hätte.

»Und sich nur eine Bedienstete hält, die ihren Dienst bereits am Nachmittag beendet!«, sagte eine andere vertraute Stimme – die zu hören ich am wenigsten erwartet hatte.

Die füllige Gestalt von Sir Charles Warren trat ins Licht. Angesichts der Umstände musste ich unwillkürlich den Kopf schütteln: Zwei der herausragendsten Männer von Großbritannien, von denen ich geglaubt hatte, sie seien erbitterte Feinde, brachen in einem gemeinsamen Unterfangen in mein Haus ein! Die ganze Situation kam mir vor wie ein sonderbarer Traum.

»Sir Charles!«

»Wir verstehen sehr wohl, wie ungehörig diese Situation ist«, beschwichtigte er mich, »aber wir haben es mit einer außergewöhnlich dringenden Angelegenheit zu tun … so dringend, dass wir wie ordinäre Diebe in der Nacht herumschleichen müssen. Können wir vertraulich sprechen?«

Rasch musterte ich Warrens Gesicht. Seine Miene wirkte in der Tat besorgt, und Lord Salisburys Mund war so verkniffen, dass seine Lippen nur noch eine dünne Linie bildeten.

»Folgen Sie mir bitte«, sagte ich und führte sie in mein kleines Arbeitszimmer.

Der Premierminister nickte den Beamten zu, worauf sämtliche Männer zurückblieben. Dass dabei so manch verblüffter Blick auf mich fiel, verriet mir, dass auch den Männern selbst nicht klar war, was hier vor sich ging.

Wir betraten mein Arbeitszimmer, und als ich die Schreibtischlampe entzündete, fand ich eine Nachricht von Joan vor. Mit ihrer vor Fehlern strotzenden Rechtschreibung und in ihrem beinahe unverständlichen Dialekt gab sie mir zu verstehen, wie sehr die dunklen Straßen sie vor Angst um den Verstand brachten, und entschuldigte sich dann dafür, ihre Dienste früher eingestellt und das Haus verlassen zu haben. Bestimmt hatte sie die Einzelheiten des letzten Mordes von Jack the Ripper allzu aufmerksam verfolgt.

Ich zerknüllte den Notizzettel und warf ihn beiseite. »Nehmen Sie Platz, Gentlemen.«

Sir Charles blickte sich um, um sich zu vergewissern, dass die Männer zurückblieben. Dann bedeutete er mir, die Tür zu schließen. Beide Männer setzten sich vor meinen Schreibtisch; Warren ließ sich geradezu in den Sessel fallen, da ihn das lange Stehen offenbar angestrengt hatte.

»Ich komme gleich zur Sache«, begann Lord Salisbury, als er in einem meiner Lehnstühle saß. Er schnaufte und grunzte wie ein Walross, dem es unbehaglich zumute war. »Sir Charles sagte mir, dass Sie informiert sind über die Situation in Schottland. Ist das korrekt?«

»Der ermordete Musiker? Ja, Mylord.«

»Das war kein gewöhnlicher Mord. Der Mann …« Salisbury schien sich zunehmend unbehaglicher zu fühlen. »Haben Sie Brandy? Ich brauche einen Drink.«

Ich holte meine beste Flasche aus einem Regal und schenkte drei Gläser ein. Der Premier kippte seinen Drink hinunter, schüttelte sich und wirkte mit einem Mal kräftiger.

»Immerhin haben Sie einen guten Tropfen! Wie gesagt, das Opfer war ein alter Virtuose in Edinburgh – Guilleum Fontaine. Ich weiß, dass Ihre Familie musikalisch bewandert ist, vielleicht haben Sie von ihm gehört.«

»Das habe ich nicht«, gab ich zu, »aber mein Bruder womöglich.«

»Nun, es gibt keinen offensichtlichen Grund für seine Ermordung«, schaltete sich Sir Charles ein. »Der Mann war Witwer und führte ein friedvolles Leben. Er hat seit dreißig Jahren in Schottland unterrichtet, und wie ich gehört habe, genoss er unter seinesgleichen einen guten Ruf.«

»Aber …?«

»Er wurde auf grausamste Art und Weise getötet. Man hat ihm die Kehle durchgeschnitten, dann den Bauch aufgeschlitzt und ihn schließlich ausgeweidet.«

In letzter Zeit hatte ich mich wohl oder übel daran gewöhnt, derartige Beschreibungen zu Ohren zu bekommen, doch sie verursachten mir nach wie vor Übelkeit.

»Das hört sich tatsächlich nach der Handschrift des Rippers an«, sagte ich.

»Ganz genau.« Sir Charles nickte überraschend heftig. »Es muss noch so einen sadistischen Mistkerl geben, der das Vorgehen des Rippers nachahmt. Fontaine ist nur wenige Stunden vor Mary Jane Kelly gestorben; in so kurzer Zeit kann niemand von Edinburgh nach London gelangen.«

»Diese Ereignisse haben wir natürlich höchster Geheimhaltung unterworfen«, fügte Salisbury hinzu. »Wenn die Presse Wind von diesem Fall bekommt, werden sich diese gerissenen Journalisten wie die Geier auf uns stürzen. Nur eine Handvoll Männer kennt die Details dieses Mordes, wir dürfen sie auf keinen Fall publik machen – selbst dieser verdammte Narr von Monro ist nicht in alle Details eingeweiht! Wie immer braucht es nur eines einzigen Mannes, die Lawine ins Rollen zu bringen, bevor ihm eine hirnlose Schar hinterherrennt. Können Sie sich vorstellen, was aus dem Britischen Empire würde, wenn wir plötzlich einen Ripper in jedem Land hätten? *Panik!* Verdammte, nackte Panik würde überall herrschen!«

Die Vorstellung jagte mir kalte Schauer über den Rücken. Auf den britischen Inseln würde ein Zustand nackter Angst herrschen, während ähnlich grässliche Morde Woche für Woche überall um uns herum begangen würden. Kein Wunder, dass sie sich solche Sorgen machten. Der konkrete Mord an dem Mann mochte für sie nicht entscheidend sein, doch durch den Kontext, in dem er verübt worden war, saßen sie auf einem Pulverfass.

»Und Sie wollen, dass ich ermittle«, murmelte ich. Es klang in der Tat nach einer äußerst herausfordernden Aufgabe; eine von denen, mit denen man Karriere macht oder diese ruiniert. Das Vorgefühl ließ mein Herz unerwartet höher schlagen, doch der Nervenkitzel sollte nicht von Dauer sein.

»So ist es«, bestätigte der Premierminister. »Wie Sie bemerkt haben dürften, habe ich mich heute Morgen an Ihren Namen erinnert. Die Berichte von Ihrer Jagd auf diese verfluchte Schwarze Witwe gaben eine höchst amüsante Sonntagmorgenlektüre ab.«

Kein Wunder. Der Fall von Good Mary Brown hatte als eine der spektakulärsten Verhaftungen der letzten Jahre Schlagzeilen gemacht. Die Frau hatte in fünf Grafschaften gelebt, von Lincolnshire bis Devonshire, und bei jedem neuen Ehemann, den zu vergiften sie beschlossen hatte, einen anderen Namen verwendet. Ausreichend Beweise zu sammeln, um sie hinter Gitter zu bringen, hatte mich Blut, Schweiß und Tränen gekostet.

»Ich brauche einen unserer besten Männer dort oben«, fuhr Lord Salisbury fort, »doch da es im Ripper-Fall aussichtsloser denn je aussieht, kann das CID auf keinen großen Namen verzichten, ohne Verdacht zu erregen. Monros Abneigung Ihnen gegenüber hat mir den perfekten Vorwand verschafft. Niemand hier in London wird den Verdacht hegen, dass Sie in amtlicher Funktion nach Schottland versetzt wurden – nicht, nachdem Sir Charles, Ihr Mentor und Monros Erzfeind, zurückgetreten ist.«

Ich bemerkte, wie Sir Charles in Anbetracht der Abgebrühtheit, mit der hier über das Ende seiner Karriere gesprochen wurde, die Augen verkniff. Der Premierminister war offenkundig sehr gut im Ränkeschmieden.

Ich nippte an meinem Brandy. »Ich nehme an, wir werden uns eine Ausrede für meine Anwesenheit in Edinburgh ausdenken müssen.«

»Das haben wir schon«, bekundete Sir Charles. »Sie werden in einer von Inspector McGray geleiteten neuen Sonderabteilung assistieren.«

Ich zog eine Augenbraue hoch. »Ich hatte noch gar nichts davon gehört, dass eine neue Sonderabteilung gegründet wurde.«

»Es handelt sich um einen besonderen Fall«, erklärte Lord Salisbury. »Inspector McGray hat sich dafür starkgemacht, ein Team zu gründen, das sich der Untersuchung von … ähm … Erscheinungen widmet.«

Im Raum breitete sich betretenes Schweigen aus.

»Erscheinungen«, wiederholte ich. »Meinen Sie damit Erscheinungen … wie in …?«

»Erscheinungen wie eben Erscheinungen!«, stieß Salisbury mit leicht geröteten Wangen hervor. »Geister, Kobolde, Hexen … diese Art von Dingen. Für uns ist McGrays neue Sonderabteilung – tatsächlich haben wir sie genau deshalb eingerichtet – ein Vorwand. Den Fall einem solch … exzentrischen Beamten zu übertragen wird uns die Blicke der ›ehrenwerten‹ Reporter von Leib halten.«

Ich brauchte einen Moment, um mir darüber klar zu

werden, was er gerade gesagt hatte. Es klang unglaublich töricht … doch genau dadurch würde es funktionieren.

»Wenn wir diesen Plan umsetzen …«, sagte ich, während ich im Geiste rasch den Sachverhalt analysierte, »dann würde ich in den Augen aller Welt mit Schimpf und Schande nach Edinburgh versetzt, nachdem ich kurz zuvor von Commissioner Monro degradiert wurde … Sehe ich das richtig?«

Sir Charles stieß einen tiefen Seufzer aus, während Lord Salisbury mit monotoner Stimme erwiderte: »Das ist korrekt, Frey. Offiziell haben wir Sie hier niemals aufgesucht, und es war Monro allein, der entschied, dass Sie nach Schottland gehen müssen, und Sie waren gerne bereit, den Auftrag anzunehmen, damit Sie nicht fristlos entlassen werden.«

Mein Herz hämmerte wie wild. Erinnerungen an die endlosen Schimpfkanonaden meines Vaters auf die Schotten schossen mir durch den Kopf. Ich konnte ihn geradezu vor mir sehen, wie er mit Brotkrümeln in den Mundwinkeln Stückchen gebutterten Brots ausspie und schrie: *»Edin-blöd-burgh!«*

»Ich hoffe, ich habe mich verständlich ausgedrückt«, sagte Salisbury. »Und ich hoffe erst recht, dass Sie den Ernst der Lage begreifen. Ich habe Sir Charles damit beauftragt, Ihre Fortschritte zu überwachen, da er die dafür nötige Zeit hat; Sie werden laufend mit ihm in Verbindung bleiben und ihm Ihre Fortschritte mitteilen, die sich im Laufe der Entwicklungen des Falls ergeben. Außerdem werde ich dafür sorgen, dass Monro Ihnen sämtliche ›offiziellen‹ Papiere zukommen lässt, die mit Ihrer Versetzung zu tun haben. Ich überlasse es jetzt Ihnen, die Einzelheiten unter sich zu klären.« Als er aufstand, sprangen Sir Charles und ich von unseren Stühlen auf. »Heben Sie sich die Formalitäten für ruhigere Zeiten auf, Gentlemen, ich kenne den Weg hinaus.« Er öffnete die Tür, warf mir jedoch noch einen durchdringenden Blick zu, bevor er ging. »Enttäuschen Sie uns nicht, Frey. Ich hatte heute ein Tête-à-Tête mit Ihrer Majestät, und sie ist äußerst bekümmert!«

Dann verließ er das Zimmer, und ich hörte, wie seine Wachleute rasch mit ihm das Haus verließen. Erneut hatte ich das Gefühl, mich in einem Traum zu befinden.

»Er hat nicht einmal gefragt, ob ich bereit bin, die Aufgabe zu übernehmen oder nicht!«, sagte ich nach kurzem Schweigen.

Sir Charles nippte an seinem Brandy und kicherte dann. »Das muss er auch nicht; er ist der Premierminister. Im Übrigen wären Sie ein Narr, wenn Sie den Fall ablehnen. Wenn Sie ihn übernehmen, stehen die Aussichten gut, dass Ihre Karriere gerettet wird; mehr als nur ein Frey wird erfreut sein zu erfahren, dass Sie vom Premier persönlich beauftragt wurden, und ... wer weiß? Wenn Sie sich wacker schlagen, führt diese Sache vielleicht auch dazu, dass eine gewisse Miss Ferrars ihre Meinung ändert ...«

Der Name fiel so unerwartet, dass ich so rot wurde wie eine reife Tomate. »*Woher ... wer hat ...*« Als mir bewusst wurde, wie hoch meine Stimme klang, räusperte ich mich. »Sir Charles, für solche Spekulationen ist es noch viel zu früh. Nicht einmal mein Vater weiß davon!«

Sir Charles grinste. »Meine Ohren sind überall, Frey ... und ich habe viele!«

»Nur gut, dass wir beide auf einer Seite stehen ...« Ich kippte den Rest meines Brandys hinunter und setzte mich förmlich hinter meinen Schreibtisch. »Wenn ich Erfolg habe, werde ich in London wieder eingesetzt, nicht wahr? Zumindest das würde ich erwarten!«

Sir Charles wandte sich mir zu. Durch das Gaslicht wurden die tiefen Falten in seinem Gesicht hervorgehoben; er wirkte hundemüde. »Das liegt einzig und allein in Lord Salisburys Ermessen, Frey. Ich fürchte, es liegt nicht mehr in meiner Macht, Ihnen zu helfen, auch wenn er mich um Hilfe gebeten hat. Sie müssen tun, was von Ihnen gefordert wird, und dann auf die Gunst des Premierministers hoffen.«

Ich grinste spöttisch. »Lassen Sie mich meine Situation bewerten: Ich muss mit Schimpf und Schande in das von Schotten wimmelnde Edinburgh fahren, dort vorgeben, Mitglied einer erbärmlichen Sonderabteilung zu sein, die von einem behämmerten Kerl geleitet wird, der an Elfen glaubt, und mir auf der Jagd nach einem schwer fassbaren Trittbrettfahrer von Jack the Ripper den Rücken krumm arbeiten und den Kopf zerbrechen, und das alles unter strengster Geheimhaltung … und falls ich Erfolg habe, darf ich vielleicht, *vielleicht* zurückkommen … und falls ich Riesenglück habe, darf ich mein Leben an dem Punkt, an dem es gestern angelangt war, wieder aufnehmen … *nicht wirklich ein Gewinn!*«

Tiefe Stille breitete sich aus. Sir Charles fingerte an seinem leeren Glas herum, und ich biss mir angesichts der ungerechten Situation, in der ich mich befand, ohnmächtig auf die Lippen.

»Es ist paradox«, erklärte er schließlich finster, »dass einige der brillantesten, nobelsten Menschen ihr ganzes Leben lang kämpfen, nur um dafür zu sorgen, dass der Abschaum der Menschheit nicht aus der Reihe tanzt … diese Parasiten, die weder Skrupel noch Hirn besitzen, sondern nur davon leben, die Gesellschaft wie Blutegel auszusaugen. Und am Ende, auch wenn unsere Arbeit bestens erledigt ist, wird die Welt nichts anderes gewonnen haben als die

Chance, sich mit allen anderen gewöhnlichen Problemen weiterzudrehen.«

Diese kurze Rede war die Quintessenz eines Lebens, das von intensiven Auseinandersetzungen geprägt war. Sir Charles hatte jahrelang für die Polizei gearbeitet, daher hatte er wohl aus dem Grunde seines Herzens gesprochen. Ich kam nicht umhin, mich zu fragen, ob mir eines Tages wohl auch so eine Gemütsverfassung zu eigen sein würde. Das Einzige, was unmissverständlich klar geworden war, war die Tatsache, dass mir keine Wahl blieb. Ich musste tun, wie mir befohlen wurde.

»Diese Entscheidung werde ich bereuen«, flüsterte ich, konsterniert wie nie zuvor. »Ich werde nach Schottland fahren und alles tun, was notwendig ist … obwohl ich weiß, dass ich es bereuen werde.«

Sir Charles lächelte müde. In einem versöhnlichen, fast väterlichen Ton sagte er: »Mag sein … Aber die Sache hat auch etwas Gutes: Sie werden das getan haben, was für das Gemeinwohl am besten ist.«

Ich langte nach der Flasche und schenkte mir einen weiteren Drink ein.

»Verflucht sei das Gemeinwohl …«

Blut! Ich hasse Blut!

Und wie er gequiekt hat! Wie eines dieser Schlachtschweine!

Er hält mich für Ungeziefer, wie der Rest auch. Wie die, die mich wie ein Untier behandeln …

Sie werden es noch alle sehen … ja, sie werden es alle bereuen …

6

»Aber Sir, Sie dürfen nicht fortgehen!«

»Ich brauche auch noch mehr Mäntel, vor allem die wärmeren aus meinem Kleiderschrank am Hyde Park Gate. Hier, mit dieser Nachricht können Sie sie aus meinem Elternhaus abholen.«

»Ich arbeite jetzt schon mehr als vier Jahre für Sie! Und jetzt kündigen Sie mir einfach? Was soll ich denn jetzt tun?«

»Sie werden erst einmal dafür sorgen, dass meine Sachen sicher in Edinburgh ankommen, Joan«, beruhigte ich sie, bemüht, sie von der düsteren Wirklichkeit abzulenken. »Das wird Sie für einige Tage auf Trab halten. Und wenn Sie alles geschickt haben, werde ich Ihnen eine Abfindung zukommen lassen, die so großzügig bemessen sein wird, dass Sie sich damit einige Monate über Wasser halten können.«

»Aber was soll danach aus mir werden, Mr Frey? Ich bin eine arme alte Witwe; diesen schwachen Knochen wird niemand Arbeit geben wollen!«

Nach Kräften bemüht ihre Stimmung aufzuhellen, stieß ich ein gackerndes Lachen aus. »Joan, wem wollen Sie etwas vormachen? Sie sind zäh wie Leder! Und ich werde Ihnen ein gutes Zeugnis ausstellen, damit Sie möglichst schnell eine neue Anstellung finden.«

»Aber Sir ...!« Seufzend ließ sie die Arme sinken und zog jammervoll die Schultern hoch.

Ich fühlte mich furchtbar schuldig. Ich hatte den Verlust

von Ansehen und den einer Liebsten zu beklagen, doch waren meine Schicksalsschläge nichts im Vergleich zu Joans; sie verlor nun ihr einziges Einkommen.

»Sollten Sie in eine Notlage geraten«, schlug ich vor, »dann dürfen Sie Kontakt zu Elgie aufnehmen. Er wird mir sofort Bescheid geben, und dann werden wir alles in die Wege leiten, um Ihnen aus der Patsche zu helfen. In Ordnung?«

Joan nickte stumm, kaum weniger niedergeschlagen, doch mehr fiel mir nicht ein, um sie zu trösten. Sie sammelte die Zettel zusammen, die ich ihr gegeben hatte, und verließ das Arbeitszimmer.

Die arme Joan hatte mich an diesem Morgen in einem erbärmlichen Zustand vorgefunden; dunkle Ringe unter den Augen, die Kleidung zerknittert und auf dem Schreibtisch vor mir ein Stapel Briefe, die darauf warteten, versendet zu werden. Um meine plötzliche Abreise nach Schottland vorzubereiten, hatte ich die ganze Nacht über kein Auge zugetan, und erst als ich ihren bestürzten Gesichtsausdruck sah, wurde mir bewusst, dass ich auch meine Kleider nicht gewechselt hatte. Ich trug nach wie vor den gleichen Anzug wie bei meiner Entlassung vom CID, bei der unverschämten Attacke meines Bruders und beim Laufpass durch Eugenia, bevor ich am späten Abend nach Hause gefahren war, um zu erleben, wie meine Zukunft noch ein weiteres Mal auf den Kopf gestellt wurde. Die Erkenntnis, dass all dies an nur einem einzigen Tag geschehen war, ließ mich schwindeln … Dass noch weitere solche Tage vor mir lagen, konnte ich zu diesem Zeitpunkt nicht ahnen.

Trotz all meiner Bemühungen gelang es mir nicht, den *Scotch Express* an diesem Tag zu erreichen. Mit ihm hätte ich in weniger als neun Stunden von King's Cross nach Edinburgh fahren können. Ich verpasste ihn lediglich um wenige Minuten, stand nun wütend auf dem Bahnsteig und stieß grunzend eine exquisite Auswahl von Geschmacklosigkeiten aus, die die englische Sprache bereithielt. Einer der Bahnangestellten sah meine Frustration und riet mir, den Wasserweg zu wählen; ich könne ein Themseschiff nehmen und damit am kommenden Morgen Edinburghs Hafen Leith erreichen.

Da die Beförderung zu Wasser mehr und mehr dem Gütertransport überlassen wurde, kostete es mich einige Anstrengung, ein geeignetes Schiff aufzutreiben. Nach allerlei Erkundigungen stieß ich auf einen Kahn mit zwei separaten Kabinen für Passagiere. Mit seinem rostzerfressenen Rumpf gab er einen traurigen Anblick ab, doch immerhin würde ich in den Genuss von ein wenig Privatsphäre kommen.

Mich an Bord begeben zu haben gehört zu jenen Momenten, die mir so intensiv in Erinnerung geblieben sind, als hätten sie sich nur Sekunden zuvor ereignet. Ich sehe mich immer noch in dem geschäftigen Londoner Hafenviertel, gehüllt in meinen dicksten Mantel, an Bord steigen, in jeder Hand einen schweren Koffer. Ich warf einen letzten Blick auf London und sein Dickicht von qualmenden Schornsteinen. Vor mir floss träge das braune kabbelige Wasser der Themse, das mich bald in Lagen bringen würde, die ich niemals hätte vorhersehen können, nicht in meinen kühnsten Träumen, nicht in meinen finstersten Alpträumen.

Mit einem Fuß schon auf der Bordwand zögerte ich einen Moment, versucht, die ganze Sache wieder abzublasen. Ich drehte mich sogar in Richtung des sicheren Hyde Park Gate um. Doch eine unsichtbare Macht ließ mich nicht gewähren. Ich schauderte, und diese plötzliche Kälte bescherte mir wieder einen klaren Kopf. Schließlich ging ich an Bord und murmelte dabei: »Ab in die Hölle ...«

Die Reise war kurz, aber eine Qual. Nicht nur wegen des abgetakelten Seelenverkäufers, der ständig auf der Wasseroberfläche herumhüpfte wie ein flacher Stein, sondern auch wegen meiner miserablen Gemütsverfassung.

Als ich auf der harten Koje lag und auf die von Rissen überzogene Decke starrte, erschien mir mein ganzes Leben plötzlich öde. Warum sollte ich überhaupt für irgendetwas kämpfen? Warum mir auch nur die Mühe machen, den ganzen Weg bis nach Schottland zu reisen? Dieser zweite Ripper konnte sich als genauso schwer fassbar erweisen wie der erste. Was, wenn mich dieser andere Schurke zum Narren hielt? Und selbst wenn ich Erfolg haben würde, gab es keinerlei Garantie, dass man mich wieder ins Amt einsetzen würde.

Diese scheinbare Sinnlosigkeit verursachte in mir eine grauenhafte Leere. Als ich die Medizinische Fakultät in Oxford verlassen hatte, war mir schon einmal so zumute gewesen. Kurz vorher war ich daran gescheitert, einen Juraabschluss in Cambridge zu absolvieren, und die Erinnerung daran, wie geschlagen ich mich fühlte, schmerzt mich bis heute. Es war nicht so gewesen, dass die Lehrstunden oder Übungen mich überfordert hätten; es gefiel mir vielmehr, die Anatomie und all ihre faszinierenden lateinischen Namen zu erlernen, Krankheiten und ihre Symptome zu erforschen, und besonderen Gefallen fand ich an den für die Diagnose benötigten intuitiven Fähigkeiten – schon damals konnte ich den Kriminalisten in mir nicht verleugnen.

Doch änderte sich alles nach der unglückseligen Sezierung einer Frauenleiche, die man von einem Friedhof organisiert hatte (sämtliche Leichen, die wir in der Fakultät untersuchten, wurden illegal bezogen; sowohl die Studenten als auch die Polizei drückten deswegen ein Auge zu). Erst als wir sie aufschnitten, stellten wir fest, dass sie schwanger gewesen war. Für mich war es ein Schock, die kleine Hand eines Fötus im Bauch seiner Mutter zu erblicken. Nie werde ich den Anblick dieser Fingerchen vergessen, winzig, aber perfekt geformt und mit Nägeln in der Größe von Salzkörnern. Zu allem Überfluss war der Professor auch noch begeistert wie ein Irrer, erklärte die Funktion des Uterus und der Schwangerschaft, bevor er das Baby sezierte, um uns zu zeigen, wie wunderschön geformt die Organe bereits waren. Es war nicht bloß ein blutiges und widerliches Bild, sondern auf eine vollkommen abartige Weise verstörend: Es war herzzerreißend. In diesem Moment wurde mir klar, dass ich nie ein guter Arzt werden würde … und nicht einmal ein schlechter. Womöglich hätte ich es schaffen können, aber ich bin davon überzeugt, dass mich der Beruf allmählich zerfressen hätte. Keine zwei Monate vergingen, und ich war wieder daheim, aufs Neue eingetaucht in meine ziellose Existenz. Dann rettete mich das CID und gab mir wieder eine Aufgabe … doch genauso unverhofft hatte es mir nun alles wieder weggenommen. Ich hatte meine Arbeit bei Scotland Yard mehr geschätzt, als ich geglaubt hatte, dies aber – wie es für gewöhnlich geschieht – erst gemerkt, als ich sie wieder verloren hatte.

Mit diesen vergifteten Gedanken wälzte ich mich fortwährend auf meiner Koje, aber der Geist stößt irgendwann an seine Grenzen, und schließlich schlief ich ein. Als ich ein paar Stunden später aufwachte, war es noch immer dunkel, und das Schiff schaukelte nach wie vor auf hohen Wellen. Ich versuchte wieder einzuschlafen, doch es war aussichtslos, sodass ich beschloss, die Zeit sinnvoll zu nutzen. Sir

Charles hatte mir eine dünne Akte mit Informationen zu McGray und dem Fall überreicht, dazu die »offiziellen« Dokumente in Bezug auf meine Versetzung.

Zunächst stieß ich auf einen kurzen Bericht über McGrays neue Sonderabteilung. Und ich nenne sie »McGrays«, weil der Bezirk von Edinburgh und Leith diesem Tölpel die absolute Verantwortung darüber verliehen hatte. Die Sonderabteilung hieß wörtlich »Kommission zur Aufklärung ungelöster Fälle mit mutmaßlichem Bezug zu Sonderbarem und Geisterhaftem« – mein Atem reichte nicht aus, um es in einem Zug zu lesen.

Die Vorgehensweise legte fest, dass Inspector McGray, sollte eine Ermittlung nach einer bestimmten Zeit ungelöst bleiben, vollen Zugriff auf alle Akten und Zeugenaussagen haben würde. Er würde entscheiden, ob ein Fall von »geisterhafter« Natur war und mit »unorthodoxer« Herangehensweise weiter untersucht werden sollte.

Es war nur logisch, dass lediglich eine Handvoll Fälle durch das örtliche CID sickern und in McGrays – oder unseren – Zuständigkeitsbereich fallen würden. Tatsächlich hatte die Abteilung neben meinem aktuellen Sonderauftrag nur zwei offene Fälle zu bearbeiten. Bei einem ging es um ein angebliches Spukhaus, in dem eine Frau ohne ersichtlichen Grund den Verstand verloren hatte. Der andere bestand aus einer Untersuchung von – allein dies zu schreiben lässt mich zusammenzucken – Irrlichtern, die vom Friedhof Old Calton gemeldet worden waren. Es hatte den Anschein, als gebe es die Sonderabteilung schon eine Weile und als sei sie nicht erst kurzfristig als Vorwand wegen des Ripper-Nachahmers gegründet worden. Vielleicht waren die Daten manipuliert worden, um diesen Eindruck zu erwecken; falls nicht, war es unglaublich, dass Gelder

der Grafschaft für einen solchen Unsinn verwendet wurden. Andererseits war diese ganze Sache von schottischen Halunken ausgedacht und eingefädelt worden.

Der Kapitän verkündete, dass wir uns bereits dem Hafen Leith näherten, und ich steckte alle Dokumente wieder in den Ordner. Dabei fiel mir ein Zettel auf, der an die letzte Seite in der Akte geheftet worden war und auf den Sir Charles Warren hastig gekritzelt hatte:

Sie werden fürs Erste bei McGray unterkommen müssen: Moray Place, Nummer 27. Ihre dauerhafte Unterbringung wird im Verlauf der nächsten zwei Wochen arrangiert werden.

»Wunderbar …«, murrte ich.

Ein sintflutartiger Regen, durch den ich alles nur verschwommen wahrnehmen konnte, prasselte auf die Stadt nieder. Es musste hier wenigstens fünf Grad kälter sein als in London, denn kaum war ich vom Dampfschiff gestiegen, fröstelte ich.

Als ich das Dock verließ, stellte ich fest, dass sich in Leith Harbour das Geschrei von Möwen und Matrosen mit dem Stampfen und Tuten der Dampfschiffe und dem Rattern von Kutschen vermischte und es hier fast so geschäftig zuging wie an jedem anderen Dock an der Themse. Als ich mir die Lederhandschuhe anzog und meinen Schirm aufspannte, fühlte ich mich vollkommen fehl am Platz, so in einen makellosen schwarzen Anzug gekleidet inmitten einer Menge von Verladern und Fischweibern. Aus allen Richtungen drangen Schreie in diesem schottischen Akzent, der das R auf noch widerwärtigere Weise rollt, als es die Iren tun. Gerade als ich darüber nachdachte, kamen zwei ungehobelte Kerle in Kilts auf mich zu, bemüht, einen störrischen Ochsen zu ziehen und dabei auf unflätigste Weise in verstümmelter Sprache fluchend. Ein Böe eisigen Windes und Regens traf uns, und ich bemitleidete sie wegen ihrer nackten behaarten Beine.

Schließlich trat ein junger Bursche an mich heran und bot mir an, mein Gepäck zu tragen. Ich gab ihm einen Penny und bat ihn, mich zu einem zuverlässigen Kutscher zu geleiten. Mit geschmeidigen Bewegungen wich der Junge den Männern und dem Ochsen aus, und prompt verlor ich ihn aus den Augen. Eine kurzen Moment glaubte ich schon, er habe mir meine Koffer gestohlen, doch dann gelang es den Männern, das Tier vorwärtszuziehen, und ich sah, dass der Junge einen kleinen Pferdewagen für mich angehalten hatte.

Ich sprang auf den Rücksitz und nahm mein Gepäck in Empfang. Der Kutscher, ein schmächtiger Mann, dem bis auf einen sämtliche Vorderzähne fehlten, sprach mich in einem weniger ausgeprägten Akzent an. Er musste es gewohnt sein, mit Ausländern zu sprechen. »Wohin, Sir?«

Ich holte die Akte hervor und suchte nach Warrens Notiz. »Äh … Moray Place siebenundzwanzig.«

Augenblicklich zeigte er ein fast zahnloses Grinsen. »Nine-Nails McGrays Haus!«

Ich zog die Augenbrauen hoch, und der Bursche fuhr los.

Wir kamen eine breite Allee entlang, die sanft anstieg und auf eine Anhöhe hinaufführte. Edinburgh ist auf einer welligen Hügellandschaft erbaut, und die erste Anhöhe, die der Kutscher ansteuerte, war der Calton Hill. Ich schaute zu meiner Linken hinaus, damit rechnend, einen Blick auf die anderen Hügel der Stadt zu erhaschen. Doch das Wetter war entsetzlich. Alles, was ich von Edinburgh Castle sehen konnte, war eine graue, sich gegen den weißen Himmel abzeichnende Silhouette, genauso eingehüllt vom Nebel wie der felsige Gipfel von Arthur's Seat.

Zu meiner Linken sah ich den Eingang des Friedhofs Old Calton. Ob McGray mich dort wohl nachts auf die Jagd nach Irrlichtern schicken würde? Als wir vom Calton Hill hinunterfuhren, kamen wir in ein ausgesprochen elegantes Viertel; große georgianische Herrenhäuser mit makellosen Granit- und Sandsteinmauern standen zu beiden Seiten der Straße.

»Das ist die New Town, Sir«, erklärte mir der Kutscher.

Nach einer Weile bogen wir rechts ab und fuhren durch eine kurze Straße namens Forres Street, die in eine breite, kreisförmig angelegte Straße führte. In ihrer Mitte befand sich eine parkähnliche Gartenanlage mit Bänken sowie schmalen, geometrisch angelegten Fußwegen zwischen saftig grünem Gras.

Flankiert wurde das Rondell von prachtvollen georgianischen Häusern, die allesamt vierstöckig waren. Ich bemerkte eine vornehme Kutsche, die ein Paar beförderte, doch davon abgesehen herrschte eine angenehme Stille. Das war bemerkenswert, denn wir befanden uns nur zweihundert Meter von den geschäftigen Hauptstraßen entfernt.

Der Moray Place befand sich also doch in sehr guter Lage in der reichen New Town von Edinburgh. Unwillkürlich stieß ich einen Seufzer der Erleichterung aus; eine Weile hatte ich schon geglaubt, ich würde in einer der überbelegten, schmuddeligen mittelalterlichen Behausungen der berüchtigten High Street wohnen müssen.

Gerade als ich überzeugt davon war, in einem schönen Viertel gelandet zu sein, passierte die Kutsche ein Haus mit mehreren zugemauerten Fenstern. Und das lag nicht daran, weil es leer oder verwaist gewesen wäre. Alles hatte 1696 mit der Einführung der Fenstersteuer begonnen. Bewohner von Edinburgh, die diese nicht zu zahlen bereit waren, entschieden sich für die hinreißend geschmackvolle Alternative, ihre Fenster zuzumauern. Damit nicht zufrieden und um noch heftiger Stellung gegen die Regierung zu beziehen, ließen die Leute die Fensterrahmen intakt, so als wollten sie damit zum Ausdruck bringen: »Wir hatten hier Fenster, aber wir werden alles unternehmen, um gegen eure dummen Steuern vorzugehen.« Damit waren selbst die Fassaden von Edinburgh zu einer antienglischen Fahne geworden.

Als ich ein weiteres Stadthaus aus Granitstein sah, bei dem jedes zweite Fenster mit diesen absolut beschämenden roten Backsteinen zugemauert worden war, legte ich mir bestürzt eine Hand an die Stirn. Diese Sache mit der Steuer lag nun schon fast zweihundert Jahre zurück, und die Steuer selbst war bereits vor über dreißig Jahren wieder abgeschafft worden – und doch hatten diese Menschen nicht einmal den Versuch unternommen, ihre Häuser zu restaurieren.

Das konnte mir nur als Mahnung dienen, mich nicht zum Narren halten zu lassen. So vornehm und imposant es hier auch aussehen mochte, so war es doch weit, meilenweit entfernt von der Welt, die ich gewohnt war. Das hier war Schottland.

Mein nahezu zahnloser Kutscher fuhr um das Rondell herum und hielt vor Nummer siebenundzwanzig.

»Nine-Nails McGrays Wohnsitz, Sir«, verkündete er.

Es war zwar nicht gerade das prachtvollste Haus, das am Rondell stand, denn seine Fassade war lediglich drei Fenster breit, und es stand direkt an einer Ecke. Dennoch ging ein gewisser Charme von ihm aus (die Tatsache, dass all seine Fenster auch als solche genutzt wurden, spielte dabei mit Sicherheit eine wesentliche Rolle).

Ich stieg aus der Kutsche und klopfte an die Eichentür. Während ich wartete, schaute ich mich genauer um. Das Haus schien gut gepflegt zu sein; saubere Fenster mit weißen Rahmen, durch die ich grüne Samtvorhänge erblickte.

Niemand kam an die Tür. Da der Regen allmählich den Saum meiner Hose durchnässte, klopfte ich erneut an. Der Kutscher brachte meine Koffer. »Niemand zu Hause?«, fragte er.

»Es muss doch zumindest eine verdammte Haushälterin da sein!«, murrte ich und klopfte abermals, dieses Mal viel heftiger als zuvor.

Ich hatte noch nicht mit dem Hämmern aufgehört, als eine ungehobelte Stimme rief: »*Ich komme ja schon, immer mit der Ruhe, verdammt noch mal!*« Im nächsten Moment öffnete ein alter Mann die Tür. »Was ist denn so scheißwich…«

Als er mich sah, verstummte er sofort. Der Mann war recht klein geraten, hatte hervortretende Wangenknochen und eine Knollennase; unordentliche Locken grauen Haars wuchsen lediglich an seinen Schläfen. Er trug eine fleckige Schürze und umklammerte einen schmierigen Putzlumpen. Der Mann hatte ein gerötetes Gesicht, so als käme er gerade aus einem Schwitzbad, doch nun erbleichte er.

»Es tut mir leid, Sir! Ich wusste ja nicht, wer da klopft!«

»Sparen Sie sich Ihre Entschuldigungen«, erwiderte ich kühl. »Mein Name ist Ian Frey. Ich suche Inspector Adolphus McGray.«

»Oh, Mr Frey aus London! Natürlich! So früh haben wir

Sie nicht erwartet, Sir. Ich bedaure, Mr McGray ist zurzeit nicht zu Hause.«

»Dann werde ich ihn wohl in den City Chambers antreffen?«

Der Mann schüttelte den Kopf. »Nein, nein, tut mir leid. Mr McGray ist auch nicht im Präsidium. Er müsste sich derzeit in der Irrenanstalt aufhalten.«

Überrascht zog ich die Brauen hoch. »Oh! Nun, ich kann nicht wirklich behaupten, dass mich das überrascht. Wissen Sie, ob man sich dort ordentlich um ihn kümmert?«

Wenn Blicke hätten töten können, wäre ich auf der Stelle tot umgefallen. »Mr McGray ist *nicht* als Patient dort! Er besucht jemanden.«

Der Kutscher stieß ein gedämpftes Kichern aus. Mir blieb nichts anderes übrig, als mich zu räuspern und rasch das Thema zu wechseln. »Wie man mir sagte, soll ich hier untergebracht werden.«

»Unter … was?« Der Butler runzelte verständnislos die Stirn.

»Untergeb… Mein Gott, ich werde hier wohnen.«

»Oh! *Aye,* Sir! Geben Sie mir Ihr Gepäck. Wollen Sie sich das Gesicht waschen oder so?«

Es war verlockend, ein Bad zu nehmen und die Kleider zu wechseln. Doch ich hielt es für angemessen, dem CID so rasch wie möglich meine Ankunft zu melden.

»Das würde ich gerne, doch das geht nicht. Wissen Sie, ob Inspector McGray heute überhaupt noch im Präsidium sein wird?«

»*Aye,* ich denke schon. Mr McGray sagte mir, er müsse noch zwei, drei Dinge für Sie erledigen. Ein paar Dokumente abholen, die Sie unterschreiben müssen, glaube ich.«

»Schön. Dann werde ich ihn womöglich treffen, wenn ich dort bin.«

Ohne ein weiteres Wort zu verlieren, stieg ich wieder in die Kutsche. Der Kutscher folgte mir. »Bringen Sie mich zum Polizeipräsidium.«

Die Aussicht auf eine noch größere Entlohnung aus meinem Geldbeutel ließ seine Augen glänzen. »*Aye*, zur High Street, Sir.«

Wir fuhren nach Süden zur Princes Street und dem großen Kopfbahnhof, der Edinburgh in zwei Teile schnitt: die wohlhabende New Town sowie den Calton Hill im Norden und die überbevölkerten Armenviertel der Old Town sowie die Burg im Süden.

Als wir auf die belebte High Street einbogen, drang ein widerlicher Gestank an meine Nase. Hier sah es nun nach dem Edinburgh aus, wie ich es mir vorgestellt hatte: baufällige mehrstöckige Gebäude mit braunen rußgeschwärzten Mauern. Einige dieser Unterkünfte hatten mehr als zehn Etagen, und teilweise hausten ganze Familien in einzelnen Zimmern.

Derlei übervölkerte Elendsviertel veranlassen mich dazu, Abscheu gegenüber unserem Industriezeitalter zu empfinden. Die Fabriken hatten kaum etwas anderes bewirkt, als die Menschen vom Land wegzulocken; sie mussten fortan in klaustrophobisch kleinen Fabriken schuften und üble Gerüche einatmen und waren gezwungen, auf engerem Raum zusammenzuleben als Schweine im Schlachthaus ... und das alles für ein paar Penny mehr in der Woche. Ich bin der Meinung, dass es sie ihrer Würde beraubt, und ich frage mich, was durch diese unstillbare Profitgier aus unserer Welt noch einmal werden wird.

Über den hohen Dächern ragte der Kirchturm der

St Giles' Cathedral hervor wie eine geschwärzte Krone, und gleich schräg gegenüber war das Royal Exchange, das Gebäude, in dem das Polizeipräsidium residierte.

Hinter einem Torbogen aus grauem Stein öffnete sich ein kleiner Innenhof. Als wir ankamen, warteten dort weitere vier Kutschen hintereinander, sodass wir uns einige Minuten lang anstellen mussten. Derweil sah ich, dass auf der anderen Seite der Straße, gleich gegenüber dem Präsidium, das alte Marktkreuz stand. Jahrhunderte zuvor war dieses Podest mit der darauf stehenden Säule für öffentliche Hinrichtungen benutzt worden, bei denen die Verurteilten nicht nur gehängt, sondern auch verbrannt, gepfählt, gehäutet, verstümmelt und auf eine Weise ausgeweidet worden waren, die das Werk Jack the Rippers wie das eines Anfängers aussehen ließ.

Als ich endlich aussteigen und den zahnlosen Kutscher entlohnen konnte, erkundigte ich mich nach Inspector McGray.

»Er befindet sich nicht im Gebäude«, erklärte mir ein junger Polizist, »aber er wird heute noch erwartet.«

»Um welche Zeit kommt er für gewöhnlich?«, fragte ich, worauf der junge Mann einen Pfiff ausstieß.

»Tja, bei dem Burschen weiß man das nie. An einigen Tagen ist er vor Sonnenaufgang hier, an anderen erscheint er erst zur Abendzeit.«

Ich fluchte innerlich und überlegte, ob ich wieder gehen sollte. Doch es erschien mir nicht die schlechteste Idee zu sein, meine Anwesenheit dem Leiter des CID, dessen Namen ich dank Warrens Akte kannte, zu melden. »Können Sie mich dann zu Superintendent Campbell bringen?«

»Äh, ich weiß nicht. Mr Campbell ist immer sehr beschäftigt.«

»Ich bin sicher, dass er bereit ist, mich kurz zu empfangen«, versicherte ich ihm und nannte ihm meinen Namen. Er führte mich zwei Stockwerke hinauf und dann in den Westflügel des Gebäudes, in dem sich Campbells Büro befand. Der Polizist meldete mich bei Campbells Assistenten an, der es erst wagte, das Büro zu betreten, nachdem ich darauf bestand.

Zum Erstaunen beider Männer bat mich Campbell unverzüglich herein.

Sein Büro hatte ein großes Fenster mit einem einzigartigen Ausblick auf die höchsten Gebäude der Stadt. Doch das Wetter war so schlecht, dass der Raum nur mit Hilfe von vier Öllampen ordentlich beleuchtet werden konnte. Hinter einem breiten Eichenholzschreibtisch, die Fingerspitzen auf dem polierten Holz ruhend, saß zurückgelehnt Superintendent George Campbell.

Er war etwa sechzig Jahre alt, jedenfalls hatte ich das gehört, sah aber für sein Alter und seinen Rang ziemlich … wild aus. Mit seinem aufgeplusterten weißlichen Haar, dem dicken Schnurrbart und den leicht nach oben geneigten Winkeln seiner grauen Augen erinnerte mich Campbells Aussehen an das eines Löwen.

»Sie sind früh dran«, sagte er mit tiefer Stimme und einem sehr weichen Akzent. Ich hörte heraus, dass er im Süden studiert hatte.

»Ja. Inspector Ian Frey, zu Ihren Diensten, Sir.«

Während ich sprach, streckte ich ihm die Hand entgegen, um die seine zu schütteln. Doch Campbell ging nicht darauf ein. »Ich weiß, wer Sie sind«, erwiderte er unfreundlich, während er weiter seine Aktenberge durchforstete.

Rasch zog ich meine Hand zurück und sprach nun meinerseits im gleichen strengen Tonfall. Ich war nie jemand gewesen, der um Sympathie bettelte. »Ich hielt es für angemessen, Ihnen meine Anwesenheit zu melden.«

»Allerdings«, murmelte Campbell, während er einige Blätter hervorzog und mit seinen katzenartigen Augen überflog. »Wie ich sehe, hatten Sie einen sehr guten Ruf ...« Er betonte das *hatten*.

Statt etwas zu erwidern, pflanzte ich mich einfach vor ihm auf. Nachdem er die Dokumente gelesen hatte, ging Campbell dazu über, mich zu mustern. Sein starrer Blick ging mir durch Mark und Bein.

»Nun, Mr Frey, ich gehe davon aus, dass Sie wissen, worum es hier *wirklich* geht. Habe ich recht?«

Also wagte er es nicht einmal, die Angelegenheit laut auszusprechen ...

»So ist es«, lautete meine kühle Antwort.

»Gut. Gut.« Campbell nickte bedächtig, während er mich nach wie vor fixierte, ohne dabei auch nur zu blinzeln. »Also, bevor Sie anfangen, lassen Sie mich etwas klarstellen: Ich bin nicht erfreut über Ihre Anwesenheit. Ganz und gar nicht. Hier arbeiten eine ganze Reihe erstklassiger Inspectors, die bereits am Tatort tätig wären, hätte London meinem Urteil vertraut; doch dort glauben sie, es besser zu wissen als wir armseligen Provinzler, und haben Sie geschickt – einen albern daherkommenden Schnösel, dessen einzige gute Referenz dieser von der Presse aufgebauschte Firlefanz um Good Mary White ist ...«

»Brown.«

»Egal, welche verfluchte Hautfarbe sie hatte! Wir brauchen Resultate, und zwar schnell, keine Ausflüchte. Und wir brauchen jemanden, der das unkonventionelle Wesen Ihrer neuen Abteilung kompensiert. Ich traue Ihnen erst, wenn Sie anständige Ergebnisse abliefern. Ist das klar?«

Ich knirschte mit den Zähnen. »Ja, Sir. Wenn ich noch hinzufügen darf ...«

»Sie dürfen jedes Kauderwelsch hinzufügen, das Sie wollen, nachdem Sie mir den Täter geliefert haben. Und jetzt verschwinden Sie und enttäuschen Sie mir das Königreich Ihrer Majestät nicht, Inspector Frey.«

Ich machte mir nicht die Mühe, noch ein weiteres Wort zu verlieren, und ging mit wild klopfendem Herzen hinaus.

Bevor ich das Gebäude verließ, trat ich an die Polizisten heran, um mich erneut nach McGray zu erkundigen, doch der Mann war noch immer nicht eingetroffen.

Ich blies die Wangen auf. Mir blieb nichts anderes übrig, als zum Moray Place zurückzukehren und dort auf den schwer fassbaren McGray zu warten. Untätig dazusitzen, wo doch ein so wichtiger Fall auf meinen Schultern lastete! Das war frustrierend. Aber immerhin würde ich so die Möglichkeit haben, mich zu waschen und umzuziehen.

Ich wollte gerade eine Droschke herbeiwinken, als ich hörte, wie der junge Polizist mir zurief: »Sir! Schauen Sie, Sir! Dort ist Nine-Nai... Äh ... Ich meine, Inspector McGray!«

Rasch drehte ich mich um und sah, wie ein Reiter mitten auf dem Hof anhielt.

Als er abstieg, warf ich einen ersten Blick auf Adolphus »Nine-Nails« McGray.

7

Zuerst fiel mir sein Pferd auf. Es war ein prächtiges Tier mit kastanienbraunem Fell, kräftigen Sprunggelenken und breitem Rücken. Es musste ein Araber oder eine angloarabische Rasse sein, denn es hatte einen langgezogenen schrägen Widerrist und einen breiten Brustkasten. Den Kopf des Pferdes tätschelte eine große, starke Hand. An dieser Hand fehlte ein Finger.

»Nine-Nails …«, flüsterte ich und erinnerte mich an den Spitznamen aus dem Mund des zahnlosen Kutschers, den auch der Polizist gerade beinahe benutzt hätte. Ich musterte ihn. Er war ein wenig größer als ich, sodass sein Kopf deutlich aus der Menge herausragte. Er hatte sehr breite Schultern und lange muskulöse Gliedmaßen.

»Inspector McGray!«, rief der junge Polizist. »Dieser Gentleman hat Sie gesucht!«

McGray kam mit energischen Schritten herbei, und ich hatte Zeit, sein Gesicht zu studieren. Seine ausgeprägte Kinnpartie und seine großen blauen Augen deuteten darauf hin, dass er einmal ein gut aussehender Schotte gewesen war. Doch irgendwie wirkte er ausgezehrt; er hatte dunkle Ringe unter den Augen und für sein Alter zu tiefe Falten, trug einen vollkommen ungepflegten Stoppelbart, und sein dunkles Haar war durch und durch graumeliert. Trotz seiner Geheimratsecken hatte er eine üppige Mähne, die er offenkundig nur selten kämmte.

Doch das hervorstechendste Merkmal – neben dem Fehlen eines Fingers natürlich – war seine Kleidung. McGray war von Kopf bis Fuß in Schottenkaro gekleidet, trug eine braun karierte Tartanhose und eine grüne Karoweste. Seine einzigen Kleidungsstücke ohne Muster waren sein zerknittertes Hemd und sein zerlumpter Mantel – Letzterer sah aus, als schmausten schon seit Jahren die Motten an ihm.

Der Mann war klatschnass. Aus seinen Haaren und seinen Kleidern troff es, als wäre er in dem starken Regen durch halb Edinburgh geritten. Mit einer jähen Bewegung, durch die mir dicke Tropfen auf die ganze Brust klatschten, streckte er mir die rechte Hand entgegen – die mit den vier Fingern. Ich wischte mir das Wasser vom Mantel und zog einen Handschuh aus, bevor ich einschlug.

»Inspector Ian Frey«, stellte ich mich vor, sorgsam darauf bedacht, die Worte »zu Ihren Diensten« zu vermeiden.

Er schüttelte mir mit aller Kraft die Hand, und ich spürte (und hörte) eine Reihe von Fingergliedern knacken. Trotz all meiner Bemühungen, es mir nicht anmerken zu lassen, stand mir das Unbehagen offenbar im Gesicht geschrieben.

McGray gluckste und sprach dann mit einer volltönenden, rauen Stimme, die so schottisch war wie seine fürchterliche Kleidung: »He! Die haben mir einen verweichlichten Dandy aus dem Süden geschickt!« Er wandte sich dem jungen Polizisten zu. »Sehen Sie mal, McNair! Wie lange, glauben Sie, wird er's hier aushalten?«

McNair schaute mich betreten an, war aber klug genug, keinen Kommentar dazu abzugeben.

»Tucker! Bei Fuß!«, rief McGray.

Tucker stellte sich als verspielter Golden Retriever heraus, der von der Straße herbeigerannt kam. Der Hund war recht hochgewachsen für seine Rasse und hatte ein ungewöhnlich glänzendes cremefarbenes Fell. Das Tier kam angerannt, um meine Kleider zu beschnuppern, stellte sich dann aber urplötzlich auf die Hinterläufe und wollte mir das Gesicht lecken.

Ich wich zurück und musste entsetzt feststellen, dass mir seine schlammigen Vorderpfoten Jackett, Hemd und Seidenkrawatte mit schottischem Schmutz verschmiert hatten.

»Oh mein Gott!«, rief ich. Tucker fasste mein Geschrei als Einladung zum Spielen auf und fuhr damit fort, an mir hochzuspringen und mir vergnügt gegen die Brust zu treten.

McGray lachte lauthals los, wobei er den Mund sperrangelweit aufriss. Binnen weniger Augenblicke schauten sämtliche Passanten auf der Royal Mile zu, wie ich mich blamierte.

Endlich zeigte McGray ein wenig Mitgefühl. »Aus, Tucker. Lass das Londoner Mädel in Ruhe!«

Tatsächlich zog sich der Hund zurück. Allerdings tat er dies so jäh, dass sich seine Pfoten in meinen Kleidern verhedderten, worauf meine Krawatte und mein Jackett hörbar rissen.

»*Verdammte Scheiße!*«, brüllte ich, ohne nachzudenken.

Tucker schritt um sein Herrchen herum und schleifte dabei Fetzen französischer Seide mit sich, die ihm noch an den Krallen hingen. So wie ihm die Zunge heraushing, wirkte die Grimasse des Tiers auf mich wie ein höhnisches Grinsen.

Erneut holte ich mein Taschentuch hervor und wischte mir stoisch den Schmutz von den Kleidern. »Ich würde es begrüßen, wenn Sie in Zukunft davon absehen, mich ›Londoner Mädel‹ zu nennen.«

Er lachte. »*Aye*, Sie haben recht. Sie würden es keine fünf Minuten gegen einige der Mädels aufnehmen, die ich kenne.

Unter denen sind wahre Maulheldinnen. Wo ich von Maul spreche: Kommen Sie mit, ich muss einen Happen essen. Wir können bei einem Pint ein wenig plaudern.«

»Ich habe diese ganze Reise nicht wegen *Pints* auf mich genommen«, erwiderte ich mit starrer Miene. »Ich würde lieber so schnell wie möglich mit der Arbeit beg…«

Mit einem heftigen Schlag auf den Rücken, der mich vorübergehend aus dem Gleichgewicht geraten ließ, brachte er mich zum Schweigen. »Nein. Ich muss vorher was zwischen die Zähne bekommen. Was mit Ihnen ist, weiß ich nicht, aber ich bin am Verhungern.«

Dabei überquerte er bereits mit riesigen Schritten den Hof. Ich schnaubte frustriert, doch mir blieb nichts anderes übrig, als ihm ergeben hinterherzutrotten. Erst jetzt spürte ich, wie hungrig ich war. Immerhin hatte ich seit dem kargen Frühstück auf dem Schiff nichts mehr gegessen.

»Mir wurde mitgeteilt, dieser Fall des Violinisten sei extrem wichtig«, sagte ich forsch, während wir die Straße entlanggingen. »Im vorläufigen Bericht stand, die Leiche sei gegenwärtig in der Leichenhalle. Als Allererstes sollten wir sie uns anschauen.«

»*Aye*, dort fahren wir heute noch hin.« McGray warf mir ein bitterböses Lächeln zu. »Aber versprechen Sie mir, unseren Dr. Reed nicht vollzukotzen. Ich habe gelesen, dass Engländer oft einen empfindlichen Magen haben.«

»Sie sollten wissen, dass ich einen Abschluss in Medizin angestrebt habe, den …«

»Den Sie nicht gemacht haben, weil Sie ein zimperlicher Fatzke sind.« McGray zwinkerte mir zu. »Sehen Sie, auch ich musste ein paar vorläufige Berichte lesen.«

Ich verdrehte die Augen und flehte gen Himmel um Gnade.

Da ich nicht damit rechnete, an einem anständigen Ort zu essen, war ich auch nicht allzu überrascht, als McGray mich zu einer verdreckten Schankwirtschaft am westlichen Ende der High Street führte. Auf dem Schild, das über dem Bürgersteig hing, stand *Ensign Ewart*.

»Was meinen Sie?«, fragte McGray, als wir über die Schwelle traten.

Mir war sofort klar, dass wir eines jener uralten Wirtshäuser betraten, die es schon seit Jahrhunderten gibt und die es wahrscheinlich auf ewig geben wird.

Der Innenraum war ziemlich dunkel. Das hätte daran liegen können, dass draußen grauenhaftes Wetter herrschte. Doch die kleinen Fenster mit rautenförmiger Bleifassung verrieten mir, dass in dem Pub sogar während eines strahlenden Sommertags Dunkelheit herrschen würde. Der Raum war voll mit angeschlagenen, heruntergekommenen Tischen und Stühlen, was ihn noch kleiner wirken ließ. An der gegenüberliegenden Wand waren gleich neben dem Tresen Bierfässer aufgestapelt, dahinter standen riesige Behältnisse mit Solei und Zwiebeln sowie zahllose Flaschen Spirituosen.

»Welch malerischer Slum«, war alles, was ich hervorbringen konnte. Um einen langen Tisch hatte sich eine Gruppe von Halunken versammelt, und kaum hatte ich den Mund aufgemacht, sprang auch schon der schmuddeligste von ihnen von seinem Stuhl auf. Es verblüfft mich immer wieder aufs Neue, wie sehr sich Menschen erniedrigen können. Ich weiß, ich sollte mehr Mitgefühl aufbringen, aber dieser Mann hätte die Gelassenheit der Heiligen Jungfrau auf die Probe gestellt: Seine Haare und sein Gesicht wirkten schmierig, in seinem abstoßenden Bart hingen überall Krümel und winzige Fleischstückchen, und er trug vollkommen zerlumpte Kleider. Als der Mann auf uns zutorkelte, nahm ich seinen üblen Geruch wahr, eine Mischung aus Schweiß und abgestandenem Bier.

In kaum verständlichem Dialekt grunzte er: »Allmächtiger! Schaut mal, wer da ist! Nein-Neil McGree!« Die anderen Betrunkenen grölten, wobei einer von ihnen mit dem Kopf auf der Tischplatte aufschlug und dabei Ale aus einem Krug verschüttete.

»Welch entzückender Ort für eine Mahlzeit«, seufzte ich.

McGrays Gesichtsausdruck wirkte nicht ärgerlich, sondern erschöpft. »*Aye*«, erwiderte er und zeigte dem Mann seine Hand und den Stumpf, wo einmal sein Ringfinger gewesen war. »Sieh nur, der ist noch nicht wieder nachgewachsen. Lasst ihr uns jetzt in Ruhe essen?«

»*Och!* Wollen Sie nicht ein bisschen für uns fiedeln?« Die Männer gackerten so laut, dass ich glaubte, die Wände würden wackeln. Tucker knurrte und bellte wütend, wobei eine Reihe langer Fangzähne zum Vorschein kam.

»Ihr müsst betrunken sein, wenn ihr es wagt, mich aufzuziehen.« McGray sagte dies nicht drohend, sondern eher sachlich.

»Oje, Nein-Neil McGree ruft wohl gleich seine Geister, und die schleppen mich dann in die Hölle zum Teufel! Wissen doch alle, dass er so verrückt ist wie sein Schwesterlei...«

McGray bewegte sich so abrupt, dass wir alle davon überrascht wurden. Er machte einen großen Schritt, langte nach dem Trunkenbold, packte ihn am Hals und rammte ihn kopfüber auf den nächsten Tisch. Dort hielt er ihn mit einer Hand niedergedrückt – genau der Hand, über die sich die anderen gerade lustig gemacht hatten. Blut spritzte auf das alte Holz.

Sofort verstummte das Gelächter, und die drei anderen Männer standen mit wackeligen Beinen auf. Ich machte mich auf einen Kampf gefasst und ließ meinen Schirm fallen. Einer der Betrunkenen stürzte sich auf mich. Er war derart voll, dass es mir ein Leichtes war, ihm einen sauberen Schlag ins Gesicht zu versetzen. Der Mann landete mit blutender Nase auf dem Rücken.

»Ach du lieber Gott …«, seufzte ich, als ich bemerkte, dass mir das Blut meinen Lederhandschuh verschmiert hatte. Ich holte mein Taschentuch hervor und wischte ihn sorgfältig ab.

»*Aye*, du bist wirklich total besoffen«, wiederholte McGray und würgte den Mann mit aller Kraft. Seine Stimme hatte sich in ein hässliches, bösartiges Zischen verwandelt.

Verzweifelt ruderte der Betrunkene mit den Armen, doch McGray schnappte sich einen Arm und verdrehte ihn, bis ich das Gelenk knacken hörte. Tucker bellte wie verrückt.

»*Was zum Teufel tun Sie da?*«, schrie ich entsetzt, doch McGray achtete nicht auf mich.

Er beugte sich zu dem Mann vor und flüsterte ihm ins Ohr: »Du kennst die Regeln, Bürschchen. Erzähl so viel Scheiße über mich, wie du willst, aber verleumde nie, *niemals* meine Familie.« Der Betrunkene knurrte wütend vor Schmerzen. »Also, ich glaube, Mary will Kerle wie euch nicht in ihrem Pub. Sag deinen Kumpels lieber, sie sollen sich davonmachen.«

Der kleinste der Männer machte einen Satz nach vorn. Ich dachte schon, auch er würde mich angreifen, doch der Winzling lief bloß aus dem Wirtshaus hinaus. Der letzte der Halunken packte seinen zu Boden gesunkenen Kumpanen an den Handgelenken und schleifte ihn auf die Straße hinaus.

»Schau sich das einer an!«, rief McGray, während er den Mann noch ein wenig fester am Kragen packte. »Du brauchtest ihnen gar nicht zu sagen, dass sie gehen sollen!« Dann hob er ihn am Kragen hoch und warf ihn aus dem Pub hinaus auf die schlammige Straße. Die Passanten brüllten vor Lachen.

»Tut mir leid, dass Sie das mit ansehen mussten«, sagte McGray und ging zurück, als habe er gerade eine Fliege auf dem Tisch zerquetscht. Die wenigen anderen Gäste schauten uns einen Moment an, wandten sich dann jedoch wieder ab und führten ihre Unterhaltung fort, als sei nichts geschehen. Auch McGray wirkte unbekümmert. Er machte es sich an einem großen Tisch nahe dem Feuer bequem und wischte sich seine blutverschmierte Hand am Saum seines Mantels ab. »Dass so etwas in Ihnen steckt, hätte ich nicht gedacht, Frey! Das war ein kräftiger Hieb für einen Londoner!«

Ich war immer noch entsetzt. »Ss-Sie haben dem Mann den Arm gebrochen!«

Nine-Nails zuckte mit den Schultern. »Der ist bloß ein bisschen gesplittert; so ein Mist heilt über Nacht. Und mir tut es ja auch leid …« Er hätte nicht gleichgültiger wirken können. »Lust auf ein Pint?«

Mehr als ein unverständliches Genuschel brachte ich nicht hervor.

»*Och,* Adolphus!«, ertönte da eine heisere Stimme. Als ich mich umschaute, erblickte ich eine mollige junge Frau, die mit Eimer und Scheuerlappen herbeieilte. Sie trug eine fleckige Schürze, die sie sich eng um die breiten Hüften gebunden hatte. Ihr fuchsrotes Haar bestand aus einem Wirrwarr von Locken, die die Sommersprossen, die ihr ganzes Gesicht überzogen, hervorhoben. »Tut mir leid wegen der Kerle. Ich kriege sie nicht in den Griff!«

McGray lachte, und als er mit der Frau ins Gespräch kam, funkelten seine Augen. Wenn er lächelte, gruben sich die Falten um seinen Mund noch tiefer ein, doch zugleich wirkte sein Gesichtsausdruck dann jugendlicher.

Die Frau wischte das Blut und das verschüttete Ale auf. Dann richtete sie den Blick ihrer leuchtend grünen Augen auf mich. »He! Da hast du aber einen feschen Burschen im Schlepptau!«

»Ach, Mary! Kannst das Flirten nicht lassen! Sag mir nicht, du verguckst dich in dieses Bleichgesicht! Nun kommen Sie schon, Frey, stehen Sie hier nicht steif wie eine Säule rum, nehmen Sie Platz.«

Als ich die schmierigen Stühle sah, geriet ich in Versuchung, erneut mein Taschentuch hervorzuziehen, widerstand dem Impuls jedoch und setzte mich. Tucker hatte meinen Anzug bereits ruiniert. Die Töle lag nun träge direkt vor dem Kaminfeuer und genoss die unerwartete Wärme; man konnte sich nur schwer vorstellen, dass der Köter noch vor einem Moment geknurrt hatte wie ein wilder Wolf.

Erneut machte ich Anstalten zu protestieren, doch McGray machte eine wegwerfende Handbewegung. »Gut, nun können wir in Ruhe essen. Mary, was gibt es heute bei dir?«

»Wie immer, aber heute haben wir auch Haggis, Adolphus.«

»Dann mal her damit, Herzchen!« McGray schwebte im siebten Himmel. »Und ein Pint Ale.«

»Haggis auch für deinen Freund?«

Ich widerstand dem Verlangen, sie auszulachen. Der Magen eines Schafs, gefüllt mit dessen Blut und anderem weggeworfenem Gekröse, entsprach nicht meiner Vorstellung von Essen.

»Einen einfachen Pie, bitte«, sagte ich, so höflich ich es vermochte.

»Sie meinen einen Bridie?«

»Bitte was?«

»*Aye*, bring ihm einen Bridie«, schaltete sich McGray ein.

Wenig später brachte Mary eine riesige dampfende Schüssel und gab eine Kelle Haggis auf McGrays Teller. Ich muss zugeben, dass der Fleischgeruch gar nicht so übel war. Dennoch esse ich eher vom Boden einer öffentlichen Latrine, als etwas anzurühren, das so übel aussieht. Die Matsche glich dem wiedergekäuten Futter einer Kuh, das zusätzlich in Fett getränkt und von wesentlich ekelhafterer Färbung war. Im nächsten Augenblick servierte sie mir eine Fleischpastete.

»Etwas Soße, Junge?« Ich sah, wie sie eine Kelle aus einer anderen Schüssel herauszog, wobei eine zähflüssige braune Flüssigkeit heruntertropfte.

»Nein danke.«

»Ein Pint?«

»Nein danke.«

Verwundert schaute Mary McGray an, doch dieser zuckte nur mit den Achseln. Als ich begann, die scheußlich trockene Pastete herunterzuwürgen, begriff ich.

McGray machte sich über die widerlichen gebratenen Kaldaunen her, wobei er laut schmatzte und Essen und Ale überall um sich herum verspritzte. Mir wurde schon übel vom Zuschauen, doch wegschauen half auch nicht, denn ich hörte ihn nach wie vor vergnügt schmatzen.

Ich stieß einen Seufzer aus und konnte eine verächtliche Bemerkung nicht unterdrücken. »Was um alles in der Welt ist bei Ihnen schiefgelaufen?«

McGray hob den Kopf und runzelte fragend die Stirn. »Inwieweit schief?«

»Schief insofern, als dass Sie in einem der teuersten Viertel dieser Stadt wohnen und zugleich offenkundig das grobschlächtige Wesen eines Fleischers haben, das einen in den Reihen der Polizei ganz nach oben bringen kann, und – es schmerzt mich, es zuzugeben: Sie haben da so etwas an sich, das mich glauben lässt, dass Sie nicht vollkommen dumm sind …«

McGray schaute mich mit einem festen, durchdringenden Blick an. »Und …?«

»Und trotzdem kleiden Sie sich wie der Hofnarr der Königin von Schottland, Sie haben die Gründung der lächerlichsten Ermittlungsabteilung im Polizeiapparat in die Wege geleitet und verbringen Ihre Zeit offenkundig gerne in den schmutzigsten Schweineställen auf der ganzen Welt. Nichts für ungut.«

Den letzten Satz hatte ich an die Wirtin des Pubs gerichtet, die gerade direkt neben mir aufwischte. »Hä?«, war alles, was sie vorbrachte.

Nine-Nails kicherte, bevor er sich sein Pint schnappte und einen tiefen Schluck nahm. So wie er das Glas hielt, sah man überdeutlich, dass ihm ein Finger fehlte.

»Machen Sie sich nicht über unsere Queen Mary lustig. Ihr Geist spukt noch immer in Schottland herum … und verdrehen Sie nicht jedes Mal die Augen, wenn ich etwas sage, sonst breche ich Ihnen den Arm wie einen trockenen Strohhalm! Und nun mal ehrlich – was haben Sie von meiner Sonderabteilung gehört?«

Ich war versucht zu fragen, auf welche Weise er seinen Finger verloren hatte, zog es jedoch vor, mir diese Frage für später aufzuheben. »Ich weiß noch nicht lange von

Ihrer Sonderabteilung. Ich wurde ihr erst vorgestern zugeteilt.«

»Immer schön höflich und schwammig, ganz ein guter Engländer«, kommentierte er. »Wissen Sie, wonach wir suchen?«

Ich nickte. »Meine Vorgesetzten sprachen von Erscheinungen.«

»Und was halten Sie von … *Erscheinungen*?«

Unter Schmerzen würgte ich einen trockenen Bissen Bridie hinunter und spürte dabei, wie er mir fast im Hals stecken geblieben wäre. »Sie wollen dazu *nicht* meine ehrliche Meinung hören.«

»Ich verstehe. Sie glauben, ich sei von Sinnen. Ich sagte doch schon, da stehe ich drüber. Die Leute verspotten mich ständig, Sie haben es ja gerade mitbekommen. Immerhin kleiden Sie es in nette Worte, die ich vielleicht noch nicht kenne.«

Ich seufzte. »Hören Sie, ich kann mich jetzt nicht damit abgeben, ausführlich darauf zu antworten. Gespenster und Geister haben mir Angst gemacht, als ich ein Kind war und wir zu Weihnachten eine schöne Gruselgeschichte am Kamin hörten, aber zum Glück sind die meisten von uns aus der Sache herausgewachsen.«

Er lachte gackernd. »Ach so, Sie sind mir einer von denen, die jammern: ›McGray, Sie ruinieren sich Ihre Karriere!‹, und derlei Scheiße. Habe ich alles schon gehört. Und ich bin mir sicher, dass Ihre allmächtigen Chefs Ihnen gesagt haben, ich würde bei Ihrer Jagd auf Jack the Ripper bloß ein Klotz am Bein sein.«

Die Erwähnung dieses berüchtigten Namens traf mich wie ein Schlag. *Er wusste also Bescheid!*

Ich hob den Kopf so rasch an, dass ich mir fast den Hals

verrenkt hätte. »Woher um alles in der Welt wissen Sie …? Eigentlich sollten Sie nicht …«

»Hören Sie, ich lese nicht nur Geistergeschichten. Ich weiß, dass man Sie geschickt hat, weil sie glauben, euer Kuttelliebhaber hätte ein paar Schotten dazu inspiriert …«

»*Pssst!* Diese Angelegenheit ist so heikel, dass nur eine Handvoll Männer im Land davon weiß. Und Sie posaunen es haarklein mitten in diesem schmuddeligen Verschlag heraus!«

McGray lachte schallend auf, worauf mein Magen rebellierte. »Falls wir Schotten Anregungen brauchen, was Schlechtigkeit angeht, dann ist Ihr prächtiges England der letzte Ort, auf den wir schauen, *glauben Sie mir*.«

»Ob Sie es glauben oder nicht«, sagte ich, »dieser Fall hat sich zum ungünstigsten aller Momente ereignet. Also rechnen Sie nicht, *niemals* damit, dass ich vor Begeisterung aufspringe, wenn Sie beschließen, auf die Jagd nach Irrlichtern zu gehen.«

McGray grinste. »Ach, Sie haben von den Fällen gelesen, an denen wir arbeiten! Ja, wir werden ein paar Nachforschungen anstellen, was diese kleinen Lichterlein angeht.«

»Mir sind Methanflämmchen, die von vermodernden Substanzen herrühren, einerlei. Viel lieber wäre es mir, Sie würden endlich diesen schauerlichen Brei aufessen, damit wir mit der Arbeit beginnen können, die wir zu erledigen haben.«

Ich schob meinen Teller von mir. So hungrig ich auch war, ich bekam keinen Bissen mehr hinunter.

»Sie essen Ihren Bridie nicht?«

»Kommt nicht in Frage. Das Zeug ist das kulinarische Äquivalent zu einem Tritt ins Gemächt.«

Zum Glück war McGray ein schneller Esser, und wenig

später verließen wir das *Ensign Ewart*. Da ich mir vor Augen hielt, was sich in den Nachttöpfen der Mieter angesammelt haben würde, spannte ich rasch meinen Schirm auf.

McGray, der teilnahmslos durch den Regen stapfte, warf mir einen spöttischen Blick zu. »Ich kann nicht fassen, dass ein so feiner Pinkel wie Sie Good Mary Brown geschnappt hat.«

Ich dachte an den Ruhm jener Tage und stieß einen Seufzer aus. »Nun, wenn Sie sie gesehen hätten, hätten Sie auch nicht geglaubt, dass sie schuldig ist. Sie war dieser Typ kleine Frau mit Rehaugen und sanfter Stimme. Ihr Modus Operandi war allerdings ziemlich unverfroren: Alle Leichen wiesen offensichtliche Anzeichen einer Arsenvergiftung auf. Was mich daran erinnert: Ich möchte so schnell wie möglich Fontaines Leiche inspizieren.«

»Lässt sich machen. Ich habe heute Morgen mit dem Burschen aus dem Leichenschauhaus gesprochen. Mittlerweile müsste er mit dem Obduktionsbericht fertig sein.«

»Fahren wir lieber direkt hin«, schlug ich vor, denn ich war ungeduldig, mit der wirklichen Arbeit beginnen zu können. »Ich weiß immer noch nicht, ob ihr hier eine anständige Leichenhalle habt; in der Leiche könnten sich bereits Maden tummeln.«

Meine Worte waren als Scherz gedacht, sollten sich jedoch als Vorahnung erweisen.

8

Wie sich herausstellte, war die Leichenhalle aus Gründen der Bequemlichkeit in einem Kellerraum des Präsidiums untergebracht, der unangenehm dicht neben dem Büro unserer kleinen Abteilung lag.

Kaum gingen die Türen auf, ergriff mich plötzlich ein Gefühl der Kälte. Diese Leichenhalle war ebenso bedrückend wie ihr Pendant in London; ihr kleiner Empfangsbereich war spartanisch möbliert, und die Fliesen an den Wänden hatten nach den vielen Jahren, in denen sie immer wieder geputzt worden waren, ihren Glanz verloren. Leichenhallen sahen immer so aus: sauber, hygienisch und funktional … genau so kalt wirkend, wie sie auch waren.

Wir wurden von einem jungen Mann empfangen, den ich für eine Hilfskraft hielt. Er war pausbäckig und hatte große wässrige Augen, die ihn recht kindlich wirken ließen, doch sein makelloser Laborkittel beschied mir etwas anderes.

»Guten Tag, Inspector McGray«, sagte er mit gut moduliertem, aber doch sehr deutlichem schottischem Akzent. »Ich hatte Sie erst ein wenig später erwartet.«

»Mein neuer Kollege ist furchtbar erpicht darauf, möglichst schnell mit der Arbeit zu beginnen«, erwiderte McGray. »Frey, das ist Dr. Reed, unser leitender Bestatter.«

»Dr. Reed!«, wiederholte ich, kaum meinen Ohren trauend. Ich wusste, dass gute Bestatter schwer aufzutreiben waren, hatte aber noch nie eine Leichenhalle gesehen, die von einem so jungen Mann geleitet wurde. »Bitte, wie alt sind Sie?«

Der junge Mann hob das Kinn. »Dreiundzwanzig, Sir.«

Als er sah, dass ich die Brauen hochzog, fügte er stolz hinzu: »Ich habe vor zwei Jahren meinen Abschluss gemacht.«

»Ich verstehe. Und seit wann sind Sie im Dienst?«

»Äh … drei Monate … aber ich habe schon eine Menge praktischer Erfahrungen.«

»Und immerhin hat *er* seinen Abschluss gemacht«, schaltete sich Nine-Nails ein. Seine spitze Bemerkung entfachte erneut mein Sodbrennen. »Haben Sie den Obduktionsbericht fertig, Jungchen?«

»Selbstverständlich, Inspector. Hier ist er.« Reed ging zu dem kleinen Schreibtisch und holte einen Klemmblock hervor, an den ein Stapel Blätter geheftet war. »Ich erhielt einen Brief von Mr Campbell persönlich, in dem er mich bat, dieser Sache Vorrang zu gewähren. Außerdem hat er mich zur Vertraulichkeit in diesem Fall ermahnt.«

Reed reichte mir den Notizblock.

»Können Sie uns zur Leiche bringen?«, bat ich. »Ich möchte sie gerne mit eigenen Augen anschauen.«

»Oh, ich fürchte, das wird nicht möglich sein, Sir. Ich habe sie heute Morgen freigegeben.«

Fast wären mir die Augen aus dem Kopf gefallen. »Sie haben *was*?«

Reed wurde bleich. »Wir … nun … sein Großneffe wollte ihn neben seiner Frau begraben … und da es sehr weit ist, konnte ich ihn nicht länger hierbehalten.«

Ich holte tief Luft. Kein Zweifel, der junge Mann stand unter zu großem Druck, und ihn zu schikanieren würde mir nicht viel einbringen. »Nun, ich muss diese Leiche mit eigenen Augen sehen. Sie werden sie zurückbringen lassen müssen.« Ich rechnete damit, Reed würde etwas entgegnen, doch er druckste nur herum. »Was ist denn?«

Nun war sein Akzent deutlich zu hören. »Ähm ... sie kann nicht wieder zurückgebracht werden.«

»Wovon reden Sie?«

»Nun ... äh ... sie wollen ihn in Calais bestatten, Sir. Deshalb habe ich die Leiche so früh herausgegeben. Sie sagten, ihr Schiff würde am Mittag in See stechen.«

»*Was?*«

»Sir, ich ... Ich versichere Ihnen, dass mein Bericht wirklich gründlich ist.«

»Das schert mich nicht! Sie entledigen sich *keiner* Leiche, bevor Sie unsere Erlaubnis dazu bekommen. Ist das klar?«

»Es reicht!«, bellte McGray, als Reed in Tränen auszubrechen drohte. Er blickte mich böse an und riss mir den Notizblock aus den Händen. »Wir lesen diesen verdammten Bericht jetzt lieber, bevor Sie den Mann noch lebendig häuten.«

Ich schnaubte. »Nun, ich denke, es lässt sich nichts mehr daran ändern. Bis die Leiche in Calais ankommt, wird das Fleisch fast so verwest aussehen wie euer Haggis.« Reed kaute heftig auf seinen Fingernägeln herum, und ich kam nicht umhin, Mitleid mit ihm zu empfinden. »Ist schon gut, Junge, aber machen Sie so etwas nie wieder.«

McGray las laut vor. »Gee-jum Fon-teen ...«

»Guilleum Fontaine«, korrigierte ich.

»Ach, halten Sie den Mund. Schauen wir mal ... männlich, achtundfünfzig Jahre alt, oh, fünfundneunzig Kilo ... kein Leichtgewicht! *Aye*, hier steht es: Kehle und Bauch aufgeschnitten; keine Anzeichen eines Kampfes ...«

»Der Mann war alt und übergewichtig«, erklärte Reed. »Ihn zu überwältigen kann nicht schwer gewesen sein.«

»Ein langer Schnitt quer über den Bauch«, fuhr McGray fort. Er zog die Brauen hoch. »Fehlende Organe: Herz, Leber und die Hälfte der Gedärme.«

»Wunderbar«, murmelte ich sarkastisch. Es erinnerte mich an den Obduktionsbericht von Mary Jane Kelly, das letzte Opfer des Rippers. Auch ihr Herz war entfernt worden, doch war dieses Detail noch nicht an die Presse weitergegeben worden. »Sah der Schnitt so aus, als sei er von einem Mediziner ausgeführt worden?«, fragte ich Reed, in Gedanken nach weiteren Parallelen suchend.

»Äh … Ich verstehe nicht, Sir.«

»War es ein sauberer, gerader Schnitt, oder hat man … den Körper ausgeschlachtet?«

»Der Schnitt war primitiv, Sir; an einigen Stellen war das Fleisch sogar zerfetzt. Das habe ich auch im Bericht erwähnt.« Der Bursche war offenkundig bemüht, seinen Fehler wiedergutzumachen, denn er fügte rasch hinzu: »Außerdem haben wir Fotografien vom Tatort machen lassen, bevor wir die Leiche abtransportiert haben, und noch ein paar während der Autopsie.«

Unwillkürlich stieß ich einen Seufzer der Erleichterung aus. Ein Fall wie dieser, so wichtig wie die Jagd nach Jack the Ripper selbst, musste natürlich von einem Fotografen dokumentiert werden.

»Gut. Wann rechnen Sie damit, dass die Abzüge vorliegen?«

»Sie sollten innerhalb von zwei, drei Tagen in Ihr Büro geschickt werden, aber ich kann mit dem Fotografen sprechen. Er ist ein Freund von mir. Wenn wir Glück haben, liegen sie Ihnen vielleicht sogar schon morgen Abend vor.«

»Das würde uns sehr helfen, Jungchen«, sagte McGray und klopfte Reed auf die Schulter. »Macht es Ihnen etwas aus, wenn wir diesen Bericht mitnehmen?«

»Bitte, tun Sie das, Sir.«

»Und wir beeilen uns lieber, McGray«, drängte ich. »Ich würde mir Fontaines Haus gerne ansehen, solange noch ein wenig von diesem mickrigen Tageslicht vorhanden ist.«

»Immer mit der Ruhe, Mädel! Ich will nicht die ganze verdammte Zeit gehetzt werden.« Er wandte sich Reed zu und hielt mit ihm ein geruhsames Schwätzchen über Mutter und Verlobte des jungen Kerls. Ich beobachtete die beiden, während ich ungeduldig mit den Füßen scharrte. Als wir endlich hinausgingen, kam Reed noch einmal hinter uns hergerannt.

»Ach, das hätte ich fast vergessen! Mr Campbell bat mich, Ihnen das hier zu geben.« Er überreichte uns ein Paar bronzener Schlüssel. »Das sind die einzigen Schlüssel zu dem Zimmer, in dem man Fontaines Leiche gefunden hat. Sonderbar ist nur, dass das Zimmer verschlossen war, diese hier aber *innen* gefunden wurden.«

Ich nahm die beiden identischen Schlüssel an mich. Reed verbeugte sich und verschwand.

Während wir die Treppe hinaufgingen, flüsterte McGray: »Regen Sie sich nicht über den Burschen auf, Frey. Ich weiß, er ist noch ein wenig grün hinter den Ohren, aber er macht eine verdammt gute Arbeit.«

»Er macht wirklich einen tüchtigen Eindruck«, bestätigte ich, »aber dieser Fall kommt vielleicht ein wenig zu früh für ihn.«

McGray wirkte düster. »*Aye*, da könnten Sie recht haben.«

Wir beschlossen, eine Kutsche nach Abbey Hill zu nehmen, wo das Opfer gelebt hatte und gestorben war. Sehr bald schon würde es dunkel werden, und obwohl McGray sich über meine Eile beschwert hatte, merkte ich, dass er genauso bestrebt war, mit der Ermittlung weiterzukommen, wie ich.

Es hatte zwar aufgehört zu regnen, doch der Nebel hielt sich, sodass die Türme und Schornsteine des Holyrood Palace nur diffus zu erkennen waren, als wir die Royal Mile entlangfuhren. Als wir den Palast umkurvten, sah ich die Kirchenruine der alten Holyrood Abbey.

Angesichts der dunklen Wolken am Himmel und mit den felsigen Hügeln von Arthur's Seat im Hintergrund wirkte der Gebäudekomplex auf mich wie eine Illustration in einem Gruselroman. Vielleicht lag das an all den trostlosen Geschichten, die ich schon als Kind über diesen Ort gehört hatte, oder an seiner bedrückenden gotischen Architektur mit seinen spitzen Fassaden, oder womöglich, weil die ausgewaschenen Steine der Abteikirche so aussahen, als wären sie schon seit Anbeginn der Zeit dort.

»Ihr Schotten habt es offenbar mit zerfallenen und unvollständigen Gebäuden«, sagte ich. »Schauen Sie sich diese verfallene Abtei an … Das ist regelrecht deprimierend.«

»Nun, es waren die Engländer und ihre erbärmlichen Protestanten, die sie ausgeplündert haben!«

»Sie sollten wissen, dass ich einer der berühmtesten protestantischen Familien entstamme. Meine Vorfahren waren gute Bekannte von Martin Luther persönlich, und …«

»*Och,* seien Sie doch still. Sie hören sich an, als spräche Queen Vicky über die Stammbäume ihrer Jagdterrier.«

Die Kutsche brachte uns zu dem geschwungenen Straßenzug von Abbey Hill, der seinen Namen offenkundig den Ruinen neben dem Palast verdankte. Dort stand eine Reihe vornehmer, jedoch schmaler Häuser, und der Kutscher hielt vor einem davon etwa in der Mitte an.

McGray klopfte an die Tür, und fast unmittelbar darauf öffnete uns eine kleine mollige alte Frau. Sie hatte eine gewaltige Nase, und ihr Gesicht sah so schrumpelig aus wie eine Dörrpflaume.

Nine-Nails trat vor. »Guten Abend. Ich bin Inspector McGray vom CID. Dieser Jammerlappen ist Inspector Frey.«

»*A-Aye,* man sagte mir schon, Sie würden bald kommen.« Die Haushälterin ließ uns in eine kleine Diele eintreten, die mit gepackten Kisten vollgestellt war. »Entschuldigen Sie die Unordnung, Sirs. Mr Fontaines Zimmerwirtin hat mich angewiesen, das Haus sofort auszuräumen.«

»Überrascht mich nicht«, sagte McGray, ohne dies weiter auszuführen.

»Ich hoffe, das Zimmer, in dem der Mord stattfand, ist nach wie vor unberührt?«, fragte ich sofort.

»*Aye*, Sir. Ich habe nicht einmal die Schlüssel bekommen. Ihr Fotograf hat sie mitgenommen, nachdem eingebrochen worden war.«

»Diese Schlüssel haben ihren Weg zu uns gefunden«, erwiderte ich und zeigte sie ihr. »Zeigen Sie uns den Weg?«

Sie führte uns die Treppe hinauf und wies auf eine verschlossene Tür. »Dort ist es. Ich will es nicht sehen, bin aber unten, falls Sie etwas brauchen sollten.«

»Vielen Dank, Herzchen«, sagte McGray. »Wir werden Ihnen unten dann ein paar Fragen stellen. Ich hoffe, Sie haben Geduld mit uns.«

Tatsächlich schien die Frau begeistert von der Vorstellung, und ihre mit Krähenfüßen umgebenen Augen funkelten auf einmal. »Selbstverständlich, Sirs! Ich werde Tee aufsetzen, wenn Sie es wünschen.«

»Das wäre großartig, Herzchen!«, sagte McGray augenzwinkernd, und wir sahen zu, wie sie ging. »Schließen Sie auf, Frey.«

Ich war im Begriff, ihn zu fragen, wieso er mich nicht Geck oder Waschlappen genannt hatte, besann mich dann aber eines Besseren. Bestimmt hätte McGray gefragt, ob mir der Ausdruck gefiel.

Der Schlüssel ließ sich nur schwer im Schloss drehen. »Der Schlüssel scheint abgenutzt«, kommentierte ich. »Offenbar hat man dieses Zimmer häufig verschlossen.«

Kaum hatte ich die Tür geöffnet, drang ein schwacher, doch Übelkeit erregender Geruch daraus hervor. Wir betraten eine große Atelierwohnung mit einer dramatischen Aussicht auf den Palast und vor allem auf die Ruine der Abtei. Die Fensterscheibe war eingeschlagen, und auf dem Boden davor lagen überall Scherben. Ich sah ein Regal voller Notenblätter und zählte drei Violinen, die darüberhingen; ein leerer Zwischenraum wies auf ein fehlendes Instrument hin. Gleich neben einem schmalen Kamin stand ein Schreibtisch, ebenfalls voll mit den Drucken von Partituren, sowie ein Notenpult aus Holz. Auf den ersten Blick wirkte der Raum wie ein höchst angenehmer Ort, um zu musizieren; ein Raum, auf den mein Bruder Elgie neidisch sein würde, vor allem in Anbetracht der inspirierenden Aussicht.

»Schauen Sie sich das an!«, rief McGray und kniete sich gleich am Fuß des Pults nieder.

Erst jetzt bemerkte ich den makabren Anblick.

Auf dem grünen Teppich prangte ein verdrehtes, hastig mit Blut gezeichnetes Symbol, das inzwischen sehr dunkel aussah. Es war ein langes, auf dem Kopf stehendes Dreieck, wie die Spitze eines Pfeils, von einer geraden Linie vertikal geteilt. In sein Inneres waren fünf Augen mit vertikalen Pupillen gemalt worden, zwei in der linken, drei in der rechten Hälfte. Die Zeichnung war grob, beinahe primitiv, und die Augen hatten dadurch einen ausdruckslosen, starren Blick, der irgendwie erschreckend war … wie der starre Blick einer Schlange.

Verstreut um sie herum lagen kleine Fetzen trockenen Fleischs (wer auch immer die Leiche zur Leichenhalle transportiert hatte, hatte dies in großer Eile getan). Ich erkannte weißliches Darmgewebe und brechreizerregendes gelbes Körperfett. Mit einem Mal schien der Gestank von Verwesung deutlicher zu werden, so als würde er von dem gespenstischen Anblick verstärkt.

»Das hatte ich nicht erwartet«, murmelte McGray sorgenvoll, nicht imstande, seinen Blick von der Zeichnung abzuwenden. »Ich hätte mit einem Pentagramm, einem Ziegenkopf oder so einem Blödsinn gerechnet … Das hier ist ernst, Frey, *sehr* ernst.«

»Wie meinen Sie das? So ein Geschmier habe ich noch nie gesehen.«

McGrays Blick verriet, dass ihm tausenderlei Gedanken durch den Kopf schossen. »Stimmt … das haben bisher nur wenige gesehen.«

Neben dem Symbol war ein einzelner riesiger Blutfleck in noch dunklerem Rot. McGray tupfte ihn bedächtig ab.

»Der Mann wurde angegriffen, während er spielte.« Er deutete auf das leere Notenpult; auf der oberen Kante befanden sich winzige Blutspritzer. »Er fiel hin und wurde hier, wo das meiste Blut geflossen ist, zerstückelt …«

Der große Fleck befand sich gleich neben dem Schreibtisch, unter dem ich das fehlende Instrument Fontaines erblickte; eine sehr schöne, halb im Dunkel liegende Violine. McGray langte hin und hob sie vorsichtig auf. Das Holz war in einem satten rötlichen Ton lackiert, der das spärliche Licht auf den geschwungenen Zargen reflektierte. Sie sah *wirklich* alt aus, wie eine jener Violinen aus dem siebzehnten Jahrhundert, die sich Elgie zuweilen auslieh.

Das auffälligste Merkmal aber war, dass sie keine Schnecke hatte, wie sie gewöhnliche Violinen am Ende des Griffbretts aufweisen. Stattdessen zierte diese der geschnitzte Kopf eines Löwen mit zwei blauen, aus geblasenem Glas gearbeiteten Augen.

»Hübsches Teil«, sagte McGray und drehte sie um, um sie zu untersuchen. Die Rückseite der Violine bestand aus Ahornholz. Die gewundene Maserung des Holzes sah fast so aus wie ein Tigerfell, zudem hatte das Instrument einen ungewöhnlichen, aus poliertem makellosem Palisanderholz gearbeiteten Kinnhalter. Seine Vorderseite war besprenkelt mit dicken Blutstropfen, die nur wenig dunkler waren als der rötliche Lack. Sorgsam legte McGray das Instrument auf den Schreibtisch.

»Also hat man Fontaine abgeschlachtet und seine Leiche dann dazu benutzt, bei diesem kleinen satanischen Werk mitzuwirken«, fasste ich zusammen, da etwas laut auszusprechen mir für gewöhnlich hilft, meine Gedanken zu ordnen. »Er stand genau hier, und die Violine …«

Ich stellte mich vor das Notenpult und versuchte mir vorzustellen, wie es gewesen wäre, Fontaine zu sein … wie er sich in genau diesem Moment gefühlt haben musste. »*Schauen Sie nur*, was ist das?«, flüsterte ich.

»Was ist was?«

»Natürlich! Das Pult ist *leer*! Schauen Sie sich das an.«

Dann sah McGray, was ich entdeckt hatte: ein kleiner Halbkreis aus Blut, dessen linke Seite vollkommen gerade abschloss.

»Jemand hat das Notenblatt entfernt, *nachdem* er ihn getötet hat«, erkannte McGray sofort. »Die fehlende Hälfte dieses Tropfens spritzte auf das Blatt, und dann wurde es weggenommen.«

Rasch suchten wir auf dem Fußboden und unter den Dokumenten auf dem Schreibtisch nach der Partitur, doch keines dieser Blätter war blutbefleckt.

»Das ergibt keinen Sinn«, sagte ich. »Warum bloß einen Papierstapel mitnehmen, wenn … Geben Sie mir mal die Violine? Ich möchte in das F-Loch schauen.«

Nine-Nails lachte kindisch. »Das *F-Loch*!«

Ich schnaubte und riss ihm die Violine aus der Hand. »Seien Sie nicht albern.«

Dann schaute ich in den Korpus der Violine. Die Innenseite wirkte uralt, doch ich erblickte eine blasse Beschriftung im Innenraum, die ich mit einiger Mühe entziffern konnte.

»Dieses Instrument wurde von einem N. Amati gefertigt … der Name kommt mir bekannt vor … und zwar 1629! Sie muss Hunderte, wenn nicht gar Tausende Pfund wert sein! Und die, die an der Wand hängen, sind mit Sicherheit ebenfalls wertvoll. Warum hat der Täter nicht statt der Noten eine von denen mitgenommen?«

»Nun, ich brauche nicht erst die Geigen zu sehen, um zu wissen, dass es hier nicht um Raub ging. Das weiß man schon, wenn man das hier sieht.« McGray wies auf die Augen, die auf den Boden gemalt worden waren.

»Und warum hat er dann die Partitur mitgenommen?«

»Darüber können wir immer noch spekulieren«, antwortete McGray. »Im Augenblick sollten wir klären, wie der Mörder hereingekommen ist.«

»Nanu, ich dachte, Ihre Theorie bestünde darin, dass ein böser Kobold durch die Wand gegangen ist.«

McGray ignorierte meine Bemerkung. »Man sagte mir, Fontaine habe sich beim Üben eingeschlossen. Nach dem Mord musste die Haushälterin die Polizei rufen, und die musste durch das Fenster einbrechen …«

»Durch das Fenster! Wir sind im zweiten Stockwerk! Warum haben sie nicht einfach die Tür aufgebrochen?«

McGray lächelte bitter. »Fon-teen hatte eine knausrige Vermieterin – eine echt geizige alte Schreckschraube!«

»Oh. Sie kennen Sie?«

»Jeder in der Stadt kennt sie. Sie wollte nicht, dass größere Schäden an ihrem Eigentum entstehen, und diese Tür ist aus teurer Eiche.« Ich bemerkte, dass ein Anflug von Abneigung über McGrays Gesicht huschte. »Sei's drum, die Officer haben beide Schlüssel hier auf dem Schreibtisch gefunden, und auf Campbells Geheiß wurden sie beschlagnahmt. Die einzige andere Person im Haus war diese alte Frau, und sie sieht nicht aus wie jemand, der seinem Arbeitgeber den Bauch aufschlitzt.«

»So schnell würde ich sie nicht von der Liste streichen. Denken Sie daran, was ich Ihnen über Good Mary Brown erzählt habe. Vielleicht hat sie einen dritten Schlüssel, von dem niemand etwas weiß.«

»Wir werden die Haushälterin gleich befragen«, willigte McGray ein. »Wenn sie es nicht war, dann muss der Mörder durch …« Während er sprach, trat er näher an die eingeschlagene Fensterscheibe heran. »Der Fotograf hat uns erzählt, an diesem Fenster habe ein Vorhängeschloss gehangen, als die Beamten einbrachen. Es konnte nur von innen verschlossen werden.« Als er sich umdrehte, sah er mich in Gedanken versunken. »Haben Sie eine zündende Idee?«

»Bedauerlicherweise denke ich gerade über etwas anderes nach. Falls niemand hereinkommen konnte, stellt sich auch die Frage des *Heraus*kommens.«

Nun hatte ich McGrays volle Aufmerksamkeit. »Führen Sie das aus.«

»Im Obduktionsbericht stand etwas von fehlenden Organen – Gedärme, Herz und Leber. Aber schauen Sie sich den Teppich an. Neben der eigentlichen Blutlache gibt es keine weiteren Flecken; kein Rinnsal, nichts, was uns Hinweise darauf geben würde, wohin diese Organe gebracht wurden.«

»Gut erkannt, Dandy.« McGray betrachtete den Fußboden eingehend und deutete dann auf den Kamin. »Könnten sie verbrannt worden sein?«

»In diesem schmalen Ding? Das kann ich mir *nicht* vorstellen.«

Wir beugten uns beide über die Feuerstelle und inspizierten den Aschehaufen. Er wies nichts Ungewöhnliches auf.

»Ich schätze, um das Herz und die Leber zu verbrennen, wäre Platz gewesen«, sagte ich, »aber nicht für meterweise Gedärm – jedenfalls nicht, ohne ein gewaltiges Schlamassel zu hinterlassen. Nein, sie *müssen* mitgenommen worden sein.«

Zutiefst verwirrt schauten wir uns um. Nach meiner Erfahrung schreit der Tatort fast immer die Geschehnisse hinaus; dieser jedoch war einer der extrem seltenen Fälle, bei denen eine erste Inspektion nur noch mehr Fragen aufwarf. Der Gedanke, dass diese Angelegenheit viel schwieriger werden würde, als ich erwartet hatte, ließ mich einen Seufzer ausstoßen.

»Ich glaube, mit Herumstehen werden wir nicht viel erreichen«, sagte McGray schließlich.

»Na schön. Sollen wir gehen und mit der Haushälterin sprechen?«

»Sicher. Aber bevor wir gehen ...« Nine-Nails nahm ein halb verbranntes Holzscheit aus dem Kamin und rieb damit kräftig über den Teppich, um die fünf gespenstischen Augen zu verwischen. Emsig machte er so lange weiter, bis nur noch ein großer schwarzer Kohlenfleck zu sehen war. Dann stieß er einen erschöpften Seufzer aus, und ich schloss das Zimmer wieder ab.

Die Küche war ordentlich und sauber, und die Haushälterin servierte uns so beflissen Tee, dass ich nicht umhinkam, ihr einen Hauch von Sympathie entgegenzubringen. Doch ich war geschult darin, jedem und jeder mit Misstrauen zu begegnen.

»Tut mir leid, dass ich Ihnen keinen Platz im Salon anbieten kann. Alles Mobiliar ist bereits eingepackt und zusammengestapelt.«

»Kein Problem, Ma'am«, sagte McGray, während er seine Teetasse umklammerte. In seiner dicken vierfingrigen Hand wirkte die Tasse winzig. »Wie heißen Sie?«

»Hill, Sir. Die Leute nennen mich Goodwife Hill.« Die Frau stand vor dem Tisch und umklammerte mit ihren runzligen Händen einen Lappen.

»Setzen Sie sich ruhig«, bot McGray an, doch sie schüttelte den Kopf.

»Danke, Sir, aber das wäre nicht angemessen.«

»Bitte«, sagte McGray und zog einen Stuhl für sie heran. Sichtbar geschmeichelt tat die Frau, wie ihr geheißen. So schroff er wirken mochte, verstand McGray es doch, sich gleich zu Beginn das Vertrauen einer Zeugin zu erwerben. »Sie arbeiten schon lange Zeit für Mr Fon-teen, nicht wahr, Hill?«

»*Aye*, Sir. Seit er nach Edinburgh kam … äh … vor über zwanzig Jahren … Mein Gott, fast dreißig Jahre, glaube ich!«

»War er ein guter Herr?«

»*Och*, der beste Herr auf der Welt! Ich habe nie ein böses Wort von ihm zu hören bekommen. Er war immer so höflich und besorgt um seine Bediensteten. Als mein Mann starb, hat Mr Fontaine alles für mich getan. Er hat sich um alles gekümmert. Um *alles*.« Sie bekam feuchte Augen und wischte sich mit dem Tuch die Tränen ab. »Entschuldigen Sie. Es kam so plötzlich …«

»Warum hat er sich in diesem Zimmer eingeschlossen?«, fragte ich, als sie ihre Fassung wiedergewonnen hatte.

»Er hat sich immer eingeschlossen, wenn er geübt hat. Das war meine Schuld. Er hat stundenlang gespielt, ohne sich auszuruhen, sogar ohne zu essen. Ich habe mich dann hereingeschlichen und ihm ein Tablett hingestellt, obwohl er dagegen protestierte. Er mochte es nicht, wenn ich ihn unterbrach, war aber zu gutmütig, als dass er mich ausgeschimpft hätte, sodass er letztendlich das Zimmer einfach abschloss. Er hat sogar den Ersatzschlüssel an sich genommen und mich nie ein Duplikat machen lassen.«

»Hat er sich häufig eingeschlossen?«, wollte ich wissen.

»*Aye*, er hat fast jeden Tag mehrere Stunden hinter verschlossenen Türen verbracht, vor allem, wenn Konzerte bevorstanden.«

Ich erinnerte mich an den abgenutzten Schlüssel und nickte. Sie sagte die Wahrheit. Es sind diese kleinen, scheinbar banalen Details, die die Ehrlichkeit eines Menschen bestätigen oder widerlegen. Dennoch war da etwas, das im Widerspruch zur Vorgeschichte von Mr Fontaine stand.

»War Ihr Herr ein guter Musiker?«

»Selbstverständlich, Sir! Ein Genie auf der Bühne.«

Ich zog eine Braue hoch. »Wieso hat er dann so viel geübt? Soweit mir bekannt ist, sind es Musikschüler und junge Musiker, die lange an sich arbeiten müssen.«

Goodwife Hill sinnierte einen Moment.

»Nun, Sir, mein Herr brauchte die Übung. Es mag an seinem Alter gelegen haben, aber in den letzten zwei, drei Jahren hat er ein wenig von seinem Talent verloren.«

»Spielte er regelrecht schlecht?«, fragte McGray.

»*Och,* es steht mir ja nicht zu, so etwas zu beurteilen, doch manchmal hat er schon schrecklich gespielt. Da war diese sonderbare Phase vor ein paar Jahren, da hat es sich angehört, als würde er an Stacheldraht kratzen. Damals hat er damit begonnen, immer mehr zu üben. Langsam, aber sicher hat er dann sein früheres Niveau wieder erreicht, konnte es aber ohne ständige Übung nie halten.«

Ich erinnerte mich an die Bemerkungen meines Bruders. Elgie hatte gemeint, eigentlich seien Violinen überhaupt keine noblen Instrumente, der vibrierende, ausdrucksstarke Klang, für den sie berühmt sind, ließe sich nur nach jahrelanger Übung erreichen, und selbst kurze Phasen der Muße beeinträchtigten die Fertigkeiten eines Musikers.

»Was hat Mr Fontaine am Tag seines Todes getan?«, fragte ich. »Erinnern Sie sich?«

»Natürlich erinnere ich mich!« Schon die bloße Andeutung eines getrübten Erinnerungsvermögens schien sie zu beleidigen. »Am Morgen ging er zur Musikschule wie an jedem anderen Tag auch. Er kam dann zurück, nachdem er zuvor den Geigenbauer besucht hatte, und brachte eine

Geige mit, die der Bursche repariert hatte. Dann nahm er sein Abendessen zu sich und schloss sich anschließend ein, um zu spielen.«

»Haben Sie irgendetwas Sonderbares bemerkt oder gehört?«

»Nein, Sir, und ich habe mich wirklich bemüht, mich an etwas zu erinnern!« Sie klang ehrlich beschämt. »Ich war die ganze Zeit über in der Küche. Als ich zu Bett ging, spielte Mr Fontaine noch immer.«

»Also haben Sie geschlafen, als … es geschah«, sagte McGray.«

»*Aye*, Sir.«

»Wo ist Ihr Zimmer?«, fragte ich.

»Hinter dieser Tür, Sir.« Sie deutete auf eine kleine Tür im hinteren Bereich der Küche. Es ergab alles einen Sinn: Das Bedienstetenzimmer lag weit entfernt vom Arbeitszimmer ihres Herrn, sodass die Frau nichts gehört haben konnte.

»Ist an diesem Tag überhaupt etwas … Ungewöhnliches geschehen?«

Hill öffnete den Mund, brachte aber keinen Laut über die Lippen. Irgendetwas verheimlichte sie, das stand fest. Ich wollte sie darauf ansprechen, doch McGray kam mir zuvor: »Ist da etwas, was Sie uns nur ungern sagen wollen?«

Die alte Frau schüttelte den Kopf. »Sie würden glauben, ich sei eine verrückte Hexe.«

McGray beugte sich zu ihr vor und sprach mit sanfter Stimme: »Wir werden nicht über Ihren geistigen Zustand richten, Herzchen. Und was immer Sie uns sagen, könnte uns dabei helfen, diesen Mistkerl zu schnappen, der das hier getan hat. Erzählen Sie uns alles, dem Gedenken an Ihren Herrn zuliebe.«

Hill schluckte heftig und trocknete sich erneut die Tränen. »An diesem Abend hat mein Herr diese … *grauenhafte* Melodie gespielt.«

McGray runzelte die Stirn. »Grauenhaft? So wie in der Zeit, als er, wie Sie es ausdrückten, an den Drähten gekratzt hat?«

»Nein, Sir. Ich habe nicht gesagt, dass er schlecht gespielt hat. Ich will sagen … es war grauenhafte Musik … Ich habe eine Gänsehaut davon bekommen.«

McGrays Augenlider flackerten, sein Interesse war geweckt. »Erzählen Sie uns mehr. Wie hörte sich das an?«

»Ich weiß nicht, wie ich es erklären soll.« Hill kratzte sich nachdenklich am Kopf. »Ich konnte hören, dass es eines dieser schwierigen Stücke war, die er gerne spielte … aber mir lief es eiskalt über den Rücken. Es hörte sich an wie … wie kreischende Messer … und am Schluss war es, als würden die Töne vibrieren. Ich dachte, so muss sich die nackte Angst anhören …«

»Würden Sie diese Melodie wiedererkennen, falls Sie sie noch einmal hören?«, fragte McGray.

»Natürlich, Sir! Dieses Musikstück kann ich nicht vergessen! Ich wünschte, ich könnte es.«

»Ist es das, was Sie sich nicht getraut haben, uns zu erzählen?«

Ich sah ihr an, dass da noch etwas war.

»Nein, Sir … Es war ein sehr gruseliges Stück, aber das war nicht das Schlimmste daran. Ich könnte schwören, dass es sich anhörte wie … so als spielten mehrere Violinen in dem Raum, obwohl doch nur er allein dort drinnen war …« Hill biss sich auf die Lippen und schwieg. Mit herumhuschendem Blick wartete sie auf unsere Reaktion.

»Sind Sie absolut sicher?«, fragte McGray geduldig.

»Sagte ich's doch. Jetzt glauben Sie, ich bin verrückt. Aber genau so hat es sich angehört. Ich hätte schwören können, dass an dem Abend drei oder vier Fiedler in dem Raum gespielt haben. Und ich weiß, wovon ich spreche, ich war bei vielen Ceilidhs, schon seit meiner Kindheit.«

»Nun, ich glaube Ihnen«, sagte McGray und trank den Rest seines Tees. »Ich bin fertig. Haben Sie noch Fragen, Mädel?«

Die Bezeichnung ließ mich vor Wut fauchen, bevor ich darauf reagierte. »Nur eine. Wie heißt dieser Geigenbauer, von dem Sie sprachen?«

»Weiß nicht. Alle nennen ihn Joe Fiddler.«

»Könnt ihr Schotten nicht mal jemanden bei seinem richtigen Namen nennen?«, murrte ich.

»Immer noch besser, als jeden ›Victoria‹ zu nennen«, konterte Nine-Nails. »Sogar auf euren blöden Kuchen prangt das V des Dickerchens!«

Ich ignorierte ihn. »Wissen Sie, wo man ihn findet?«

»Nein, Sir, tut mir leid. Aber Sie können in der Musikschule nach ihm fragen. Die lassen alle ihre Geigen bei ihm reparieren.«

»Ausgezeichnet. Das wäre dann alles.«

McGray bedankte sich bei Hill für den Tee, und wir standen auf.

»Werden Sie zurechtkommen, nun, da Mr Fon-teen nicht mehr unter uns weilt?«, fragte McGray sie, während sie uns hinausbegleitete.

Das unerwartete Interesse an ihrem Wohlbefinden ließ Hill leicht erröten. »*Aye*, Sir. Verwandte meines Herrn nehmen mich zu sich, wenn sie kommen, um das mit dem Mietvertrag des Hauses zu regeln. Ich werde in einem ihrer Häuser in Dover arbeiten.«

»Freut mich zu hören. Wird das schon bald sein?«

»In zwei Wochen, denke ich.«

»Schön. Wir kommen vorher noch einmal vorbei, um uns das Zimmer noch einmal anzuschauen.«

»Kann ich rein, um es sauberzumachen?«

»Noch nicht, fürchte ich«, erklärte ich und steckte die Schlüssel wieder in meine Tasche.

»Der Bursche hat recht«, sagte McGray. »Wir müssen es uns noch einmal anschauen.«

Als ich in die Kutsche stieg, hörte ich, wie Goodwife Hill McGray ins Ohr flüsterte: »Warum nennen Sie ihn Mädel, Sir?«

»Weil er ein verdammtes Mädel *ist*, Hill«, erwiderte er laut. »Sehen Sie ihn sich doch an.«

Unglücklicherweise fielen diese Worte, als ich mir gerade den Schlamm von den Schuhen wischte. Die Frau hielt sich die Hand vor den Mund, doch dass sie kicherte, war allzu offenkundig. Da es wichtigere Dinge gab, über die wir uns Sorgen machen mussten, zog ich es vor, die beiden zu ignorieren.

Ich warf einen letzten Blick auf Fontaines Haus. Dabei dachte ich an den kleinen Kamin, die fehlende Partitur, die häufig verschlossene Tür und die mit Blut gezeichneten fünf Augen. All diese Dinge sprachen für viel Wissen, eine sorgfältige Planung und vor allem für eine unheilvolle verborgene Zielsetzung. An diesem Mord haftete etwas, das sich sogar noch finsterer anfühlte als der schlichte Sadismus von Jack the Ripper.

Als die Kutsche anfuhr, hatte ich ein sonderbares Gefühl. Neben den offenkundigen Fragen, die sich stellten, war in diesem Zimmer irgendetwas Deplatziertes gewesen, etwas, das nicht so recht hineinpasste ... aber ich vermochte nicht zu sagen, was es war. Ich wusste, dass mir irgendein Detail entging, und diese Tatsache würde mich für den Rest meines Lebens quälen. Ich hatte es noch nicht begriffen, aber es würde zu weiteren Todesfällen kommen; Todesfälle, die sich hätten vermeiden lassen, wenn ich hier und jetzt dieses kleine Detail erkannt hätte.

Kratz es ab … kratz es ab … kratz dieses schleimige Zeug ab.

Harte Arbeit, nichts für Zimperliche!

Oh, wie großartig es doch werden wird! Wie großartig!

Sie werden alle verzweifeln … sie werden alle bereuen und mein Werk bewundern …

Noch auf Jahre, endlose Jahre hinaus!

9

Mit der Kutsche fuhren wir zurück zum Polizeipräsidium am westlichen Ende der High Street. Dort stieg McGray aus, da er noch sein Pferd und seinen Hund holen musste. Der Kutscher schlug nun den Weg nach Norden ein, um mich in die Annehmlichkeiten der New Town zurückzubringen.

Trotz der Dunkelheit konnte man Hunderte rabenschwarzer Rauchsäulen über der Stadt aufsteigen sehen, vor allem über der dicht bevölkerten Old Town. Durch das gelbe Licht aus zahllosen Fenstern von unten erleuchtet sahen sie fast so aus wie Dampfschwaden über einem brodelnden Hexenkessel. Kein Wunder, dass man Edinburgh auch Auld Reekie nannte – die alte Verräucherte.

Gerade als wir an der wunderschönen, mondsichelförmig angelegten Häuserreihe des Moray Place ankamen, fing es wieder an zu nieseln.

»Und ich dachte, London sei ein Regenloch«, murmelte ich beim Eintreten.

McGrays Butler George empfing mich und nahm mir Schirm und Mantel ab. »Ich habe Ihr Zimmer hergerichtet und Ihre Sachen ausgepackt, Herr. Sie finden sie in Ihrem Kleiderschrank. Das Abendessen steht auch bereit, wenn Sie Hunger haben.«

»Ausgezeichnet. Ich hoffe, Sie haben kein Haggis gekocht.«

»Oh nein, Sir. Aber ich kann Ihnen morgen welchen zubereiten lassen.«

»Bitte *nicht*! Niemals.«

Ich ging den Flur entlang und hatte nun endlich Gelegenheit, diesen näher zu betrachten. Er war sauber, befand sich aber offenkundig im Verfallsstadium. Der Teppich wies deutliche Abnutzungsspuren auf, die Kanten des in der Mitte stehenden Tischs waren abgenutzt, und die Eichenholzvertäfelung an den Wänden war an den Ecken zerkratzt und wirkte wie von Motten angefressen.

George führte mich in eine Art Frühstücksraum. Darin stand ein viereckiger Tisch, an dem nicht mehr als vier Personen Platz finden konnten. Ich hatte den Eindruck, als werde der Raum als kleiner Salon oder Arbeitszimmer genutzt und sei nun hastig für das Abendessen hergerichtet worden.

»Es sieht nicht so als, als empfinge Inspector McGray häufig Gäste«, stellte ich fest.

George machte eine bittere Miene. »Nein. Das ist kein Haus, das die hohen Herren gerne aufsuchen.« Mit grober Stimme rief er dann zur Tür auf der anderen Seite: »Agnes! Trag Mr Freys Abendessen auf!«

Mit noch groberer Stimme – falls so etwas überhaupt möglich war – drang es prompt aus dem angrenzenden Raum zurück: »In einer Minute. Alte Nervensäge!«

Ich nahm am Tisch Platz, und eine *sehr* lange Minute später erschien eine dürre Frau mittleren Alters mit einem Tablett in den Händen. Ihr graues Haar stand unordentlich ab, als wäre sie in einen Wirbelsturm geraten, und mit ihrer Hakennase und ihrem boshaften Gesichtsausdruck sah sie aus wie das Urbild einer Hexe aus einem Kinderbuch. Agnes stellte eine dampfende Schüssel dicker Gemüsesuppe mit Fleisch vor mich und legte eine dicke Scheibe Brot daneben.

»Da, Sir.«

Ich warf ihr einen verblüfften Blick zu. Nun war ich mit meiner Geduld am Ende. »In Gottes Namen, bringen Sie mir einen Löffel und eine Serviette, Frau! Denken Sie vielleicht, ich schlürfe die verfluchte Suppe wie ein Maultier?«

Widerwillig ging sie zurück in die Küche und kehrte mit einem Löffel und einem fleckigen Stofftuch zurück.

George schaute mir aufmerksam zu und öffnete den Mund, als wolle er etwas sagen.

»Was ist?«, fragte ich.

»Sir … Darf ich fragen, was mit Ihren Kleidern geschehen ist?«

Bestürzt betrachtete ich mein Jackett. Tucker hatte es zerrissen und beschmutzt, und anschließend hatte einer der schmuddeligen Halunken in dem Pub es mit Blut beschmiert.

»Das bringt meine Arbeit so mit sich«, seufzte ich.

»Ich kann das flicken, Sir«, bot sich Agnes an, während sie mir unverfroren den Kragen meines Jacketts richtete.

Ich entwand mich ihrem Zugriff. »Das bezweifle ich.«

»Ich schwöre es, Sir. Ich kann sehr gut nähen! Sie werden nicht mehr bemerken, dass es zerrissen war!«

»Dann versuchen Sie es. Ich wollte es ohnehin loswerden.«

Schließlich begann ich zu essen. Aber die dicke Suppe schmeckte nach gar nichts; Fleisch und Gemüse waren so pampig, als hätten sie tagelang gekocht, und das Brot war altbacken. Doch da ich nur spärlich gefrühstückt und danach den trockensten Pie der Welt gegessen hatte, schlang ich alles in wenigen Minuten hinunter.

Ich war fast fertig, als ich jemanden durch die Hintertür in das Haus treten hörte. Es war McGray, erneut nass vom Regen, aber nicht annähernd so durchnässt wie beim ersten Mal, als ich ihn getroffen hatte. Freudig trabte Tucker herein, Läufe und Bauch völlig verdreckt.

»Ach, man hat Sie verpflegt!«

»Falls man das Essen nennen kann …«

Nine-Nails gackerte. »Ja, aber Sie haben Agnes' Gemüsesuppe überlebt. Jetzt werden Sie alles überstehen, glauben Sie mir.«

George kam herein und nahm McGray seinen feuchten Mantel ab. »Werden Sie zu Abend essen, Sir?«

»Nein!« Er schauderte sogar, als er dies sagte. »Ich hatte einen kleinen Imbiss im *Ensign.*« George und er tauschten ein komplizenhaftes Lächeln aus. »Aber geben Sie Rye ein bisschen Hafer und eine Karotte. Der alte Gaul hat heute sehr hart gearbeitet.«

»Sofort, Sir.«

»Haben Sie einen eigenen Stall?«, fragte ich.

»*Aye*. Wieso?«

»Ich würde gerne mein Pferd nachholen lassen. Wäre es möglich, es ebenfalls hier einzustellen?«

McGray zog die Brauen hoch. »Sie reiten? Ich dachte, ihr Londoner fahrt nur in spitzengesäumten Karossen herum!«

»Offensichtlich reite ich *sehr wohl.*«

»Es ist noch genug Platz für ein weiteres Pferd«, sagte George. »Und mich um zwei Tiere statt um eines zu kümmern würde mir keine große Mühe machen.«

»Können Sie denn besser auf ein Pferd aufpassen, als diese Frau kochen kann?«

McGray klopfte George liebevoll auf den Rücken. »Aber

ja! Mein George hat ein Händchen für Tiere, Frey. Er bringt es sogar fertig, sich gut um mich zu kümmern!«

George errötete sichtlich und eilte hinaus.

»Sind Sie fertig mit Ihrem Essen?«

»Allerdings«, beschied ich ihm und schob die Schüssel von mir. In dieser verfluchten Stadt einen Ort zu finden, wo man anständig essen konnte, würde oberste Priorität bekommen.

»Gut. Ich wollte mich mit Ihnen unterhalten.«

»Nur zu.«

»Folgen Sie mir.«

McGray führte mich in ein großes Zimmer mit einer hohen Decke, das in früheren Zeiten einmal der Speisesaal gewesen sein musste. Sein breites Fenster gewährte eine schöne Aussicht auf die Grünanlagen der Straße und auf die angrenzenden Herrenhäuser. Im Raum selbst allerdings herrschte ein einziges Kuddelmuddel.

Riesige Bücherstapel, Akten und alte Zeitungen schraubten sich bis zur Decke hinauf (ich hätte nicht in der Nähe sein wollen, wenn diese Papierberge ihr labiles Gleichgewicht verloren). An die Wand waren Zeichnungen und Gemälde von Dämonen und gruseligen Tieren geheftet, und es gab auch eine Sammlung von sonderbaren Gegenständen, wie mesoamerikanische behauene Steine und Voodoo-Puppen. In einem Kamin, der so groß war, dass er ganze Gesellschaften wärmen konnte, brannte ein gewaltiges Feuer, davor standen ein Polstersofa und ein lederner Lehnstuhl. Tucker kuschelte sich auf einer Matte zusammen, die in klugem Abstand vor der Feuerstelle platziert worden war und der einzige freie Fleck auf dem Fußboden zu sein schien.

Bücher und Artefakte umkurvend folgte ich McGray in den Raum.

»Nehmen Sie Platz, Frey.«

Ich schob ein Bündel Papiere beiseite, um mir einen Platz zum Sitzen zu verschaffen. »Genießen Sie es, unter Stapeln von Gerümpel zu leben?«

»Ob Sie es glauben oder nicht, ich weiß haargenau, wo in diesem Zimmer was ist«, antwortete er und lief geradewegs zu einem voluminösen Berg von Büchern, wühlte einen Moment darin herum und zog dann zielsicher einen uralten Band hervor. »Nur wenn aufgeräumt wird, finde ich danach meine Sachen nicht mehr.«

Er ließ sich auf dem Lehnstuhl nieder und legte das Buch auf den staubigen Couchtisch, der zwischen uns stand. Es handelte sich um einen großen dicken Wälzer, in zerbröckelndes Leder gebunden. Als er ihn aufschlug, sah ich, dass seine vergilbten Seiten von Hand beschrieben worden waren. Während McGray die Seiten auf der Suche nach irgendetwas durchblätterte, erhaschte ich Blicke auf nordische Runen und sonderbare Skizzen. Ich erkannte ein von hebräischen Schriftzeichen umgebenes Pentagramm sowie schreckliche Zeichnungen von sezierten Körpern und missgestalteten Wesen.

Ich schluckte. »Geht es in dem Buch um Hexerei?«

McGray nickte bedächtig. »*Aye*. Ich beschäftige mich schon eine ganze Weile mit schwarzer Magie. Dieses Buch beinhaltet Dinge, die Hexen freiwillig nicht preisgeben.«

»Wie haben Sie es dann in die Hände bekommen?«

»Das wollen Sie nicht wissen.« McGray blätterte teilnahmslos weiter.

Ich schaute mich um. »Befassen sich all diese Bücher und Dokumente mit Ihrer ›Untersuchung‹ des Okkulten?«

»*Aye*. Im Büro habe ich fast noch einmal so viele, aber die wichtigeren bewahre ich lieber hier auf.«

»Eine wahrhaftig große Recherche«, flüsterte ich. Die einzige größere persönliche Bibliothek, die ich gesehen hatte, war die meines verstorbenen Großvaters gewesen. Aber er hatte auch siebzig Jahre Zeit gehabt, um sie zusammenzutragen – und die Bücher waren immer ordentlich und sortiert gewesen. »Das zeugt wirklich von … äh … Hingabe.«

In Wirklichkeit meinte ich »Besessenheit«. Ich konnte McGray nicht vollends aus den Reihen der Geistesgestörten entlassen.

Er fand die Seite, nach der er gesucht hatte, und drehte das Buch zu mir, damit ich sie sehen konnte. Über die Doppelseite hinweg war das gleiche Symbol gemalt worden, das wir in Fontaines Arbeitszimmer gesehen hatten.

»Also ist es *wirklich* ein Hexenzeichen«, sagte ich.

»Ja und nein. Es ist ein Symbol, das geschaffen wurde, um den Teufel herbeizurufen. Sind Sie vertraut mit dem ›Auge der Vorsehung‹?«

»Das Auge der Vorsehung«, wiederholte ich. »Meinen Sie das Symbol, das sich im Staatssiegel der Yankees befindet?«

»*Aye*. Ein Auge in einem nach oben gerichteten Dreieck. Sehen Sie, das Dreieck symbolisiert die Heilige Dreifaltigkeit; drei ist eine heilige Zahl. Selbst die heidnischen Gottheiten der Kelten hatten drei Gesichter. Bei diesem Zeichen wird das Dreieck auf den Kopf gestellt, um Rebellion zu symbolisieren, die Unterwelt.«

Um ein plötzliches Gähnen zu verbergen, hielt ich mir die Hand vor den Mund. »Diese Satanisten … Bloß etwas auf den Kopf zu stellen reicht denen schon aus, um es zum Teufelswerk zu erklären. Auf dem Kopf stehendes Kreuz, auf dem Kopf stehendes Pentagramm, auf dem Kopf stehende Heilige Maria … Die sollten wenigstens ein wenig erfindungsreicher sein, finden Sie nicht?«

Nun war es McGray, der Ungeduld zeigte. »Das ist nicht alles, was sie getan haben, um das Auge der Vorsehung zu pervertieren. Sehen Sie die fünf Augen?«

»Ja, und ich war schon im Begriff, Sie danach zu fragen. Warum fünf? Und wieso sind sie asymmetrisch angelegt? Drei auf einer Seite und zwei auf der anderen …«

»Das hier sollen drei Augenpaare sein, beziehungsweise die Augen in den drei Gesichtern des Satans.«

»Moment, Moment. Sie sagten drei Augen*paare*, ich sehe aber bloß fünf Augen.«

»*Aye*. In den hebräischen Apocryphen durchbohrt Gott Satan ein Auge, bevor er ihn aus dem Himmel vertreibt. Dies stimmt mit einem alten heidnischen Glauben überein: Die Geister der Unterwelt wurden auf unterschiedliche Art und Weise verstümmelt oder markiert, um sie so von den guten zu unterscheiden – genauso, wie man im Mittelalter mit Dieben verfuhr.«

»Wollen Sie damit sagen, dass die Hexen dieses Siegel schufen, um sowohl die christlichen wie auch die heidnischen Gottheiten zufriedenzustellen?« Ich kicherte. »So platziere ich eine Wette in Ascot!«

»Nein, nein! Sie verdrehen alles! Wenn dieses ganze Zeug einen Sinn ergibt, dann deshalb, weil es auf uraltem Wissen basiert, Frey. *Uralt*. Das hier ist weitaus älter als das Christentum, wie wir es praktizieren. Diese Hexen wissen, was sie tun. Ich sage Ihnen: Das hier ist kein Siegel, das leichthin verwendet wird. Sie lehren es nicht einmal viele von ihresgleichen.«

»Das ist ja alles schön und gut, und sicher würde ich vor dem Kamin an einem verregneten Tag meine Freude daran haben, aber kommen wir lieber auf den Punkt, McGray. Sie wissen, wofür dieses Siegel verwendet wird, nicht wahr?«

»*Aye*. Wenn Hexen die fünf Augen des Teufels mit dem Blut eines Opfers malen, dann bitten sie ihn, über sie zu wachen.«

»Sie meinen … sie bitten um die Gunst des Teufels?«

»Um seine Gunst oder um Schutz, oder sie rufen ihn um einen Rat an.«

»Typisch für Hexen.«

»Schon, aber Fon-teen scheint mir nicht das typische Opfer zu sein. Für gewöhnlich bringen Hexen schwarze Katzen, Babys, Jungfrauen dar, aber nicht alte, fette Musiker. Außerdem kann ich mich nicht daran erinnern, dass die Entnahme von Organen Teil des Ganzen ist.«

»Warum, glauben Sie, wurde dieses Mal das Ritual verändert?«

»Weiß nicht. Aber in meiner Bibliothek finden wir sicher den einen oder anderen Hinweis.«

»Ich würde es vorziehen, weitere Erkundigungen über Fontaine von denen einzuziehen, die ihn kannten. So könnten wir mehr darüber herausfinden, was zum Zeitpunkt seines Todes geschah.«

»Mag sein, aber wir müssen auch wissen, wonach wir suchen. Morgen werden wir einige Zeit mit Nachforschungen im Büro verbringen.«

»Dem kann ich nicht zustimmen«, protestierte ich energisch. »Diese Form der Befragung muss gleich nach dem Mord erfolgen, bevor die Leute sich nicht mehr an die Einzelheiten erinnern.«

»Und was werden Sie sie fragen? ›Hey, Bürschchen, sagen Sie mir, welche Soße der alte Fon-Teen auf seinen Kartoffeln hatte?‹«

»Und wenn wir unsere Nase in die Kritzeleien Ihrer alten Hexen stecken, ist das wohl nützlicher, vermute ich!«

»Vielleicht nicht, aber ich bin hier der Einsatzleiter. Denken Sie daran.«

Zorn wallte in mir auf. Was für einen Idioten hatte man mir da bei der Arbeit an die Seite gestellt! Ich zwang mich dazu, tief Luft zu holen, und merkte plötzlich, dass ich die Hände zu Fäusten geballt hatte. »Macht es Ihnen etwas aus, wenn wir das morgen früh weiter besprechen? Sonst sage ich nachher noch Dinge, die ich hinterher bereue.«

»*Aye*, in Ordnung. Dann werden Sie wieder einen klaren Kopf haben. Das war ein langer Tag für Sie. Ich werde George sagen, dass er Sie zu Ihrem Zimmer führen soll.« Prompt brüllte er: »*George!*« Binnen kürzester Zeit erschien der Butler. »George, geleiten Sie den Erzbischof von Nervminster zu seinem Schlafgemach.«

Bemüht, ein spöttisches Lächeln zu verbergen, tat George, wie ihm geheißen, und führte mich in den Flur. Ich bedachte McGray mit einem letzten Blick. Er blätterte mit einer Hand die zerknitterten Seiten seines alten Buchs um, während er mit der anderen den Kopf des Hundes tätschelte.

»Schläft er denn nicht?«, fragte ich George, mir plötzlich bewusst, wie müde ich war.

»Nein, Sir. Mein armer Herr schläft schon seit Jahren nicht mehr gut. Er geht erst in den frühen Morgenstunden zu Bett.«

Ich nickte bedächtig. »Zwanghaftes Verhalten und Schlafstörungen …«, murmelte ich.

»Verzeihung, Sir?«

»Nichts«, sagte ich rasch. »Nur ein Gedanke.«

George führte mich zu einem ziemlich großen Schlafzimmer. Es war peinlich sauber und hatte ein kleines Fenster, das einen Blick auf den Hinterhof gewährte. Ein altes Himmelbett stand darin. Das Erste jedoch, das mir ins Auge fiel, war der furchtbar kleine Kleiderschrank; das uralte Ding konnte höchstens zehn Stücke aufnehmen. Als ich ihn öffnete, sah ich, dass er zur Hälfte mit der spärlichen Kleidung aus meinem Reisegepäck belegt war. Ich konnte nur hoffen, dass Commissioner Monro eine großzügigere Unterkunft für mich fand, bevor Joan mit dem Rest meiner Habseligkeiten ankam.

Ermattet, wie ich war, beschloss ich, meine Kleider für den kommenden Tag zurechtzulegen. Das war eine alte Gewohnheit von mir, da es mir immer half, meinen Kopf freizumachen von den Bürden der Arbeit. Es gab keine bessere Methode, grausame Verbrechen zu vergessen, als Jacketts, Hemden und Krawatten aufeinander abzustimmen.

Doch etwas ging mir ständig durch den Kopf. Da *war* etwas Sonderbares in Fontaines Arbeitszimmer gewesen, doch ich vermochte nicht zu lokalisieren, was es gewesen war. Alles in diesem Zimmer – das Symbol, der Blutfleck und die roten Spritzer auf der glänzenden Violine, die fehlende Partitur, Hills Erwähnung einer gruseligen Melodie … das alles ging mir immer wieder durch den Kopf. Etwas, das ich gesehen hatte, passte eindeutig nicht … war fehl am Platz.

Ich dachte noch einmal an das abgenutzte Türschloss, an die Tatsache, dass sich beide Schlüssel innerhalb des Zimmers befunden hatten, an das ebenfalls von innen verschlossene Fenster. Wer immer Fontaine angegriffen hatte, hatte einfach hinein- und hinausspazieren können, ohne Riegel aufzubrechen oder die kleinste Spur zu hinterlassen – in

Anbetracht des an der Leiche ausgeübten Gemetzels gab es viel zu wenig Blutspuren. Fieberhaft überlegte ich, wie das möglich gewesen sein konnte.

Ich hätte noch lange meinen Gedanken nachhängen können, doch dann lenkte mich etwas ab: Nachdem ich einen marineblauen Anzug ausgesucht hatte, schaute ich nach dem Kistlein, in dem ich meine Manschettenknöpfe aufbewahrte. Als ich es öffnete, fiel mir als Erstes ein Paar wunderschöner elfenbeinerner Knöpfe ins Auge, geformt als winzige, an Gold montierte Rosen.

Mich durchzuckte ein stechender Schmerz in der Brust. Eugenia hatte sie mir an meinem letzten Geburtstag geschenkt. Ich erinnerte mich nicht, sie eingepackt zu haben – wenig überraschend, da ich hektisch alles zusammengerafft und verstaut hatte, was mir an sauberen Kleidern und sonstigen Gegenständen in die Finger gekommen war.

Ich verfluchte mich dafür, diese kleinen weißen Rosen nicht schon früher in Augenschein genommen zu haben. Womöglich hätte ich sie aus Bitterkeit aussortiert, vielleicht hätte ich sie aber auch als Andenken an meine verlorene Liebe mitgenommen. Beides wäre mir lieber gewesen als diese unangenehme Überraschung; Eugenias grimmiger Blick, ihre Kälte, als ich mich von ihr verabschiedete, meine eigenen wütenden Äußerungen … all diese Bilder übermannten mich nun unvorbereitet und zogen so lebendig an meinem inneren Auge vorbei, als wäre es gerade erst geschehen.

Da ich in meinem Stolz noch immer verletzt war und die Wunden noch frisch waren, versuchte ich, jedes Gefühl zu unterdrücken. Ich versuchte mir einzureden, dass ich sie nie wirklich geliebt, sondern mir nur die Vorstellung gefallen hatte, eine Frau, ein Zuhause und eine Familie zu haben, und dass Eugenia nichts als ein notwendiges Element in diesem Trugbild gewesen war.

Doch nüchtern betrachtet war es schon ein bedauernswerter Verlust. Hätte ich mein Leben weiter in London verbracht, wäre Eugenia die ideale Ergänzung für mich gewesen. Mit unserem jeweils unvollkommenen Naturell, unserem stolzen Wesen und unseren gesellschaftlichen Ansprüchen hätten wir einander ergänzt … Nach außen hätten wir vielleicht nicht das liebenswürdigste Paar abgegeben, und doch, wir hätten einander glücklich gemacht.

Alles wäre ganz anders gewesen … für uns beide.

Ich erinnere mich daran, absolut erschöpft zu Bett gegangen zu sein und dann, als mein Kopf auf das Kissen sank, die Manschettenknöpfe beiseitegeworfen zu haben.

Ich habe nie erfahren, was aus ihnen wurde. Vielleicht hat Agnes sie an sich genommen und für ein paar Shilling verkauft …

10

Als McGray mir unser »Büro« zeigte, klappte meine Kinnlade herunter, denn es stellte sich als schäbige Abstellkammer im Keller heraus. Knapp unter der Zimmerdecke befanden sich schmale vergitterte Fenster, durch die ich sah, wie sich die Füße von Menschen und die Hufe von Pferden im Hof hin und her bewegten.

McGray entzündete eine Öllampe, und nun trat mir die Unordnung, die im Raum herrschte, erst richtig vor Augen. Hier befanden sich genauso viele Bücher und seltsame Artefakte wie in seiner Privatbibliothek, doch darüber hinaus auch noch zahllose Formaldehydflaschen, in denen Dinge konserviert waren, die zu scheußlich aussahen, um sie zu Hause aufzubewahren.

»Ich bin ein bisschen verlottert«, räumte McGray ein, »aber das wird sich ändern, jetzt, da Sie hier sind. Das hier ist übrigens Ihr Schreibtisch.«

Er wies auf ein kleines Schreibpult in der Ecke, halb verborgen unter dem Durcheinander. Verwirrt starrte ich auf das erbärmliche Möbelstück und den alten Holzstuhl dahinter, beides von einer dicken Staubschicht überzogen.

»Erwarten Sie ernsthaft von mir, dass ich dieses Drecksnest aufräume?«, zeterte ich. »Ich bin Inspector, nicht Ihr verfluchtes Zimmermädchen.«

»Jemand muss das hier aufräumen, und ich werde es nicht sein.« McGray warf mir eine dünne Akte zu. »Oh, und bringen Sie Ihren Versetzungspapierkram ins Archiv.« Während er dies sagte, trat Constable McNair ein, gefolgt von einem kleinen alten Mann in einem grauen Anzug.

»Inspector McGray, dieser Mann möchte mit Ihnen sprechen.«

McGray, der sich bereits ein altes Buch über Hexerei zu Gemüte führte, zog bedächtig die Brauen hoch. »Wer? Und wieso?«

Der kleine Mann trat vor. »Ich bin Charles Downs, der Anwalt des verstorbenen Mr Fontaine. Man sagte mir, ich solle bezüglich seines Testaments mit Ihnen sprechen.«

»Ich kümmere mich darum, McNair.« Der Beamte ging, und McGray forderte Downs auf, Platz zu nehmen. »Was können wir für Sie tun?«

Downs zog bereits ein Bündel Dokumente aus seinem Aktenkoffer hervor. »Ich war vor Kurzem im Wohnhaus meines Mandanten und erhielt die Auskunft, dass die Polizei den Zugang verwehrt. Ich bin Monsieur Fontaines Testamentsvollstrecker.«

»Ich verstehe.«

»Monsieur Fontaine hat fast seinen gesamten Besitz seinen Neffen und seiner Haushälterin überlassen – alles, bis auf vier Gegenstände …«

Der Mann legte eine dramatische Pause ein, worauf McGray die Geduld verlor. »Lassen Sie Ihre theatralische Scheiße und reden Sie!«

Downs erschrak und errötete sichtlich. »Nun, Monsieur Fontaine wollte, dass seine Geigensammlung unter seinen Schülern und Kollegen am Musikkonservatorium von Edinburgh verteilt wird.« Er reichte McGray das Testament, damit dieser es lesen konnte. »Wie Sie sehen, wollte Monsieur Fontaine ausdrücklich, dass diese Violinen so schnell wie möglich übergeben werden. Er hat jede einzelne einem bestimmten Empfänger zugewiesen.«

McGray las und nickte dann. »Und ich nehme an, Sie wollen, dass wir Ihnen diese Geigen aushändigen.«

»So ist es, Inspector. Die Haushälterin informierte mich darüber, dass Sie das Zimmer verschlossen haben, in dem sie aufbewahrt werden, und alle Schlüssel an sich genommen haben.«

»Wir führen nach wie vor Untersuchungen in diesem Zimmer durch, Mr Downs«, schaltete ich mich ein. »Wir können keine Gegenstände freigeben, solange unsere Nachforschungen noch nicht abgeschlossen sind.«

»Das verstehe ich ja, aber der letzte Wille meines Mandanten war es …«

»Bei allem Respekt«, unterbrach ich ihn, »gegenwärtig spielt der Wille von irgendwem, sei es der letzte oder der erste, absolut keine Rolle. Wir untersuchen einen Mord, Mr Downs, wir richten kein Gartenfest aus.«

McGray lehnte sich zurück und strich sich über die Bartstoppeln. Er schaute mich an. »Sie wollten doch raus, nicht wahr, Frey?« Ich nickte mürrisch. »Ich denke, wir können diese Sache gut umschiffen: Sie können mit Mr Downs zu Fon-teens Haus fahren, das Zimmer noch einmal untersuchen, wenn Sie wollen, und ihm die Geigen holen. Anschließend kann er Ihnen den Weg zum Konservatorium zeigen, wo Sie sämtliche Befragungen durchführen können, auf die Sie so versessen sind. In der Zwischenzeit werde ich hier weiter recherchieren.«

»Ausgezeichnet. Hört sich an, als wären Sie doch nicht ganz ohne Verstand, Nine-Nails.«

Ich befürchtete schon, er werde mir einen Hieb versetzen dafür, wie ich ihn genannt hatte. Doch er zog lediglich eine

Augenbraue hoch. »Na, dann habe ich ja Ihre Zustimmung. Jetzt hat mein Leben seinen Sinn erfüllt!« Er schaute auf seine Taschenuhr. »Schon Mittagszeit! Haben Sie Lust, ins *Ensign* zu gehen?«

Ich konnte unmöglich noch einmal dort essen, wollte aber auch nicht länger mit knurrendem Magen herumlaufen – noch ein paar Tage so wenig essen wie am Vortag, und ich würde den Hungertod erleiden. Zum Glück verstand Mr Downs McGray falsch – er glaubte, die Einladung beziehe sich auch auf ihn, und lehnte als Erster ab.

»Das ist sehr freundlich, Inspector, aber ich esse lieber im *New Club*. Ich kann jederzeit noch einmal vorbeikommen, ganz wie Sie wünschen.«

McGray bat ihn, am Nachmittag zurückzukehren, worauf Downs Anstalten machte aufzubrechen.

Hektisch sprang ich auf. *»Warten Sie bitte! Wo, sagten Sie, essen Sie lieber?«*

*

Der *New Club* erwies sich als Etablissement für Gentlemen; es wurde genießbares Essen serviert, es gab guten Whisky und exquisite Zigarren. Sein größter Vorzug aber war seine Lage mitten in der Princes Street, nicht weit vom Präsidium entfernt. In Bezug auf das Essen war er meine Rettung.

Da es sich um einen privaten Club handelte, meldete mich Mr Downs als seinen persönlichen Gast an (die Geste löste beinahe Schuldgefühle in mir aus, da ich ihn nur wenige Minuten zuvor so barsch behandelt hatte). Als ich eingetreten war, ließ man mich wissen, ich könne gegen eine sehr angemessene Gebühr dem Club beitreten – ich war so hungrig, dass ich freudig auch die dreifache Summe bezahlt hätte.

Es fiel mir einigermaßen schwer, meine guten Manieren zu wahren, während ich dieses riesige, saftige, pikant gewürzte Beefsteak verschlang und mir ein Glas französischen Wein dazu genehmigte.

Das Essen weckte meine Lebensgeister, und ich fand, ich könne die Zeit nutzen, um mehr über Fontaines Wesen herauszufinden.

»Ein sehr ruhiger Mensch«, erzählte Downs, während er geräuschvoll an seinem Steak herumkaute, das sogar noch größer war als meines, »wirklich sehr ruhig.«

»Wie lange haben Sie ihn vertreten?«

Downs schaute auf und zählte leise murmelnd: »Dreizehn, vier... nein, warten Sie, fünfzehn Jahre! Mein Gott, die Zeit vergeht wie im Flug!«

»Oh, dann nehme ich an, Sie kannten ihn gut?«

»Überhaupt nicht, Inspector. Wie gesagt, er führte ein zurückgezogenes Leben, was mir sehr wenig Arbeit bescherte; hier und da eine Eigentumsübertragung, ein paar Versicherungspolicen, und jetzt sein ...«

Plötzlich kam Unruhe in dem Club auf. Wir hörten den leicht schrill klingenden Protest des Oberkellners, und als ich sah, wie er der hoch aufragenden Gestalt von McGray nachjagte, sah ich mich gezwungen, mein Gesicht zu verdecken. Seine lächerliche Kleidung wirkte wie ein Leuchtfeuer inmitten der schwarzen Anzüge und weißen Tischdecken, und aus irgendeinem Grund trug er zudem noch eine Blendlaterne.

Zu allem Übel lief neben ihm ein kleiner schmächtiger Junge, der Schornsteinfeger sein musste. Er schien etwa zwölf zu sein, hätte aber auch älter sein können; diese unglückseligen Kinder bekommen nur selten genug zu essen, um sich richtig zu entwickeln. Ich glaubte zunächst, er habe schwarzes Haar, doch als er näher kam, erkannte ich, dass er vielmehr blond und sein Kopf vollkommen geschwärzt vom Ruß war. Er wischte sich das Gesicht mit einem Taschentuch ab, das so schmutzig war, dass es ihn nur noch schwärzer machte.

»Sir, *bitte*, ich muss Sie auffordern zu gehen. Unsere Kleidervorschriften …«

»Jungchen«, Nine-Nails packte den Kellner am Kragen, »ich sagte Ihnen doch, ich bin vom CID, also halten Sie das Loch in Ihrem Gesicht geschlossen, sonst breche ich Ihnen hier und jetzt Ihre spindeldürren Ärmchen.«

»Ich fürchte, er macht keine Witze«, warnte ich, worauf der arme Mann klug genug war zurückzutreten. »Was gibt es, McGray?«

Er beugte sich zu mir herunter und flüsterte mir ins Ohr. »Planänderung. Ich weiß jetzt, wie in Fon-teens Arbeitszimmer eingebrochen wurde.«

11

»Der Kamin, McGray?«, fragte ich in der Zurückgezogenheit der Kutsche, die uns zurück zum Abbey Hill brachte. »Ist das Ihr Ernst?«

»Können Sie sich einen anderen Weg vorstellen?«

»Nun, das kann ich nicht, aber Sie haben das schmale Ding doch gesehen! Außerdem ist Fontaine am Abend gestorben. An einem Novemberabend, also muss das Feuer gebrannt haben. Hätte ein armer Tropf versucht, durch den Kamin einzudringen, dann hätte er sich die Füße geröstet! Von dem ganzen Rauch gar nicht erst zu reden, der aufgestiegen sein muss.«

»Können Sie sich einen anderen Weg vorstellen?«

Ich strengte mich an, eine andere Erklärung zu finden, doch zu meiner Bestürzung musste ich McGray recht geben. Der Schornstein war die einzig vernünftige Erklärung, und es war unsere Pflicht, entsprechende Nachforschungen anzustellen.

»Ich habe auch meine Zweifel«, sagte McGray, »aber wenn dort drin irgendetwas ist, werden wir es mit Hilfe des Jungen herausfinden.«

Schneller als erwartet waren wir erneut am Holyrood Palace – zum Glück, denn die Temperatur war rasch gefallen. Als wir aus der Kutsche stiegen, wehte ein eisiger Wind.

Der Junge sprang vom Kutschbock herunter.

»Das ist Larry«, erklärte mir McGray. »Er reinigt seit zwei Jahren meine Kamine, nicht wahr?«

»*Aye*, Sir.«

»Aber heute habe ich einen spannenderen Auftrag für dich. Du wirst uns helfen, einen Mord aufzuklären!«

Der Junge grinste. Allerdings war das arme Geschöpf so abgemagert, dass ihn eine Schüssel Stew wohl in größere Begeisterung versetzt hätte. Ich nahm mir vor, ihm ein hübsches Trinkgeld zu spendieren, wenn wir fertig waren.

Mr Downs, der uns in seiner eigenen Kutsche gefolgt war, traf wenige Minuten später ein.

Goodwife Hill empfing uns so fürsorglich wie zuvor, war jedoch ein wenig überrascht, uns so schnell wiederzusehen. McGray, Larry und ich gingen hinauf, während Mr Downs sich an unsere Fersen heftete. McGray signalisierte ihm mit einer Handbewegung, er solle zurückbleiben.

»Tut mir leid, Mr Downs, das ist eine Angelegenheit der Polizei.«

Downs stöhnte völlig entnervt auf. »Aber es handelt sich um das Eigentum meines Mandanten, und es ist meine Pflicht, zu …«

»*Würden Sie in Gottes Namen bitte unten warten?*«, blaffte ich.

Downs warf mir einen vernichtenden Blick zu und sagte dann bitter: »Wir werden sehen, wer Ihnen beim nächsten Mal zeigt, wo man gut essen kann!«

In versöhnlichem Ton sprach Hill ihn an. »Möchten Sie eine Tasse Tee, Sir?« Während sie den Mann weglotste, zwinkerte ihr McGray zu.

»Was du jetzt sehen wirst, wird dir womöglich nicht gefallen«, warnte ich Larry. »Hier ist ein Mann ermordet worden.«

Unter normalen Umständen hätte ich ein Kind niemals einem so grässlichen Anblick ausgesetzt. Doch weit davon entfernt, verängstigt zu sein, riss Larry die Augen begeistert auf, und McGrays Lächeln verriet mir, dass er exakt diese Reaktion erwartet hatte. Ich begriff, dass der Junge, womöglich ständig, genauso erschütternde Begebenheiten zu sehen bekam wie ich bei meiner Arbeit.

Wir traten ein und fanden das Zimmer in genau dem Zustand vor, in dem wir es verlassen hatten. Der einzige Unterschied bestand darin, dass der üble Gestank ein wenig nachgelassen hatte.

Als Larry eintrat, huschten seine blauen Augen überall in dem Raum umher, doch sein Blick blieb schließlich auf dem riesigen Blutfleck auf dem Teppich hängen. »Woooooow!«

Auch ich schaute mich um, jedoch alles andere als begeistert. Ich hatte versucht zu lokalisieren, was in diesem Raum fehl am Platz war. Erneut hier zu sein verwirrte mich jedoch bloß noch mehr. Mir war kein Detail entgangen: Da war der Blutfleck, die schwarze Stelle, an der sich das Teufelssymbol befunden hatte, die blutbefleckte Violine und das blutbespritzte Notenpult. Ich zuckte mit den Achseln und fragte mich, ob ich womöglich paranoid war und Hinweise suchte, die es gar nicht gab. Immerhin war dieser Fall überaus wichtig für meine Karriere.

McGray klopfte Larry auf die knochige Schulter. »Junge, du musst für uns in diesen Kamin hinaufklettern und uns genau sagen, was du dort siehst.« Er entzündete die Blendlaterne, deren weißer Lichtschein den trüben Nachmittag erhellte, und reichte sie dem Jungen. »Auf geht's.«

An der Laterne befanden sich lederne Bänder, die Larry sich um die Schultern legte. Er war so dünn, dass er sich die Riemen zweimal um den Oberkörper wickeln musste. Als er in den Kamin stieg, hatte ich den Eindruck, dass er noch schmutziger war als die Schornsteine, die er reinigen musste.

Ich rechnete damit, dass McGray sich hinknien und voller Begeisterung in den Rauchfang hinaufschauen würde. Stattdessen blieb er nur still stehen und strich sich über die Bartstoppeln. »Was siehst du, Larry?«

Larrys Stimme hallte am Grund der Feuerstelle wider. »Äh … ich sehe Ziegelsteine, Sir … und ’ne verdammte Menge Asche!«

»*Wirklich?*«, flüsterte ich mit unverhülltem Sarkasmus.

Nine-Nails stieß mir den Ellbogen in die Rippen. »Sieht aus, als wäre er ewig nicht mehr gereinigt worden, nicht wahr, Junge?«

»Äh, *aye* und nein.«

»Wie meinst du das?«

»Sieht aus, als hätte jemand den Ruß abgekratzt, Sir.«

»Aha! Erkennst du irgendetwas wie …«

»Ich kann Fingerabdrücke erkennen, Sir.«

»Großartig. Sind sie deutlich, Junge?«

»*Aye*, sehr deutlich!«

»Hervorragend. Kannst du bis nach oben klettern? Und schauen, ob du etwas Ungewöhnliches entdeckst?«

»*Aye!*«

Ich lugte in den Kamin und sah, wie sich der leuchtende Lichtstrahl der Blendlaterne bewegte, als der Junge weiter hinaufkletterte. Er war fast ganz oben angelangt, als er rief: »Hier ist was, Sir! Ein Stück Papier!«

McGray zog hörbar die Luft ein. »Kannst du es mit runterbringen?«

»*Aye!* Aber es ist ganz feucht … igitt!«

»Was ist?«

»Da ist Blut drauf!«

»Dann brauchen wir es unbedingt, Junge.«

»Schon gut, schon gut.«

Nach einem noch lauteren »Igitt!« begann Larry wieder hinunterzuklettern. Als ich das Licht der Laterne näher kommen sah, trat ich zurück.

»So, ich komme jetzt raus!« Kaum war er hinuntergesprungen, stieß Larry einen Schmerzensschrei aus, so plötzlich, dass ich zusammenfuhr. McGray machte einen Satz nach vorn und packte den dünnen Jungen, bevor er zu Boden fallen konnte.

»*Mein Fuß!*«, jaulte er mit Tränen in den Augen.

McGray trug den Jungen und setzte ihn sanft auf dem Schreibtisch ab. Behutsam hob er dann Larrys Fuß an. Als er sprach, klang seine Stimme tief besorgt, fast väterlich. »Oh Junge. Du bist in eine Glasscherbe getreten …«

Ich trat näher heran und sah es nun selbst: ein Stück dunkles Glas hatte sich durch Larrys Schuhsohle gebohrt und war bis in seinen Fuß eingedrungen. Kein Wunder – der Junge trug uralte, völlig ausgelatschte Schuhe.

Ich holte ein Taschentuch aus meiner Tasche. »Larry, das wird jetzt wehtun, aber ich mache ganz schnell. Bitte, beiß hier drauf.«

Mit bangen, feuchten Augen tat der Junge, wie ihm geheißen. McGray tätschelte ihm den Kopf, und dann zog ich mit einer raschen Bewegung die Scherbe heraus. Schmerzerfüllt stöhnte Larry auf, während er heftig in das Stofftuch biss. Dann aber stieß er einen Seufzer der Erleichterung aus. Ich zog dem Jungen den Schuh aus und wickelte ihm dann das gleiche Taschentuch um den Fuß. »Na, das wird schon wieder.«

»Wir bringen dich zu einem Arzt, Junge. Mach dir keine Sorgen.«

»Es geht schon wieder, Sir«, erwiderte dieser mit zusammengebissenen Zähnen. Ich sah, dass er seine rechte Hand zur Faust geballt hatte. »Das hier habe ich gefunden.«

Er öffnete die Hand und zeigte uns ein zerknülltes Stück nasses Papier; es war die Ecke einer Seite, zum größten Teil mit dunklem Blut durchtränkt. Ich nahm den Schnipsel an mich und versuchte, ihn vorsichtig zu glätten. Sofort erkannte ich eine Seitenzahl, ein mit blauer Tinte aufgestempeltes, unleserliches Gekritzel, und ganz in der Ecke eine Reihe von Achtelnoten.

»Das gehört zu einer Partitur«, stieß ich hervor. »Das muss die sein, die Fontaine gerade spielte.«

Larry runzelte die Stirn. »Das Blut sieht aber noch frisch aus, Sir.«

Ich schüttelte den Kopf. »Es war recht feucht draußen, deshalb ist es noch nicht getrocknet. Wir heben das lieber auf.« Ich faltete das Papier sorgfältig zusammen und schlug es in ein weiteres Taschentuch ein.

»Da bist du ja in ein riesiges Stück Glas getreten!«, sagte McGray, während er die Scherbe untersuchte. Spitz und scharfkantig, sah sie in meinen Augen aus wie der Zahn eines Hais. McGray kniff die Augen zusammen. »Da ist trockenes Blut drauf.«

Ich schaute genauer hin und bemerkte winzige gelbe Tupfen auf dem dunkelgrünen Glas. Es sah aus, als wäre es ein Teil einer sehr teuren, kunstvoll gefertigten Vase. Neben dem frischen Blut des Jungen befand sich ein geronnener Blutfleck.

»Ich glaube, da haben wir unsere Mordwaffe, Frey …«

»Glauben Sie, man hat Fontaine mit einer Glasscherbe getötet und den Bauch aufgeschlitzt?«, fragte ich laut.

»*Aye*, aber das hier sieht aus wie das Bruchstück eines größeren Teils.«

»Glauben Sie, jemand hat ein Glasgefäß zerbrochen und die Scherben benutzt?«, fragte ich. Doch noch während ich es aussprach, wurde mir klar, dass es nicht so gewesen sein konnte.

»Nein. In dem Raum befinden sich keine weiteren Glasscherben, und wenn man jemanden umgebracht hat, hält man sich nicht damit auf, die Scherben einer zerbrochenen Vase aufzukehren. Wer immer das getan hat, muss die Vase mitgebracht und sie dann beim Hinaufklettern zerbrochen und auch das Notenblatt zerrissen haben.«

McGrays Folgerungen waren schlüssig. Er reichte mir die Scherbe. »Bewahren Sie das auch auf, Mädel. Ich kenne jemanden, der das untersuchen kann.«

»Oh, Sie kennen einen Glasbläser in der Stadt?«

»Nein. Eine Hellseherin.«

»Was?«

»Hey, ziehen Sie nicht so eine angewiderte Grimasse! Sie haben das Frauchen ja noch nicht mal kennengelernt. Madame Katerina ist die beste Zigeunerin in dem Geschäft, zumindest in Auld Reekie.«

»Das wird ja immer lächerlicher«, murmelte ich, während ich Glasstück und Papier einwickelte.

McGray bat mich, Mr Downs zu rufen, der mittlerweile vollkommen entspannt in der Küche mit Butter bestrichene Scones aß. Er hatte Goodwife Hill gebeten, Fontaines Geigenkästen zu holen, und sie hatte sie neben der Tür zum Arbeitszimmer aufgestellt.

Bevor er Downs eintreten ließ, bat McGray Hill, ein großes Bettlaken zu bringen, das wir dazu benutzten, die Flecken auf dem Fußboden abzudecken. Die wahren Umstände des Todesfalls unterlagen nach wie vor strengster Geheimhaltung. Downs kam herein und schaute sich den Stoff mit durchdringendem Blick an. Seine Neugier hätte nicht größer sein können, wenn er das Blut selbst gesehen hätte. Dann erblickte er den auf dem Schreibtisch sitzenden Larry.

»Was ist mit dem Jungen geschehen?«

»Bin gestolpert«, erwiderte Larry, das clevere Kerlchen, wie aus der Pistole geschossen.

Downs holte einen Stapel Dokumente hervor und nahm dann vorsichtig eine Violine nach der anderen aus dem Regal. »Dann schauen wir mal ... da wäre die Guadagnini ... die dunkle Galiano ... oh, das Prunkstück von Fontaines Sammlung, die Stradivari ...«

Während er sie an sich nahm, hakte er eine Liste ab, machte sich eine Reihe von Notizen und legte die Instrumente dann in die dazugehörigen Kästen. Der kleine Mann nahm sich Zeit dafür.

»Können Sie mal einen Zahn zulegen?«, fuhr ihn McGray schließlich an. »Wir müssen den Jungen zu einem Arzt bringen.«

»Oh, ja, ja, Inspector. Es ist bloß so, dass eine Geige fehlt ...«

»Die liegt auf dem Schreibtisch, hinter dem Burschen«, sagte McGray. Larry machte Anstalten, Downs die Violine zu reichen, doch der Rechtsanwalt wäre fast auf ihn gesprungen.

»*Ich* erledige das, Junge.« Er hob die Violine so behutsam an, als trüge er ein Neugeborenes, und schaute in das F-Loch (dank Nine-Nails werde ich das nie wieder ungezwungen schreiben können ...) Oh ja, die Amati Maledetto! Fontaine mochte dieses kleine Instrument ganz besonders.«

Diese Aussage ließ mich nachdenklich die Stirn runzeln, was McGray bemerkte. »Was ist?«

Ich zögerte, da ich seinen Wahnvorstellungen nicht noch Nahrung geben wollte. »Maledetto … ich erkenne die lateinische Wurzel … maledictio … Es bedeutet …«

»Die verfluchte Amati«, erklärte Downs und legte das Instrument in den letzten noch leeren mit Samt gefütterten Kasten.

McGrays Gesicht errötete vor Begeisterung. »Verflucht!«

»*Aye*, Inspector. Man nennt diese Violine auch die verfluchte Amati. Sie müssen wissen, Musiker pflegen ihre Legenden.«

»Wissen Sie, warum man sie so nennt?«

»Herrgott noch mal«, murmelte ich verärgert. »Sie sagten doch, dass wir Larry zum Arzt bringen müssen, oder nicht?«

»Pst! Ich will es auch wissen!«, mischte sich der Junge ein, plötzlich gar keinen Schmerz mehr verspürend.

»*Aye*, halten Sie die Klappe, Mädel!«

Downs schüttelte den Kopf. »Leider kenne ich die Geschichte nicht. Aber ich bin sicher, dass jemand am Konservatorium sie Ihnen erzählen kann.«

McGray grinste wie ein Honigkuchenpferd. »Nun, ich wollte eigentlich Larry zum Arzt bringen und Ihnen die langweilige Befragung im Konservatorium überlassen. Aber jetzt habe ich einen guten Grund, Ihnen dabei Gesellschaft zu leisten …«

12

»Bevor Sie auch nur ein Sterbenswörtchen äußern, lassen Sie mich mal sehen, ob ich selbst zum Hellseher tauge … Ich sage vorher, dass Sie behaupten werden, Fontaine sei ein Opfer dieses morbiden Geigenfluchs geworden.«

»Papperlapapp! Sie wissen nicht einmal, ob er morbid ist oder nicht.«

»Nun, das sind diese Dinge immer! Immer gibt es da die verdammte Braut, die Jagd auf alle Jungfrauen macht, die sich erdreisten, in ihr altes Herrenhaus zu ziehen. Oder das ermordete Kind, das um Mitternacht mit einem blutigen Dolch in der Hand umgeht. In unserem Fall erwarte ich mindestens einen gepfählten Renaissancegeiger, der alle in die Hölle schleift, die es wagen, auf seinen geliebten Instrumenten zu spielen.«

»Gut. Allmählich denken Sie so wie ich.«

Es herrschte bittere Kälte, und nach wie vor hatte der Nebel die Stadt fest im Griff. Ich sah, wie er die Royal Mile entlangwaberte, während die Kutsche uns zurück zum Präsidium brachte. McGray hatte beschlossen, Larry zu Dr. Reed zu bringen, da der Junge möglicherweise im Royal Infirmary nicht aufgenommen werden würde – er sah einfach zu schmutzig aus. Der junge Reed kümmerte sich nur allzu gern um den Jungen, und ich ergriff die Gelegenheit beim Schopf, wegen der Fotografien nachzufragen.

»Oh, ich fürchte, die sind noch nicht fertig, Mr Frey«,

entschuldigte er sich, während er Larrys Fuß mit einem in Alkohol getränkten Stück Baumwolle säuberte. Der Junge stöhnte zwar, hielt aber tapfer durch. »Ihm sind einige Chemikalien ausgegangen«, sagte Reed. »Aber es ist mir gelungen, die Angelegenheit zu beschleunigen; der Fotograf hat mir versichert, dass die Bilder bis morgen Nachmittag auf Inspector McGrays Schreibtisch liegen werden.«

»Gute Arbeit, Jungchen«, sagte McGray. »Macht es dir etwas aus, wenn wir dich Dr. Reed überlassen? Wir müssen noch mit diesen Leuten in der Musikschule sprechen.«

»Das ist schon in Ordnung, Sir.«

»Gut«, sagte ich. »Hier, gönn dir was Leckeres zum Abendessen.« Ich warf dem Jungen einen silbernen Shilling zu, den er mit schnellen Reflexen auffing.

»Und komm zu mir ins Haus und bitte George, dir Milch und Mehl zu geben«, fügte McGray hinzu. »Wir haben Unmengen von dem Zeug.«

Larry erwies sich als Dankbarkeit in Person. Schließlich machten wir uns auf den Weg.

Downs hatte es vorgezogen, mit den Geigenkästen draußen zu warten. Offenkundig drang ihm die Kälte bis ins Mark, denn er umklammerte seinen Oberkörper mit beiden Armen.

Die Kutsche fuhr uns nach Norden. Dabei passierten wir die hellen Säulen der National Gallery und durchquerten die Princes Street Gardens, um dann erneut in die New Town zu fahren.

Wir fuhren eine Reihe eleganter Straßenzüge entlang, bis wir eine kurvenförmig verlaufende Allee namens Royal Crescent erreichten, wo ich ein weißes rundes Gebäude erblickte und unwillkürlich darauf deutete. »Mr Downs, ist das eine Turnhalle?«

»In der Tat, Inspector, und zwar eine große. Was aber nicht heißt, dass ich sie häufig besuche.«

»Wissen Sie, ob man dort Fechten übt?«

»Ja, das tut man, Inspector. Eine Reihe meiner Mandanten haben mir davon berichtet.«

»Gut. Dann muss ich dem Club beitreten. Ich bin froh, dass ich mein Dienstmädchen letzten Endes doch angewiesen habe, meine Fechtausrüstung einzupacken.«

»Macht Ihnen dieser Mädchensport Freude?«, fragte McGray, während er angewidert das Gesicht verzog.

»Mädchen? Fechten ist ein Männersport, McGray.«

»Oh ja! Ein Haufen feiner Damen, die sich mit weißen Baumwollwindeln umwickeln und einander mit langen Stöcken stupsen! Hört sich *wirklich* ruppig an!«

Als wir die Turnhalle erreichten, bogen wir in Richtung Westen ab und kamen wenig später zu einem herrschaftlichen Gebäude hinter einer langgezogenen Rasenfläche. Es war mit dunkel gebrannten Ziegelsteinen erbaut worden und wurde gekrönt von spitz zulaufender Türmchen sowie zahlreichen Schornsteinen, die in den grauen Himmel hinaufragten. Es musste als Wohnturm gedient haben, als es vor einigen Jahrhunderten errichtet worden war.

»Das Konservatorium, Gentlemen!«, verkündete der Kutscher.

»Würden Sie bitte mit anfassen?«, bat Downs uns, da er Schwierigkeiten hatte, alle Geigenkästen zu tragen. Der Mann war wirklich sehr kurz geraten.

Als wir hineingingen, wirkte das düstere Gebäude abweisend, was aber auch am dunkler werdenden Himmel liegen konnte.

Als Downs sich nach einem Alistair Ardglass erkundigte, zuckte McGray zusammen.

»Ardglass!« Sofort räusperte er sich. Ich starrte ihn verwundert an, denn es war das erste Mal, dass ich ihn verlegen sah.

»In der Tat«, sagte Downs. »Ich gehe davon aus, dass Sie seine Tante kennen, Lady Anne Ardglass.«

»*Aye*, tue ich«, grunzte McGray. »Das alte Miststück lebt und lebt und lebt.«

McGrays Bemerkung ließ Downs erblassen. Danach gingen wir in betretenem Schweigen weiter.

Als wir eine ganze Weile einen langen Flur entlanggegangen waren, hörten wir die gedämpfte Musik diverser Instrumente. Offenkundig übten viele Schüler in den oberen Stockwerken, und obwohl sie alle verschiedene Stücke spielten, war das Geräusch insgesamt eher besänftigend, ja sogar angenehm.

Wir näherten uns einer breiten Eichenholztreppe, an dessen Fuß uns ein dicker Mann mittleren Alters empfing.

Er sah aus wie der wahnsinnige Musiker, wie er im Buche stand; er hatte eine Halbglatze mit zerzaustem grauem Haar am Hinterkopf und an den Schläfen, seine Augenbrauen waren dicht und ragten wie spitze Bürsten nach vorn; sein ungleichmäßiger Schnurrbart zeugte mit Nachdruck von schlechtem Geschmack, genau wie sein Jackett, das mehrere Nummern zu klein für seine rundliche Taille war.

»Mr Downs! Was für eine Überraschung.«

Downs stellte uns gleich als Inspectors des CID vor, die den Tod von Guilleum Fontaine untersuchten. Der Dicke war, natürlich, Alistair Ardglass, Präsident des Musikkonservatoriums von Edinburgh.

Kaum hatte er McGray erblickt, weiteten sich seine Augen. »Oh, das ist ja kein anderer als Nine … als Mr Adolphus McGray! Bitte, sagen Sie mir, wie geht es Ihrer Familie?«

McGray warf ihm einen hasserfüllten Blick zu. Einen Augenblick befürchtete ich, er werde die Kontrolle über sich verlieren, so wie es in der Schänke geschehen war. Zum Glück zischte er lediglich: »Den Umständen entsprechend. Und Lady Glass?«

Mr Ardglass räusperte sich geräuschvoll, und Downs lief so rot an wie eine Tomate.

»Inspector Ian Frey, zu Ihren Diensten«, stellte ich mich neutral vor, bemüht, die Situation zu entspannen. »Wir würden Ihnen gern einige Fragen über Guilleum Fontaine stellen.«

»In der Zwischenzeit kann ich diese Geigen ihren neuen Besitzern übergeben. Es ist nämlich so, Mr Ardglass, dass mein Mandant seine Instrumente seinen hervorragendsten Schülern und Kollegen vermacht hat.«

Mr Ardglass gelang es nicht, den Funken Habgier in seinen Augen zu verbergen. »*Tatsächlich?*«

»Sie werden damit noch warten müssen«, schaltete sich McGray ein. »Ich möchte alle Vermächtnisnehmer befragen und dabei sein, wenn sie ihre Geige erhalten.«

Ich sah, dass McGray mich mit hochgezogenen Augenbrauen fixierte, und begriff, wonach er suchte – nach einem verdächtigen Erben.

»Wie Sie wünschen, Inspector«, erwiderte Downs. »Tatsächlich ist das erste Instrument, das ich überreichen wollte, für Sie bestimmt.«

In einer durch und durch unglaubwürdigen Geste der Überraschung legte sich Ardglass beide Hände auf die Brust. »Oh, der gute, *gute* Guilleum! *An mich zu denken!*«

»Bitte bepinkeln Sie sich nicht«, brummte Nine-Nails.

Ardglass wirkte verärgert. Doch dann sagte Downs etwas, das ihn noch mehr verstimmen sollte: »Genau genommen ist die Violine nicht für Sie persönlich bestimmt. Sie wurde dem Konservatorium vermacht.«

»B-b-bitte?«

»Monsieur Fontaine wollte, dass Sie das Instrument in Verwahrung nehmen. Allerdings hat er sehr deutlich gemacht, dass die Violine rechtmäßig der Institution gehören und nur an deren begabteste Schüler und Lehrer ausgeliehen werden soll.«

Ardglass' Lächeln löste sich augenblicklich in Luft auf. »Typisch Guilleum«, murrte er. »Also, welches Instrument soll ich in ›Verwahrung‹ nehmen?«

»Das wertvollste natürlich. Die Stradivari meines Mandanten.«

Die Worte wirkten so, als würde man Salz in eine Wunde streuen. Ardglass nahm den Geigenkasten zutiefst verbittert in Empfang. Ich wurde der Habsucht in seinem Gesicht gewahr und seines verletzten Stolzes.

Hastig unterzeichnete er die entsprechenden Unterlagen, und gleich danach begann McGray mit seiner Befragung.

»Wie viel wissen Sie über Mr Fon-teen? Seine berufliche Laufbahn … sein Privatleben …?«

»Ich weiß das Wichtigste. Der Mann war halb Franzose, halb Schotte. Er hat in Paris Musik studiert, geheiratet, dann seine Frau verloren. Davon hat er sich nie wieder erholt. Ich glaube, deshalb hat er sich in Edinburgh niedergelassen. Er war ein sehr ruhiger alter Mann; er verbrachte seine Zeit damit, hier zu unterrichten, zu Hause zu spielen und uns manchmal bei Empfängen, die wir nach wichtigen Aufführungen geben, Gesellschaft zu leisten.«

»Hatte er irgendwelche Probleme, oder war er in Streitigkeiten verwickelt?«, erkundigte ich mich.

»Nein, nein. Wie ich schon sagte, er war sehr ruhig … sogar fast schon langweilig, wenn Sie mir den Ausdruck gestatten.«

McGray nickte und fuhr sich über seine Bartstoppeln. »Sind Sie beide miteinander ausgekommen?«

In Ardglass' Stimme schwang Anspannung mit. »Dass wir Freunde gewesen wären, kann ich nicht behaupten; unser Kontakt beschränkte sich ganz auf das Berufliche. Er stand im Rang direkt unter mir. Er war der beste Maestro, den wir seit Jahren hatten.«

»Gehe ich recht in der Annahme, dass er hier schon eine ganze Weile gearbeitet hat?«

»Ja. Etwa … äh … nun, um die zwanzig Jahre, schätze ich.«

Interessiert schaute ich Ardglass an. »Sie sind sich nicht sicher?«

»Nun … er fing vor mir hier an.«

McGray zog die Augenbrauen hoch. »Also hat der alte Mann hier schon vor Ihnen gearbeitet, war aber nur zweiter im Rang? Wie kommt das?«

Sofort ging Ardglass in die Defensive. »Man hat ihm meine jetzige Position angeboten, aber er hat abgelehnt. Fontaine war keine Führungspersönlichkeit!« Ihm wurde sein Tonfall bewusst, und er holte tief Luft. Dann schaute er mich an und sprach im Flüsterton weiter. »Sie müssen mir verzeihen … Man hat uns nichts darüber erzählt, wie er gestorben ist. Sogar sein Dienstmädchen weiß es nicht! Und jetzt kommen Leute vom CID hierher, um Ermittlungen anzustellen … Es war etwas Grausiges, nicht wahr?«

Ich setzte eine vollkommen unbeteiligte Miene auf. »Einzelheiten dürfen wir noch nicht bekanntgeben. Aber glauben Sie mir, es gibt keinen Grund, sich zu ängstigen.«

Ich studierte Ardglass' Reaktion sehr sorgfältig. Er *war* verängstigt, wirkte aber auch verwirrt.

»Eines noch«, sagte ich. »Wir würden gerne Mr Fontaines Geigenbauer befragen. Man sagte uns, Sie könnten uns seine Adresse geben.«

»Oh, selbstverständlich. Ich schreibe sie Ihnen auf.«

Mit einem Zettelchen in der Hand kehrte Ardglass zurück. Als ich es las, hielt ich es zunächst für einen Witz. »Joe Fiddler? Nennen Sie ihn auch so?«

»Ja, wir nennen ihn alle so. Seinen richtigen Namen kennt niemand. Er ist schon ein sehr eigenbrötlerischer Kerl, beherrscht sein Handwerk aber hervorragend. Aus ganz Schottland kommen die Leute zu ihm, um ihre Instrumente reparieren zu lassen.«

»Wären das dann alle Fragen, Inspectors?«, fragte Downs, während er erneut seine zerknitterten Unterlagen überflog. McGray und ich nickten. Er betrachtete seine Dokumente. »Mr Ardglass, vielleicht können Sie mir helfen, den nächsten Erben ausfindig zu machen. Befindet sich Miss Caroline im Konservatorium?«

Ardglass machte ein verblüfftes Gesicht. »Miss Caroline? Meinen Sie meine Nichte?«

»In der Tat.«

»*Was?* Das verzogene Kind spielt doch nur Anfängerwalzer und schreckliche Reels – und sie erbt eine Violine!« Er musste sich räuspern. »Bedauerlicherweise befindet sie sich zurzeit in London. Sie müsste in einigen Tagen wieder zurück sein.«

»Nehmen Sie das Instrument lieber an sich, bis das Mädchen zurückkommt«, sagte McGray zu ihm. »Und geben Sie uns Bescheid, bevor Sie es aushändigen.«

Widerwillig stimmte Downs zu. Dann sah er, dass Ardglass im Begriff war, etwas zu sagen, die Worte jedoch nicht über die Lippen brachte.

»Ja, Mr Ardglass?«

»Darf ich fragen ...« – er flüsterte fast –, »welches Instrument sie erbt?«

»Sie soll die Guadagnini bekommen.«

Ardglass verzog das Gesicht, als hätte er auf eine Zitrone gebissen. »Oh, die mit dem lieblichsten Klang überhaupt!«

»Da Miss Caroline nicht anwesend ist«, fuhr Downs fort, »werde ich als Nächstes die Galiano-Geige an ... Signor Danilo Caroli aushändigen.«

»*Was?* Dieser vermaledeite Italiener bekommt die ...«

»Ach, halten Sie doch den Mund, Sie schmieriger Blutsauger!«, blökte McGray. »Erklären Sie dem Mann einfach, wo er ihn finden kann!«

Zähneknirschend teilte uns Ardglass mit, Caroli gebe zurzeit Unterricht, und wies einen Schüler an, uns den Weg zu zeigen.

Während wir zum Unterrichtsraum gingen, flüsterte ich McGray ins Ohr: »Gibt es zwischen Ihnen und der Familie Ardglass eine Vorgeschichte?«

McGray kicherte böse. »Oh, Sie haben es bemerkt! Ja, wir verabscheuen einander bis ins Mark ... aber das ist es nicht, was mich aus der Fassung gebracht hat. Ihr Name taucht zu häufig in diesem Fall auf.«

»Was meinen Sie mit ›zu häufig‹? Ich höre den Namen zum ersten Mal.«

»Ich erzähle es Ihnen später, Frey.«

Wir erreichten die Tür eines kleinen Unterrichtsraums, in dem ein Schüler eine sehr schnelle Fuge spielte. Über die rasenden Noten hinweg vernahmen wir die kernigen

Anfeuerungsrufe eines Mannes, der sich durch und durch italienisch anhörte:

»Du musst mit Gefühl streichen, Junge! Fester! *Komm schon, du wirst die Geige schon nicht zerbrechen!*«

McGray musste lautstark an die Tür klopfen, um sich bemerkbar zu machen.

»Also schön, du kannst jetzt eine Pause machen.« Die Tür wurde geöffnet, und ein hagerer Mann von Mitte dreißig sprang förmlich aus dem Unterrichtsraum heraus. Er sah so mediterran aus, wie er klang: olivgrüne Haut, welliges schwarzes Haar und große dunkle Augen. Ich konnte mir vorstellen, dass eine Menge junger Rotschopfmädchen ihn anschmachteten. »Kann ich Ihnen helfen? Oh, Mr Downs – schön, Sie zu sehen!«

Er schüttelte Downs so überschwänglich die Hand, dass der ganze Körper des kleinen Mannes durchgerüttelt wurde.

Erneut stellte Downs uns als Inspectors des CID vor und erklärte, dass wir dringende Angelegenheiten mit ihm zu besprechen hätten.

Caroli nickte. »Sehr gut. Ich schicke den Jungen weg und bin gleich wieder da.«

Nach einem kleinen Moment verließ ein pausbäckiger Schüler den Unterrichtsraum, und Caroli bat uns herein. In dem kleinen Raum herrschte totale Unordnung: In einer Ecke lagen zerbrochene Bogen und reparaturbedürftige Instrumente und überall verstreut auf dem Fußboden zerknüllte Notenblätter und stapelweise alte Partituren. In dem Raum war gerade noch so viel Platz, dass in seiner Mitte ein Schüler vor einem alten Notenpult spielen konnte. Caroli wuchtete einen Stapel Papiere beiseite, worauf darunter zwei Stühle zum Vorschein kamen. »Bitte, setzen Sie sich.«

Downs und ich nahmen Platz, während McGray es

vorzog stehen zu bleiben. Caroli schob eine ramponierte Geige beiseite, um auf dem Schreibtisch Platz zu nehmen. »Es geht um Guilleum, nicht wahr?«

Auch ihm berichtete Downs nun von dem Instrument, das er erben würde, und zeigte ihm eine dunkelbraune Violine. »Fontaine wollte, dass Sie seine Galiano bekommen.«

Anders als bei Ardglass schien Carolis Überraschung aufrichtig zu sein. »Oh, der gute alte Guilleum, das wäre doch nicht nötig gewesen!«

Rasch unterzeichnete Caroli die entsprechenden Dokumente und bekam dann den Geigenkasten überreicht. Während der gesamten Unterhaltung ließ er ihn auf seinem Schoß ruhen. Ich sah, wie er ihn mit funkelnden Augen anschaute, offenkundig darauf brennend, zum ersten Mal auf dem Instrument zu spielen.

Als wir ihn zu Fontaine befragten, wurde Carolis Zuneigung für den alten Mann offenkundig. Freimütig sprach er über dessen Tugenden, konnte uns jedoch nichts Neues über sein Wesen erzählen. Fontaine war tatsächlich sehr ruhig gewesen, verliebt in seinen Beruf, hochgeachtet und ohne Feinde oder Streitigkeiten.

»Ich habe ihn wirklich um seine Technik beneidet«, gab Caroli zu. »Fontaine war in Frankreich und Italien von den besten europäischen Meistern ausgebildet worden, darunter auch Paganini, glaube ich.«

»Paganini?«, fragte McGray.

»Ein sehr berühmter Geiger«, erklärte ich.

»Weiß ich doch!« Er verpasste mir einen Klaps auf den Hinterkopf.

Ich drehte mich langsam um und schaute ihn zornig an. »Machen Sie das noch einmal, und ich stopfe Ihnen sämtliche Karos Ihres Clown-Tartans ins Maul.« Als ich mich wieder Caroli zuwandte, grinste der italienische Tropf; er schien sich königlich zu amüsieren. Ich räusperte mich. »Aus dem, was Sie sagen, Mr Caroli, schließe ich, dass Sie enge Bekannte waren.«

»Oh ja! Wir waren seit Jahren eng befreundet. Guilleum war der Erste, der sich mit mir und meiner Frau angefreundet hat, als wir hierherzogen. Mindestens einmal in der Woche haben wir zusammen zu Abend gegessen. Meine Lorena genoss die Gesellschaft des alten Mannes, und Guilleum *liebte* ihre Küche. Sie bereitet eine Pasta zu, das können Sie sich nicht vorstellen. Das Geheimnis dabei sind die Tomaten. Sie röstet sie mit ein wenig Meersalz und Ba…«

»Wir können es uns ungefähr vorstellen«, unterbrach ich ihn. »Können Sie uns sagen, ob Sie Mr Fontaine am Tag seines Todes gesehen haben?«

»Ja, bei der Arbeit, wie immer.«

»Und da Sie ihm sehr nahestanden, hätte er es Ihnen vermutlich erzählt, wenn ihm etwas Ungewöhnliches vorgekommen wäre?«

»Ja, aber an diesem Tag nahm alles seinen normalen Lauf. Wir hatten den üblichen Plausch, Guilleum unterrichtete die Schüler … Ich glaube, das einzig Ungewöhnliche war, dass er früher Schluss machte, um zu Joe Fiddler zu gehen.«

»Darüber sind wir bereits unterrichtet«, sagte ich. »Nun, sollte Ihnen noch etwas einfallen, und sei es noch so unbedeutend, dann geben Sie uns bitte Bescheid.«

»Das werde ich. Seien Sie versichert.«

»Mr Caroli, Sie scheinen ein redlicher Mann zu sein«, sagte McGray, als ich gerade aufstehen wollte. »Können wir Ihnen etwas zeigen und Ihnen in strengster Vertraulichkeit eine Frage stellen?«

Verblüfft schaute ich McGray an.

»Ja natürlich«, sagte Caroli. »Wenn ich irgendwie helfen kann!«

Nachdem wir Downs gebeten hatten, uns einen Moment allein zu lassen, wandte sich McGray mir zu. »Frey, zeigen Sie ihm den Papierschnipsel.«

»Ich dachte, den heben Sie sich für Ihre alte Zigeunerin auf.«

Noch während ich sprach, zog ich mein Taschentuch hervor. Ich versuchte, das Papier so auszubreiten, dass die Glasscherbe nicht sichtbar wurde.

Caroli zog hörbar die Luft ein, als er das rot befleckte Papier erblickte. Sein olivgrünes Gesicht nahm eine gelbliche Färbung an. »Also ist es wahr! Guilleum wurde ermo…«

McGray legte ihm die Hand auf die Schulter und schaute ihn unverwandt an. »Mr Caroli, ich weiß, das fällt Ihnen jetzt schwer, aber Sie müssen sich konzentrieren. In Ordnung?«

Caroli schluckte und nickte kurz.

»Können Sie uns vielleicht sagen, woher dieses Stück Papier stammt?« McGray deutete auf die kleinen Noten, die auf dem Papier zu sehen waren. »Können Sie sagen, um welche Komposition es sich handelt?«

Caroli schüttelte den Kopf. »Natürlich nicht! Da stehen ja kaum drei Noten. Aber … äh … dieser Stempel dort, der sieht aus wie die Stempel unserer Bibliothek. Guilleum hat sich immer Noten ausgeliehen, um zu Hause zu üben.«

»Gut, vielleicht finden wir heraus, welche Partitur er gespielt hat. Haben Sie Zugang zu den Aufzeichnungen der Bibliothek?«

»Ich fürchte, nein, aber ich kenne den Bibliothekar; er wird mir Einblick in die Aufzeichnungen gewähren, wenn ich ihn darum bitte.«

»Sehr gut. Können Sie hingehen und uns dann sagen, welche Noten sich Mr Fon-teen ausgeliehen hatte?«

»Natürlich. Aber der Bibliothekar ist zurzeit krank. Er ist ein verdammter Trunkenbold. Ich kann ihn aber um die Schlüssel zu den Unterlagen bitten, sobald er wieder da ist.«

»Wir wissen Ihre Hilfe zu schätzen«, schloss McGray. »Und wenn es Ihnen nichts ausmacht, würde ich Sie bitten, das, was Sie herausfinden, für sich zu behalten.«

Erneut nickte Caroli, und ich wickelte das kleine Stück Papier wieder in mein Taschentuch. Dann riefen wir Downs wieder zu uns herein.

»Es bleibt nur noch eine Geige auszuhändigen«, sagte er, »aber ich fürchte, dafür ist es jetzt womöglich zu spät. Mr Caroli, wissen Sie, ob dieser Bursche da, Theodore Wood, sich noch im Gebäude aufhält?«

Caroli kicherte. »Der Bursche würde den Unterrichtsraum zu seiner Wohnung machen, wenn wir ihm erlauben würden, ein Bett aufzustellen.« Während Caroli uns einen anderen Flur entlangführte, sagte er leise: »Theodore … äh, er hat keine natürliche Begabung für Musik – verzeihen Sie mir, wenn ich das so sage –, aber er übt wie ein Besessener. Tag und Nacht! Manchmal schläft er nicht oder vergisst zu essen. So fleißig könnte ich nicht sein.«

»Sie scheinen ihn sehr gut zu kennen«, stellte ich fest.

»Oh ja. Wir sind Kameraden. Sie werden sehen, dass Theodore ziemlich … nun, sagen wir: *exzentrisch* ist. Die meisten Leute gehen ihm aus dem Weg, aber meine Frau und ich sind seine besten Freunde geworden.«

Im Konservatorium war es inzwischen still geworden, und die Sonne war bereits untergegangen. Wir kamen an einem Fenster vorbei, und ich sah einen langen Strom von Schülern und Maestros nach Hause gehen; die meisten von ihnen trugen Instrumentenkoffer. In dem alten Gebäude war nur noch eine einzige Geige zu hören, deren Klang in den nun dunklen Gängen widerhallte. Obschon ich in Gesellschaft von drei anderen war, fühlte es sich hier mit einem Mal einsam an.

Caroli klopfte an die Tür eines der entlegensten Übungsräume. »Jetzt nicht«, vernahmen wir eine gedämpfte Stimme.

»Lassen Sie mich erst hineingehen«, sagte Caroli, als er meine verärgerte Miene sah. »Ich bin einer der wenigen, die vernünftig mit ihm reden können.« Caroli trat ein, und wir hörten ihn einen Moment lang murmeln. Dann erklang sein herzliches Lachen, und schließlich kam er wieder heraus. »Der Bursche wird mit Ihnen reden. Wenn Sie mich dann entschuldigen würden, ich muss gehen. Meine Frau erwartet mich. Sie ist mit unserem ersten Kind schwanger.«

Nachdem er gegangen war, betraten wir den Übungsraum, um mit dem letzten Vermächtnisnehmer zu sprechen, dem wir an diesem Tag begegnen würden … und der sich als sonderbarster von allen herausstellen sollte. Er spielte im Halbdunkel, beleuchtet nur von dem schwachen Licht, das durch ein schmales Fenster fiel, und den orangefarbenen Flammen eines kümmerlichen Kaminfeuers, das harte Schatten auf sein Gesicht zeichnete.

Theodore Wood war spindeldürr. Er trug jedoch einen aufgeblähten Wanst vor sich her, sodass sein Körper aussah wie eine kleine Birne mit langen Stielen als Arme und Beine. Er hatte eine komische schiefe Nase, eingefallene Wangen und trug sein langes fuchsrotes Haar zu einem Zopf geflochten. Dessen ungeachtet war sein hervorstechendstes Merkmal ein dunkler Bluterguss an der linken Seite seines Halses.

Geiger weisen üblicherweise an Kinn und Hals einen rötlichen Fleck auf. Schließlich müssen sie das Instrument ausschließlich mit Schulter und Kiefer halten, damit sie die linke Hand frei haben, um Druck auf die Saiten auszuüben. Daher schürft ihnen die Geige auf Dauer die Haut ab. Bei näherem Hinsehen erkannte ich, dass Theodores Geigerfleck ein besonders schwerer Fall war: Die Stelle war nicht nur gerötet, sondern eine ganze Ansammlung von Schwielen. Mein Bruder Elgie hatte mir erzählt, dass manche Musiker sogar allergische Reaktionen auf den Lack ihrer Violinen entwickelten. Meine Stiefmutter machte sich große Sorgen deswegen, sodass sie ihn nötigte, beim Üben den Hals mit einem seidenen Tuch zu schützen. Er ließ es nur weg, wenn er in der Öffentlichkeit spielte.

Auch McGray sah Theodores Hals und flüsterte mir die elegante Bemerkung »Was für ein hässlicher Knutschfleck!« ins Ohr.

Zum dritten Mal an diesem Tag verkündete Downs Fontaines letzten Willen, und Wood hörte ihm mit einem ziemlich … unheimlichen Gesichtsausdruck zu. Der Mann blinzelte nicht einmal, und als Downs ihm den Geigenkasten zeigte, schaute er ihn an, als handele es sich um die Bundeslade.

»Fontaine wollte, dass ich die bekomme?«, fragte er wie in Trance.

»Ja, das wollte er. Er hat Ihnen seine Amati hinterlassen.«

»*Das glaube ich nicht!*«, zischte er. Als er den Geigenkasten mit zitternden Händen entgegennahm, fielen ihm fast die Augen aus den Höhlen.

»Gleich bepinkelt er sich noch«, flüsterte McGray erneut, und zum ersten Mal war ich seiner Meinung. Downs berichtete Wood von den Dokumenten, die er unterzeichnen müsse, doch der Mann nahm keine Notiz von ihm. Stattdessen war er bereits dabei, den Kasten zu öffnen, und schwelgte im Anblick der rötlichen Geige mit dem geschnitzten Löwenkopf. Sie war noch immer blutbefleckt, doch Wood schien es nicht zu bemerken.

»Das habe ich nicht verdient …«, sagte er und hob im gleichen Moment die Geige an, spürte ihr Gewicht, legte sie dann versuchsweise an seinen Hals und zupfte die Saiten. »Ich muss sie stimmen.«

»Mr Wood, ich muss darauf bestehen, dass erst die Formalitäten erledigt werden!«

Schließlich kam Wood der Aufforderung nach, unterschrieb aber so hastig, dass dabei nur ein nicht zu entzifferndes Gekritzel herauskam. Dann kniete er sich vor den Kamin und begann die Geigenwirbel zu drehen.

McGray beugte sich dicht zu ihm hinunter. Auch er betrachtete die Violine fasziniert. »Theodore, können Sie mir sagen, warum diese Geige so besonders ist?«

Zuerst glaubte ich, Theodore würde ihn genauso ignorieren, wie er es bei Downs getan hatte. Doch über Musik befragt zu werden befeuerte seinen wahnsinnigen Enthusiasmus. Sogar seine zuvor belegte Stimme hellte sich auf.

»Oh, dieses Teufelchen hat so vieles an sich! Das hier ist eines der ältesten bekannten Instrumente. Sie gehörte Antonio Stradivari; er benutzte sie als Modell für seine Violinen, als er seine Kunst perfektionierte. Man kann sagen, das hier ist die Mutter aller Stradivari-Geigen!« Während er dies sagte, schnalzte er förmlich mit der Zunge. »Danach gehörte sie Paganini, dem größten Geigenspieler aller Zeiten! Von ihm werden Sie vermutlich gehört haben.«

»*Aye*«, sagte McGray und schaute mich spöttisch an, »von ihm habe ich gehört.«

»Als Paganini bankrottging und seine Instrumente versteigern lassen musste, behielt er lediglich seine wertvollsten Geigen – diese hier und seine weltberühmte Cannone Guarnerius. Diese Violine bot einen explosiven Klang auf seinen Konzerten, während er die Amati offenkundig nur im privaten Kreis spielte.«

McGray runzelte die Stirn. »Warum war das so? Wissen Sie das genau?«

Theodore zuckte mit den Achseln. »Nein, das weiß kein Mensch. Manche sagen, es liege daran, dass sie einen sehr dunklen, irgendwie rauchigen Klang habe. Schauen Sie genau hin: Das Mittelstück ist ein wenig breiter als das eines normalen Instruments, daher klingt sie tatsächlich ein bisschen ernster – ein solcher Klang war bis heute nie in Mode. Andere meinen, Paganini sei so in ihren Klang verliebt gewesen, dass er sie für sich selbst zurückbehalten habe ... *Nun will ich Letzteres glauben!*«

Seine langen, knochigen Finger zupften die Saiten, während er sprach. Immer wenn die Geige trillerte, holte Wood tief Luft, so als seien die Klänge der Hauch eines erlesenen Parfüms.

Der arme Theodore ist verrückt, dachte ich, während ich ihn vor dem Kamin hocken sah, wie er das Instrument mit einer Intensität anstarrte, die es mir beinahe übel werden ließ.

»Nun, meine Arbeit hier ist getan«, seufzte Downs, sichtlich ermüdet und eher gelangweilt von Woods Geplapper. »Inspectors, hätten Sie etwas dagegen, wenn ich gehe?«

»Ganz und gar nicht«, erwiderte ich, worauf Downs die unterzeichneten Dokumente in seinen Aktenkoffer steckte.

Ich wandte mich ihm zu. »Mr Downs, bitte denken Sie

daran, uns zu informieren, bevor Sie Miss Ardglass die Violine übergeben. Wir müssen vor…«

Plötzlich hörten wir ein scharfes Geräusch, und Theodore stieß einen durchdringenden Schrei aus.

Rasch drehte ich mich um und sah, dass er auf die Knie gesunken war und sein Gesicht mit der rechten Hand bedeckte. Zwischen seinen Fingern quollen Rinnsale von Blut hervor, und auf dem Kamin war ein roter Spritzer. Er hatte die Violine fallen lassen. Sie lag auf dem Teppich, und eine ihrer Saiten war zerrissen und blutig.

»Ach du lieber Gott!«

Ich kniete mich hin und versuchte vorsichtig, Theodores Hand von seinem verletzten Gesicht wegzuziehen. Der Arme zitterte und stöhnte.

»Die … die … die Saite ist gerissen«, stammelte er.

»Sachte, sachte«, versuchte ich ihn zu beruhigen, doch mir war klar, dass ich genauso entsetzt aussah wie McGray und Downs.

Schließlich ließ Theodore seine Hand herabsinken. Ich musste würgen, als ich sah, dass sein linkes Auge fest geschlossen war, die Haut seines Lids war blutgetränkt.

»Ist das Auge getroffen?«, wollte Downs wissen.

»Du lieber Gott!«, schrie Theodore erneut. »Das brennt!«

»Ganz ruhig«, wiederholte ich und schaute es mir näher an. Theodores Haut wies zwei geradlinige Risse auf. Offenkundig hatte die Saite die Augenhöhle verfehlt – aber nur knapp. »Wie es aussieht, hat sie nur die Wange und die Augenbraue getroffen. Sie müssen das Auge öffnen, damit ich es mir ansehen kann.«

»*Nein, nein!* Es brennt!«, kreischte er immerfort. »*Es brennt!*«

»Sie haben Blut im Auge«, sagte ich, »deshalb brennt es.«

Besonders sicher war ich mir deswegen nicht, aber wir mussten uns Klarheit darüber verschaffen, ob er medizinische Versorgung benötigte oder seine Wunde lediglich auswaschen musste. Ich hoffte, ich könne ihm vorsichtig das Augenlid öffnen, doch Theodore fuhr hoch, sobald meine Fingerspitzen auch nur seine Haut berührten. Wimmernd kroch er schließlich in eine Ecke, wo er sich zusammenrollte wie ein Fötus.

Nine-Nails machte einen Satz nach vorn und wäre dabei fast auf die Geige getreten. Er packte Theodore bei den Armen und hob ihn mühelos hoch.

»Junge, wir wollen Ihnen helfen. Ich weiß, dass Sie Schmerzen haben, aber …«

Da Theodore sich nicht beruhigte, presste McGray ihn schlichtweg mit einem Arm an die Wand und hielt mit seiner freien Hand seinen Kopf fest.

»Tun Sie, was Sie tun müssen, Frey.«

Unter anderen Umständen wäre ich erschrocken gewesen, doch das war jetzt nicht der Moment zu zögern. So sanft wie möglich zog ich an der Haut von Wangenknochen und Augenbraue.

»Es br … es brennt«, stöhnte Theodore.

Ich hielt einen Moment inne, doch schließlich gelang es mir, sein Auge zu öffnen. Ich sah das Weiße in seinem Augapfel, und einen schrecklichen Moment lang befürchtete ich das Schlimmste.

Theodore blinzelte mehrmals, nach wie vor keuchend und geschockt. Dann aber begann sich sein Augapfel in alle Richtungen zu bewegen.

»Ich … i-ich kann sehen.«

Wir atmeten allesamt erleichtert auf.

»Gut so, Junge«, sagte McGray zu ihm und ließ ihn los. »Tut mir leid, aber wir mussten das Auge untersuchen.«

Theodore nickte nervös. Die Haut um die Schnittverletzungen herum schwoll bereits an.

»Sie sollten sich das Gesicht waschen«, sagte ich. »Ihr Auge ist nicht in Mitleidenschaft gezogen worden, aber wir müssen uns dennoch um Ihre anderen Verletzungen kümmern. Mr Downs, können Sie ihm helfen?«

»Aber selbstverständlich!«, sagte Downs sofort und bot Theodore sein Taschentuch an. »Kommen Sie, Junge. Wir spülen es Ihnen gut ab.«

Ich machte Anstalten, den beiden zu folgen, doch Downs schüttelte den Kopf. »Schon gut, Inspector. Ich habe schon viele Verletzungen gesehen«, sagte er, während er Theodore aus dem Zimmer half.

Sobald sie draußen waren, kniete sich McGray neben die Violine und betrachtete sie fasziniert. »Wer hätte geglaubt, dass die Saiten so verflucht gespannt sind?«

»Ich denke, das müssen sie sein«, sagte ich, »um den richtigen Ton zu erzeugen.«

»Wie … interessant.«

»Sie glauben jetzt, dass das verdammte Ding verflucht ist, nicht wahr?«

McGray zog die Augenbrauen hoch, sodass sich die Falten auf seiner Stirn vertieften. »Vielleicht … Aber ich kann es nicht beweisen. Noch nicht.«

Mit äußerster Sorgfalt hob er die Geige auf. Man hätte meinen können, er berühre Schießpulver. Das Glasauge des geschnitzten Löwen reflektierte die Flammen im Kamin, und einen Moment sah es so aus, als blinzele der hölzerne Kopf.

»Also … was hat dich so verärgert, mein Kleiner?«

»Reden Sie nicht – reden Sie *nicht* mit der Geige.«

»Warum nicht? Sie hat uns vielleicht Interessantes zu berichten.«

Zunächst wirkte er todernst. Dann aber grinste er höhnisch, und ich verlor die Geduld. »Ach, nun geben Sie sie schon her!«

In dem Moment, als ich ihm die Geige aus den Händen riss, zerriss eine zweite Saite.

Mittlerweile muss sie an Ort und Stelle sein … gemeinsam mit meinem kleinen Geschenk.

So gut platziert!

Und doch kommt es mir so lange vor, so schmerzhaft lange, hier zu warten; zusammengekauert, wie es die Hunde tun.

Bald … bald … bald …

13

»Agnes! *Agnes!*«

»*Aye*, Sir?«

»*Was zum Teufel ist das?*«

»Ihr Anzug, Sir. Ich habe ihn geflickt.«

»Sie sagten, niemand würde merken, dass er zerrissen war!«

»*Aye*, und jetzt ist er nicht mehr zerrissen. Sehen Sie denn die Stiche nicht?«

»*Ich sehe sie verdammt noch mal, Frau!* Das sieht so aus, als hätten Sie einen Rollbraten gebunden!«

»Aber Sir ...«

»Ach, halten Sie den Mund! Und sorgen Sie dafür, dass mir das verdammte Ding nicht mehr unter die Augen kommt!«

»Wollen Sie ihn nicht? Kann ich ihn für meinen Mann behalten?«

»Behalten Sie ihn, verbrennen Sie ihn, benutzen Sie ihn als Putzlappen, aber legen Sie *nie wieder* Hand an meine Kleidung! Verstanden?«

»*Aye*, Sir.« Mit gierigem Griff packte Agnes den Anzug. Auch eine geeignete Wäscherin würde ich mir suchen müssen. Ich konnte nicht fassen, dass ich Joan mehr vermisste als meinen eigenen Vater.

Am gleichen Morgen ließ mich Campbell in sein Büro kommen. Ich arbeitete nun seit zwei vollen Tagen an dem

Fall – was sich wie zwei Wochen anfühlte –, sodass es Zeit war, meinen ersten Bericht abzugeben.

Campbell verschränkte die Finger und schaute mich so zweifelnd an wie am ersten Tag. »Also, Frey? Welche Neuigkeiten können Sie mir überbringen?«

»Die wichtigste Information, Sir, ist die, dass der Mord definitiv nicht das Werk eines Nachahmers des Rippers ist.«

»Oh, sind Sie sich da sicher?«

»Allerdings. Ich kann sagen, dass die Person, hinter der wir her sind, definitiv nicht versucht, irgendwen nachzuahmen. Der Modus Operandi ist vollkommen anders, das Opfer ist es ebenfalls. Jacks Morde erfolgten aus purer sadistischer Lust, und das Werk eines Nachahmers müsste den gleichen Beigeschmack haben. So etwas liegt in diesem Fall nicht vor; es ist offenkundig, dass der Mörder einen Zweck verfolgt hat, eine Art Ritual vollzog. Wir sind auf der Suche nach jemandem, der sich mit okkulten Riten auskennt.«

»Gut, gut. Was können Sie sonst noch über den Mörder sagen?«

»Es gibt einiges, das wir mit Gewissheit sagen können. Wir suchen eine schlanke, gelenkige Person, jemanden, der imstande ist, durch einen schmalen Kamin in einen Raum zu gelangen. Das schließt Fontaines Dienstmagd sofort aus.«

»Gut. Auch ich hatte meine Zweifel, was sie angeht.« Als der Mann dies sagte, lockerte sich sein Kiefer fast unmerklich. Das war wohl die Art und Weise, wie er Zustimmung signalisierte. »Auch wenn es sich hier nicht um einen Nachahmer handelt, müssen Sie so vorsichtig wie möglich vorgehen. Diese Information darf nicht an die Presse durchdringen. Sie wissen, dass diese Journalisten nicht auf der Suche nach der Wahrheit sind; sie bauen eine gut zu verkaufende Story auf und suchen dann lediglich nach Möglichkeiten, ihre obskuren Geschichten zu untermauern.«

»Ich verstehe, Sir.«

»Gut, gut. Ich überlasse alles Weitere Ihnen. Halten Sie es für möglich, dass wir es mit weiteren solcher Morde zu tun bekommen?«

»Das kann ich nicht sagen. Wir sind uns nicht sicher, was das eigentliche Wesen des Rituals betrifft; es könnte sich auch um ein isoliertes Ereignis handeln. Wie dem auch sei, ich versichere Ihnen, dass ich mein Bestes geben werde, um den Mörder so bald wie möglich dingfest zu machen … So bald es McGrays Marotten erlauben.«

Campbells Augen weiteten sich. »Oh! Stellt er ein Hindernis dar?«

Ich musste daran denken, dass der gesamte Vormittag durch die Lektüre erbärmlicher Bücher über Hexenkunst verschwendet worden war.

»Ich will ganz ehrlich sein, Sir. Wenn er mir nicht im Weg stünde, ginge alles womöglich wesentlich schneller voran. Heute hat er beispielsweise eine Verabredung mit einer hellseherischen Zigeunerin getroffen.«

Campbell dachte nach, und einen Moment war ich naiv genug zu glauben, er würde mich unterstützen. »Bedauerlicherweise muss alles so bleiben, wie es ist, Frey. McGray könnte keine bessere Tarnung abgeben.«

»Das verstehe ich, Sir, aber wenn ich mich wenigstens selbstständig bewegen könnte, statt an seine Befehlsgewalt gebunden zu sein …«

»Geht es Ihnen wirklich um den Fall, Frey? Oder geht es lediglich um Ihre Unfähigkeit, als Untergebener zu handeln?« Ich zögerte einen Moment, und das reichte Campbell aus. »Die Sache scheint gut voranzukommen, sodass ich keinen Grund sehe, etwas an der Regelung zu ändern.«

»Sir, bei allem Respekt …«

»Sie sprachen davon, dass der Mörder offenbar ein Experte im Okkulten zu sein scheint, nicht wahr?«

»Ja, aber …«

»Dann wird McGray eine große Hilfe sein. Ich bezweifle, dass Sie solche Kenntnisse mitbringen.«

Frustriert biss ich mir auf die Lippen. »Das ist wohl wahr, aber ich verstehe nicht, warum …«

»Ich werde das nicht mit Ihnen diskutieren, Frey. Gibt es sonst noch etwas, das Sie mir mitteilen möchten?«

Ich konnte einen enttäuschten Grunzlaut nicht unterdrücken. Dann aber fiel mir ein, dass es tatsächlich noch etwas gab, über das ich mich beschweren wollte. »Nun, ich wollte noch eine Anmerkung zu diesem Burschen in der Leichenhalle machen …«

»Dr. Reed?«

»So ist es. Ich würde Ihnen dringend anraten, einen anderen Rechtsmediziner einzustellen, jemanden mit mehr Erfahrung. Reed ist viel zu jung, um die hiesige Leichenhalle zu leiten.«

Campbell nickte. »Das weiß ich. Wir mussten ihn einstellen, nachdem Dr. Carter sich zur Ruhe gesetzt hatte. Reed ist einer der angesehensten hiesigen Absolventen. Tatsächlich sind Sie der Erste, der sich über ihn beschwert.«

»Ich beschwere mich nicht, Sir. Ich denke nur, dass ihn dieser Fall überfordern könnte. Ich bitte nicht um seine Entlassung, sondern darum, dass jemand Erfahrener eingesetzt wird.«

»Frey, ich habe heute einen dicht gedrängten Terminplan.

Sie werden mit Reed auskommen müssen, und das steht nicht zur Debatte. Ein erfahrenerer Gerichtsmediziner würde uns Geld kosten, und wir sind nicht in der Lage, unser Budget zu verschleudern. Es würde Ihnen gut anstehen, sich vor Augen zu halten, dass wir uns hier nicht in Ihrem gut betuchten London befinden.«

Ich blies die Wangen auf. »Sir, Commissioner Monro hat mich geschickt, weil er meinem Urteil vertraut. Offen gesagt sehe ich keinen Grund für meine Anwesenheit, wenn all meine Anregungen von Ihnen und Inspector McGray verworfen werden.«

»Wäre das dann alles, Frey?«

»Ja, Sir«, murrte ich.

»Gut. Sie können jetzt gehen.«

Erneut musste ich das Büro verlassen, ohne etwas erreicht zu haben. Doch Campbell wusste nicht, dass ich einen weiteren Bericht an Sir Charles Warren schickte und meine Bemerkungen wahrscheinlich dem Premierminister zu Ohren kommen würden. Zwar unterschieden sich die Aufstellungen meiner Fortschritte darin nicht wesentlich von dem, was ich soeben gesagt hatte, doch sparte ich dabei keine Adjektive aus, um McGrays törichte Machtstellung zu verurteilen.

Ich ging nach unten in den Schweinestall von Büro, das ich insgeheim »Müllhalde« getauft hatte, und stellte fest, dass McGray erneut die Füße auf den Schreibtisch gelegt hatte. Als er mich sah, hob er einen Ordner an.

»Bilder, Frey. Der Fotograf hat sie endlich gebracht. Wollen Sie einen kurzen Blick darauf werfen?«

Ich untersuchte die Fotos, wobei ich akribisch jeden Quadratzentimeter und jede Kleinigkeit beäugte. Erfreut stellte ich fest, dass der Tatort tatsächlich in keiner Weise verändert worden war. Die ersten Bilder zeigten Fontaines Leiche, ihrer Organe beraubt, bevor man sie aus dem Arbeitszimmer entfernt hatte. Dann gab es eine Nahaufnahme der blutbefleckten Geige, die dicht neben der Leiche lag, halb verborgen unter dem Schreibtisch, so wie wir sie gefunden hatten. Zudem waren da noch Bilder des satanischen Symbols und des leeren Notenpults, auf dem ich die dunklen Flecken von Blut erkannte.

Zuletzt folgten Fotografien, die während der Obduktion entstanden waren und den halb entleerten Bauchraum des alten Mannes im Detail zeigten. Da ich diesen Bildern besondere Aufmerksamkeit widmen musste, war ich froh, an diesem Morgen bis jetzt nur Kaffee zu mir genommen zu haben. Ich erkannte, dass Fontaine auf brutalste Art und Weise abgeschlachtet worden war – die Verletzung an seiner Kehle war durch einen sauberen, geraden Schnitt herbeigeführt worden, doch sein Unterleib war so barbarisch zugerichtet worden, wie Reed es berichtet hatte.

»Verraten sie Ihnen irgendetwas?«

Ich schüttelte den Kopf. »Der Fotograf hat gute Arbeit geleistet, was die Dokumentation des Tatorts und die Obduktion angeht, aber um ehrlich zu sein, kann ich den Aufnahmen nichts Neues abgewinnen.«

»Ich auch nicht. Archivieren Sie sie trotzdem.«

Nicht ahnend, wie nützlich diese Bilder noch einmal sein sollten, warf ich den Ordner in eine der leeren Schubladen meines Schreibtischs.

»Was nun?«, fragte ich frustriert. »Die hellseherische Zigeunerin? Mir wäre eher danach, den Geigenbauer zu befragen.«

»*Aye*, mit dem Burschen werden wir bald ein Wörtchen wechseln müssen. Aber heute besuchen wir Madame Katerina. Außerdem sollten wir ein kleines Schwätzchen mit dem Clan der Ardglass' halten.«

»Ach ja.« Ich erinnerte mich an McGrays Anspannung, als wir Alistair Ardglass getroffen hatten. »Worum ging es dabei noch mal?«

McGray seufzte, während er mit einer Art Amulett aus Holz herumspielte. Er ließ es durch die Finger gleiten, und es überraschte mich, wie geschickt er die verbleibenden Glieder seines versehrten Fingers bewegen konnte. »Wahrscheinlich sollte ich Ihnen das nicht erzählen, und ich tue es auch nur, weil ich nicht will, dass Sie herumjammern, wenn ich sie wie den Abschaum behandele, der sie sind.« Es folgte ein noch tieferer Seufzer, so als sammele er all seine Contenance. »Alles fing damit an, dass mein Vater unser Haus am Moray Place kaufte, vor neun … mein Gott, fast vor zehn Jahren! Dieses Miststück von Lady Glass verleumdete uns, wo sie nur konnte. Wir waren Neureiche, und das mochte sie nicht. Zu Beginn wurden wir von der Gesellschaft nicht gut aufgenommen … Natürlich änderte sich alles, als die Schufte herausfanden, wie viel die McGrays in Gold aufwogen – dann hatten wir eine angenehme Zeit. Aber die währte nicht lange. Als …« Plötzlich hielt McGray inne. Er spannte den Kiefer an, und in seinem Blick lag Hass. Er ließ das Amulett auf den Schreibtisch fallen. »Als meine Eltern starben, schlug Lady Glass erneut zu, indem sie klatschte und tratschte und ihr Gift gegen meinen Haushalt spritzte. Deshalb bekomme ich noch nicht einmal einen verdammten anständigen Koch!«

»Warum nennen Sie sie Lady Glass?«, hakte ich nach.

Er stieß ein gackerndes Lachen aus und hatte dabei ein freudiges Leuchten in den Augen. »Das tue nicht nur ich. Jeder nennt sie so, weil sie trinkt … Sie behauptet, von adeliger Abstammung zu sein, bis zurück zu den Rosenkriegen, wobei nur gelegentlich Nichtadlige geheiratet worden seien, um eine Hasenscharte zu vermeiden. Nun, sie mag so vornehm tun, wie sie will, aber sie kann nach wie vor nicht länger als drei Tage verbringen, ohne betütert zu sein.«

»Ohne was zu sein?«

»Betütert! Betrunken! Nicht imstande, ihre Finger vom Glas zu lassen! Wie dem auch sei, dem hässlichen alten Weib gehört ungefähr ein Drittel von Edinburgh, und sie verdient Jahr für Jahr ein Vermögen mit ihren Vermietungen.«

»Oh! Dann war sie Fontaines Vermieterin?«

»*Aye*. Fontaines Hausmädchen hat die Polizei und Lady Glass gerufen, als sie die Tür nicht öffnen konnte und Fontaine nicht reagierte. Lady Glass war es, die nicht zuließ, dass die Polizei die Tür aufbrach, weil eine Fensterscheibe günstiger zu ersetzen ist. Diese knausrige alte Hexe …«

Ich nickte und sann über die Information nach. »Ja, da könnte eine Verbindung bestehen. Und da ist etwas, das mir an diesem Alistair nicht so recht gefällt. Andererseits, wenn diese Frau so viele Anwesen besitzt, könnte es bloß ein Zufall sein. Wie dem auch sei, es würde uns nicht schaden, ihnen ein paar Fragen zu stellen. Vielleicht nachdem wir Ihre Scharlatan-Hexe aufgesucht haben?«

»Wir werden es drauf ankommen lassen. Und nennen Sie sie nicht Hexe. Sie werden Madame Katerina lieben.«

Mir war klar, dass McGray seine Pläne nicht ändern würde. Dennoch maulte ich während der gesamten Fahrt durch die Old Town, entlang der Avenues um die Burg und dann zu einem der schmutzigsten Orte von Edinburgh, dem Viehmarkt.

»Ich nehme an, Sie haben diese verfluchte Hellseherin schon einmal aufgesucht?«

»*Aye.*«

»Was tut sie? Liest sie aus Teeblättern? Aus einer Kristallkugel? Oder rät sie herum, bis sie nach ein paar Stunden einen Treffer landet?«

McGray fasste meinen Spott fälschlicherweise als Interesse auf. »Sie hat diese Gabe, die sie ›inneres Auge‹ nennt. Sie kann Dinge sehen, wenn sie etwas berührt, das genug ›Gepräge‹ hat, wie sie es nennt … Energie, die wir hinterlassen.«

Ich konnte nicht fassen, wie dämlich sich das alles anhörte. Und McGrays kehliger Akzent ließ es nur noch dämlicher klingen.

»De facto …«, sagte ich, holte meine Taschenuhr hervor und schlug sie mit den anderen Gegenständen in mein Taschentuch ein, »wird es höchst interessant sein, die Genauigkeit Ihrer geliebten Hexe zu bemessen.« Ich zwinkerte. »Aus wissenschaftlicher Neugier werde ich ihr mein Chronometer geben und vorgeben, es sei Teil des Beweismaterials. Nennen wir sie … unsere ›Referenz‹, so wie Biologen sie haben.«

McGray betrachtete mich eingehend. »Tun Sie, was Sie wollen. Aber womöglich wird Ihnen das, was sie sagt, nicht gefallen.«

Die Zigeunerin wohnte in einer der fürchterlichen Bretterbuden, die den großen freien Platz, auf dem der Viehmarkt stattfand, umgaben, nur wenige Häuserblocks südlich von Castle Rock. Zu meinem Glück war kein Markttag, sonst hätte es hier von stinkenden Kühen und Ochsen aus ganz Schottland gewimmelt, und das Getöse von schreienden Verkäufern und Anbietern sowie das Gebrüll ihrer Tiere hätten die Luft erfüllt. Dennoch stank es auf dem Platz nach Tieren, und der blanke Boden, im Laufe der Jahre von den Hufen zahlloser Rinder geplättet, war übersät mit ihren Ausscheidungen.

Nachdem wir Pfosten gefunden hatten, an denen wir die Pferde anbinden konnten, gingen wir auf eines der baufälligen Gebäude zu. Zu spät bemerkte ich, dass ich in einen Haufen Scheiße getreten war.

»Um Himmels willen!«

Nine-Nails stieß ein gackerndes Lachen aus, als er sah, dass meine sonst so glänzenden Schuhe mit Kot überzogen waren. Er ging auf etwas zu, das der schmutzigste, windschiefste Bierstand in der Stadt sein musste und sich im Erdgeschoss einer Herberge befand. Er erinnerte mich an die Elendsviertel, die ich im East End von London gesehen hatte; düstere Orte, an denen sich die ärmsten Arbeiter trafen, um zu trinken und das Elend ihrer Existenz ein wenig erträglicher zu machen.

»Ich dachte, wir wären wegen Ihrer verrückten Hexe hier und nicht auf einen Drink. Obwohl dieser Ort für Sie anspruchsvoll genug zu sein scheint.«

»Madame Katerina betreibt die Wirtschaft als Nebenerwerb.«

Ich stieß einen Pfiff aus. »Bierverkäuferin *und* Wahrsagerin! Mensch, erst macht sie ihre Kunden betrunken, und dann liest sie ihnen aus der Hand! Was für eine clevere Geschäftsfrau!«

McGray sprach einen Fettsack an, der einer Reihe von Bauarbeitern gerade Bier servierte. »Morgen, Jungchen. Können wir deine Chefin sprechen?«

»Klar, Mr McGray. Sie wissen doch, dass Sie bei ihr immer willkommen sind.«

Der Mann nahm den bereits schwer angetrunkenen Arbeitern ein paar Münzen ab und führte uns dann hinein. Wir folgten ihm durch einen abgedunkelten, feuchtklammen Lagerraum, der vollgestellt war mit Bierfässern, und dann eine knarzende Treppe hinauf. Wir gelangten in einen gleichfalls dunklen, nur durch den orangefarbenen Lichtschein eines kleinen Kamins beleuchteten Raum. Zwar hatte dieser ein Fenster, doch es war mit dicken Vorhängen verhängt.

»Madame Katerina kommt gleich«, sagte der Kerl und ging weg.

Unbehaglich schaute ich mich um. »Oh McGray! Wo haben Sie mich da nun wieder hingeschleppt?«

Der Überdruss in meiner Stimme war vollkommen gerechtfertigt. Von allen dubiosen Orten, an denen ich in den vergangenen Tagen gewesen war, war dies der merkwürdigste. Die Wände waren vollständig behängt mit vergilbten, mottenzerfressenen Wandteppichen, höchstwahrscheinlich aus zweiter oder dritter Hand. Auf Regalen standen und lagen ausgestopfte Vögel und Schlangen, Skelette, Kristallkugeln aller Größen und zudem zahlreiche andere Artefakte, deren Verwendung ich lieber nicht hinterfragen wollte. Es glich dem Kuddelmuddel in McGrays Büro, war aber noch zehn Mal sonderbarer.

Während ich mich umschaute, befiel mich eine unendliche Müdigkeit. Das lag zum Teil an dem starken Geruch von Weihrauch, vermischt mit anderen aromatischen Kräutern; zum Teil aber auch daran, dass das Feuer für den Raum viel zu warm war. Die Wandteppiche trugen dazu bei, dass sich diese unbehagliche Hitze im Raum staute … und der Kräutergestank gespeichert wurde.

Ich setzte mich an den runden Tisch in der Mitte des

Raums, zog mir den Mantel aus und holte mein sauberes Taschentuch hervor. Ich hielt es mir einen Moment vor die Nase und wischte mir dann sorgsam die Schweißperlen von der Stirn.

Nine-Nails warf mir einen spöttischen Blick zu. »Oh, beim nächsten Besuch besorgen wir Ihnen vorher ein Sträußchen Lavendel und einen flämischen Spitzenfächer!«

Ich wollte ihm gerade eine scharfe Antwort geben, als die laute, raue Stimme einer Frau ertönte: »Oh Adolphus! Ich wusste, dass Sie kommen würden! Ich habe letzte Nacht von Ihnen geträumt!«

Als ich mich umdrehte, sah ich eine Frau mittlerer Größe hinter den Wandteppichen hervortreten. Die armselige Zigeunerin sah so unglaublich sonderbar aus, dass ich heute noch nicht weiß, wo ich anfangen soll … Sie war von Kopf bis Fuß eingehüllt in bunte Tücher und Schleier, über denen unzählige Ketten, Anhänger, Armreife und Amulette hingen, sodass es jedes Mal klimperte, wenn sie sich bewegte. Sie hatte ein scharf geschnittenes, kantiges Gesicht; ihre Adlernase, ihre dichten Augenbrauen und auch ihre spitzen Ohren waren allesamt durchstochen, und in den Löchern hingen allerlei Ringe.

Aus dieser extremen Extravaganz ragten im wahrsten Sinne des Wortes ein paar Dinge heraus – sie hatte den größten und voluminösesten Busen, den ich jemals erblickt habe. Und sie hatte einen unanständig tiefen Ausschnitt und drückte beim Gehen auf schamlose, durch und durch vulgäre Art und Weise den Rücken durch.

Ich konnte noch immer nicht fassen, dass ich wirklich hier war, und musste innerlich lachen. »Haben Sie das gehört, McGray? Sie *wusste*, dass Sie kommen würden! Ja doch, sicher hat Sie Ihr behaartes Gesicht in ihren Tee…

oh, Entschuldigung, Sie sagten ja, dass sie ihr *inneres Auge* benutzt!«

Die Frau schaute mich verbittert an. Mit ihrer lauten Stimme und dem sonderbarsten osteuropäischen Akzent, den ich je gehört hatte, sagte sie: »Meine Güte! Sie haben Inspector Frey mitgebracht! Die größte Enttäuschung der englischen Polizei!« Sie trat näher und zwinkerte mir böse zu. »Und um *das* zu sehen, brauchte ich mein inneres Auge gar nicht zu benutzen!«

Da sie nach abgestandenem Bier roch, wandte ich mich von ihr ab. Trotz ihrer langen, von übermäßigem Mascara zusammengeklumpten Wimpern blickten ihre grünen Augen streng und wachsam. Ich merkte, dass ich es mit einer schlauen, aber auch skrupellosen Person zu tun hatte.

»Mädel, das ist Madame Katerina«, stellte uns McGray unnötigerweise vor.

Sie setzte sich vor mich und streckte die Arme auf dem Tisch aus, so als wolle sie damit unterstreichen, dass sie glaubte, hier das Sagen zu haben, und trommelte mit ihren *sehr* langen Fingernägeln auf dem roten Tischtuch herum. Schwarz lackiert sahen sie wie teuflische Klauen aus. Ihr Busen war so unverschämt ausladend, dass es schwerfiel, den Blick von ihm zu wenden. »Nun, Adolphus, was führt Sie heute hierher?«

»Ach, als Sie vorhersahen, dass McGray kommen würde, konnten Sie also nicht sehen, warum«, grummelte ich.

»Halten Sie den Mund und geben Sie ihr das Zeug«, blaffte mich McGray an und setzte sich neben mich. »Das hier haben wir aus …«

»Sch!«, machte sie. »Denken Sie dran, dass Sie meinen Seherblick nicht beeinflussen dürfen! Geben Sie mir die Dinge, und *ich* werde reden.«

Sie streckte ihre Hand zu mir aus, worauf ich sah, dass auf den Seiten ihrer Finger Tätowierungen in Form von dornigen Rosen gestochen waren.

Zuerst holte ich das Stück Papier hervor. Katerina schnappte es sich, drehte es herum und lockerte ihre Halsmuskeln, so als bereite sie sich auf eine anstrengende körperliche Arbeit vor. Während sie den Papierschnipsel durch die Finger gleiten ließ, hielt sie die Augen fest geschlossen ... und stöhnte dann auf.

In dieser Haltung verbrachte die Frau mehrere Minuten, und ich kam mir wie ein Vollidiot vor, sie auch nur dabei anzuschauen. Doch immer wenn ich Anstalten machte, etwas zu sagen, oder ihr den Papierfetzen wegnehmen wollte, versetzte mir McGray einen Ellbogenstoß in die Rippen.

Endlich, nach einer schier endlosen Trance, erhob sie zögernd das Wort. »Ich ... ich ... sehe einen dunklen Tunnel ... schwarz, tiefschwarz. Und dann ... ein schwaches Licht am Ende ...«

Ich zog eine Augenbraue hoch. Ich war ebenso verblüfft wie McGray. Konnte das bedeuten, dass sie sah ...?

Katerina stieß ein frustriertes Knurren aus und öffnete die Augen wieder. »Es tut mir leid, mehr kann ich nicht sehen ... dafür hat dieses Papier nicht genug Gepräge.«

»Welch eine Überraschung«, murmelte ich vor mich hin.

Katerina schlug mit der flachen Hand auf den Tisch und blaffte: »Wären Sie imstande, etwas zu sehen, wenn ich alle Lichter löschen würde, Sie unerträglicher Besserwisser? Ich war noch nicht fertig! Da ist nicht genug Energie-Gepräge drin ... Aber ich spüre sehr wohl, dass ...« Sie wirkte verwirrt und suchte nach Worten. »Ich spüre, dass hier mehr dran ist, als es den Anschein hat. So als hätte ich kurz durch ein Fenster geschaut, bevor jemand die Vorhänge zuzieht.«

Ich zuckte mit den Schultern und erwiderte unbekümmert: »Das ist ein fantasievolles Argument. Vielleicht haben Sie bei diesem hier mehr Glück.« Ich gab ihr meine Taschenuhr. McGray hielt seinen Blick auf die Frau fixiert, noch erwartungsvoller als zu dem Zeitpunkt, als sie das Stück Papier in der Hand gehalten hatte.

Kaum hatten ihre Fingerspitzen die Uhr berührt, begann die Frau: »Du meine Güte, *so viel Lärm*! So viel Lärm im Kopf dieses Mannes! Wie eine Sturzflut. Pingelig ... streitsüchtig ... eingebildet ...«

»*Was?*«

»Klingt in meinen Ohren nach der Wahrheit!«, verkündete Nine-Nails grinsend.

»Aber da ist noch etwas. Etwas Hintergründiges, eine Art von Geflüster unter all diesem Lärm. Ja. Da ist ein sehr großer Kummer; ein Gefühl von ... von – wie nennt er es? –, von mangelnder Zielsetzung ... von Nicht-Dazugehören.« Dann legte sie die Uhr auf dem Tisch ab. »Davon abgesehen gehört die hier einem ziemlich harmlosen Jungen.«

Ich zog die Uhr wieder an mich und nahm aus dem Augenwinkel heraus McGrays breites Grinsen wahr. »Wir haben da noch einen letzten Gegenstand. Seien Sie vorsichtig, er ist scharf.«

Ich legte die Glasscherbe auf den Tisch. Von dem Augenblick an, als sie sie sah, veränderte sich Katerinas Stimmung. Sie starrte sie einen Moment an und betrachtete sie argwöhnisch.

Zögernd nahm Katerina sie in die Hand. Einen Moment lang geschah gar nichts. Sie schloss die Augen und neigte den Kopf, als bemühe sie sich, ein sehr schwaches Geräusch auszumachen. Dann wartete sie.

Urplötzlich schnappte Katerina nach Luft, und als würde

sie von einer akuten Übelkeit überwältigt veränderte sich ihre Gesichtsfarbe. Einen Moment glaubte ich, sie werde sich übergeben. Sie zitterte, ihr Gesicht war zu einem entsetzten Ausdruck verzerrt, und sie hielt die Glasscherbe so fest in der Hand, dass ich befürchtete, sie werde sich damit den Handteller aufschlitzen.

Sie öffnete den Mund, um etwas zu sagen. Aber es war eine fremde Stimme, die ihr über die Lippen kam; es war ein so scheußliches, raues Geflüster, dass es mir kalt über den Rücken lief.

»Ich sehe … dünne, lange Schatten auf einem schmutzigen Boden … Es ist ein Käfig, die Gitterstäbe eines Käfigs! Und da ist noch etwas, etwas Hässliches, Kauerndes, sich versteckt Haltendes … Oh, es hat eine starke Persönlichkeit, unruhig … gepeinigt. Ein in einen Käfig gesperrtes, verwirrtes … *Genie*!« Nun zitterte sie am ganzen Körper. »Blutrünstig! Blutrünstig und verzweifelt bemüht, der Welt seinen Wert zu beweisen!«

Plötzlich warf sie das Glasstück auf den Tisch. Ich sah, dass sich die Umrisse der Scherbe in ihre Haut eingeprägt hatten, das Glas jedoch keine Verletzungen hinterlassen hatte. Keuchend und mit verzerrten Gesichtszügen, so als wäre sie eine Meile gelaufen, lehnte sie sich zurück.

»Geht es Ihnen gut?«, fragte McGray.

»Ich dachte, Sie wären ihre theatralischen Auftritte gewohnt«, kommentierte ich.

Doch McGray schien ernsthaft besorgt. Er trat näher an die Frau heran und sprach sie mit sanfter Stimme an. »So habe ich Sie noch nie gesehen, Herzchen. Sollen wir Ihnen ein Glas Wasser holen oder sonst etwas?«

Ich schüttelte den Kopf, da ich ihr diese Show noch immer nicht abkaufte.

»Ich glaube, ich habe den Teufel gesehen«, murmelte Katerina schließlich. Alle Wildheit war aus ihren Augen gewichen. Sie war völlig verängstigt, und große Verwirrung stand ihr im Gesicht geschrieben. Dann ergriff sie McGrays Hand. »Oh Adolphus, Sie müssen ihn fassen! Das ist ein Monster, ein Monster, sage ich Ihnen!«

McGray nickte zustimmend. »Nun, da Sie es gesehen haben, kann ich Ihnen verraten, dass wir diese Dinge an einem Tatort gefunden haben. Mr Fon-teen …«

»Fontaine.«

»Mund halten! Der Mann war Musiker. Man hat ihm die Kehle durchgeschnitten und ihn abgeschlachtet.« Ich machte Anstalten zu protestieren, da McGray vertrauliche Informationen preisgab. Doch mit einer Geste seiner vierfingrigen Hand ließ er mich einhalten. »Katerina, da war ein Zeichen, gemalt mit seinem Blut … die fünf Augen.«

Sie zog hörbar die Luft ein. »Das überrascht mich nicht, jetzt nicht mehr, da ich in das Herz dieser Kreatur geschaut habe …«

»Konnten Sie sonst noch etwas sehen?«

Sichtlich ungehalten schüttelte Katerina den Kopf. »Nein, nein, Adolphus. Lassen Sie es mich noch einmal versuchen.«

Sie hob die Scherbe wieder auf, hielt sie eine Weile in die Luft, murmelte und brummte vor sich hin. Doch zu dieser ersten explosiven Reaktion kam es nicht wieder.

»Tut mir leid«, klagte sie mit niedergeschlagener Miene. »Es hat seine ganze Energie verbraucht … Aber ich habe da noch eine schwächere Präsenz gespürt. Ich kann sie nicht richtig beschreiben; sie ist alt und sanft. Das ergibt für mich keinen Sinn.«

McGray nickte. Ich fragte mich allmählich, ob sie sich

auf Fontaine bezog. Dann verbannte ich diese albernen Gedanken aus meinem Kopf.

Sie gab mir die Scherbe zurück und nahm sich stattdessen noch einmal das Fitzelchen der Partitur vor. »Wie schade, dass ich von diesem Stück nicht mehr sehen kann. Es fühlt sich so an, als bedeute dieses Papierchen mehr.« Sie schaute es mit stechendem Blick an. »Oh ja. Da ist mehr dran, Adolphus, *glauben Sie mir*. Finden Sie mehr darüber heraus, so viel Sie können. Ich bin sicher, dieses Papier wird Ihnen den Weg weisen.«

14

Aufgekratzt verließ McGray Madame Katerinas Herberge. »Sagte ich's doch, Dandy! Sie ist die eine von einer Million – und bevor ich sie gefunden habe, habe ich fast eine Million Seherinnen besucht.«

»Ich glaube immer noch nicht, dass etwas an dem dran ist, was sie gesagt hat.«

»Ach. Und wie können Sie dann erklären, was sie über Sie gesagt hat?«

»Glücklicher Zufall«, erwiderte ich übellaunig.

»*Aye*, Sie haben *immer* recht! Übrigens ist ihr eine wichtige Sache in Bezug auf Sie entgangen: Sie hat nicht erwähnt, was für ein weinerlicher Waschlappen Sie sind! Wie dem auch sei, ich bin froh, dass dieser Caroli den Titel dieser Partitur für uns heraussucht. Mein Instinkt sagte mir, dass ich ihn danach fragen musste.«

»Sieh an, sieh an. Als Nächstes erklären Sie mir dann noch, auch Sie hätten ein inneres Auge. Sollen wir nun los, um diesen verfluchten Joe Fiddler zu befragen?«

»Nein. Ist schon nach Mittag. Ich muss was essen.«

Ich stieß einen resignierten Seufzer aus, denn allmählich begriff ich, dass es totale Energieverschwendung war, gegenüber McGray Protest einzulegen. Als er mich arglos dazu einlud, mit ihm im *Ensign Ewart* zu essen, musste ich lachen. »*Dort noch einmal essen*? Eher verreibe ich mir Beulenpesterreger auf der Zunge.«

Nine-Nails reagierte mit einem unverständlichen Gestammel in seinem unverständlichsten Schottisch und ging dann weg. Ich sah, dass er in Richtung Castle Rock ritt, gefolgt von Tucker. Ich selbst ritt nach Norden zum *New Club*. An diesem Tag servierten sie dort eine köstliche Fisch- und Muschelplatte, und ich genoss sie, während ich über unseren Besuch bei dieser verfluchten Zigeunerin nachdachte.

Sie war eine wirklich abstoßende Person und zweifellos einer dieser kaltblütigen Beutelabschneider, die genau wissen, wie sie an die Ersparnisse der Armen kommen. Dennoch – und es schmerzt mich, es auch nur zu schreiben – hatte dieses elende Weibsstück schlichtweg ein Gespür gehabt! Die Genauigkeit, mit der sie meinen Charakter beschrieben hatte, war bemerkenswert, ja sogar beunruhigend: Ich zweifelte tatsächlich nach wie vor daran, ob meine Anstrengungen, meine Karriere zu retten, der Mühe wert waren. Und ich fühlte mich in dieser Stadt und in der dämlichen Sonderabteilung, der ich zugewiesen worden war, vollkommen fehl am Platz ... Und Katerina war es gelungen, diese Gefühle mit erstaunlicher Genauigkeit auszudrücken. Sie hatte sogar exakt die Worte, die mir auf meiner gesamten schrecklichen Reise nach Edinburgh durch den Kopf gegangen waren, erraten, nämlich meine »mangelnde Zielsetzung«. Konnte es solche Zufälle geben? Das war sehr unwahrscheinlich, aber nicht unmöglich.

Und was würde es bedeuten, wenn die Information, die sie uns in Bezug auf den Fall gegeben hatte, ähnlich präzise war? Auch ihre Beschreibung dessen, was die Innenseite eines Kamins hätte sein können, stellte mich vor ein Rätsel. Verblüffend schließlich waren zudem jene Aussagen, die ich nicht anhand meines bisherigen Wissens verifizieren konnte – vor allem in Bezug auf den Käfig: »Ein in einen

Käfig gesperrtes Genie … blutrünstig und verzweifelt bemüht, der Welt seinen Wert zu beweisen!« Das war eine schaurige Beschreibung, und ich konnte den gedemütigten, versteinerten Ausdruck in ihren Augen nicht vergessen, so als hätte Furcht von ihr Besitz ergriffen und als sei nichts mehr übrig von ihrer ganzen Bauernschläue.

Ich war so in Gedanken versunken, dass ich die Stimme des Mannes nicht wahrnahm, der meinen Namen rief. Er musste sich erst laut räuspern, damit ich Notiz von ihm nahm. Als ich aufschaute, sah ich niemand anders als Alistair Ardglass mit seinem ausladenden Wanst neben meinem Tisch stehen.

»Ach, Mr Ardglass!«

»Inspector Frey, welche Freude, Sie hier zu treffen! Ich wusste gar nicht, dass Sie bei uns Mitglied sind.«

»Ich bin erst kürzlich Mitglied geworden.«

»Dürfte ich Ihnen einige Minuten Gesellschaft leisten?«

»Sehr gern. Nehmen Sie Platz.« Ardglass tat dies, und sofort räumte der Kellner meinen Tisch ab und servierte uns starken Kaffee. »Ich muss Ihnen allerdings sagen, dass ich mich nicht lange aufhalten kann. Ich muss wieder zurück an die Arbeit.«

»Ich verstehe, Inspector. Ich werde nur einen kleinen Moment Ihrer Zeit in Anspruch nehmen. Gestern habe ich mit meiner braven Tante Lady Anne Ardglass zu Abend gegessen. Haben Sie von ihr gehört?«

McGrays höhnische Beschreibung von »Lady Glass« war mir unvergesslich geblieben. »Ihr Name fiel das eine oder andere Mal seit meiner Ankunft.«

Meine Antwort kränkte ihn offenbar eher, als dass sie ihm gefallen hätte. Lady Glass musste sich also tatsächlich einen Ruf erworben haben.

»Während ich mich mit ihr unterhielt, fiel natürlich auch Ihr Name«, fuhr er fort, »und meine liebe Tante war fasziniert. Sie würde gerne wissen, ob Sie mit den Freys von Magdeburg verwandt sind und in Verbindung mit der Chancery Lane stehen.«

Überrascht zog ich die Augenbrauen hoch. »Das bin ich in der Tat. Ich wusste gar nicht, dass unsere Familie so weit von London entfernt noch bekannt ist.«

»Oh, glauben Sie mir, jene wenigen von Rang nehmen sie durchaus wahr. Wissen Sie, meine Tante ließ eine Reihe von heiklen Vermittlungsgeschäften von einem sehr guten Anwalt regeln, Mr William Frey. Kennen Sie ihn?«

»Das kann man wohl sagen. Er ist mein Vater.«

»Ihr Vater! Oh, wie wunderbar. Meine Tante wird erfreut sein, wenn sie das erfährt. Sie erzählte mir, wie aufwendig dieser Fall war, und dass Ihr guter Vater sich rasch und ordentlich um alles gekümmert hat. Sie sagte, sie habe kaum noch einen Finger rühren müssen, seit er im Spiel war.«

Ich nickte. »Ja, mein Vater genießt immer noch einen guten Ruf in der Chancery Lane. Er hat sich allerdings mittlerweile zur Ruhe gesetzt.«

»Ein wohlverdienter Ruhestand, davon bin ich überzeugt. Inspector, ich darf Ihnen sagen, dass meine Tante sehr glücklich wäre, wenn Sie ihr bei nächster Gelegenheit einen Besuch abstatten würden.«

Augenblicklich fiel mir wieder ein, dass McGray erzählt hatte, Lady Glass sei Fontaines Vermieterin gewesen. Ihr einen Besuch abzustatten konnte uns ein gutes Stück weiterbringen. Doch die Tatsache, dass sie selbst um das Treffen bat, erregte sofort mein Misstrauen.

»Ich fürchte, das kann noch eine Weile dauern«, erklärte ich, da ich nicht übermäßig interessiert wirken wollte. »Der

Fall von Mr Fontaine nimmt beim CID oberste Priorität ein.«

»Selbstverständlich, das verstehen wir. Sie haben einen Beruf, der sehr ernst genommen werden muss. Aber bitte fühlen Sie sich *jederzeit* willkommen, sie aufzusuchen, wenn Ihre Zeit es Ihnen gestattet. Ich gebe Ihnen ihre Karte …« Er holte eine auf teurem Büttenpapier gedruckte Karte hervor. »Gibt es eine Möglichkeit, Sie zu kontaktieren?«

»Nun, ich wohne am Moray Place 27; an diese Adresse können Sie die Korrespondenz schicken.« Ich schaute auf meine Taschenuhr. »Und jetzt entschuldigen Sie mich bitte, ich muss gehen.« Ich war zwar nicht schrecklich in Eile, machte mich jedoch grundsätzlich nicht gemein mit den Leuten, die in meine Untersuchungen verwickelt waren. Ich nahm die Karte und steckte sie mir in die Brusttasche.

»Oh, Inspector Frey!«, rief Ardglass, bevor ich ging. Dann trat er auf mich zu und flüsterte mir ins Ohr: »Bitte glauben Sie nicht alles, was Nine-Nails Ihnen erzählt. Die Leute munkeln, in den Adern der McGrays fließe verrücktes Blut. *Verrücktes Blut.* Ich weiß, dass wir zivilisierte Gentlemen sind und nicht an solche Märchen glauben sollten. Aber wenn eine Familie so … sonderbar ist, lässt sich das nicht verleugnen.«

Unwillkürlich rümpfte ich die Nase. Je öfter Ardglass den Mund aufmachte, desto unsympathischer wurde er mir.

15

»*Was zum Teufel ist das, Frey?*«

Ich war noch nicht über die Türschwelle getreten, als McGrays donnerndes Gebrüll schon an meine Ohren drang.

Die Eingangshalle war vollgestellt mit Schrankkoffern und Paketen aller Formen und Größen, so viele, dass es kaum noch freie Stellen auf dem Boden gab. In dem ganzen Durcheinander ragten zwei hohe Stapel von Kartons auf, zwischen denen ich die plumpe, rundliche Gestalt der alten Joan erblickte. Die Frau hatte die Stirn in tiefe Falten gelegt, ihre respektlose Art wurde deutlicher denn je, und die dunklen Ringe unter ihren Augen verrieten mir, wie müde und erschöpft sie war. Dennoch durchströmte mich beim Anblick ihres vertrauten Gesichts ein Gefühl der Wärme, mit dem ich so nicht gerechnet hatte.

»Sir!«, rief George, verzweifelt bemüht, sich einen Weg durch den vollgepackten Flur zu bahnen. »Diese alte Frau kam hier rein, als gehörte das Haus ihr, und hat alles proppenvoll gestellt! Diese Hexe hört nicht auf mich!«

»*Wen nennst du hier Hexe?*«, brüllte Joan. Ich musste ihr eine Hand auf die Schulter legen, um sie davon abzuhalten, ihm sämtliche Schimpfwörter an den Kopf zu werfen, die sie, wie ich wusste, parat hatte.

»McGray, das ist Joan, meine persönliche Bedienstete. Ich hatte sie gebeten, mir das Notwendigste aus London zu bringen.«

»Ihr *Notwendigstes?*«

»Sie hat sogar eine verdammte Stute mitgebracht und sie in den Stall neben Ihr Pferd gestellt, Sir!«, blaffte George.

»Wie schön, Sie haben Philippa mitgebracht!«, rief ich und grinste dabei wie ein Honigkuchenpferd. Dann fiel mein Blick auf McGrays wütendes Gesicht, und ich räusperte mich. »Joan, ich hatte Ihnen eine sehr präzise Auflistung aller Gegenstände gegeben, die Sie mitbringen sollten. Warum haben Sie diese vielen Pakete mitgebracht?«

»Ich habe nur eingepackt, worum Sie mich gebeten hatten, Sir«, gab Joan scharf zurück und überreichte mir die zweiseitige Liste, die ich eigenhändig verfasst hatte. Ich überflog sie rasch und kontrollierte die Stapel um mich herum. Ich war davon überzeugt, dass es sich um einen Irrtum handeln musste. Bald jedoch stellte sich heraus, dass ich den Umfang meiner Bedürfnisse ein wenig unterschätzt hatte.

»Ach du lieber Gott …«, seufzte ich. »Ich hätte nicht gedacht, dass sich diese Liste als so voluminös herausstellen würde.«

»Sir, das Einzige, was ich mitgebracht habe, das nicht auf der Liste steht, ist die Stute. Aber Mr Elgie bestand darauf. Er sagte, ohne ein anständiges Reitpferd wären Sie unglücklich.«

Ich nickte und wandte mich langsam wieder McGray zu. »Gibt es ein … äh, Problem, wenn ich diese Sachen hier unterbringe?«

McGray schüttelte den Kopf. »Mir bleibt wohl keine andere Wahl.«

Erleichtert stieß Joan einen Seufzer aus und streckte in Erwartung der Abfindung, die ich ihr versprochen hatte, die Hand aus. Doch da kam mir mit einem Mal eine brillante Idee.

»An und für sich … McGray, sollte ich das Recht auf eine persönliche Bedienstete haben, nicht wahr? Ich würde es vorziehen, wenn Joan hierbliebe.«

»Unmöglich! Wir haben nur Zimmer für zwei Bedienstete!«, rief George, worauf McGray ihn zurechtweisen musste, genau wie ich zuvor Joan zurechtgewiesen hatte.

»Allzu lange werden wir nicht hier untergebracht sein«, fügte ich rasch hinzu. Dabei tauchte vor meinem inneren Auge der arme Anzug auf, den Agnes geflickt hatte, und der widerliche, klumpige Porridge, den sie morgens servierte. »Commissioner Monro hat mir jedenfalls zugesagt, er werde meine persönliche Unterkunft binnen zwei Wochen arrangieren …«

»Und ich hoffe, das tut er auch«, fauchte Joan mit zornbebender Stimme. »Das Haus hier ist ein muffiges Loch!«

Ich warf ihr einen wütenden Blick zu. *Sie sind nicht hilfreich!*, formte ich mit den Lippen.

Erneut schüttelte McGray den Kopf. Ich wurde mir bewusst, wie satt er mich hatte. »Wie können Sie diesen ganzen Quatsch Ihr Notwendigstes nennen?« Er ging umher und griff sich einen der Kartons heraus. »Earl Grey Tee! Vermutlich, weil es bei uns wilden Schotten keinen Tee gibt! Und jetzt wollen Sie auch noch von einer Engländerin bedient werden! Das ist typisch. Wo immer ihr Engländer hingeht, nehmt ihr euren Tee, eure Marmeladen und eure widerlichen Gurkensandwichs mit!« Er schaute Joan an. »Und eure Vogelscheuchen auch!«

Joans Augen quollen fast aus den Höhlen. »Sie neunnageliger Hurensohn von selber einer Vogelscheuche!«

Joan war erst seit wenigen Stunden in Edinburgh, kannte jedoch bereits den berüchtigten Spitznamen! McGray blinzelte kurz, und ich hielt mir die Hände vor das Gesicht.

Dann hörte ich, womit ich am wenigsten gerechnet hätte: McGray brach in schallendes Gelächter aus.

»Die gefällt mir, Frey! Sie kann bleiben!«

Prompt hörten wir George außer sich aufheulen: »*Was*? Sir, das kann nicht Ihr Ernst sein!«

»Tut mir leid, George. Agnes' Gemüsesuppe ruft bei mir Brechreiz hervor, und sie hat ihr Versprechen, nicht zu trinken, wenn sie die Kamine schürt, nicht gehalten. Außerdem erweckt die hier den Eindruck, als könne sie anständig kochen.«

George jammerte weiter herum, doch McGray hatte seine Entscheidung getroffen.

Während die beiden weiter stritten, trat Joan an mich heran. »Mr Frey, ich habe zwei Briefe für Sie.«

»Briefe?«

»Ja. Einer ist von Ihrem Vater, der andere von Mr Elgie.«

Ich nahm die Nachrichten an mich. »Nun, was mein Vater mir mitzuteilen hat, kann ich mir vorstellen. Aber Elgie?«

Zuerst sah ich ein dickes Bündel mit Wachs versiegelter Papiere. Mein Vater mochte keine Umschläge, sondern zog es vor, seine Briefe wie zu Zeiten meines Großvaters in sich zu falten. Ich brach das Siegel auf und stellte fest, dass der alte Mr Frey auf achtzehn Seiten herumgefaselt hatte – auf Vorder- und Rückseite. In seiner dicht gedrängten, formschönen Handschrift, die das Papier in endlosen Absätzen bedeckte, formulierte er alle möglichen Rügen, die mich bald dazu verleiteten, den Brief beiseitezulegen.

Ich faltete ihn grob zusammen und gab ihn Joan zurück, um dann den anderen Umschlag zu öffnen. Es war eine sehr kurze Nachricht, ohne Zweifel aus der hastigen Feder meines jüngsten Bruders stammend:

Hallo, Ian,
wie behandeln dich die Schotten? Ich würde dir ja schreiben, wie schockierend es war, von deiner Abreise zu hören, doch sicher hat Vater dies bereits in epischer Breite übernommen. Er ist mürrischer denn je – seine Zornesader war noch nie blauer.

Gleichwohl hat sich etwas Erfreuliches aus deiner unheilvollen Situation ergeben – wie Vater sich ausdrückt. Es bedurfte einiger Überredungskunst, doch schließlich hat er mir gestattet, mich Sullivans Orchester im Lyceum Theatre anzuschließen. Seine größte Sorge war, dass ich in Edinburgh keinerlei Anlaufstelle habe, doch da du ja nun dort bist, gibt es keinen Einwand mehr.

Ich muss dich warnen: Er hat mich aufgefordert, ihm einen ausführlichen Bericht über deine Situation zu erstatten. Aber gemeinsam können wir sicher ein paar glaubwürdige Unwahrheiten ausbrüten.

Entschuldige die Kürze des Briefs, aber ich muss mit dem Packen beginnen.

Ich werde den nächstmöglichen Zug nehmen und dich schon sehr bald treffen.

Dein höchst erfreuter Lieblingsbruder Elgie

»Was zum Teufel …?! Joan, wussten Sie, dass Elgie vorhat, hierherzukommen?«

»Nein, Sir, aber er hatte mir erzählt, er habe eine Überraschung für Sie!«

»Was für eine Überraschung«, murrte ich. »Joan, Sie müssen gleich morgen früh ein Telegramm für mich versenden.«

Noch während ich dies sagte, lief ich in mein Zimmer, um

Tinte und Papier zu holen. In dem Telegramm beschied ich Elgie auf nachdrücklichste Art und Weise, dass ich ihn *nicht* bei mir in Schottland haben wollte. Bei der Jagd auf einen Ripper, unter McGrays Federführung, war das Letzte, was ich wollte, dass mein kleiner Bruder in der Gegend umhersprang und mich bat, mit ihm durch die Stadt zu spazieren.

Am nächsten Morgen köchelte Agnes ihren letzten scheußlichen Porridge. McGray gab ihr eine großzügige Abfindung, worauf die Frau das Haus mit breitem Grinsen verließ.

George hingegen nahm die Dinge nicht so gelassen. Der alte Mann war wütend, warf Joan und mir bitterböse Blicke zu und brabbelte unverständlich vor sich hin, wann immer wir ein Zimmer betraten. Noch am gleichen Morgen explodierte er schließlich: Als McGray und ich aus dem Haus traten, hörten wir, wie er Joan anbrüllte.

»Jetzt räum diese ganze Scheiße aus dem Weg, du Ackergaul!«

Joans scharfe Antwort bestand aus einer solchen Aneinanderreihung von gebrüllten Beleidigungen, dass selbst dem derben McGray Hören und Sehen verging.

Da wir nun beide über ein Pferd verfügten, zog es McGray vor, zum Präsidium zu reiten, statt mit der Kutsche zu fahren. Es nieselte ein wenig, und die morgendliche Luft war entsprechend feucht, doch in einen der dicken Mäntel gehüllt, die Joan mitgebracht hatte, spürte ich kaum etwas davon. Ich freute mich darüber, Philippa zu reiten, meine lebhafte weiße Stute, fühlte mich jedoch unwohl, als wir die Straßen der Old Town entlangritten, da man hier fortwährend Gefahr lief, mit dem Inhalt des einen oder anderen Nachttopfs übergossen zu werden.

»Ein schönes Biest haben Sie da«, sagte McGray.

»Oh, ich bin auch stolz auf sie«, erwiderte ich und tätschelte Philippas Hals. »Sie ist ein Bayerisches Warmblut.«

»Nein, ich meinte Ihre Magd. Die Frau hat eine scharfe Zunge!«

Ich musste lachen. »Nun, wo Sie davon sprechen: Sie haben auch ein edles Reittier. Ist es ein Anglo-Araber?«

»*Aye*, so ist es.«

»Ich habe es an der tiefen Brust und der abfallenden Schulterpartie erkannt. Gute Tiere, stark wie englische Vollblüter, aber ohne deren Temperament. Wie heißt es?«

»Rye«, sagte McGray stolz.

»Rye! Was ist das denn für ein Name – Roggen? Nennen Sie es doch gleich *Haferflocke* … oder *Weizen* …«

»Tut mir leid, dass es nicht so nassforsch daherkommt, wie Sie es gerne hätten. Wie nennen Sie Ihre Stute? Queen Margot?«

»Philippa, um genau zu sein«, erwiderte ich. Dass ich sie nach Philippa von Hennegau, der Gemahlin von Eduard III., benannt hatte, erwähnte ich lieber nicht.

Nine-Nails kicherte. »Und da wundern Sie sich, dass ich Sie immer noch aufs Korn nehme …«

Ich seufzte. »Wie dem auch sei, welche Pläne haben Sie für heute? Ich würde erneut dafür plädieren, dass wir den Geigenbauer aufsuchen.«

»*Aye*, den Burschen müssen wir unter die Lupe nehmen. Haben Sie diesen Papierfetzen dabei?«

»Ja, ich habe ihn in meiner Tasche. Meinen Sie, der Geigenbauer kann ihn identifizieren?«

»Wir reiten nicht sofort zu ihm. Ich will diese Partitur erst jemand anders zeigen.«

Mir fiel es sofort wieder ein. »Meinen Sie Caroli?«

»*Aye*. Er hat mir eine Nachricht geschickt. Er hat herausgefunden, welches Musikstück es ist, und bittet uns, ihn aufzusuchen.«

»Warum hat er die Information nicht in der Nachricht offenbart?«, gab ich stirnrunzelnd zu bedenken.

»Weiß ich nicht, und genau das macht mich wirklich neugierig.« McGray schaute ungeduldig nach vorn. »Wenn er uns persönlich treffen möchte, muss er uns etwas sehr Wichtiges – oder sehr Heikles – mitzuteilen haben.«

16

Danilo Caroli bewohnte ein schönes Haus an der Hill Street, gar nicht weit vom Moray Place entfernt.

Zu meiner Überraschung öffnete uns Caroli persönlich die Tür. Bevor ich reagieren konnte, begrüßte er mich mit einer Umarmung, bei der mir die Rippen zu brechen drohten, und gab mir einen schmatzenden Kuss auf beide Wangen. Ich blieb einfach nur stocksteif stehen und wartete darauf, dass er seine Finger von mir lassen würde.

»Südländer …«, flüsterte ich, während er McGray die gleiche unpassende Begrüßung zuteilwerden ließ. »Abscheulich übergriffig.«

»Kommen Sie herein, Inspectors! Meine Frau hat Antipasti gemacht.«

»Mr Caroli, wir haben keine Zeit für …«

»Seien Sie einfach still und treten Sie ein!«, wies mich McGray zurecht und signalisierte dann Tucker, draußen zu warten.

»Oh, nehmen Sie den Hund ruhig mit rein«, sagte Caroli. »Meine Lorena liebt Tiere. Sie hat selbst drei große Hunde!« Obwohl er keine vier Schritte von McGray entfernt stand, brüllte Caroli diese Worte aus tiefster Kehle (und der Rest der Unterhaltung sollte sich in gleicher Lautstärke abspielen).

Nachdem er uns mit übertriebener Begeisterung auf den Rücken geklopft hatte, führte uns Caroli in einen kleinen

Salon, der mit maurischen, mit Kissen vollgelegten Sitzbänken möbliert war. Sie waren um eine reich verzierte Zedernholztruhe gruppiert, die von den Carolis als Couchtisch genutzt wurde. Mir fiel die Schnitzarbeit in seinem Deckel ins Auge; sie zeigte eine venezianische Gondel samt Gondelführer und war von vorzüglicher handwerklicher Qualität. Die Falten in der Kleidung des Mannes, die Muskeln an seinen Armen, ja sogar die Adern in seinen geballten Fäusten waren allesamt perfekt modelliert.

»Oh, das hier ist meine Frau, Lorena!« Caroli schob uns sanft voran, als eine junge Dame den Raum betrat.

Mrs Caroli war fast so groß wie ihr Mann und eine bildschöne Frau mit vollen roten Lippen und tiefschwarzen Augen. Ihr lockiges schwarzes Haar fiel ihr über die Schultern und umrahmte die weiße glatte Haut ihrer Wangen, und ihr Lächeln war herzlich. Sie trug ein Trauerkleid, das so schwarz war wie ihre Augen und nicht nur ihre weiße Haut hervorhob, sondern auch ihren runden Bauch, denn sie befand sich im letzten Stadium ihrer Schwangerschaft. Ich sah, dass ihre Hände in schwarze Spitzenhandschuhe gehüllt waren und sie sich einen Rosenkranz an den Schoß drückte. Die Art und Weise, wie sie die Perlen umklammerte, hatte etwas Sonderbares, so als wären ihre Hände angespannt, ganz im Gegensatz zu ihrem heiteren Gesichtsausdruck. Bald sollte ich erfahren, woran dies lag.

»Willkommen, Inspectors. Bitte, nehmen Sie doch Platz.« Anders als die ihres Mannes war ihre Stimme sanft und hatte einen angenehmen südenglischen Akzent; nur gelegentlich drang ihr ein offener Vokal oder ein rollendes R über die Lippen.

Die drei Hunde, die Caroli kurz zuvor erwähnt hatte, waren tatsächlich riesige dunkle und sabbernde Köter, die nun um sie herumschlichen. Tucker wirkte nicht besonders erpicht darauf, ihnen zu nahe zu kommen, und blieb einfach zusammengekauert in einer Ecke liegen, von Zeit zu Zeit leise fiepend. Während unseres gesamten Besuchs rührte sich der Golden Retriever nicht vom Fleck.

McGray und ich setzten uns, während Caroli mit lebhaftem Geschrei seine Bediensteten herbeibeorderte. Sofort erschienen zwei Mädchen und ein Junge und servierten Schüsseln mit Oliven, knusprigem Brot, Aufschnitt, einen Krug Wein und ein Gestell mit Essig- und Ölfläschchen.

»Mr Caroli, das hier ist kein privater Besuch …«, hob ich an. Doch Caroli erteilte bereits rasch Anweisungen auf Italienisch, worauf die Mädchen uns Wein in dickbauchige Gläser einschenkten. Als verursachte Carolis Stimme nicht schon genug Lärm, fingen die Hunde um seine Frau wie wild an zu bellen. Nur unter Schwierigkeiten schaffte sie es, die Perlen ihres Rosenkranzes loszulassen, und schob dann mit einem Fingerknöchel ein paar Stücke Brot vom Teller, damit die Hunde sie am Boden auffressen konnten. Dadurch erhaschte ich einen flüchtigen Blick auf ihre Finger, bevor die Frau rasch wieder die Perlen umklammerte. Sie waren steif und knotig.

Man musste kein Genie sein, um zu erkennen, dass sie an schwerer Arthritis litt. Was mich dennoch überraschte, war die Tatsache, einen so schweren Fall bei einer so jungen Frau vor Augen zu haben; Arthritis ist meist ein Krankheitsbild des Alters – es sei denn, sie wird von einem anderen Leiden ausgelöst.

Unglücklicherweise bemerkte Mrs Caroli, dass ich ihre Hände anstarrte. Sie fing meinen Blick auf, und ich glaube, ich zuckte sogar zusammen.

»Ich werde die Hunde wieder in den Zwinger bringen«,

erklärte sie, sichtlich unangenehm berührt. »Ihr Gentlemen habt sicher wichtige Angelegenheiten zu besprechen.«

Caroli sprang auf. »Musst du das jetzt tun? Lass mich dir helfen.«

»Nein, du musst dich um die Inspectors kümmern.« Carolis Miene entspannte sich nicht, doch Lorena schob die Hunde bereits mit ihren ständig zu Fäusten geballten Händen vorwärts. »Mach dir keine Sorgen, Danilo, ich werde *sehr* vorsichtig sein. Und unterstelle mir nicht, ich sei ein Tollpatsch; ich weiß sehr wohl, wie man den Verschlag abschließt.« Sie beugte sich über den ihr am nächsten stehenden Hund und tätschelte ihm liebevoll den Rücken. »Du bist heute kein böser Junge und läufst weg, nicht wahr?«

Sie lächelte ihren Mann an, worauf Caroli sie widerstrebend gehen ließ.

»Tut mir leid«, entschuldigte er sich bei uns für die Unterbrechung. »Sie erwartet unser erstes Kind, wie Sie sehen, springt und tanzt aber trotzdem herum und kümmert sich um die Tiere ... Es beunruhigt mich, vor allem wegen ihres Zustands ...«

»Das verstehen wir«, beschied ich ihm sofort. Es war mir zu peinlich, als dass ich es ihm gestattet hätte, weiter über die Gebrechen seiner Frau zu sprechen.

Daraufhin zwang uns Mr Caroli regelrecht, bei Brot, Oliven und Wein zuzugreifen. McGray schien recht erfreut darüber; nun, da die großen Hunde weg waren, versuchte er, Tucker mit einer Scheibe Schinken anzulocken, doch der Hund weigerte sich, seine sichere Ecke zu verlassen. Ich hingegen konnte es wie immer nicht erwarten, mit der Befragung zu beginnen.

»Sie haben also den Titel der Partitur herausgefunden«, begann McGray endlich.

Als hätte sie seine Gedanken gelesen, kam Mrs Caroli mit einer ihrer Hausangestellten zurück, die ein Bündel Papiere in der Hand hielt. »Danilo, ich glaube, das ist es, was du den Inspectors zeigen wolltest.«

»Oh ja. Ich habe Fontaines letzte Ausleihe im Register herausgesucht, aber ich dachte, Sie wollen das Buch vielleicht lieber selbst sehen, daher habe ich es mir ausgeliehen – wir führen zwei Kopien sämtlicher Partituren in der Sammlung.«

Das Hausmädchen reichte mir die Schriftstücke, die sehr alt und mit groben Stichen in einen weichen Ledereinband genäht waren. Ich öffnete ihn in der Mitte und erkannte bereits auf den ersten Blick, dass es sich um ein sehr schwer zu spielendes Stück handelte, da es von Anfang bis Ende übersät war mit Achtelnoten, Sechzehntelnoten, Bindungszeichen und sehr langgezogenen Trillern. Ich blätterte zur ersten Seite zurück, um den Titel zu lesen. Was für eine Überraschung dieser bereithielt!

»*Il trillo del diavolo!*«, las ich vor, worauf McGray auf seinem Stuhl zusammenfuhr.

»Il … der was?«

»Fontaine übte die Teufelstrillersonate. Wie passend!« Ich zog die Augenbrauen hoch. »Tatsächlich … ist das ein wenig *zu* passend.«

»Tartinis Sonate?«, wollte McGray wissen, bevor er auch nur Gelegenheit bekam, einen Blick auf die Partitur zu werfen. Ich schaute auf die Titelseite, und der Komponist war in der Tat Giuseppe Tartini.

»Sie kennen ihn?«, fragte ich verwundert. »Ich dachte, Sie hören sich nur Melodien an, die ›Toss the Feathers‹ oder ›Tripping down the Stairs‹ heißen.«

»Nein, Sie Hohlkopf!«, empörte sich McGray. »Das sind

doch irische Melodien! Die Geschichte von diesem Tartini kenne ich sogar recht gut.«

»Also kennen Sie die Legende hinter der Teufelstrillersonate?«, erkundigte sich Caroli.

»Ich kenne sie nicht«, erklärte ich. »Mein Bruder hat sie vielleicht mir gegenüber einmal erwähnt – er ist ein geübter Geiger, aber im Moment kann ich mich nicht daran erinnern.«

»Mr Caroli, würden Sie Inspector Frey bitte die Geschichte erzählen? Ich glaube, er wird ihr mehr Glauben schenken, wenn er sie nicht aus meinem Mund vernimmt.«

»Auf jeden Fall, Inspector. Ich erzähle diese Geschichte gern.« Gut gelaunt biss Caroli in eine vor Olivenöl triefende Scheibe Brot, bevor er mit der Erzählung begann: »Nun, Giuseppe Tartini war einer der führenden Komponisten der Barockzeit. Ich rede vom Anfang des achtzehnten Jahrhunderts. Der Mann war zwar talentiert, aber zumindest meiner Meinung nach alles andere als der beste seiner Zeit. Er fing erst spät an zu spielen, etwa mit zwanzig, jedenfalls habe ich das gelesen, und er hatte dann einige Jahre nur wenig Erfolg. Diese Sonate veränderte dann alles, nicht nur wegen der Musik, die an sich schon außerordentlich ist, sondern auch wegen der Art und Weise, wie er sie komponiert hat: Eines Nachts träumte Tartini, der Teufel wäre ihm erschienen und hätte seine Geige an sich genommen, um darauf zu spielen. Nach seinen Worten war es die anspruchsvollste und schönste Musik, die er je gehört hatte. Als Tartini aufwachte, versuchte er sie niederzuschreiben und komponierte somit diese Sonate. Bis zu seinem Tod behauptete er, das, was er niedergeschrieben hatte, sei nicht einmal der Hauch dessen, was der Teufel in seinem Traum gespielt habe.«

Noch bevor ich mich über diese letzte Bemerkung lustig machen konnte, ergriff McGray das Wort. »Aber es gibt noch andere Versionen dieser Geschichte, nicht wahr?«

»Oh ja. Die grauenhafte. Einige Leute behaupten, es sei kein Traum gewesen, Tartini habe vielmehr im Austausch gegen das beste Violinenstück aller Zeiten seine Seele an den Teufel verkauft. Und es heißt auch, der Teufel habe die Musik selbst zusätzlich mit einem Fluch belegt.«

»Ein Fluch?«, wiederholte ich. »Was für ein Fluch?«

»Ein Fluch, der jeden heimsucht, der sie zu spielen wagt. Und es gibt auch einen Grund für diese Überzeugung. Der letzte Satz ist höllisch schwer zu spielen, sogar für einen Maestro … Außerdem gibt es da einige Passagen – die Triller –, die einem Krämpfe in den Handgelenken bescheren können, wenn man sie lange gespielt hat. Ich habe von Violinisten gehört, die sich beim Spielen dieser Sonate sogar die Nerven ihrer Hände so überanstrengt haben, dass sie anschließend nie wieder spielen konnten!«

Ich sann einen Moment darüber nach. Unter anderen Umständen hätte ich es für das Märchen einer alten Frau gehalten. Doch die Geschichte verlieh dem ganzen Gewirr von Beweismaterial eine gewisse Sinnhaftigkeit – eine morbide Logik sozusagen. »Was ist Ihre … Ansicht zu diesen Legenden, Mr Caroli?«

Zunächst sagte er das, was ich insgeheim auch dachte. »Nun, man kann natürlich glauben, dass Tartini alles erfunden hat, um seine Musik hervorzuheben; oder dass der Teufelstraum einem durchzechten Abend oder schrecklichen Verdauungsbeschwerden zu verdanken ist …« Der Anflug eines Lächelns huschte über sein Gesicht. »Trotzdem will ich zuweilen glauben, dass es wahr ist. Die Geschichte hat schon ihren Charme.«

»Charme!«

»Ja, Inspector. Nun, zumindest für uns Geiger. Die Teufelstrillersonate war das erste wirklich virtuose, nur für ein Instrument geschriebene Stück. Wissen Sie, vorher waren Instrumente bloß Begleitung für Sänger, sehr simpel und sehr langweilig zu spielen. Die Teufelstrillersonate lenkte die Aufmerksamkeit auf die Schönheit abstrakter Klänge statt auf die Worte und den Gesang. Ich persönlich halte es für aufregend zu glauben, dass die ganze reiche Instrumentalmusik, die wir heute haben, von einem Geschenk des Teufels ins Leben gerufen wurde.«

McGray und ich tauschten verwirrte Blicke. Einen Moment flackerten seine Augen und verrieten, wie aufgewühlt er war.

Mrs Caroli bemerkte es genau und verdrehte die Augen. »Sie müssen meinen Mann entschuldigen. Alle Musiker haben ihren Anteil am Wahnsinn, das bringt der Beruf mit sich.«

»Ey!«, protestierte Caroli und tätschelte seiner Frau spielerisch die Wange. Die Art, wie sie einander anschauten, verriet mir, wie sehr er ihr zugetan war.

McGray stellte sein Weinglas ab. »Ähem ... Mr Caroli, würden Sie uns noch einen Gefallen tun? Können Sie ein wenig aus dem Stück für uns spielen?«

»Oh, die komplizierten Passagen kann ich ohne viel Übung nicht spielen; das ist schließlich eines der schwierigsten Stücke, die je komponiert wurden. Aber ich kann es mit ein paar Takten aus dem ersten Satz versuchen, dem Larghetto. Warten Sie, ich hole meine Geige.«

Caroli verließ den Raum, und Lorena bot uns fürsorglich weiteren Wein an, was ich ablehnte.

»Wie gefällt Ihnen Edinburgh, Inspector Frey?«, fragte

sie dann. Es war ein wenig Geplauder, um zu zeigen, dass ihr mein Hinstarren nichts ausgemacht hatte, vermutete ich.

»Ganz gut, Mrs Caroli«, log ich, »danke. Leben Sie schon lange hier?«

»Danilo schon – fast sieben Jahre jetzt –, aber ich nicht. Mein Vater ist ein venezianischer Händler und lebt abwechselnd in London und Italien. Meine Schwester und ich sind in Venedig geboren, haben unsere Ausbildung jedoch größtenteils in London genossen. Ich bin erst nach meiner Hochzeit mit Danilo nach Schottland gezogen, vor etwas mehr als drei Jahren.«

»Das erklärt das perfekte Englisch, das Sie sprechen«, sagte ich.

»Danke für das Kompliment, aber ich wäre auch dumm, wenn ich nicht anständig sprechen könnte, nachdem ich hier seit meinem zwölften Lebensjahr erzogen wurde.«

Ich zwinkerte McGray zu. »Sehen Sie? Falls wir Sie *jetzt* nach London mitnähmen, wären Sie womöglich in zehn Jahren imstande, etwas von sich zu geben, das richtigem Englisch ähnelt.«

»Und falls ich jetzt damit anfinge, Ihnen in den Schritt zu treten, würde ich Ihnen damit vielleicht bis Weihnachten Ihr Dandy-Geplapper abgewöhnt haben.«

Caroli kehrte mit seiner Geige und einem Notenständer zurück, auf den McGray die Partitur legte. Nachdem Caroli das Instrument rasch gestimmt hatte, holte er tief Luft und fing an zu spielen.

Schon nach kurzem Zuhören stellte ich mir die Frage, wie jemand diese Musik in Verbindung mit dem Teufel bringen konnte. Die Melodie war allerlieblichst. Ihr Sechsachteltakt fühlte sich fast an wie ein Walzer – eins-zwei-drei, eins-zwei-drei. Es war eine wunderschöne Melodie,

die sich rhythmisch bewegte wie ein sanfter Wellengang, und in meinen Ohren klang sie so, wie sich das Schluchzen eines gefallenen Engels anhören musste.

»Ich fürchte, mehr kann ich nicht spielen.«

McGray nickte zustimmend. »In Ordnung. Können wir uns die Notenblätter ein Weilchen ausleihen?«

»Gewiss, wenn Sie glauben, dass sie Ihnen weiterhelfen können.«

Caroli bot uns erneut Wein und Essen an, doch dieses Mal lehnten sowohl McGray als auch ich ab. Wir hätten in diesem Haus noch bis in die Nacht hinein bleiben und plaudern können, so uneingeschränkt war die Gastfreundschaft der Carolis. Doch auf den Straßen wurde es allmählich dunkel.

Bevor wir zur Haustür gingen, legte Mrs Caroli eine ihrer steifen Hände auf McGrays Arm. Sie wirkte besorgt.

»*Aye*, Mrs Caroli?«

Lorena biss sich auf die Lippe. Dann holte sie tief Luft und sagte: »Inspector, ich flehe Sie an, alles zu tun, um denjenigen zu finden, der für Guilleums Tod verantwortlich ist.«

»Was …«

»Uns hat niemand etwas erzählt, aber mittlerweile wissen alle, dass der arme Guilleum … ermordet worden ist. Warum sonst sollten Sie die Leute befragen? Verzeihen Sie, dass ich so direkt bin, aber … oh, er war ein so außergewöhnlicher Mensch, und das sage ich nicht wegen seiner Begabung – Genialität tut Menschen nur selten gut –, sondern weil er so mitfühlend war. Er hat sich mit meinem Gatten und mir angefreundet … Ich glaube, er war unser einziger echter Freund in der Stadt. Er wusste ganz genau, was es heißt, Ausländer zu sein … Außenseiter … anders zu sein.« Trauer überschattete ihre Augen, und sie schaute zu Boden. »Er war ein alter Freund meines Vaters; er war sogar derjenige, der mich Danilo vorgestellt hat. Ach, der arme Guilleum hat so viel für unsere Familien getan … mehr, als ich mit Worten ausdrücken kann. So zu enden hat er nicht verdient. Bitte sorgen Sie dafür, dass ihm posthum Gerechtigkeit widerfährt.«

McGray drückte ihr sanft die Hand und warf ihr einen langen beruhigenden Blick zu. »Wir werden alles tun, was in unserer Macht steht, seien Sie dessen versichert.« Er lächelte sie an und versuchte dann, sie auf andere Gedanken zu bringen. »Also, wann rechnen Sie mit der Niederkunft?«

Ich runzelte die Stirn, denn in London gilt es als absolut unschicklich, einer Lady derlei Fragen zu stellen. Doch Mrs Caroli antwortete mit Vergnügen.

»Es könnte jetzt jeden Moment so weit sein. Ich freue mich. Das ist unser erstes Kind.«

»Schön, schön! Schwebt Ihnen schon ein Name vor?«

»Wenn es ein Junge wird, hatte ich an Giacomo gedacht.«

Als Caroli dies hörte, verschluckte er sich und hätte die Oliven, die er gerade im Mund hatte, beinahe wieder ausgespuckt. »*Giacomo! Ma, sei pazza, Lorena?*«

Mrs Caroli errötete sichtlich, fuhr dann aber fort, als hätte ihr Gatte nichts gesagt. »Und wenn es ein Mädchen wird, würde ich sie gern Lucía nennen, wie meine verstorbene Schwester.«

Caroli schüttelte nur den Kopf. Offenbar gefiel ihm weder der eine noch der andere Name besonders.

Schließlich begleiteten sie uns hinaus. Als einer der Bediensteten die Tür öffnete, rannte Tucker aus dem Haus. Der arme Retriever wirkte irgendwie erleichtert, als seine Pfoten die schmutzige Straße berührten.

Caroli verabschiedete sich mit einer weiteren unpassenden Umarmung und brüllte dann ohrenbetäubende Abschiedsfloskeln.

»Wie nervtötend diese Italiener doch sind«, platzte ich los, kaum dass wir außer Hörweite waren. »Die glauben, sie könnten jeden, dem sie über den Weg laufen, mit ihren Umarmungen erdrosseln und mit Küssen ersticken. Und warum müssen sie so unglaublich laut reden?«

McGray kicherte. »*Aye*, für euch Engländer ist der Franzose ein stinkender Clown, der Schotte ein wilder Hund, der Spanier ein riesiger Narr, der Italiener ein Bandit … *Aye*, nur Engländer sind der Gipfel der Vollkommenheit!«

»Aber natürlich! Warum sonst würde Gott die Engländer ein Weltreich regieren lassen, in dem die Sonne nie untergeht?«

Nine-Nails kicherte vergnügt. »Weil sogar Gott selbst Angst vor einem Engländer in der Dunkelheit hat.« McGray schaute auf seine Taschenuhr. »Es ist schon zu spät, um diesem Fiddler einen Besuch abzustatten.« Er zuckte mit den Schultern. »Das werden wir morgen Nachmittag tun.«

»Nachmittag? Steht denn am Vormittag etwas an?«

Zu meiner Überraschung antwortete McGray nicht, sondern ritt einfach weiter und hielt dabei sein Pferd ein wenig auf Abstand zu meinem. Normalerweise hätte ich auf einer Erklärung beharrt. Doch sein plötzliches Schweigen mutete merkwürdig an; er blickte finster vor sich hin, die Schultern leicht hochgezogen, und ihm war sichtlich unbehaglich zumute. Es war, als hätte er sich in einen Mantel des Schweigens gehüllt, den zu lüften ich nicht wagen sollte.

17

Es sollte noch eine Weile dauern, bis McGrays schlechte Laune verflog.

Am nächsten Morgen verzichtete er darauf zu frühstücken, obwohl Joans gebratener Speck das Haus mit köstlichem Duft erfüllte. Auch ich kam nicht zum Essen, da Nine-Nails mich schon früh zum Aufbruch drängte. Als ich ihn sah, blieb mir fast die Luft weg: Er trug ein sauberes Hemd (nun ja, sauberer als sein übliches) und einen Mantel, der sich fast anständig nennen ließ.

»Machen Sie sich fertig, Mädel«, blaffte er, statt mir einen guten Morgen zu wünschen. »Es ist schon spät.«

In den Händen hielt er Dinge, mit denen ich ihn nie in Verbindung gebracht hätte: mit Schleifen verpackte Lavendelseife, eine Schachtel Whisky-Fudge und ein Sträußchen weißer Rosen.

»So etwas nehmen Sie zu einer Ermittlung mit? Und *ich* soll hier das Mädel sein!«

»Ach, halten Sie den Mund und bewegen Sie Ihren königlichen Arsch! Die Kutsche wartet bereits.«

»Kutsche?«, fragte ich. »So schlecht ist das Wetter doch nicht?«

»Schon, aber heute habe ich keine Lust zu reiten. Nicht dorthin, wo wir hinwollen.«

»Sagen Sie mir wenigstens, wohin wir fahren?«

»Das werden Sie schon sehen.«

»*Der Fall des Spukhauses!*«, fuhr ich aus der Haut, während uns die Kutsche auf der Lothian Road nach Süden brachte. »Das glaube ich jetzt nicht! Wir stecken mitten in einem Fall, der …«

»Ach, halten Sie den Mund, Sie jammern schon die ganze Zeit! Ihren Akzent habe ich auch satt! Warum redet ihr Südlichter immer so, als hättet ihr eine heiße Kartoffel im Mund?«

Ich stieß ein Grunzen aus. »Hören *Sie* mir bitte auf, von nervtötendem Akzent zu reden!« Ich schlug mit der Faust gegen die Tür der Kutsche. »Ich kann nicht fassen, welche Einstellung Sie an den Tag legen. Bis jetzt haben wir keine heiße Spuren im Fall Fontaine, und doch beschließen Sie, in Edinburgh umherzuziehen. Was ist denn an diesem anderen Fall so wichtig?«

»In dem Haus ist ein Mann namens Brewster gestorben. Er wurde in seinem eigenen Keller zu Tode erschreckt, jedenfalls deutete die Obduktion darauf hin. Und nur ein paar Wochen später verlor seine Frau ohne nachvollziehbaren Grund und an gleicher Stelle den Verstand. Niemand beim CID hat sich für den Fall der beiden interessiert. Wer interessiert sich schon für einen älteren Mann, der starb, ohne großen Reichtum zu hinterlassen? Oder für seine geistesgestörte Frau? Aber diese Menschen haben eine genauso anständige Ermittlung verdient wie Fon-teen.«

Hätte nicht meine gesamte Karriere vom Erfolg im Fall Fontaine abgehangen, hätte ich McGray womöglich zugestimmt … so aber nicht.

»Also, wo steht dieses ›Spukhaus‹, zu dem wir unterwegs sind?«

»Im Norden, gleich neben dem Botanischen Garten. Aber dort fahren wir heute nicht hin. Wir fahren in die Königliche Irrenanstalt, um mehr über Mrs Brewsters Zustand in Erfahrung zu bringen.«

»Und Sie bringen der verrückten Dame diese Blumen mit …«, sagte ich bitter, auf den Strauß und die Schachtel Süßigkeiten starrend, die McGray bei sich hatte. Er verstummte auf die gleiche sonderbare Weise wie am Vortag, was unsere Fahrt noch unangenehmer gestaltete.

Sie dauerte eine ganze Weile, weil die Königliche Irrenanstalt am südlichsten Stadtrand von Edinburgh lag. Wir kamen am Castle Rock vorbei, querten die Old Town, dann eine riesige Grünfläche, die sinnigerweise The Moors hieß, und fuhren lange Zeit weiter gen Süden, bis wir schließlich den Stadtteil Morningside erreichten. Den Rest der Fahrt über blieb ich still, verschränkte die Arme und zog ein finsteres Gesicht. Mir war jede Minute zuwider, die ich mit diesem Unsinn vergeudete.

Als meine schlechte Laune ihren Tiefpunkt erreicht hatte, fuhr die Kutsche endlich am Rand einer breiten grünen Rasenfläche die Einfahrt zur Anstalt hinab. Und die entpuppte sich als das absolute Gegenteil von dem, was ich erwartet hatte.

Die meisten Irrenanstalten, die ich (aufgrund meines Berufs) gesehen hatte, waren dreckige Löcher gewesen, Museen der Tollheiten. Im Grunde waren sie Orte, wo man die Irren wegsperrte, damit keiner sie zu sehen bekam. Edinburghs Anstalt hingegen war ein großes, sehr hübsches Gebäude mit braunen Sandsteinmauern und zahlreichen Kaminen. Der Kutscher fuhr uns um das Gebäude herum, und ich sah dabei nichts als Rasenfläche: sehr gut gepflegte Gärten mit Kiefern, Eichen und Birken, zudem eine stattliche Anzahl gleichmäßig verteilter Bänke. Einige wenige Patienten gingen auf und ab, umsorgt von Pflegern.

Die Kutsche hielt vor dem Haupteingang an. Als das Hufgeklapper erstarb, drang eine absolut friedliche Stille an meine Ohren, durchbrochen nur vom Säuseln des Winds, Vogelgezwitscher und nur hin und wieder der Stimme eines Irren oder Pflegers. Selbst für mich fühlte sich dieser Garten wie ein angenehmer Ort an, an dem die Kranken in Ruhe lesen konnten.

Ein dünner Mann mittleren Alters trat aus dem Haus, um uns zu begrüßen. In einen makellosen schwarzen Anzug gekleidet und sich auf distinguierte Art und Weise bewegend wirkte er genau wie der erfahrene, selbstsichere Arzt, mit dem ich es gerne in der Leichenhalle zu tun gehabt hätte. Abgesehen von dunklem, ordentlich gekämmtem Haar an den Schläfen und einem langen, doch wohlgestutzten Bart war sein Schädel so kahl und glatt wie ein Pfirsich.

»Guten Tag, Mr McGray! Ich habe Sie bereits erwartet.« Er schaute auf McGrays Blumenstrauß und seine weibischen Geschenke hinab. »Ach, wie ich sehe, nutzen Sie die Gelegenheit und statten auch Miss McGray einen Besuch ab!«

Verwirrt blinzelte ich. Wer in aller Welt war Miss McGray?

»Ja, aber zuerst werden wir Mrs Brewster besuchen. Sie wissen ja … Arbeit ist Arbeit. Das ist Inspector Frey, vor Kurzem aus London gekommen, um mich zu unterstützen.«

»Thomas Clouston, der Anstaltsleiter, zu Ihren Diensten«, stellte er sich vor und schüttelte mir energisch die Hand. »Bitte folgen Sie mir.«

Er führte uns durch weitläufige Anstaltsflure zu einem der Räume im Westflügel. Das war der Wohnbereich, der offenbar den aus der Arbeiterklasse stammenden und mittellosen Patienten vorbehalten war. Mrs Brewsters Zimmer befand sich im zweiten Stock, und als wir dort angelangt waren, kam gerade eine Krankenschwester mit einem leeren Tablett in der Hand heraus.

»Hat sie gegessen, Cas?«, erkundigte sich Dr. Clouston.

»*Aye*, Doktor. Ich musste sie aber ein wenig dazu drängen. Sie wollte die Suppe nicht. Gott sei Dank ruht sie sich jetzt aus.«

»Gute Arbeit, Mädel.«

Wir betraten einen kleinen, schmucklos wirkenden Raum, der spartanisch ausgestattet war mit einem schmalen Bett, einem Wasserkrug und einer Waschschüssel, einem winzigen Schrank und einem Nachttisch. Auf dem Bett schlief eine hagere ältere Frau, deren graues Haar sorgfältig nach hinten gebunden war. Ihr Gesicht wirkte alles andere als entspannt, sondern war von tiefen Falten zerfurcht, und sie atmete stoßweise. Es machte beinahe den Eindruck, als liege sie auf ihrem Totenbett.

McGray beugte sich über sie. »Ist sie unpässlich?«

»Nein, sie schläft nur«, erwiderte Dr. Clouston. »Sie schläft zurzeit viel, aber das hilft ihr offenbar. Sie ist immer noch tief erschüttert, doch ihr körperliches Wohlbefinden hat sich definitiv verbessert.«

»Wie lange ist sie schon hier?«, wollte ich wissen.

»Nächste Woche sind es drei Monate, Mr Frey.«

»Noch nicht so schrecklich lange«, kommentierte ich. »Wenn man bedenkt, wie lange Irre normalerweise an diesen Orten verweilen.« Ich merkte, dass es McGray und Clouston unbehaglich wurde und sie mich anschauten.

»Die Symptome haben sich nicht verändert?«, erkundigte sich McGray.

»Nein, Mr McGray. Wie ich Ihnen in meinem letzten

Brief schrieb, ist sie ein klassischer Fall von allgemeinem Zusammenbruch, auch wenn die Symptome bis zu einem gewissen Grad nachgelassen haben. Während ihrer ersten Wochen befand sie sich in einem Zustand ständiger Unruhe; die Schwestern fanden sie morgens vollkommen niedergeschlagen vor, den Blick an die Zimmerdecke gerichtet und das Bettgitter umklammernd. Mittlerweile kann sie schlafen, aber wie Sie sehen, ist es nur ein unruhiger Schlaf.«

»Also ... ähnelt ihr Fall ...«

»Ja, Mr McGray.«

»Ähnelt was?«, hakte ich nach. Doch McGray zuckte nur mit den Schultern.

»Hat sie noch nicht geredet?«

»Bis jetzt leider kein Wort, Mr McGray.«

Ich schritt auf die andere Seite des Bettes, während Dr. Clouston damit fortfuhr, Mrs Brewsters Zustand genauer zu beschreiben. Er war wirklich ein Fachmann.

»Wie also lautet Ihre Theorie, McGray?«, fragte ich in der ersten Gesprächspause. »Der Schwarze Mann im Keller? Was ist denn so unglaublich daran, wenn eine ältere Witwe zusammenbricht?«

»In ihrer medizinischen Vorgeschichte deutet nichts darauf hin, dass sie auf diese Weise den Verstand verlieren könnte«, erklärte McGray.

Dr. Clouston nickte. »Das stimmt. Ihr Zustand kann nicht auf ihre Lebensumstände zurückgeführt werden. Ihr Gatte war pensioniert, und auch wenn sie wenig Vermögen hatten, hatte Mr Brewster doch so viel gespart, dass er und seine Frau ohne Entbehrungen leben konnten. Allerdings könnte ich ihren Zustand der Belastung zuschreiben, die mit dem Verlust ihres Mannes einherging.«

Ich zog die Augenbrauen hoch. »Ich denke, da haben wir unsere Antwort, McGray.«

Er schüttelte den Kopf. »Nein, so einfach ist das nicht. Vor vielen Jahren hat sie ihren einzigen Sohn verloren. Der Bursche war erst neunzehn, Kadett, und diente in der Armee in Indien. Später verlor sie ihre Eltern und drei Schwestern. Ich denke, sie konnte damit umgehen, den Verlust eines geliebten Menschen zu verkraften. Außerdem hat dieses Haus eine dunkle Geschichte; tragische Todesfälle, einer nach dem anderen …«

»Das ist nicht das Gleiche, als wenn man in jungen Jahren und bei Kräften mit Tragödien konfrontiert wird. Wenn sie, wie Sie sagen, all ihre Liebsten verloren hatte, kann man sich ihr Entsetzen vorstellen, als ihr Mann, ihr allerletzter Lebensgefährte, sie auch verließ.«

»Und wie erklären Sie es dann, dass sie genau in dem Raum, in dem ihr Gatte starb, den Verstand verloren hat?«

»Das weiß ich doch nicht! Für mich hört sich alles wahrscheinlicher an, als dass ein Geist den Gatten dieser Frau zu Tode erschreckt … und sie selbst in den Wahnsinn getrieben hat. Können wir dann gehen?«

McGray schaute mich seinerseits ungeduldig an. »Löst ihr Südlichter so eure Fälle? Kein Wunder, dass Jack the Ripper noch immer frei wie ein Vogel ist!« Er wandte sich dem Arzt zu. »Ich denke, im Moment kommen wir hier nicht viel weiter. Dr. Clouston, falls sie jemals wieder redet, lassen Sie nach mir schicken, ganz egal, zu welcher Zeit.«

»Das werde ich, Mr McGray.«

»Können Sie Frey ihre Krankenakte geben? Ich möchte einen näheren Blick hineinwerfen. Wenn keine Eile ist.«

»Auf jeden Fall, ich werde sie holen. Wenn Sie dann bitte auf mich warten würden?«

»Frey kann Sie begleiten. In der Zwischenzeit kann ich Pansy besuchen.«

»Ausgezeichnet. Wollen Sie, dass ich Sie dorthin …«

»Nein, bemühen Sie sich nicht, ich kenne den Weg.«

McGray zog ein paar Rosen aus dem Strauß und legte sie auf den Nachttisch der Frau. Dann verließ er rasch das Zimmer.

Während Dr. Clouston mich zu seinem Büro führte, gewann meine Neugier die Überhand.

»Doktor, darf ich fragen, wer ist diese … Miss McGray?«

Er warf mir einen verblüfften Blick zu. »Hat er es Ihnen nicht erzählt?«

»Nun, wir hatten noch nicht viel Gelegenheit zum Plaudern.«

Dr. Clouston nahm die Brille ab. »Er besucht seine Schwester. Miss Amy McGray. Er nennt sie Pansy, so wie ihre verstorbenen Eltern es taten.«

Die Überraschung muss mir im Gesicht gestanden haben. Bis dahin war mir nicht klar gewesen, wie wenig ich über McGray wusste.

»Nun, ähem … In welchem Zustand befindet sie sich denn?«

Cloustons Miene verdüsterte sich. »Allgemeiner Zusammenbruch, wie Mrs Brewster, und ebenfalls durch nichts zu begründen. Eines Tages verlor sie ohne ersichtlichen Grund den Verstand. Der einzige Unterschied besteht darin, dass Miss McGray auch noch Tobsuchtsanfälle bekommt.« Er seufzte. »Das arme Mädchen … sie ist seit fünf Jahren hier.«

»Fünf Jahre!« Kein Wunder, dass McGray mir verächtliche Blicke zugeworfen hatte, als ich mich über seine Blumen lustig gemacht und als ich geäußert hatte, wie langwierig die

Behandlung von Gemütsstörungen sein können. Mir fehlen die Worte dafür, wie schuldig und peinlich berührt ich mich fühlte. Ich kann nur sagen, dass meine Wangen plötzlich brannten.

»Geht es Ihnen gut, Inspector?«, fragte Clouston. Aus seiner Sicht war ich lediglich grundlos errötet.

Ich machte eine wegwerfende Geste. »Ja, ja. Fünf Jahre, sagten Sie. Ohne jede Besserung?«

»Oh doch, während der ersten Monate hat sich ihr Zustand stark verbessert. Sie hat seitdem keinerlei Jähzornanfälle mehr und stößt auch nicht mehr mit dem Kopf gegen die Fenster. Nach etwa sechs Monaten wies sie sogar gelegentliche Phasen geistiger Klarheit auf.«

»Ach tatsächlich?«

»Ja … nun, für das ungeschulte Auge nur Kleinigkeiten. Wir haben einen selbstmordgefährdeten Lord unter unseren Patienten, und ich ermutigte ihn, ihr laut vorzulesen. Manchmal schien sie es zu verstehen und der Handlung zu folgen: Einmal sah ich, wie sie sich während des Höhepunkts eines Thrillers von Wilkie Collins auf die Fingernägel biss. Mehr ist von ihr aber nicht mehr zu erwarten, fürchte ich.«

Etwas an Cloustons Verhalten hatte sich verändert. Über Mrs Brewsters Symptome hatte er auf sachliche, rein wissenschaftliche Art und Weise gesprochen, doch Miss Grays Zustand schien ihn tief und persönlich zu berühren. Er versuchte es zu verbergen, doch eine leichte Anspannung in seinem Gesicht verriet es. Jahrelange Befragungen von Zeugen und Verdächtigen hatten mir die Gabe beschert zu spüren, wann jemand Informationen zurückhielt, doch in diesem Moment zog ich es vor, nicht weiter in ihn zu dringen.

Als wir in sein ordentliches Büro gelangten, überreichte er mir eine dünne Akte. Ich überflog sie rasch und erkannte, dass es sich um eine getippte Abschrift handelte. »Wie ich sehe, hatte McGray Sie bereits um die Anfertigung einer Abschrift gebeten.«

»Allerdings, und zwar sofort, als er von dem Fall erfuhr. Meine Sekretärin führt die Aufzeichnungen bei neuen Entwicklungen weiter und macht Durchschläge mit Kohlepapier, damit Inspector McGray ebenfalls einen Blick darauf werfen kann. Im Falle seiner Schwester haben wir das Gleiche getan, ich glaube, bis letztes Jahr.«

»Oh, und warum haben Sie damit aufgehört?«

Clouston zuckte mit den Schultern. »Es gab zwei volle Jahre nichts Neues mehr zu vermerken, sodass McGray selbst beschloss, die Sache abzubrechen.«

Zwei Jahre lang die Krankenakten seiner Schwester zu lesen, ohne irgendeine Veränderung zu sehen … allein der Gedanke ließ mich schaudern. In düsterer Stimmung verließ ich Cloustons Büro. Ich fragte mich, ob ich wohl den Verstand verlieren würde, wenn Elgie so etwas widerfahren würde …

»Möchten Sie, dass ich Ihnen den Weg zu Miss McGrays Zimmer zeige? Sie könnten dort auf Ihren Kollegen warten.«

Ohne mir weitere Gedanken darüber zu machen, nickte ich zustimmend. Nur allzu bald sollte ich es bereuen.

Wir gingen schweigend durch die breiten Flure des Westflügels, als hinter uns plötzlich ein fürchterliches Geheul widerhallte. Es hörte sich an wie das verzweifelte Stöhnen eines Geknebelten. Clouston drehte sich schneller um als ich und zog mich bereits zur Seite, bevor ich auch nur etwas registrierte.

Ein geistesgestörter Insasse rannte den Gang entlang, nur mit einem zerrissenen Nachthemd bekleidet und wütend knurrend wie ein wildes Tier. Er lief an uns vorbei, und ich erhaschte dabei einen Blick auf erschreckend blutunterlaufene Augen sowie Fetzen zerrissenen Stoffs, die ihm aus dem Mund heraushingen.

Hinter ihm folgten drei hektisch rufende Krankenpfleger. Nur wenige Meter von uns entfernt bekamen sie den Mann zu fassen. Er wand sich wie verrückt und brüllte derart entfesselt, dass es sogar mich verstörte.

Während die Krankenpfleger ihn wieder zurück in sein Zimmer zerrten, zog ihm einer von ihnen widerliche Stoffstreifen aus dem Mund.

»Armer Johnnie«, sagte Dr. Clouston, nachdem er einen Seufzer ausgestoßen hatte. »Er leidet an einem extremen Fall von Wahnvorstellung. Er glaubt, dass in der Luft faulige Dämpfe wabern, die, seinen Worten zufolge, ›seine Innereien zerfressen‹. Er stopft sich Nase und Mund mit Lappen oder Papier zu, um sich zu ›schützen‹, einmal hat er sich sogar etwas in seinen … nun, derlei eklige Dinge sollte ich Ihnen gar nicht erzählen. Sie müssen mich entschuldigen; meine Arbeit lässt eine Leidenschaft in mir entbrennen.«

»Das muss wohl so sein«, war alles, was ich inmitten des wütenden Gebrülls hervorbrachte.

»Wahnvorstellungen sind faszinierende Phänomene«, fuhr Clouston fort, während er hingerissen den Patienten anstarrte. »Ich habe mich immer gefragt, wie inbrünstig diese Menschen etwas fürchten oder herbeisehnen müssen … wie *verzweifelt* sie sein müssen, dass ihr Verstand unter dem Druck einfach zerbricht.«

»Hoffen wir, dass wir selbst es niemals herausfinden werden«, erwiderte ich.

Gerade als ich mir schon wie ein Philosoph vorkam, riss sich der Irre los und rannte wie ein wilder Büffel auf uns zu.

Die Krankenpfleger jagten ihm nach, erwischten ihn jedoch eine Sekunde zu spät, denn mittlerweile war der Mann mir sehr nahe gekommen und erbrach nun Stofffetzen geradewegs auf meine Hose.

Ich mag gar nicht mehr daran denken, wie abstoßend der Anblick und der Geruch waren. Sofort reichte mir eine Schwester ein sauberes Handtuch, damit ich mir meinen Anzug abwischen konnte, und Dr. Clouston entschuldigte sich auf alle nur erdenkliche Weise. Trotz ihrer aller Zuvorkommenheit blieb mein Gesicht verzerrt vor Entrüstung, bis wir endlich das Zimmer von Miss McGray erreichten.

»Nun, das ist das Zimmer, Inspector«, sagte Clouston zu mir, nach wie vor ein wenig errötet. »Ich muss Sie jetzt verlassen. Danke, dass Sie mein Gerede ertragen haben.«

»Keine Ursache, Doktor. Für eine gepflegte Unterhaltung bin ich jederzeit zu haben.«

Dr. Clouston lächelte und ging davon. Erst jetzt bemerkte ich, dass die Zimmertür einen Spaltbreit aufstand, sodass ich hören konnte, wie McGray mit heiterer Stimme redete. Da er dabei in breitestem Dundonian sprach, konnte ich allerdings nicht recht verstehen, was er sagte.

Unwillkürlich schlich ich auf die Tür zu und spähte hinein.

Das Erste, was ich sah, war der Strauß weißer Rosen. Er stand in einer Kristallvase auf einem kleinen Mahagonitisch. Nicht weit davon saß McGray auf einem Lehnstuhl, den Arm über mein Blickfeld hinaus ausgestreckt. Ich neigte mich ein wenig seitwärts und sah nun einen zweiten Lehnstuhl … und darin ein schlankes Mädchen, das McGray ansah.

Sie war anscheinend Anfang zwanzig und ein *sehr* hübscher Anblick.

An diesem Gesicht war alles fein und ernst: ihre rundliche Kinnpartie, ihre spitze Nase, die zarte Haut und die Lippen, so fein, wie die auf Puppengesichter gemalten. Ihr dunkles Haar war zu einem akkuraten Zopf geflochten, in dem winzige weiße Blüten steckten, während Löckchen ihre kleinen Ohren umrahmten. Sie trug ein weißes Kleid aus Musselinstoff mit Spitzen und kunstvoll abgenähten Borten – und sah ganz und gar nicht aus wie eine Geistesgestörte.

Ich sah, dass sie die gleichen großen Augen hatte wie McGray; sie hatten die gleiche Form und dichte Wimpern, doch während seine blau waren, waren die ihren dunkelbraun, fast schwarz. Sie starrte ins Nichts, ihr Gesichtsausdruck war leer, und ihre Pupillen suchten den Raum um sich herum ab und schauten dabei, ohne etwas zu sehen. Dennoch ging eine gewisse … Intensität von ihr aus.

Ihr Blick schweifte bis zu einen bestimmten Punkt auf dem Fußboden. Und dann, in einer schnellen Bewegung, hob sie den Kopf.

Sie schaute mir direkt in die Augen … und ich war nicht imstande, den Blick von ihr abzuwenden.

Sie schaute mich mit festem, fesselndem Blick an, und ich konnte einfach nicht meine Augen von den ihren lassen. Dies waren nicht die Augen eines sittsamen Mädchens, sondern die einer aufgewühlten, gequälten Frau.

Sie öffnete die Augen ein wenig weiter, und ich ahnte, dass sie im Begriff war zu erröten. Dieser Anflug einer verschämten Miene währte kaum eine Sekunde, dann schaute sie sofort beiseite, indem sie den Kopf so unerwartet zum Fenster drehte, wie sie es zuvor getan hatte.

McGray streichelte ihr die Hände. »Was ist denn, Pan?«

Er drehte sich um und erblickte mich. Schlagartig wurde sein Gesicht rot vor Zorn. Mir fehlten die Worte, und ich glaubte schon, McGray werde mich niederschlagen.

»Es t-tut mir leid!«, stotterte ich. »Ich wollte gerade klopfen, aber …«

McGray sprang auf und schlug mir die Tür vor der Nase zu.

18

Es war mit das angespannteste Schweigen, das ich je durchlitten habe. Schwer atmend und am Stummel einer dicken Zigarre herumkauend schaute McGray einfach nur durch das Fenster der Kutsche nach draußen. Der Hass, den er ausstrahlte, war förmlich greifbar.

Nach dem Vorfall hatte ich beschlossen, an der Kutsche auf McGray zu warten. Dort stand ich länger als eine halbe Stunde, bevor er endlich auftauchte. Ohne ein Wort zu sagen, sprang er auf seinen Sitz und reagierte auch nicht, als ich erneut ansetzte, mich bei ihm zu entschuldigen. Die alte Redewendung »Man hätte die Luft mit Messern schneiden können« traf voll und ganz zu, während die Kutsche uns zurück zum Moray Place fuhr.

Mir ging bald auf, dass weitere Entschuldigungen nicht helfen würden. Zweifelsohne hatte ich McGrays empfindlichsten Nerv getroffen, genau wie dieser Trunkenbold im Pub. Ich musste wohl dankbar dafür sein, dass meine Knochen noch allesamt intakt waren.

Unseren Besuch beim Geigenbauer hatten wir bereits so häufig verschoben, dass ich eine gewisse Lustlosigkeit verspürte, als wir endlich Saint Julia's Close erreichten, wo er lebte und arbeitete.

Es war eine dieser ganz schmalen Gassen, uralt und von der nördlichen Seite der Royal Mile zu den Princes Street

Gardens hinabführend. Sie war mit hohen unregelmäßigen Steinstufen versehen und umgeben von diesen grauenhaften hohen Gebäuden; lediglich ein dünner Streifen Himmel war zu sehen, etwa fünfzehn Meter über uns.

Überall lagen Müllhaufen, und es stank nach Pisse. Ich konnte nur erahnen, wie schrecklich es sein musste, hier des Nachts entlanggehen zu müssen.

»Wie können diese Geiger ihre Instrumente nur jemandem bringen, der an einem solchen Ort wohnt?«, wunderte ich mich laut und dachte dabei insbesondere an Alistair Ardglass und sein maßlos übertriebenes Überlegenheitsgehabe.

»Der Bursche muss ein unwahrscheinlich guter Geigenbauer sein«, sagte McGray, als wir Joes Adresse erreicht hatten. An der Hauswand hing ein hölzernes, nach vielen Jahren Regen verwaschenes und morsches Hinweisschild, auf dem die geschnitzte Silhouette einer Violine zu sehen war.

Die Tür zur Werkstatt stand offen, sodass McGray und ich einfach eintraten. Unsere Schritte wirbelten kleine Wölkchen von Sägemehl auf, denn in dem kleinen Raum herrschte das absolute Kuddelmuddel: Werkzeuge, beschädigte Violinen, zerknitterte Abbildungen von Geigen, halb geschnitzte Blöcke aus Ebenholz und Ahorn und überall auf dem Boden verstreut Hobelspäne. Es roch nach frisch geschnittenem Holz und öligem Lack … und auch so, als hätte der Mann den ganzen Tag über Winde abgehen lassen.

Nine-Nails stieß einen Pfiff aus und kommentierte, sich Luft zufächelnd: »Puh! Der Bursche furzt ja noch übler als Tucker!«

Ich konnte ihm nur beipflichten. »Da ist mir sogar das Gesöff Ihrer komischen Zigeunerin lieber.«

Eine Reihe frisch lackierter Violinen hing zum Trocknen an der Decke. Als ich sie mir genauer anschaute, stellte ich fest, dass sie auf der Rückseite allesamt mit einem sich windenden Schriftzeichen markiert waren. Das Symbol stellte eine Verschmelzung von einem J und einem F dar und war so tief in das Holz geschnitzt, dass der Lack dort eine dunkle Lache bildete.

»Joe Fiddler«, sagte ich im Flüsterton.

»*Wer ist da?*«, wollte jemand mit rauer Stimme wissen, und nun sahen wir den Geigenbauer aus einem Hinterzimmer treten.

Joe Fiddler war ein äußerst kurz geratener Mann und schien nur aus Haut und Knochen zu bestehen. Besonders alt kam er mir nicht vor, eher gebeutelt, denn sein Gesicht war über und über zerfurcht von Falten. Er hatte eine krumme Nase, zwei Vorderzähne fehlten, und seine Haare und sein Bart bestanden aus grauen Büscheln verfilzten Haars, in dem Sägemehl hing.

Über seinen schmutzigen Kleidern trug er eine ölbefleckte Lederschürze. »Was wollen Sie?«, rief er erneut auf seine grobschlächtige Art.

»Ich bin Inspector McGray vom CID. Das ist mein Kollege, Inspector Frey. Wir sind gekommen, um Ihnen einige Fragen zu Mr Fon-teen zu stellen.«

Kaum war der Name gefallen, verschwand die Feindseligkeit aus dem Gesicht des Mannes. »*Aye*, ich hab erwartet, dass ihr kommt und Fragen stellt.« Umherhinkend schob er ein paar Holzkisten herbei und wischte dann die dicke Staubschicht ab, mit der sie überzogen waren. »Setzen Sie sich.«

McGray nahm Platz. Ich selbst blieb lieber stehen, da ich mir schon genug Anzüge ruiniert hatte.

»Sie wissen von Mr Fon-teens Ableben, nicht wahr?«

»*Aye.*«

»Wissen Sie auch, dass Sie der Letzte sind, mit dem er vor seinem Tod gesprochen hat?«

»Jetzt schon. Dachte mir's, so wie seine Haushälterin geredet hat.«

»Also kennen Sie Goodwife Hill?«

»*Aye.*«

McGray nickte. »Können Sie uns von dieser Begegnung erzählen? Warum kam Mr Fon-teen hierher?«

»*Aye.* Um seine Fiedel abzuholen.«

»Sie haben sie repariert, nicht wahr?«

»*Aye.*« Die einsilbige Art, wie er diese »Ayes« von sich gab, ging mir allmählich auf die Nerven.

»Ist Ihnen irgendetwas Merkwürdiges an Fon-teen aufgefallen?«

Nun kam eine Überraschung: »*Aye.*«

Verstohlen tauschten McGray und ich einen triumphierenden Blick. Joe Fiddler war der Erste, der von etwas Ungewöhnlichem am Verhalten von Fontaine berichten konnte. Sein widerlicher Akzent klang plötzlich wie Geigen im Himmel.

»Erzählen Sie uns davon«, forderte McGray ihn auf, seine ganze Aufmerksamkeit auf den ungepflegten Fiddler gerichtet.

»Tja, Guilleum hat sich schon 'ne ganze Weile Sorgen um seine Fiedel gemacht. Hat er keinem außer mir erzählt.«

»Dann hat er also eine Menge Vertrauen in Sie gesetzt«, wollte ich wissen.

»*Aye.* Ich reparierte seine Geigen schon, bevor er in die Stadt gekommen ist. In den letzten zehn Jahren hat er mich ein paar Mal zum Essen eingeladen.«

McGray nickte. »Ausgezeichnet. Sie sagen also, Fonteen machte sich Sorgen um seine Geige. Reden Sie von der Amati?«

Ich achtete genau auf die Reaktion des Mannes und bemerkte, dass McGray es ebenso tat. Dass er vom richtigen Instrument sprach, überraschte den Geigenbauer tatsächlich. Zugleich rümpfte er die Nase, als nehme er auf einmal den Gestank wahr, der im Raum hing.

»*Aye*. Woher wissen Sie das?«

»Wir wissen so einiges, Jungchen«, erklärte McGray. »Also, wovor hatte Mr Fontaine Angst? Befürchtete er, jemand würde die Amati stehlen?«

Joe Fiddler öffnete den Mund, zögerte dann aber. »Äääh … Nee … tja … vielleicht.«

»Können Sie das ein wenig näher ausführen, bitte?«, sagte ich.

»Kann ich das … wohin führen?«

»Erzählen Sie uns mehr davon«, sprang McGray ein.

»Tja, hat alles Anfang letztes Jahr angefangen … glaube ich. Die Geige war aus dem Leim gegangen … Ist ein sehr altes Stück. Trotzdem waren sowohl Guilleum als auch ich selbst überrascht, als Hals und Schnecke nachgaben: Er hatte jahrzehntelang darauf gespielt, doch urplötzlich ist das Ding zersprungen.«

McGray schaltete sich ein. »Tut mir leid, Joe, ich weiß nicht so viel über Geigen. Können Sie mir genau erklären, was da abgesprungen ist?«

Joe Fiddler ergriff eines der halb fertigen Instrumente und wies auf die Teile, während er sprach. Seine Finger waren lang und knotig. »Der Hals ist dieses lange Stück Holz, fast immer aus Ahorn, auf dem das ebenhölzerne Griffbrett ist. Die Schnecke ist … tja, die Schnecke halt: dieses wellig gemaserte, geschnitzte Teil am Ende vom Hals. Der einzige Teil an einer Geige, der zur Verzierung da ist.«

Genau wie Theodore Wood wurde Joe Fiddler redselig, wenn man ihn zu seinem Handwerk befragte.

»Der Hals sieht fest angeleimt aus«, bemerkte McGray. »Aber Sie sagten, er hätte sich gelöst. Wie kann das passieren?«

»Wenn man stundenlang sehr verkrampft drauf spielt, kann das schon mal passieren, Inspector. Man erfährt viel über einen Geiger, wenn man seine Fiedeln anschaut. Dieser Kerl da, Ardglass, kennen Sie den?«

»*Aye*, tun wir.«

»Spielt wie 'n verdammtes Stück Vieh; ich muss ihm alle paar Monate die Geigen richten, weil er sie runtergenudelt hat. Er umklammert den Hals mit seinen kräftigen, wulstigen Fingern und zersägt mit seiner wahnwitzigen Bogenführung die Stege. Der alte Guilleum ging sehr behutsam mit seinen Instrumenten um und hat sie mir nur zum Drübergucken gebracht, und selbst das häufiger, als nötig gewesen wäre. *Aye*, er hat seine Fiedeln wirklich so behandelt, als wären es seine Kinder. Deshalb war ich so verwirrt, als die Amati immer abgenutzter und zerschlissener wurde. Ich hab sie eine Zeitlang mindestens einmal im Monat repariert und eingestellt, so lange, bis die arme kleine Fiedel schließlich den Geist aufgab. Der alte Guilleum war fix und fertig, als er mir die Teile brachte, doch ich habe gute Arbeit geleistet, sag ich euch. Hab den Hals gerichtet und ein neues Griffbrett besorgt, weil das alte total zerkratzt war … und ich hab auch einen hübschen Löwenkopf an die Stelle der Schnecke gesetzt.«

»Wirklich?«, unterbrach ich ihn. »Warum das?«

»Guilleums Wunsch.«

»Ich verstehe. Haben Sie ihn selbst geschnitzt?«

»*Och* nein! Das war eine sehr schöne Arbeit, so was krieg selbst ich nicht hin. Nein, Guilleum sagte mir, er habe ihn von einem guten Freund und wolle ihn auf der Amati haben.«

»Das hört sich nach einem ganz besonderen Wunsch an«, sagte McGray. »Hat er je davon gesprochen, von wem er ihn bekommen hatte?«

»*Aye*. Er sagte, er wäre von diesem Italiener. Mr Caroli.«

»Wie sonderbar, dass Signor Caroli nichts davon erwähnt hat«, murmelte ich und erinnerte mich an die sehr feinen Schnitzereien, die wir in seinem Haus gesehen hatten. Es ergab einen Sinn. Ich machte mir im Geiste eine Notiz, bevor ich zur nächsten Frage überging. »Hat Mr Fontaine jemals eine Erklärung in Bezug auf die plötzliche Veränderung seiner Spielweise abgegeben?«

»Nein. Hat immer behauptet, er spiele zu viel. Aber ich spürte, dass er log. Er hat ja auch auf seinen anderen Geigen gespielt, und die waren normal. Da brauchte ich bloß immer nur drüberzugucken.«

»Also … was ist Ihrer Meinung nach geschehen?«

»Ich denke – und fast würde ich drauf wetten –, dass jemand anders auf dieser Amati gespielt hat. Und zwar ein ganzes Weilchen, das sag ich euch. Unmöglich, dass Guilleum nicht mitgekriegt hat, wer's war.«

Es folgte ein Moment der Stille, während McGray und ich seine Erzählung rekapitulierten.

»Das ist sehr … interessant«, murmelte ich, worauf McGray nickte.

»An seinem letzten Tag, an dem er kam, um seine Fiedel abzuholen, war Guilleum ein bisschen nervös. Mitten während unseres Gesprächs sagte er so etwas wie ›jemand wolle sie ihm abluchsen‹ – an die genauen Worte kann ich mich nicht mehr erinnern. Ich fand das seltsam, aber er hat dann nichts weiter dazu gesagt. Hörte sich an, als tät's ihm leid, die Sache überhaupt angesprochen zu haben.«

McGray rückte ihm ein wenig näher. »Warum sollte jemand ausgerechnet an dieser Geige interessiert sein? Fon-teen besaß eine Stradivari, weit wertvoller und unter Musikern viel mehr geschätzt.«

Joe Fiddler schnalzte mit der Zunge. »Diese kleine Fiedel ist eine Amati und hat 'ne lange Geschichte. War mal in Paganinis Besitz, das weiß man. Aber kaum einer weiß, dass sie vorher Stradivari gehörte, und sogar noch weniger wissen, dass sie zwischen Stradivari und Paganini für kurze Zeit diesem Kerl gehörte ... wie hieß der noch mal? Tartini.«

McGray wäre fast von der Kiste gefallen, auf der er saß. »*Tartini!*«

»*Aye*. Ich seh schon, den kennen Sie. Manche glauben, es war die Geige, die er benutzt hat, als er die Old-Nick-Sonate schrieb.«

»Old Nick?«, wiederholte ich.

»So nennen wir hier den Teufel, Frey«, sagte McGray, mit einem Mal todernst.

Joe Fiddler nickte.

»Demnach wäre dieses Instrument, Tartinis verrückter Erzählung zufolge, exakt die Geige, auf der der Teufel gespielt hat«, schloss ich.

»*Aye*. Deshalb nennen die Leute das Instrument Maledetto, die Verfluchte, und sagen, sie bringe nichts als Unglück über ihre Besitzer. Manch einer lastet dieser Geige sogar Paganinis Ableben an. Der Mann verlor sein ganzes Geld beim Glücksspiel und starb in Not und Elend. Sogar ich habe mehr als er in seinen letzten Jahren. Wie er sie verloren hat, ist auch eine berühmte Anekdote; irgendjemand hat sie ihm kurz vor seinem Tod aus seinem Haus gestohlen. In seinem Haushalt herrschte Chaos. Offenbar war man hinter seiner berühmten Guarnerius her, aber die Idioten haben die falsche mitgenommen!«

»Was geschah dann?«, fragte McGray gebannt.

»Danach verliert sich die Spur dieser Geige. Ist wohl mehr als zwanzig Jahre lang auf dem Schwarzmarkt von Hand zu Hand gegangen. Am Ende kaufte Guilleum sie einem erbarmungswürdigen französischen Kaufmann ab, der dabei war, an Tuberkulose zu sterben. Wie Sie sehen, hat sich diese Geige ihren Ruf verdient.«

Genau wie es bei den Carolis gewesen war, als wir sie befragt hatten, huschten McGrays Augen nun hin und her. Sein Gehirn arbeitete offenkundig auf Hochtouren. Plötzlich sprang er auf.

»Ich denke, das war es für den Moment. Es sei denn, dieser hochnäsige Dandy hier will Sie noch etwas fragen.«

Ich war unsicher, ob ich fragen sollte, was ich zu fragen im Begriff gewesen war. Dann aber beschloss ich, es lieber auszusprechen, als Zweifel zurückzubehalten.

»Mr Fiddler, mir ist nicht verborgen geblieben, dass Sie ein wenig hinken. Haben Sie sich am Bein verletzt?«

Joe Fiddler kicherte bitter. »So kann man's auch sagen …«

Ohne ein weiteres Wort zu verlieren, zog er sich sein schlotterndes Hosenbein hoch. Er hatte ein Holzbein.

19

»Glauben Sie wirklich, Joe Fiddler könnte es getan haben?«, stieß Nine-Nails hervor, während wir zum Moray Place zurückkehrten.

»Nicht wirklich«, sagte ich, »doch man sollte erst mal jeden im Verdacht haben.«

»Trotz des Piratenbeins, das der Bursche hat? Und da behaupten Sie, *ich* sei verrückt!«

Kaum aus der Kutsche gestiegen hüllte ich mich warm in meinem Mantel ein, denn es war bereits dunkel, und die Temperatur war gefallen. Es war Mitte November, und die Tage wurden jetzt rasch kürzer.

Bevor wir den Eingang erreichten, stürmte George mit vor Wut hochrotem Kopf durch die Hintertür nach draußen.

»Sir! Kommen Sie herein! Sehen Sie, was dieses verrückte alte Weibsbild im Haus angerichtet hat!«

Zutiefst frustriert senkte ich den Kopf, und im nächsten Augenblick betraten wir einen Ort, der, wie soll ich sagen, in keiner Weise mehr so aussah wie das Haus, das wir am Morgen verlassen hatten.

Der Berg von Kisten war aus dem Flur verschwunden; der Teppich war geschrubbt worden und offenbarte nun, dass unter seiner ehemaligen Staubschicht ein Persermuster verborgen gewesen war; Möbel und die Eichenvertäfelung an den Wänden waren poliert worden, und der Kronleuchter beleuchtete dies alles mit einem vollkommen neuen Satz Kerzen.

Joan selbst hingegen sah so aus, als habe sie alle Schmuddeligkeit des Ortes absorbiert: Ihre Schürze war fleckig und fettig, ihr Kleidersaum an mehreren Stellen zerrissen, ihr Haar ein einziges Durcheinander, und auf ihrem geröteten Gesicht standen Schweißperlen. Doch als sie uns eintreten sah, grinste sie stolz.

»Gefällt es Ihnen, Sir?«

»Gelinde gesagt, ja!«, erwiderte ich, bemüht, mein echtes und vollkommenes Vergnügen einzudämmen. »Haben Sie das alles ganz allein hinbekommen?«

»Nein! Sie hat sich von einer ganzen Armee schmuddeliger Bälger helfen lassen!«, rief George.

»Du hast doch wohl nicht erwartet, dass ich jahrelang angesammelten Schmutz ganz im Alleingang wegschaffe, oder? Oh, und ich habe auch Geld für neue Töpfe ausgegeben. Ich wollte das Abendessen für meinen Herrn nicht in einem dieser verbeulten Spucknäpfe kochen, die es hier nur gab!«

»Abendessen!«, rief McGray begeistert und betrat den Essensraum, wo uns ein dampfender Rindfleischeintopf erwartete. Kaum dass ich ihn roch, lief mir das Wasser im Mund zusammen. Nachdem wir den ganzen Tag in den eisigen Straßen unterwegs gewesen waren, war ein kräftiges, heißes Stew genau das, was wir brauchten.

McGray machte sich mit größtem Vergnügen über das Essen her (vermutlich hatte er schon seit Jahren keine anständige hausgemachte Mahlzeit mehr vorgesetzt bekommen). Wenig später schmatzte er und stieß einen zufriedenen Rülpser aus.

»Frey, Sie werde ich nicht vermissen, wenn der Fall gelöst ist; Ihre Dienstmagd aber sehr wohl.«

George grummelte vor sich hin, worauf McGray ihm liebevoll den Rücken tätschelte. »Kommen Sie, George, seien Sie nicht eifersüchtig! Im Gegenteil, diese Frau verschafft Ihnen mehr Freizeit.«

Nine-Nails stieß erneut auf, und sein Rülpser verschmolz mit den Worten, die er folgen ließ. »Kommen Sie, Mädel, wir haben noch eine Menge zu besprechen.«

Joan und George räumten hinter uns den Tisch ab. Dabei stritt sich das Pärchen und fauchte sich zornig an. Unter anderem drangen die Worte »Du fette Kuh« und »Du altes Wrack« an mein Ohr.

Ich gesellte mich zu McGray an den großen Kamin in seinem unordentlichen Bibliothekszimmer. Dort beugte er sich über seinen kleinen Tisch, wo nach wie vor Carolis aufgeschlagene Partitur lag. Daneben schlummerte Tucker friedlich.

»Geben Sie mir mal das Notenblatt.«

Ich reichte ihm das mittlerweile trockene Papierschnipselchen. Er durchforstete die Partitur und hielt dabei das blutrote Fitzelchen daneben, während er die Seiten umblätterte.

»Was tun Sie da?«, fragte ich.

»Ich will mich vergewissern, dass es wirklich die Noten sind, nach denen wir suchen. Ich wollte das blutige Stück nicht im Beisein der schwangeren Lady hervorziehen. Es ist eine sehr alte Abschrift, von Hand angefertigt, sodass diese bestimmte Stelle womöglich nicht auf der gleichen Seite zu finden ist.«

McGray überflog die Seiten noch eine ganze Weile, wobei seine drei langen Finger mitsamt dem Stumpf die Notenzeilen entlangfuhren.

»*Och*, da ist es!«, rief er aus.

Er hielt die abgerissene Ecke über die handgeschriebenen Noten. Es war nur eine kurze Passage, doch offenkundig stimmte jede einzelne Note überein.

McGray rieb sich heftig das zerfurchte Gesicht, auf das die goldgelbe Glut des Feuers Schatten warf. Sein Stirnrunzeln war ausgeprägter als sonst. »Sieht so aus, als bewahrheitete sich mein Verdacht …«

»Was für ein Verdacht?«

»Seit Campbell mir von diesem Fall berichtete, geht mir eine Theorie durch den Kopf. Aber ich wollte Ihnen davon erst erzählen, wenn ausreichend Beweismaterial vorliegt. So, Mädel, jetzt müssen Sie tun, weshalb ich Sie hergeholt habe.«

»Und das wäre …?«

»Meine Theorie anhören und sie dann unvoreingenommen bewerten.«

Ich machte es mir in dem Lehnsessel McGray gegenüber bequem und entzündete eine der kubanischen Zigarren, die Joan mir mitgebracht hatte. »Erzählen Sie mir alles. Das wird jetzt wohl unterhaltsam.«

»Ich gebe zu, Frey, dass Sie nicht ganz unrecht hatten, als Sie behaupteten, dass ich nur zu volkstümlichen Melodien tanze. Ich weiß nichts von diesen allmächtigen Komponisten und Musikern, außer Tartini und Paganini. Und ich weiß von den beiden auch nur deshalb, weil sie etwas gemeinsam haben: Es heißt, dass sie Umgang mit dem Teufel hatten.«

»Und der Teufel ist offenkundig Ihr Fachgebiet.«

»Danke! Auch wenn Sie das spöttisch gemeint haben. Sie haben ja die Geschichten von Tartini und seiner vom Teufel komponierten Sonate gehört …«

»*Angeblich* vom Teufel komponiert«, korrigierte ich ihn.

»Wie auch immer – nun müssen Sie auch von Paganinis Legenden hören.«

»Ich weiß, dass Paganini als bester Geiger aller Zeiten gilt.«

»In der Tat. So verflucht gut, dass einige Leute ihn für … verwirrt hielten.«

McGray stand auf, wühlte in einem Stapel Bücher und zog rasch eines davon hervor. Die Mühelosigkeit, mit der er es fand, war absolut beeindruckend; wahrscheinlich hätte er noch mit verbundenen Augen ein bestimmtes Blatt Papier in diesem Raum finden können.

»Hören Sie mal, was manch einer von ihm hielt«, sagte er, blätterte die Seiten in dem dünnen Band um und las dann laut vor: »*Die Begeisterung, die er auslöste, war so ungewöhnlich, die Magie, die er auf die Fantasie seiner Zuhörer ausübte, so mächtig, dass diese sich nicht mit einer natürlichen Erklärung zufriedengaben. Stattdessen kamen ihnen alte Erzählungen von Hexen und Geistern in den Sinn. Sie versuchten, das Wunder seines Spiels zu erklären, den Zauber seine Genies zu begreifen, indem sie das Übernatürliche anführten. Sie unterstellten ihm sogar, er habe seine Seele dem Teufel verkauft! In seiner Erscheinung liegt etwas so Dämonisches, dass man damit rechnet, einen Blick auf einen gespaltenen Huf zu erhaschen.*«

»Sie haben es selbst gesagt; es dreht sich alles darum, dass ungebildete Menschen versuchen, etwas zu erklären, was sie nicht verstanden haben.«

»*Aye*, aber sogar die wildesten Legenden haben einen wahren Kern. Neben anderen Merkwürdigkeiten hatte Paganini abnorm lange Finger.«

Er zeigte mir eine bedruckte Seite, auf der ein knochendürrer, aber recht ansehnlicher Geiger inmitten einer verblüfften Menschenmenge abgebildet war. Die Hände, mit denen er seine Violine zwanglos hielt, sahen unnatürlich lang und kräftig aus. Falls dieses Porträt der Wirklichkeit entsprach, mussten diese Finger in der Lage gewesen sein, über mehr als zwei Drittel des Griffbretts zu langen.

McGray zog ein Stück Papier hervor, das in das Buch eingelegt worden war. Das Blatt war mit einer engen Handschrift beschrieben. »Diese Notizen habe ich mir gemacht, als ich einen sehr alten Knaben traf, der Paganini noch hat spielen sehen. Er erzählte mir, seine Finger hätten ausgesehen wie lange Krallen, seine Hand habe mühelos bis zu den höchsten Noten gleiten können. Und alle seien sich einig gewesen, dass etwas Unnatürliches, Gespenstisches von ihm ausging, wenn er spielte.«

Ich stieß ein Wölkchen aromatisch riechenden Rauchs aus. »Und das reichte aus dafür, dass es hieß, er habe Umgang mit dem Teufel?«

»Das, und die Geschichten über seine toten Geliebten und dass er sich während seiner gesamten Laufbahn weigerte, auf Metallsaiten zu spielen. Er benutzte ausschließlich Saiten aus Katzendarm.«

Als ich dies hörte, hob ich langsam den Kopf. Nun fing die Sache tatsächlich an, Gestalt anzunehmen. »Erzählen Sie.«

»Sie wissen, dass Katzendarm nicht aus Katzen…«

»… sondern aus Schafsdarm hergestellt wird. Ja, das weiß ich.«

»Nun, es hieß, Paganini habe keine Saiten benutzt, die aus Schafsdarm hergestellt wurden … sondern aus menschlichem …« Bei diesen Worten schossen mir tausenderlei Dinge durch den Kopf, und irgendwie drang das Knacken des Feuers nun lauter an meine Ohren. »Und er habe nicht

Därme von Fremden verwendet«, fügte McGray hinzu, »sondern die seiner Geliebten.«

Ein plötzliches Frösteln befiel mich. Ich erinnerte mich an die scheußlichen Fotografien, die Fontaines ausgeweidete Leiche zeigten, und auch an Dr. Reeds Bericht, wonach Fontaines Leiche fast ein Meter Darm fehlte.

»Paganini hatte viele, *viele* Liebchen, und einige Frauen, die ihm nahestanden, starben im Laufe der Jahre unter mysteriösen Umständen. Die Legende, nach der Paganini seine Frauen ermordet, ihre Seelen in seine Geige gesperrt und ihre Därme dazu benutzt hat, um Saiten herzustellen, erlangte Berühmtheit.«

»Nun verstehe ich«, murmelte ich, »aber wie es aussieht, wollen Sie mir unbedingt auch noch den Rest erzählen, also fahren Sie fort.«

McGray setzte sich wieder. Seine blauen Augen funkelten. »Der Mörder will *nicht* Jack the Ripper nachahmen, sondern Giuseppe Tartini; jemand will die gleiche Geige benutzen, die der Teufel spielte – diejenige, die Paganini benutzte, um die Seelen seiner Liebhaberinnen einzusperren – und um das Instrument mit menschlichen Darmsaiten zu bespielen. Dieser Mistkerl ist clever; er benutzt nicht irgendwelche Därme, sondern die von Virtuosen, und er hat das Symbol verwendet – die fünf Augen –, um Old Nick, dem Teufel, zu signalisieren, was er vorhat, nämlich ihn dazu einzuladen, zu erscheinen und seine Violine zu spielen, wenn die Saiten vollständig sind. Höchstwahrscheinlich will er, dass der Teufel eine weitere Sonate komponiert.«

McGray lehnte sich zurück, als hätten diese Worte ihn all seiner Kraft beraubt. »Also?«, stieß er seufzend hervor. »Ergibt das für Ihren analytischen Verstand einen Sinn?«

Ich kostete den Tabak eine Weile lang aus, während ich

nachdachte. Ich musste eine Menge Informationen verarbeiten.

»Meiner Ansicht nach«, sagte ich schließlich, »sind diese Erzählungen über Paganini absoluter Blödsinn. Und Tartinis Traum vom Teufel hört sich ganz danach an, als berufe sich ein frustrierter Mann auf den Aberglauben, um Aufmerksamkeit auf seine Arbeit zu lenken …« Als ich sah, dass McGray Anstalten machte zu protestieren, hob ich eine Hand. »*Nichtsdestoweniger* müssen Geschichten nicht wahr sein, um Gift in den Verstand verwirrter Menschen zu tröpfeln. Also, Nine-Nails, gewöhnen Sie sich nicht, *nicht* daran, mich so etwas sagen zu hören, aber …« Ich musste meine Kräfte sammeln, um die nächsten Worte auszusprechen. »Was Sie sagen, ergibt für mich tatsächlich einen Sinn. Mehr noch, ich bezweifle, dass all diese Dinge – Tartinis Violine, die Partitur, das Symbol, die fehlenden Gedärme – sich durch irgendeine andere Theorie erklären lassen.«

McGray grinste. »Gut, Frey. Endlich vertreten wir einen gemeinsamen Standpunkt!«

»Allerdings.« Ich nickte. »Und Ihre Theorie engt die Zahl der Verdächtigen ziemlich ein: Wir suchen mit Sicherheit einen Violinisten, jemanden, der jung und schlank genug ist, durch einen Kamin zu steigen. Und Joe Fiddler zufolge machte sich Fontaine Sorgen, jemand wolle ihm die Geige stehlen.«

»Aber die Geige wurde nach seiner Ermordung nicht mitgenommen.«

»Genau. Das lässt mich sofort an … Vererbung denken.«

McGrays Augen weiteten sich. »Verdächtigen Sie diesen spindeldürren Theodore Wood?«

»In der Tat.«

Er fuhr sich rasch über seine Bartstoppeln, während der

Blick seiner blauen Augen auf das Feuer gerichtet blieb. »Nun, das Bürschchen scheint wirklich mager genug zu sein, um sich durch einen Schornstein zu zwängen, und wenn ich jetzt darüber nachdenke, haben wir Stücke der Partitur und Glas gefunden. Erinnern Sie sich, dass Sie bemerkten, der Mörder könne nicht besonders geschickt sein?«

»Ja. Ich kann mir sehr gut vorstellen, dass Wood ungeschickt mit etwas hantiert, während er den Schornstein hinaufklettert. Außerdem geriet er regelrecht aus dem Häuschen, als wir ihm die Violine gaben; ich hätte fast eine Gänsehaut bekommen.«

McGray nickte bedächtig. »Allerdings. Jetzt brauchen wir nur noch eine Erklärung für das Teufelszeichen und die fehlenden Gedärme.«

»Glauben Sie, Wood könnte etwas mit satanischen Ritualen zu tun haben?«

»Ich bin mir nicht sicher. Für mich sieht er nicht aus wie jemand, der es mit Zauberei hält. Aber das können wir leicht herausbekommen, wenn wir sein Haus durchsuchen. Ich weiß genau, wonach wir suchen müssen.«

Ich genoss den letzten Rest meiner Zigarre, während ich aus dem Bibliothekszimmer ging. »Ausgezeichnet. Ich werde mir morgen früh einen Durchsuchungsbefehl ausstellen lassen, damit wir sofort zur Tat schreiten können. Wie es aussieht, sind wir endlich ein Stück weiter.«

Es ist Zeit … ja, es ist Zeit.

Aber man muss sich sicher sein.

Nur ein rascher Ausflug, um nach ihm zu sehen. Nur ein kleiner Ausflug, um nachzusehen.

Er verwest …

20

Am nächsten Morgen stand ich über eine Stunde, bevor es Zeit zum Aufbruch war, auf. Wohl wissend, dass ich nicht wieder würde einschlafen können, machte ich mich fertig und nahm mir zusätzlich die Zeit, mich tadellos zu rasieren. Bislang hatte ich es versäumt, einen anständigen Barbier aufzusuchen.

»Sie sind früh auf, Sir«, sagte Joan, als sie mich die Treppe hinabkommen sah. »Möchten Sie schon etwas zum Frühstück?«

»Ja. Ist McGray noch nicht auf?«

»Nein. Als ich an seinem Zimmer vorbeikam, hörte ich ihn schnarchen wie einen Bär.«

Joan servierte mir eine Tasse starken Kaffee, und ich fand, ich könne die verbleibende Zeit dafür nutzen, mich zurückzulehnen und mich bei der Lektüre der Zeitung zu entspannen. Zumindest war dies meine Absicht, doch ich hatte noch keine drei Schlucke zu mir genommen, als jemand an die Tür klopfte. Joan ging zum Eingang, doch George rannte hektisch los, um sie zu überholen.

»Ich mach das, du dumme Kuh!«

Erneut brach Joan in vulgäres Geschrei aus, dieses Mal so laut, dass mir der Geduldsfaden riss. Ich warf die Zeitung auf den Tisch und folgte den beiden, um dem Paar endlich die Leviten zu lesen. Allerdings bekam ich keine Gelegenheit, auch nur ein Wort zu sagen. Denn als George die Tür aufmachte, erblickte ich den Menschen, mit dem ich am allerwenigsten gerechnet hatte.

Meinen jüngsten Bruder, Elgie. Eingehüllt in einen dicken Mantel, der ihn furchtbar schmächtig und kindlich wirken ließ, strahlte er mich an, als wäre Weihnachten. Er hatte einen großen Koffer und seinen Geigenkasten bei sich – mein Gott, wie satt ich Geigen hatte!

»*Was zum Kuckuck machst du denn hier?*«

Sein Lächeln verblasste nicht. »Ist das deine Art, deinen Lieblingsbruder willkommen zu heißen?«

»*Mein Lieblingsbruder!*«, quiekste ich. »Nach dieser Sache hast du deinen Rang mit dem verfluchten Oliver getauscht!«

»Wenigstens habe ich nicht Laurence den Rang abgelaufen!«

»*Ach, sei still! Ich mache keine Witze, verdammt.* Hast du mein Telegramm nicht erhalten? *Joan!* Haben Sie das verdammte Telegramm nicht abgeschickt? Ich sagte Ihnen doch, dass es dringend ist!«

»Aber ich habe es abgeschickt, Sir! Ich schwöre es.«

»Nun schimpf doch nicht mit der armen Frau«, schaltete sich Elgie ein. »Es muss zu Hause angekommen sein, als ich schon auf dem Weg war. Ich habe vor zwei Tagen diesen wunderbaren Zug genommen. Ich wäre auch schon früher angekommen, musste aber zwischendurch am Beattock Summit übernachten. Ich wusste gar nicht, dass die schottische Landschaft so beeindruckend ist; diese Berge, die ich während der Eisenbahnfahrt sah … dann die Burg und die Hügel in dieser Stadt! Bruder, du und ich, wir werden viel Spaß haben.«

Ich verbarg meine wütende Miene in den Händen. »*Spaß!* Glaubst du, ich wäre im Urlaub? Ich habe viel zu viel zu tun, und deine Marotten zu pflegen ist das Letzte, wozu ich jetzt Muße habe! Du wirst den nächsten Zug zurück nach Hause nehmen, hast du mich verstanden?«

Wie durchdringend mein Gebrüll war, wurde mir erst bewusst, als McGray mit verschlafenem Gesicht die Treppe herunterkam und dabei ziemlich pikiert wirkte.

»*Verdammt!* Genau an dem Tag, an dem ich einmal schlafen kann wie ein Murmeltier! Was geht hier vor, Frey? Meinen Sie nicht, das Gezeter dieser beiden hier reicht …?« Dann sah er meinen Bruder. »Wer zum Kuckuck ist das Kerlchen?«

Bevor ich Gelegenheit bekam, etwas zu sagen, trat Elgie vor, streckte die Hand aus und bedachte McGray mit einem albernen Grinsen. »Mr Elgie Frey, Sir. Inspector Freys jüngster Bruder.«

Nine-Nails schüttelte ihm nicht nur nicht die Hand, sondern warf ihm auch noch einen vernichtenden Blick zu. »Waaas?«, schrie er mich an. »Um Himmels willen! Soll ich hier alle verdammten Freys des ganzen Landes aufnehmen? Geben Sie sich etwa nicht zufrieden damit, Ihre alte Schrulle, Ihre Stute und Ihren Haufen nutzloser Scheiße unterzubringen, Sie überhebliches Londoner Mädel?«

Elgie blinzelte und schaute mich verwirrt an. »Verzeih mir, Bruder. Warum hat dieser Gentleman gerade zu dir Londoner Mäd…«

»*Es reicht!*«, brüllte ich. »McGray, sparen Sie sich Ihren stinkenden Atem, er wird nicht bleiben.«

»Aber Bruder …«

»Du bleibst nicht! Joan, schicken Sie ihn auf den ersten Zug, Dampfer, Pferd oder Maultier nach London. Wenn ich zurückkomme und ihn immer noch hier vorfinde, dann werfe ich *Sie* hochkant hinaus, das schwöre ich.«

Ich ließ mir Mantel und Hut geben und machte Anstalten, das Haus zu verlassen. Doch nun pflanzte Elgie sich vor mir auf.

»Ich werde nicht abreisen, Ian. Ich kann nicht glauben, dass ausgerechnet du mich aufforderst, nach Hause zurückzukehren. Wie kann es für dich richtig erscheinen, deiner Karriere zuliebe den ganzen Weg hier hinauf auf dich zu nehmen, aber von mir zu erwarten, dass ich zu Hause bleibe und die meine ignoriere? Nämlich die erste Geige bei einem Debüt von Arthur Sullivan zu spielen! Wie kannst du von mir verlangen, diese Chance verstreichen zu lassen?«

Ich massierte mir die Schläfen. Ich hörte regelrecht, wie Catherine rief, welch schlechten Einfluss ich auf ihren kleinen Jungen nehme. Aber im Moment hatte ich keine Zeit, mich zu streiten.

»Nun denn, bleib ein paar Tage, wenn es sein muss. Wir reden, sobald ich Zeit dafür habe.« Dann wandte ich mich McGray zu. »Ich werde ihn zum *New Club* schicken. Dort wird man ihm Unterkunft gewähren, also machen Sie sich keine Sorgen, in Ihrem verfallenen Schweinestall noch weitere Familienmitglieder von mir beherbergen zu müssen.«

Ich ging hinaus, bevor Elgie noch etwas erwidern konnte. Dass seine Anwesenheit nur Ärger mit sich bringen würde, war mir klar.

Während wir unsere Pferde bestiegen, sagte McGray: »Hätte mir nichts ausgemacht, wenn der Bursche hiergeblieben wäre. Ehrlich.«

Ich zog eine Augenbraue hoch, neugierig gemacht durch McGrays Sinneswandel. »Was denn, fühlen Sie sich jetzt etwa schuldig?«

»Nein. Seien Sie doch nicht so ein Knallkopf! Der Bursche scheint netter zu sein als Sie. Mumm hat er auf jeden Fall.«

»Danke, aber mir wäre es lieber, wenn er sich so weit wie möglich von meiner Arbeit fernhielte.«

Schweigend ritten wir zum Präsidium. Auf unserem Weg kam mir ein schmerzlicher Gedanke, nämlich dass Nine-Nails zweifellos die Gesellschaft eines Geschwisters vermisste.

Campbells Blick huschte ständig von links nach rechts, während er den noch nicht unterzeichneten Durchsuchungsbefehl überflog, der auf seinem Schreibtisch lag.

»Das ist mir mal eine kühne Theorie, Frey.«

»Sie hört sich vielleicht so an, Sir, aber die Indizien sprechen für sich.«

»Sagten Sie, McGray habe es von Anfang an vermutet? Warum hat er dann nicht schon früher etwas davon erwähnt?«

»Weil ihm die Beweise fehlten, sagte er mir. Um ehrlich zu sein, glaube ich, dass McGray *wollte*, dass sich seine Theorie erst bewahrheitet, das ließ ihn vorsichtig werden. Sie wissen ja, wie besessen er von allem ist, was mit dem Teufel in Verbindung steht.«

»Nur zu gut! Hat er diesen Wood auch verdächtigt?«

»Nein, Sir. Das war meine logische Schlussfolgerung.«

Campbell zog seine dichten Augenbrauen hoch. »Gut, gut. Gemeinsam geben Sie beide *einen* anständigen Inspector ab.« Er unterschrieb den Durchsuchungsbefehl und reichte ihn mir. »Durchsuchen Sie, so viel Sie wollen, Frey, ich hoffe, Sie sind auf der richtigen Spur. Sie sind nicht in der Position, sich irgendwelche Fehler erlauben zu können.«

Nach dieser liebenswürdigen Warnung gesellte ich mich zu McGray im Vorhof der City Chambers, wo unsere Pferde standen. Dann machten wir uns auf den Weg zum Konservatorium.

»Was hatte der alte Fuchs Ihnen mitzuteilen?«

Ich zuckte mit den Schultern und zog ein mürrisches Gesicht. »Hauptsächlich wollte er jammern. Der werte Campbell ist so reizend wie ein Tritt in den Unterleib. Er hat den Durchsuchungsbefehl unterzeichnet, das ist alles, was zählt.«

Wir ritten nach Norden und kamen genau in dem Moment am Konservatorium an, als die dunklen Wolken einen erbarmungslosen Regen entluden. McGray und ich stiegen von unseren Pferden und hasteten zum Eingang, während uns die kalten Tropfen ins Gesicht peitschten. Zufällig unterhielt sich Mr Ardglass gerade in der Eingangshalle mit einer Reihe von Schülern, sodass es nicht notwendig war, uns anzukündigen.

»Nanu, Inspector Frey!«, begrüßte er mich mit einem Lächeln, das verblasste, als er sich McGray zuwandte. Sein scheußlicher Schnurrbart stand ihm förmlich zu Berge. »Was kann ich für Sie tun? Müssen Sie noch jemanden befragen?«

»*Aye*«, erwiderte McGray schroff. »Wir müssen Wood sprechen. Können Sie ihn rufen?«

»Ich fürchte, ich habe Mr Wood heute Morgen noch nicht gesehen. Ich glaube, er ist krank.«

»Krank?«, fragte ich. »Hat es etwas mit seiner Verletzung zu tun?«

Ardglass verzog das Gesicht. »Oh, das war ein schrecklicher Anblick; er hat mir erzählt, wie es passiert ist. Er wird eine hässliche Narbe zurückbehalten. Aber nein, er sagte nur, dass er sich nicht wohlfühle. Das war gestern, ich glaube, gleich nach dem Mittagessen. Ich ging davon aus, dass er faules Obst gegessen hatte oder so etwas, daher ließ ich ihn gehen. Aber Sie werden ihn zu Hause vorfinden. Ich kann Ihnen die Adresse geben.«

Hastig kritzelte Ardglass die Anschrift nieder, da er offenkundig nicht mehr Zeit als nötig mit McGray verbringen wollte. Anschließend verließen wir das Konservatorium wieder. Der Regen hatte sich inzwischen in einen heftigen Sturm verwandelt, und wir ritten in dem Unwetter wie ein Bild des Jammers vor uns hin. Mein Hut und mein Mantel schützten mich, doch McGrays schwarzes Haar war binnen wenigen Minuten klatschnass. Seine Gesichtszüge blieben allerdings unverändert.

Wood wohnte am östlichen Ende der Royal Mile, nur ein paar Straßen entfernt von dem Anwesen, das Fontaine gemietet hatte.

»Welch passende Lage«, sagte ich, als wir uns dem großen Logierhaus näherten, in dem Wood wohnte. »Nahe genug an seinem Opfer.«

»Noch sind wir uns nicht sicher, Mädel.«

Vor dem Haupteingang stand eine große schwarze Kutsche, daneben ein kleines Fuhrwerk sowie eine Reihe von Pferden, die ihre Reiter erwarteten; die Leute standen vor der breiten Eingangstür herum und wirkten ziemlich aufgeregt.

»Geschäftiger Ort«, sagte McGray. Wir waren noch nicht abgestiegen, als ich ein vertrautes Gesicht vor dem Haus erblickte: Charles Downs, Fontaines Anwalt.

Angezogen wie von einem Magneten fiel der Blick des kleinen Mannes auf McGray und mich. »Inspectors! Was für eine Überraschung! Sind Sie hier, um auch im Fall von Mr Wood zu ermitteln?«

McGray musste absteigen, um sich ihm zuzuwenden, denn Downs war so klein, dass sein Gesicht auf Höhe von McGrays Schienbein gewesen war. »Woods Fall? Wie meinen Sie das?«

»Oh, ich dachte, Sie wüssten es schon … Nun … Mr Wood, ebenfalls mein Mandant, ist bedauerlicherweise gestern verschieden.«

21

Als ich das vernahm, wäre ich fast von meinem Pferd Philippa gefallen. »Er ist was?«

»Er ist verschieden«, wiederholte Downs, von unserer Unkenntnis verblüfft. »Gestern Nachmittag, sagte man mir.«

»Was ist geschehen?«

»Die Haushälterin erzählte mir, er sei sehr krank gewesen und habe sich ständig erbrochen. Der arme Mr Wood hatte immer schon eine labile Konstitution, fürchte ich.«

In diesem Moment sahen wir, wie zwei Männer aus dem Haus kamen, die eine sehr große Truhe schleppten. Darauf lagen zwei Geigenkästen.

»Soll das auf das Fuhrwerk, Sir?«, fragten sie.

»Wohin bringen sie das?«, blaffte McGray, bevor Downs etwas erwidern konnte. »Ist das Woods Eigentum?«

»In der Tat«, erwiderte Downs. »Als sein Anwalt ist es meine Pflicht, sein Erbe gemäß seinem Testament auszuhändigen.«

»Ich fürchte, Sie dürfen nichts aus diesem Haus entfernen. Jedenfalls noch nicht.«

»Wie meinen Sie das?«

»Wir haben einen Durchsuchungsbefehl. Zeigen Sie ihm das Dokument, Frey.«

Das tat ich. Downs riss mir das Papier förmlich aus der Hand, und seine kleinen Augen huschten wie wild über den

Text. »Aber das hier ist nicht mehr gültig! Man hat Ihnen das Recht gewährt, Mr Woods Wohnung und Sachwerte zu durchsuchen. Da er verschieden ist, gehören diese Sachen rechtlich nun jemand anders, und dafür benötigen Sie einen neuen D…«

Mit einer schwungvollen Bewegung trat McGray auf Downs zu. »Mr Downs, Sie können Ihren ganzen juristischen Scheiß gegen uns vorbringen, aber letztendlich werden wir uns zu helfen wissen und uns diese Gegenstände anschauen. In Anbetracht der Art dieses Falls würde uns die Behinderung unserer Arbeit nur Grund für den Verdacht geben, dass Sie etwas mit dem Tod dieser Männer zu tun haben. Sowohl von Wood als auch von Fon-teen.«

Diese letzten Worte sprach er bedrohlich flüsternd aus, sodass nur Downs und ich ihn hören konnten. Augenblicklich schwand der Mut des Anwalts. Er erbleichte und gab mir den Durchsuchungsbefehl zurück. »Wie Sie wünschen, Inspector. Aber Sie müssen mir Bescheid geben, sobald Sie Ihre Durchsuchung abgeschlossen haben.«

»Eigentlich sollten Sie hierbleiben«, sagte ich, als ich sah, dass Downs Anstalten machte, seine Kutsche zu besteigen. »Wir müssen Ihnen möglicherweise noch einige Fragen stellen.«

Er warf mir einen verbitterten Blick zu, doch ihm blieb nichts anderes übrig, als zu schlucken und zuzustimmen.

»Burschen, bringt die Sachen wieder rein«, ordnete McGray an. »Ich möchte, dass ihr alles *genau* dorthin stellt, wo es war.«

Die Männer trugen die Truhe wieder hinein, und wir folgten ihnen in einen weiträumigen Flur mit hohen Decken. Als sie die Stufen hinaufstiegen, erschien eine noch recht junge Frau. »Oh, ich dachte, Sie bringen das hier weg!«

»Sind Sie die Haushälterin?«, fragte McGray.

»*Aye*. Und Sie sind …?«

McGray stellte uns vor (erfreulicherweise nannte er mich dabei nicht Mädel) und bat mich, den Durchsuchungsbefehl vorzuzeigen. Doch die Frau nahm ihn nicht.

»Ich kann nicht so gut lesen. Ich glaube Ihnen auch so. Schauen Sie sich gern überall um.«

»Danke, Herzchen. Können Sie uns den Weg zeigen? Außerdem müssen wir Ihnen ein paar Fragen stellen.«

Wir betraten Woods Zimmer, während die Männer es verließen. Ich benötigte lediglich einen raschen Blick, um mir ein Bild von allem zu machen: ein altes Bett, ein Schreibtisch, auf dem einzig und allein Notenblätter lagen, ein Krug und ein fast leerer Kleiderschrank.

»Sieht nicht so aus, als würden wir hier eine großartige Durchsuchung vornehmen«, kommentierte McGray.

Ich nickte. Noch immer hatte ich mich nicht von der anfänglichen Überraschung erholt. Tatsächlich erinnerte mich der Ort an die Wohnungen der Opfer des Rippers. Nicht, weil er so schäbig gewesen wäre, sondern wegen des vollkommenen Mangels an Persönlichkeit: Es hingen keine Bilder an den Wänden, keine Porträts von Familienangehörigen – da war nur die Kargheit von jemandem, der sein Leben achtlos verstreichen lässt. Mir lief es kalt über den Rücken.

Ein Dienstmädchen wischte eifrig den Fußboden, doch der Raum sonderte nach wie vor den starken Gestank von Erbrochenem ab. Ich musste ein Taschentuch hervorholen, um es mir vor die Nase zu halten.

»Waren Sie hier, als es passiert ist?«, fragte McGray.

»*Aye*«, erwiderten Dienstmädchen und Haushälterin wie aus einem Munde. Der Ekel stand ihnen im Gesicht geschrieben.

»Erzählen Sie uns, was geschehen ist«, bat McGray. Ich sah, dass die Haushälterin noch blasser wurde, als sie sprach.

»Nun ... Es war etwa halb eins am Mittag, als Mr Wood von seiner Arbeit zurückkehrte. Er sagte, er fühle sich sehr unwohl, und sein Gesicht sah beängstigend aus, es war vollkommen gelb.«

»War er vor Kurzem krank gewesen?«, fragte McGray.

»Nein, aber er war auch nicht gerade von robuster Konstitution. Er hat nie richtig gegessen und hatte immer mal wieder Magenprobleme. Deshalb waren wir nicht allzu besorgt, als wir ihn sahen. Wir dachten bloß, es hätte ihn dieses Mal schlimmer erwischt als sonst.«

»Er hat sich hier eingeschlossen und ein wenig gespielt«, berichtete das Dienstmädchen. »Aber dann haben wir gehört, dass er röchelte und stöhnte. Wir mussten die Tür aufbrechen und haben ihn dann ... in seinem eigenen Erbrochenen vorgefunden.« Die arme Frau presste sich die Hand auf den Mund; die Erinnerung an den Anblick löste bei ihr erneut einen Brechreiz aus. »Schließlich ist er ohnmächtig geworden und nicht wieder zu sich gekommen.«

»Was haben Sie dann getan?«

»Ich habe eines der Dienstmädchen losgeschickt, um den Arzt zu holen, und ein anderes Mädchen, um den italienischen Gentleman zu holen, Mr Caroli.«

»Mr Caroli? Warum ihn?«

»Mr Wood hatte keine Familie. Mr Caroli war sein einziger Freund, der Einzige, der jemals kam, um ihn zu besuchen. Es war gut, dass wir nach ihm geschickt haben. Er hat sich um alles gekümmert; er hat den Bestatter verständigt, den Anwalt ... Er richtet sogar die Totenwache in seinem Haus aus.«

»Wo befindet sich die Leiche jetzt? Beim Bestatter?«

»*Aye*, ich glaube schon, Sir. Sie machen ihn sicher gerade zurecht.«

McGray nickte. Während er über die Informationen nachsann, ging er auf und ab. Ich sah ihm an, dass er genauso verblüfft war wie ich.

»Ist Ihnen während der letzten Tage etwas Ungewöhnliches aufgefallen?«, fragte ich eher gewohnheitsmäßig.

»Nun, bloß dass er ständig gespielt hat! Das hat er zwar immer getan, aber nicht so, nicht bis in die frühen Morgenstunden hinein, ohne eine einzige Pause einzulegen. Nicht einmal zum Abendessen ist er hinuntergekommen. Ich habe das Essen auf einem Tablett gebracht, aber er hat es gar nicht angerührt.«

»Einige der anderen Gäste haben sich beschwert«, fügte die Haushälterin hinzu. »Ich hätte meine Herrin gerufen, wenn das noch eine Nacht so weitergegangen wäre.«

»Wem gehört dieses Haus?«, fragte McGray. Die Antwort war schockierend, wenn auch nicht überraschend.

»Lady Anne Ardglass, Sir.«

Wir nickten einander zu.

»Und wie viele Mieter wohnen im Haus?«, fragte McGray.

»Noch sieben andere Gäste, Sir, dazu drei Dienstmädchen, darunter Mary hier, ein Koch, ein Hausmeister und ich selbst.«

»Können Sie alle, die Sie finden, jetzt sofort zusammenrufen? Wir möchten sie alle befragen. In der Zwischenzeit werden Inspector Frey und ich das Zimmer durchsuchen. Allein.«

»*Aye*, Sir.«

Die Haushälterin ging, bat das Dienstmädchen, ihr

zu folgen, und dann begannen McGray und ich mit der Durchsuchung.

»Es ist eine Schande, dass sie schon sauber gemacht haben«, erklärte ich mit Blick auf den gebohnerten Fußboden. »Womöglich haben sie dabei Beweismaterial entfernt.«

»*Aye*, aber bevor wir kamen, wurde dieses Zimmer nicht als potenzieller Tatort in Betracht gezogen.« McGray stellte sich in die Mitte des Raums und schaute sich einen Moment um. »Was sehen Sie, Frey?«

»Nicht viel. Ein bezahlbares Zimmer. Obergeschoss …«

»Kein offener Kamin«, bemerkte McGray und deutete auf einen sehr kleinen Holzofen. »Hier gibt es keinen Platz, um etwas zu verstecken.«

Er betrachtete die Truhe, die die Arbeiter auf seine Anweisung hin zurückgeschleppt hatten. Die Druckstellen auf dem Boden verrieten mir, dass sie sie nur wenige Zentimeter neben ihrem ursprünglichen Standort aufgestellt hatten.

Die Truhe hatte kein Schloss, und als McGray sie öffnete, stellten wir fest, dass sie halb leer war. In ihr lag ein teurer schwarzer Anzug (den Wood wahrscheinlich nur bei seinen Konzerten getragen hatte), seine Dokumente (nichts außer der normalen Geburtsurkunde, Schulzeugnissen und so weiter), loses Zubehör für seine Geige (Wirbel, Stege, Kolophonium et cetera) sowie eine kleine Ebenholzkiste, wunderschön mit einer Schnitzerei verziert, die eine Geige darstellte.

McGray ergriff sie. »Schauen wir doch mal, was wir hier haben …« Er öffnete sie, und wir fanden ein Bündel kuschelig in Samt eingerollte Violinensaiten. »Na so was! Eine schicke Kiste, um seine Saiten aufzubewahren, finden Sie nicht?«

»Allerdings. Im Gegensatz zu allem anderen in diesem Zimmer.«

»Was können Sie uns dazu sagen?«

Ich nahm eine Saite und inspizierte sie genauer. »Sie ist mit Sicherheit nicht aus Metall. Es könnte Katzendarm sein, aber sicher bin ich mir da nicht.«

Ein Leuchten flackerte in McGrays Augen auf. »Ich bin gerade erst jemandem begegnet, der uns eine Menge über Geigensaiten erzählen könnte.«

»Oh tatsächlich? Wer?«

McGray zog die Augenbrauen hoch.

»Was, Elgie? Nein, auf gar keinen Fall. Ich will *nicht*, dass er hier hineingezogen wird.«

»Es gibt keinen Besseren, der uns unbeeinflusste Informationen liefern könnte.«

»Oh doch, es muss jemand anders geben. Wir können Caroli oder diesen Ardglass oder sonst jemanden am Konservatorium fragen.«

»*Aye*, und jeder von ihnen könnte darin verwickelt sein.« Ich schüttelte den Kopf. »Kommen Sie, Frey, Ihr Bruder braucht ja keine Einzelheiten zu dem Fall zu erfahren.«

»Nein? Bestimmt werden Sie ihm bloß diese Saiten zeigen, ihn fragen, ob sie aus menschlichen Gedärmen bestehen, und dann erwarten, dass er keine Fragen stellt.«

»Wir werden uns etwas ausdenken«, schloss er und warf mir die Holzkiste achtlos zu. »Wir nehmen sie lieber mit.«

Ich konnte nicht weiter protestieren, da McGray bereits damit beschäftigt war, erneut den Inhalt der Truhe zu durchforsten. Außerdem schaute er sich die Wände sorgfältig an, klopfte die Fußbodendielen nach Hohlräumen ab und inspizierte alle Ecken und Nischen.

»Mehr gibt es hier nicht mehr zu sehen«, sagte ich mit

Blick auf die sauberen, nackten Wände. »Meinem Gefühl nach war Wood Violinist und sonst – wortwörtlich – nichts.«

McGray holte tief Luft und setzte sich auf das Bett. »Es gibt zwei Möglichkeiten: Entweder *war* Wood der Mörder, ist dann aber allzu schnell nach seiner Tat selbst abgekratzt … Oder jemand hat sich seiner entledigt, um die Geige in die Finger zu bekommen.«

»Ich neige dazu, Letzterem Glauben zu schenken.«

»Müssen Sie eigentlich immer so reden?«

»McGray, würden Sie sich bitte konzentrieren?«

»Schon gut, schon gut. *Aye*, ich stimme mit Ihnen überein. Wood ist zu einem seltsamen Zeitpunkt gestorben.«

Nachdenklich klopfte ich gegen die kleine Holzkiste. »Fragen Sie mich nicht, wieso, aber mir kommt es so vor, als sei er vergiftet worden.«

»Meinen Sie?«

»*Aye* … Ich meine natürlich: Ja! Spuren von Gift in Woods Magen zu finden sollte kein Problem sein, aber wir müssen seine Leiche sofort in die Leichenhalle bringen lassen.«

»*Aye*, aber wir müssen auch sehr bald diese ganzen Leute hier befragen, solange sie alles noch in frischer Erinnerung haben. Ich denke, wir sollten uns aufteilen. Sie befragen die Leute hier – ich weiß, dass Sie das sehr gerne tun –, und in der Zwischenzeit sorge ich dafür, dass die Leiche in die Leichenhalle transportiert wird.«

»Dafür werden Sie einen Dienstbefehl benötigen.«

»Pah! Geben Sie mir den Durchsuchungsbefehl, den wir schon haben. Ich werde *überzeugend* sein.«

»Bitte machen Sie keine Dummheiten, zum Beispiel dem Bestatter die Arme brechen …«

»Versprechen kann ich nichts, Jungchen«, sagte er und ging davon.

Als ich die Treppe hinunterstieg, stellte ich fest, dass die Haushälterin alle Personen versammelt hatte, die sich derzeit im Haus aufhielten. Downs saß mit Leichenbittermiene unter ihnen. Ich beschloss, ihn als Ersten zu befragen, da eine verdrossene Gemütsverfassung die Aussage eines Menschen höchstwahrscheinlich negativ beeinflusst. Ich sagte der Haushälterin, ich zöge es vor, jeden Einzelnen unter vier Augen zu befragen, worauf sie uns in einen kleinen abgeschiedenen Salon führte.

Downs' Version der Geschichte stimmte mit der Aussage der Haushälterin überein. Er hatte eine Nachricht von Mr Caroli erhalten, in der dieser ihn über Mr Woods Tod informierte. Daraufhin hatte er in seinen Akten nach dem Testament des Verstorbenen gesucht und sich sofort darangemacht, die notwendigen Formalitäten in die Wege zu leiten und die bewegliche Habe zu verteilen ... die nicht viel und auch nicht allzu wertvoll war.

»Sein einziger wertvoller Besitz waren seine beiden Violinen ... und vielleicht die Mahagonitruhe, die Sie gesehen haben«, erklärte Downs, während er eine Tasse Tee trank, der offensichtlich entspannend auf seine Stimmung wirkte. Der Mann liebte Tee wirklich. »Wie Sie wissen, hat er das zweite Instrument erst vor wenigen Tagen erhalten.«

»Können Sie mir sagen, wer Mr Woods Hab und Gut erben wird?«

»Nun, Familie hatte er keine, wie Sie mittlerweile wohl wissen. Bekannte hatte er ein paar, aber zu den meisten pflegte er kein enges Verhältnis. Er hat schlichtweg alles Mr Caroli hinterlassen.«

»Sehr interessant ...«, murmelte ich. »In Ordnung,

Mr Downs, Sie können jetzt gehen. Es tut mir leid, dass wir Sie so lange aufgehalten haben. Leider kann ich die persönliche Habe noch nicht freigeben. Ich hoffe, Sie haben Verständnis dafür.«

Downs wollte schon aufstehen, zögerte dann aber. Er machte den Mund auf, doch es fiel ihm schwer, etwas über die Lippen zu bringen.

»Mr Downs, ist da noch etwas, das Sie mir sagen möchten?«

»Ähem … Nun ja, Inspector. Wissen Sie, ich bin nicht dumm. Ich weiß, dass Sie und Inspector McGray die Spur von Monsieur Fontaines Violine verfolgen und dass ich sehr viel damit zu tun habe.«

Ich beschränkte mich auf ein Nicken, da ich keine Informationen zu meinen Theorien preisgeben wollte. In Wahrheit hatte ich ihn bis zu dem Moment, in dem er es selbst ansprach, nicht für verdächtiger gehalten als irgendeinen anderen, der etwas damit zu tun hatte.

»Sie verstehen sicher, dass dies schlichtweg an meinem Beruf liegt!«, sagte er. »Ich bin seit Jahrzehnten der Anwalt dieser Musiker; sie empfehlen mich untereinander; es ist nur logisch, dass ich mich um sämtliche ihrer Rechtsangelegenheiten kümmere, auch um ihre Testamente! Mr Wood war nicht besonders praktisch veranlagt; er hat mich nur beauftragt, weil Mr Ardglass es ihm vehement nahegelegt hatte. Ardglass und Monsieur Fontaine waren zwei meiner ersten Mandanten.«

Downs' Beharrlichkeit, seinen Namen reinzuwaschen, bewirkte nun das Gegenteil. Ihm standen Schweißperlen auf der Stirn, und bei manchen Worten zitterte seine Stimme.

Ich nickte erneut und beschied ihm, er könne gehen.

Doch als er dies tat, waren seine Schritte zögerlich. Hatten McGrays Worte den Mann einfach nur erschreckt … oder bereitete ihm etwas anderes Sorgen? Was immer es war – da ich noch viele Personen vorladen musste, würde ich es später herausfinden müssen. Ich befragte sie einen nach dem anderen und kritzelte dabei hastig ihre vollkommen vorhersehbaren Antworten in mein Notizbuch.

Die junge Haushälterin: »Sie müssen entschuldigen, Sir, aber bei Mr Wood habe ich manchmal eine Gänsehaut bekommen. Kein Liebchen, keine Freunde außer den wenigen Musikern, mit denen er zu tun hatte … Und er sah so merkwürdig aus! Als ich diesen grässlichen Schnitt in seinem Gesicht sah, wäre ich fast davongelaufen.«

Der ungepflegt aussehende, nach Schweiß riechende Hausmeister: »Nein, Boss, er hat kaum mal mit jemandem gesprochen, aber ich sage Ihnen, falls eine schlechte Auster ihn umgebracht hat, würde mich das nicht überraschen; der Bursche war total schwach auf der Brust. Ich musste ihm immer seine Marmeladengläser aufmachen.«

Das ganz junge Dienstmädchen: »Scheußliche, scheußliche Kotze, und ich musste alles auf leeren Magen wegwischen! Eigentlich sah es eher nach Gallenflüssigkeit aus, Sir, so als hätte Mr Wood schon eine Weile nichts mehr gegessen. Ich weiß das, weil die Kotze meines verstorbenen Dads immer so aussah, wenn er aus dem Pub nach Hause kam.«

Die knochendürre alte Jungfer, die im Zimmer unter dem von Wood wohnte: »Er war ein ganz kauziger Geselle. Sehr sonderbar, aber da ich hier in einem Logierhaus wohne, habe ich schon Schlimmeres gesehen. Ich kann nicht sagen, dass mich seine Musik gestört hätte, aber vergangene Nacht war ich versucht, an seine Tür zu klopfen und ihn zu bitten, damit aufzuhören. Er hat ein außerordentlich schreckliches Stück zum Besten gegeben. Nun, es war nicht einmal ein ganzes Lied. Er hat die gleiche Passage gespielt, immer und immer und immer wieder. Ich habe Alpträume davon bekommen.«

Mir waren mittlerweile fast die Augen zugefallen, doch diese Worte ließen mich aus meiner Benommenheit hochschrecken.

»Alpträume? Darf ich fragen, warum?«

Von meiner plötzlichen Aufmerksamkeit höchst geschmeichelt wurde die Frau munter. »Nun, es hörte sich nicht schön an wie eine liebliche Melodie oder ein Walzer. Es war eher so … so, als zitterte die Violine.«

Mein letzter Zeuge war der pausbäckige Mann, der auf der gegenüberliegenden Seite des Flurs wohnte. »Und plötzlich riss es ab. Es war auf einmal ruhig, und dann hörte ich den armen Kerl röcheln, und die Hausmädchen machten Theater. Sie baten mich, ihnen dabei zu helfen, die Tür aufzubrechen und … nun, den Rest wissen Sie ja.«

Als ich die Befragungen abgeschlossen hatte, beschlagnahmte ich sämtliche Schlüssel zu Woods Zimmer und ging hinauf, um die Tür eigenhändig abzuschließen. Zuvor schaute ich mich ein letztes Mal im Zimmer um, nur um mich zu vergewissern, dass alles noch an Ort und Stelle war. Und das war es auch. Als ich die beiden Geigenkästen sah, die nun auf dem Bett lagen, fällte ich eine verrückte Entscheidung: Ich würde die Amati Maledetto mitnehmen. Ich öffnete die Kästen, um sicherzugehen, dass ich das richtige Instrument mitnahm; es war aufgrund des Löwenkopfs leicht zu erkennen.

Diese Entscheidung sucht mich bis heute noch nachts heim … die Violine mitzunehmen … Nur Gott weiß, wie sich der Fall entwickelt hätte, wenn ich sie dort gelassen hätte.

Es regnete immer noch in Strömen, als ich ins Präsidium zurückkehrte. Ich begegnete Constable McNair am Eingang, und er unterrichtete mich davon, dass McGray einige Stunden zuvor zurückgekommen sei. Ich ging zur Leichenhalle und traf ihn dort geduldig am Eingang wartend an.

»Konnten Sie den Leichnam mitnehmen?«

»*Aye*. Reed schaut ihn sich gerade an.«

Ich war froh, dass McGray beschlossen hatte, sofort zum Bestatter zu fahren, denn andernfalls hätten wir beide wertvolle Zeit in diesem Logierhaus vergeudet. Während wir darauf warteten, dass Reed die Obduktion durchführte, berichtete ich McGray das wenige, das ich von Woods Nachbarn in Erfahrung hatte bringen können, und von den seltsamen Äußerungen, die Downs gemacht hatte.

»Meinen Sie, er könnte etwas damit zu tun haben?«, fragte McGray. »Ich habe ihm nur gedroht, weil ich Campbell nicht noch um eine weitere verfluchte Anordnung bitten und noch mehr Zeit verplempern wollte – Sie zetern herum wie ein Marktweib, wenn wir Zeit vergeuden!«

»Ich kann mir nicht vorstellen, dass jemand wie er einen Kamin hinaufklettert, auch wenn er klein genug dafür wäre. Aber er wirkte schon sehr darauf erpicht, sich vom Verdacht reinzuwaschen. Ich wage zu behaupten, dass er keine weiße Weste hat.«

McGray wollte noch etwas sagen, doch genau in diesem Moment trat Reed mit blutverschmierter Schürze aus dem kleinen Untersuchungsraum.

»Inspectors, Sie können jetzt hereinkommen.«

Wir folgten ihm und stellten fest, dass die Leiche mit

einem blutbefleckten Laken zugedeckt war. Nur Woods käsiges Gesicht schaute hervor; die lange Narbe, wo ihn die Saite gepeitscht hatte, sah im Vergleich dazu schwarz aus.

»Es ist ein eindeutiger Fall von Cholera«, erklärte Reed, während er auf die Leiche hinabschaute. »Ich habe nichts Sonderbares in seinem Magen gefunden … nun, eigentlich überhaupt nichts. Er hat so viel erbrochen, dass der Magen zum Zeitpunkt seines Todes leer war.«

»Eines der Hausmädchen hat erwähnt, dass er offenbar kein Essen mehr erbrochen hat«, sagte ich.

»Das würde mich nicht überraschen«, erwiderte Reed. »Und wahrscheinlich hatte er auch nichts getrunken. Es liegen deutliche Anzeichen von Dehydrierung vor. Schauen Sie sich seine tiefliegenden Augen an.«

»Haben Sie keine anderen Verletzungen entdecken können, Jungchen?«, fragte McGray.

»Überhaupt keine, Sir. Keine Spuren irgendwelcher Verletzungen oder Traumata. Wenn ich das so sagen darf, ist Krankheit in Anbetracht seines Körperzustands die logischste Erklärung. Es war eine Tragödie mit Vorankündigung: Er hat brüchige Knochen und schlechte Zähne, ist unterernährt und hatte offenbar häufig Infektionen im Verdauungstrakt, zudem Hautprobleme …« Er wies auf Woods Geigerfleck und die hässlichen Furunkel darum. »Es sieht aus, als habe er einfach nicht auf sich geachtet. Sich nicht anständig ernährt, Krankheiten nicht behandelt …«

»Er hat nur gegeigt«, sagte McGray.

»Was immer er getan hat, sein Körper war nicht imstande, mit dieser plötzlichen Attacke fertigzuwerden.«

Ich schaute auf das reglose Gesicht, während ich mich in Gedanken bemühte, Reeds Aussagen zu verarbeiten.

»Viele Gifte verursachen Symptome, die irrtümlich für Cholera gehalten werden können«, warf ich schließlich ein.

»Glauben Sie immer noch, er wurde vergiftet?«, fragte McGray.

»Ich weiß nicht ... Irgendwas stimmt hier nicht, McGray. Sie könnten recht haben, und der Mann ist an einer plötzlichen Krankheit gestorben ... aber, wie Sie sagten, warum *genau* jetzt? Unmöglich ist das zwar nicht, aber diese Kröte zu schlucken ist schwer. Ich bin erst dann im Reinen damit, wenn ich den Leichnam einer vollständigen Analyse unterziehen lasse.«

»Ja, Sir«, stimmte Reed zu. »Ich kann Proben aus seinem Verdauungstrakt entnehmen und auf alle Gifte testen lassen, die Sie wollen.«

»Können Sie zusätzlich Blutproben entnehmen?«, fragte ich.

»*Aye*, Sir. Das wird einige Tage dauern, aber ich lasse es Sie sofort wissen, wenn ich etwas Ungewöhnliches finden sollte.«

»Ausgezeichnet«, sagte McGray. »Können Sie alle Proben, die Sie brauchen, sofort entnehmen und kühl aufbewahren? Ich möchte den Burschen hier, so schnell wir können, zum Bestatter zurückschaffen.«

»Natürlich, Sir.«

»Warum die Eile?«, fragte ich McGray.

»Ich sag's Ihnen gleich. Gehen wir ins Büro.«

»Sollten wir Caroli darüber informieren, dass Wood ohne Magen beerdigt wird?«, fragte Reed McGray, als wir die Leichenhalle verließen.

»Nein, Jungchen. Je weniger die wissen, desto besser.«

Als wir wieder unser Kellerbüro betraten, sah ich, dass Tucker unter McGrays Schreibtisch ein Nickerchen machte. Dieser Hund döste ständig; er erinnerte mich an meinen Bruder Oliver.

Ich legte die Amati Maledetto auf den Schreibtisch und stieß einen erschöpften Seufzer aus. »Wie geht es nun weiter?«

»Ich bin mir nicht sicher«, antwortete McGray und ließ sich auf seinen Stuhl fallen. »Aber ich bin froh, dass Sie die Geige mitgebracht haben. Ich habe eine Idee … aber sie ist riskant.«

»Erzählen Sie.«

»Ich denke, wir sollten die Geige als … Köder benutzen.«

»Köder? Wie meinen Sie das?«

»Selbst wenn wir beweisen, dass Wood vergiftet wurde, liefert uns das womöglich trotzdem nicht viele neue Hinweise auf den Mörder. Es wäre vielleicht keine schlechte Idee, wenn wir selbst dafür sorgen, dass sich die Ereignisse … entwickeln.«

Ich schwieg einen Moment. »Das ist in der Tat höchst riskant, McGray. Wenn jemand versucht, sich diese Violine anzueignen, wollen wir doch gerade *verhindern*, dass sich die Ereignisse entwickeln.«

»Glauben Sie nicht, ich sei leichtsinnig, Frey. Ich würde die Geige nicht herumliegen lassen, sodass jemand ihren Besitzer nach Belieben abschlachten kann. Ich denke, wir sollten versuchen, ihren Weg vorherzusehen und ihm dann zu folgen.«

»Ihren Weg vorhersehen?«

»*Aye*. Und dieser Fiesling Downs wird uns sicher dabei helfen – und sei es nur, um seine eigene Haut zu retten.«

Downs' Büro schien wie für ihn maßgeschneidert. Es war einer der kleinsten Arbeitsräume, die ich je gesehen hatte, völlig zugestellt mit Fallakten und Bergen von Papierkram. Schreibtisch und Stühle waren dermaßen vollgepackt, dass es kaum noch Platz gab, um sich zu bewegen. Andererseits brauchte ein so kleiner Mann ja wohl auch nicht viel Platz.

McGray und ich setzten uns auf die Stühle vor dem Schreibtisch, während der Anwalt sein Archiv konsultierte. Meine Knie musste ich fast bis an die Brust ziehen – so wenig Platz hatten wir.

»Da habe ich es …«, sagte Downs, während er eine kleine Leiter hinabstieg und eine Akte aus einem der oberen Regalfächer mitbrachte. »Signor Danilo Bartolomeo Caroli.« Er setzte sich an seinen Schreibtisch und schaute in die Papiere. »Oh ja, genau wie ich es in Erinnerung hatte. Er hinterlässt seinen gesamten Besitz seiner Frau, Signora Lorena Caroli. Sollte ihr etwas zustoßen, ginge alles an seinen Cousin zweiten Grades, so ein Bursche in Rom namens Fausto Larpi; aus einem entfernten Zweig seiner Familie. Ich glaube mich zu erinnern, dass er sagte, sie hätten einander seit ihrer Kindheit nicht mehr gesehen.«

»Zurück zu Mrs Caroli«, sagte McGray. »Hat sie ein eigenes Testament?«

»Oh ja, tatsächlich hat sie es erst vor ein paar Monaten geändert … Lassen Sie mich nachschauen.« Dieses Mal suchte er in einem Stapel Dokumente direkt neben seinem Schreibtisch, aus dem er eine weit dünnere Akte herausangelte. »Ja, ja. Wie ich schon sagte, sie hat ihren letzten Willen im Juli geändert. Vorher sollten ihr gesamtes Eigentum und ihre Ersparnisse an Mr Caroli gehen und, im Falle seines Nichterscheinens, auf mehrere Kirchen und Wohltätigkeitsorganisationen aufgeteilt werden. Jetzt vererbt sie ihr Hab und Gut zu gleichen Teilen ihrem Gatten und ihrem Kind. Sie wissen, dass sie schwanger ist?«

»Das wissen wir«, sagte ich. »Was meinen Sie, McGray?«

Tief in Gedanken versunken strich er sich über seine Stoppeln. »Das sind ganz normale Testamente … und beide bringen uns nicht weiter.« Während er dies murmelte, wirkte er halb abwesend, besann sich dann aber wieder. »Mr Downs, hätten Sie etwas dagegen, wenn *wir* Caroli etwas von den Besitztümern übergeben, die Wood ihm hinterlassen hat?«

»Ganz und gar nicht, Inspector. Ich würde Sie nur bitten, mir wenn möglich zu sagen, von welchen Besitztümern Sie sprechen, damit ich sie auf der Liste der Erbstücke, die ich aushändigen muss, abhaken kann.«

Bevor er weitersprach, fokussierte McGray Downs. »Nicht viel. Nur die verfluchte Geige … und ein paar Saiten.«

Sowohl McGray als auch ich selbst betrachteten den Mann aufmerksam, auf den kleinsten Anflug einer Reaktion achtend. Doch Downs nickte nur und notierte die Gegenstände mit ausdrucksslosem Gesicht rasch auf einem Zettel.

»Das *muss* vertraulich behandelt werden, Mr Downs«, sagte McGray.

»Aber selbstverständlich, Inspector«, erwiderte er mit nach wie vor ausdruckssloser Miene.

22

Elgie kam in Edinburgh so gut zurecht, als hätte er dort schon sein halbes Leben verbracht. Wir erkundigten uns im *New Club* nach ihm, erfuhren dort jedoch, dass er bereits im Royal Lyceum Theatre probte. Das imposante weiße Gebäude befand sich ganz in der Nähe, fast am Fuß des Castle Rock, sodass wir mit unseren Pferden nicht einmal eine Viertelstunde dorthin benötigten.

Als wir eintraten, wurde ich angenehm überrascht. Die Haupthalle war zwar nicht groß, zeugte aber von erlesenem Geschmack. Die Decke der Kuppel war reicht verziert mit vergoldetem Stuck, der einen großen glitzernden Kronleuchter umgab. Nicht weniger beeindruckendes Stuckwerk schmückte die Balustraden von drei Balkonebenen. Die Reihen mit rotem Samt bezogener Sitze standen einer breiten, tiefen Bühne gegenüber. Ich konnte mir vorstellen, wie mein Vater und Catherine sich vor lauter Neid darüber den Mund zerreißen würden.

Im Orchestergraben stießen wir auf Elgie und trafen glücklicherweise genau in dem Moment ein, als der miesepetrige Leiter allen eine Pause gönnte. Elgie erkannte die Ernsthaftigkeit meines Anliegens und führte uns zu einem der am höchsten gelegenen Balkone mit Blick auf die Bühne und der Möglichkeit, ungestört zu reden.

»Das ist ein sehr schöner Ort«, sagte er mit breitem Grinsen, »findet ihr nicht?«

»Zu glitzernd für meinen Geschmack«, sagte Nine-Nails. Offenbar bescherte ihm der gepolsterte Sitz einen Hautausschlag.

»Ich dachte, Sullivan würde dirigieren«, sagte ich.

»Im Moment noch nicht. *Macbeth* hat am Silvesterabend in London Premiere. Daher ist er jetzt noch damit beschäftigt. Aber er kommt, sobald sie das Stück nächstes Jahr hier aufführen. Hoffentlich ist er nicht so mürrisch wie der hier; der Mann zermürbt uns!«

Mir fiel auf, dass Elgies Hals ziemlich gerötet war. »Allerdings, ich sehe es deiner Haut an. Benutzt du denn dein Tuch nicht?«

»Ich habe es heute Morgen in meinem Zimmer liegen lassen, aber morgen werde ich es mit Sicherheit benutzen.«

Ich gab ihm mein Taschentuch. »Nimm in der Zwischenzeit das hier. Ich habe gesehen, wie hässlich diese ›Geigerflecken‹ werden können, und ich will nicht von Catherine gesagt bekommen, was für einen schlechten Ein…«

»*Och*, nun heben Sie sich doch Ihr Geschwätz für später auf, Frey«, drängte McGray. »Jungchen, wir brauchen ein paar Informationen von Ihnen.«

Interessiert riss Elgie die Augen auf. »Oh wirklich? Werde ich Ihnen helfen, einen Jack the Ripper zu überführen?«

Seine Begeisterung ließ mich geradezu schaudern.

»Nein. Es ist ziemlich belanglos«, log ich und holte das kleine Ebenholzkästchen hervor. »Was kannst du uns über das hier und seinen Inhalt sagen?«

Elgie untersuchte das Kästchen und ließ die Finger über die Schnitzerei der Geige gleiten. »Sieht aus wie ein teures kleines Ding, und die Geige ist perfekt getroffen.«

»Perfekt?«, wiederholte McGray.

»Ja. Perfekte Proportionen, und jedes Detail befindet

sich genau dort, wo es sein sollte. Ich habe schon aberwitzige Darstellungen von Violinen mit sechs Saiten oder ohne Steg gesehen. Das ist für mich so, als malte man einen Menschen mit drei Armen. Wer immer das hier geschnitzt hat, war entweder äußerst aufmerksam, oder er hat außergewöhnliche Kenntnis von Violinen.«

McGray nickte und prägte sich jedes Wort ein.

Elgie öffnete das Kästchen. »Violinensaiten. Auch die sind sehr wertvoll.«

»Woher wissen Sie das?«

»Sie sind aus Katzendarm und von sehr guter Qualität. Höchstwahrscheinlich handelt es sich um italienische Saiten.«

McGray schaute auf. »Italienische?«

»Ja. Die besten Saiten stammen aus Italien. Manche halten die Herstellung von Katzendarmsaiten geradezu für eine Kunst. Man braucht jahrelange Erfahrung, um die Methode zu perfektionieren.«

Ich dachte darüber nach. »Weißt du, wie man sie herstellt?«

»Nun, die Grundlagen kenne ich schon. Zuerst weicht man die Därme ein oder zwei Tage in Lake ein, damit sie nicht verfaulen. Dann kratzt man das Fett ab und behandelt sie anschließend mit Lauge, so lange, bis der Darm durchscheinend wird. Dazu bedarf es etwa einer Woche ständiger Arbeit. Dann schneidet man sie in dünne Streifen und verdreht sie wie ein Seil, bevor man sie trocknen lässt. Das kann noch einmal eine Woche dauern. Schließlich schmirgelt man sie ab und poliert sie mit einer Mischung aus Pflanzenfasern und Olivenöl.«

»Äußerst langwierig«, kommentierte ich. »Ich nehme an, die Gedärme müssen frisch sein?«

»Ja. Du kannst dir ja denken, dass Därme nicht die saubersten aller Organe sind, daher müssen sie so schnell wie möglich ins Lakebad.«

»Und das ist kein Handwerk, das man ohne Weiteres im Verborgenen ausüben könnte?«

»Aber nein! Man braucht dazu eine große Werkstatt, um die Saiten zu dehnen, und wie ich gehört habe, verströmen die Därme in der Lauge einen grauenhaften Gestank.«

Ich nickte. In Gedanken sondierte ich bereits die Konsequenzen, die sich daraus ergaben. »Ich glaube, das war alles, was wir wissen wollten. McGray?«

Er beugte sich zu Elgie vor und hob eine der Saiten an. »Saiten werden normalerweise aus Ziegendarm hergestellt, nicht wahr?«

»Zumeist Ziege oder Schaf, ja, aber zum Teil auch aus Pferd oder Schwein. Manche Musiker behaupten, Rinderdarm sei der absolut beste.«

Ich begriff, worauf McGray hinauswollte, konnte ihn aber nicht aufhalten.

»Junge, können Sie sagen, ob diese hier aus Ziege sind – oder etwas anderem?«

Elgie musste etwas aus McGrays Tonfall herausgehört haben, denn er legte die Saite sofort beiseite und wirkte leicht angeekelt.

»Nein, das kann ich nicht. Wenn Sie einen Tropfen Blut sehen, können Sie ja auch nicht sagen, ob er von einem Menschen oder einem Tier stammt.« Er machte das Kästchen wieder zu. »Aber die Musik hört sich wirklich anders an, was einem einen gewissen Hinweis liefern könnte. Meine Ohren sind dafür aber nicht geschult genug. Vielleicht könnte Ihnen einer der Maestros am Konservatorium weiterhelfen.«

»Fon-teen hätte es vielleicht erkannt«, murmelte McGray so leise, sodass nur ich ihn verstehen konnte.

»Ich bin froh, dass wir mit dem Burschen gesprochen haben«, sagte McGray, als wir das Theater verließen. »Wenn es mehr als zwei Wochen dauert, um Saiten herzustellen, dann muss sich der Mörder jetzt, in diesem Moment, mit Fon-teens Därmen befassen. Das liefert uns eine weitere Spur, der wir nachgehen können.« Er bemerkte, dass ich die Stirn runzelte. »Was ist denn jetzt schon wieder? Haben Ihnen die Fragen nicht gefallen, die ich ihm gestellt habe?«

Ich schüttelte den Kopf. »Nein, das wird ihm nichts ausmachen. Was mich beunruhigt, ist unsere Suche nach stinkenden, zerfressenen Eingeweiden. Mir wird klar, dass dieser Fall zunehmend schmutziger wird.«

Nine-Nails lachte gackernd. »*Och*, wir haben doch noch nicht einmal angefangen, Frey. Machen Sie Ihren schwächlichen Magen lieber auf etwas gefasst. An der Leine fängt der Hund keinen Hasen.«

23

»Ich dachte, Schwarz gefällt Ihnen nicht, Sir«, sagte Joan, als sie mir das einzige schwarze Jackett reichte, das mitzubringen ich sie gebeten hatte.

»Allerdings. Ich vermeide es, wann immer ich kann. Dieses Mal jedoch ist es mir unmöglich. Ich nehme an einer Totenwache teil.«

»Meine Güte! Ich hoffe, es war keiner Ihrer Freunde!«

»Nein, nein. Es hat mit der Arbeit zu tun. Ich bin dem Mann nur ein einziges Mal begegnet, muss ihm aber dennoch meinen Respekt erweisen. Die Gastgeber sind Italiener und vermutlich sehr religiös. Die Totenwache wird auf ihre althergebrachte katholische Art und Weise ablaufen, mit offenem Sarg und so weiter, die Beerdigung selbst findet dann morgen früh statt. Warum sie ihre Verstorbenen gerne die ganze Nacht über anstarren, begreife ich nicht.«

»Italiener! Bestimmt reden Sie von Mr und Mrs Caroli.«

Überrascht ließ ich meine Krawattennadel fallen. »Woher wissen Sie von den beiden?«

»Na ja, also, heute Morgen war ich auf dem Markt und habe da ein sehr gesprächiges Dienstmädchen getroffen, das für sie arbeitet. Das arme Ding hat mehrere Körbe mit Zwiebeln, Karotten und Pastinaken getragen und so schrecklich kleine Tomaten, wie ich sie noch nie …«

»Joan, sofern Sie nichts anderes zu erzählen haben, ist es mir gleich, wie viele verdammte Steckrüben sie getragen hat.«

»Also, ich weiß es, weil das Mädchen gestolpert ist und ihr alle Körbe dabei hingefallen sind. Es war ein absolutes Tohuwabohu, überall rollte Gemüse durch die Gegend! Und stellen Sie sich vor, ich war die Einzige, die ihr geholfen hat! Wir mussten ihren Zwiebeln bis über die Straße nachjagen! Dann haben wir ausgiebig miteinander geplaudert, während ich verschnauft habe, und sie hat mir erzählt, dass die Leute hier die Mitglieder ihres Haushalts schneiden, sowohl die Herrschaften als auch die Bediensteten. Sie hat mir so leidgetan.«

Ich zog eine Augenbraue hoch. »Na, *Sie* sind gut im Tratschen!«

»Oh, tut mir leid, Sir. Ich weiß ja, Sie mögen dieses ganze Geschwätz nicht. Ich lasse Sie jetzt …«

»Nein, nein, nein, warten Sie! Warum mögen die Leute die beiden nicht? Hat sie Ihnen das gesagt?«

Joan fing an zu kichern wie ein Backfisch. »Oh, nun habe ich aber doch Ihre Neugier geweckt, nicht wahr?«

»*Joan!*«

»Also, sie hat sich nicht so ganz deutlich ausgedrückt. Sie meinte, die Leute hätten Angst vor ihrer Herrin – sie würden sie ›Hexenfinger‹ nennen, und Kinder liefen vor ihr davon, wenn sie in die Stadt geht. Angeblich geht es um einen Fluch, der auf ihrer Familie lastet. Manche Leute behaupten sogar, sie hätten böse Geister gesehen, die nachts um ihr Haus herumschlichen.«

Ich schüttelte den Kopf. »Herrgott noch mal! Wie können Menschen nur so verdammt gefühllos sein? Diese arme Frau ist krank, nicht verflucht!«

Nun begriff ich, warum ihr Bekanntenkreis so begrenzt war. Angesichts ihrer lautstarken Gastfreundschaft war mir dies merkwürdig vorgekommen. McGray und ich waren

Fremde für sie gewesen, und doch hatten sie uns mit ihrer Aufmerksamkeit förmlich erstickt. Bestimmt bemühten sie sich verzweifelt, Anschluss zu finden. Ich verstand nun auch Mrs Carolis liebevolle Rede nach dem Verlust von Fontaine, der einzigen Person, die sich trotz ihrer Krankheit mit ihnen beiden angefreundet hatte, und warum sie sich trotz dessen eigentümlichen Naturells mit Wood angefreundet hatten.

Ich beschloss, diese Geschichte McGray nicht zu erzählen, weil dessen zurückgezogene Lebenssituation mitsamt dem Finger fatale Ähnlichkeiten damit aufwies.

*

Im Laufe des Abends legte sich dichter, schwerer Nebel über Edinburgh, und während wir zum Haus der Carolis ritten, konnten McGray und ich einander kaum noch sehen. Der fast volle Mond leuchtete über uns wie eine halb verhangene Laterne, und der Nebel sah in seinem Licht aus wie vom Wind vor sich hergetriebene, silbrig glitzernde Rauchschwaden.

Ich war froh, als das Haus aus den Schwaden auftauchte, denn die abendliche Luft war eisig und feucht, und das aus den Fenster scheinende gelbe Licht verhieß Behaglichkeit. Die Tür war geschmückt mit einem großen, mit schwarzen Bändern gebundenen Kranz aus Eiben und Lorbeerblättern.

Als wir anklopften, empfing uns ein junges Dienstmädchen (wahrscheinlich das, dem Joan auf der Straße geholfen hatte). Sie nahm unsere Mäntel und erbot sich, mir den in ein altes Tuch eingehüllten Geigenkasten abzunehmen.

»Das ist nicht nötig«, erklärte ich. »Können Sie uns bei Ihrem Herrn ankündigen?«

Das Mädchen nickte und führte uns durch ein Meer von schwarz gekleideten Menschen hindurch.

Dies war nicht der Moment für Mode: Die Männer trugen glanzlose Jacketts, und der einzige für die Ladys erlaubte Stoff war jener schreckliche Trauerflor, der eine glanzlose, stumpfe Oberfläche hat. Die einzigen Farbtupfer waren die weißen Taschentücher der weiblichen Trauergäste, doch die Etikette gebot es, dass selbst diese schwarz umrandet waren. Die Totenwache war besser besucht, als ich es in Anbetracht der wortkargen Natur des armen Wood erwartet hatte. Die meisten Anwesenden waren Musiker, doch waren auch einige wenige Gäste aus dem Logierhaus sowie Nachbarn zugegen. Kaffee mit Whisky wurde herumgereicht, alle schwatzten über den Verstorbenen, sein Leben, sein Talent und seine Taten, und Woods Kollegen wechselten sich dabei ab, vor dem Sarg seine Lieblingsstücke zu spielen. Als wir eintraten, improvisierten gerade ein Violinist und ein Cellist über eine von Mozarts Messen. Es sind Momente wie dieser, in denen es mich verblüfft, wie verschlungen das Gefüge des Lebens doch ist. Selbst bei der Trauerfeier einer scheinbar langweiligen und unbedeutenden Person kommt zuweilen eine kleine Menschenmenge zusammen. Meiner Erfahrung nach zeugen einsame Beerdigungen sogar noch von komplexeren Geschichten. Bei Good Mary Browns Beerdigung zum Beispiel war kein einziger Trauergast zugegen gewesen.

Der Bestatter hatte sich zweifellos Mühe gegeben, denn der Salon sah aus wie ein Meer aus weißen Blumen und grünem Blätterwerk. Alle Spiegel waren mit Stoffen verhängt worden, da die Menschen immer noch glauben, die Seele eines Verstorbenen könne in Spiegeln gefangen werden. Überall in dem Raum waren Kerzen aufgestellt, sodass es nicht nötig war, den Kandelaber zu entzünden, und im Haus befanden sich so viele Menschen, dass es uns die Luft zum Atmen geraubt hätte, wenn der Kamin entzündet worden wäre.

Einer der sabbernden Hunde lief unbekümmert zwischen den Gästen hin und her, und gleich hinter ihm erblickte ich Mrs Caroli. Sie war von Kopf bis Fuß in schwarze Trauerkleidung gehüllt, wie schon beim letzten Mal, als wir sie gesehen hatten. Und wie beim letzten Mal versuchte sie, dadurch ihre Arthritis zu verbergen, dass sie ihre Hände, mit denen sie sich eine Bibel an den Leib presste, in schwarze Fäustlinge gesteckt hatte. Ich registrierte, dass mehr als nur ein paar Augen mit krankhaftem Interesse auf sie gerichtet waren, um einen Blick auf ihre knotigen Finger zu erhaschen.

»Inspectors!«, sagte sie mit dem Anflug eines Stöhnens in ihrer Stimme. »Guten Abend. Was können wir für Sie tun?«

Sie klang zwar durchaus höflich, doch ein leises Stirnrunzeln verriet, wie unbehaglich ihr tatsächlich zumute war.

»Zuallererst möchten wir unser Beileid zum Ausdruck bringen«, sagte McGray. »Wir haben gehört, wie nahe Sie ihm standen.«

Mrs Caroli senkte einen Moment den Blick. Nun erkannte ich an ihrem Gesichtsausdruck das ganze Ausmaß ihrer Trauer – binnen weniger Tage hatten die beiden ihre zwei besten Freunde, die sie in der Stadt gehabt hatten, verloren. Ich empfand mehr Mitgefühl mit den beiden, als ich es für möglich gehalten hatte.

»Außerdem wollen wir mit Ihnen und Ihrem Gatten sprechen«, fuhr McGray fort.

Kurz darauf sprach uns Caroli direkt an. »Guten Abend,

Inspectors. Weitere Fragen über Fontaine?«, wollte er wissen.

»Nicht ganz«, sagte McGray. »Können wir ungestört sprechen? Es ist sehr wichtig.«

Caroli führte uns in ein kleines, an den großen Salon angrenzendes Arbeitszimmer. Seine Frau folgte uns. Wir waren nur noch wenige Schritte von der Tür entfernt, als sich eine schwere Hand auf meine Schultern legte.

»Inspector Frey!«

Als ich mich umdrehte, schaute ich in das Gesicht von Alistair Ardglass.

»Oh Gott!«, war meine eher angewiderte Reaktion. Unwillkürlich rümpfte ich die Nase, als röche ich Dung, doch der Mann grinste dennoch dümmlich.

»Inspector Frey, es ist ja so schön, Sie zu sehen. Ich muss Ihnen eine Nachricht meiner lieben Tante …«

»Nicht jetzt, Mr Ardglass«, erwiderte ich schroff. McGray und die Carolis hatten das Arbeitszimmer bereits betreten, daher folgte ich ihnen und schloss sofort die Tür hinter mir.

»Was können wir für Sie tun?«, fragte Mrs Caroli erneut, während sie ihre Bibel auf den Schreibtisch legte. Ich schaute mich in dem abgedunkelten Raum rasch um. Es war ein recht kleines gemütliches Arbeitszimmer mit einem anheimelnden Kamin. Seine Wände waren gesäumt von Bücherregalen, die mit Büchern aller Größen und unterschiedlicher Thematik vollgestellt waren. Ich erkannte Titel über Astronomie, Chemie, Geschichte und Mathematik. So hätte auch McGrays Bibliothek aussehen können, wäre sie ordentlich sortiert gewesen. Einige Möbelstücke waren hineingestellt worden, um Platz für den Sarg zu schaffen. Ich erkannte die schön geschnitzte Holzgondel wieder.

»Ihre Schnitzereien sind von hervorragender Qualität, Mr Caroli«, sagte ich.

Caroli blickte verständnislos drein. »Wie bitte?«

Ich deutete auf die Gondel. »Diese Schnitzereien. Sie haben uns gar nicht erzählt, dass Sie sie selbst gemacht haben.«

Caroli trat einen Schritt auf das Stück zu und berührte es sanft. »Und ... woher wissen Sie, dass ich sie eigenhändig hergestellt habe?«

»Ihr Geigenbauer, dieser Mr Fiddler. Er hat einen Löwenkopf auf die Amati-Geige montiert. Er hat uns erzählt, dass Sie ihn dem verstorbenen Mr Fontaine geschenkt haben.«

»Mein Mann verschenkt seine Schnitzereien gerne an Freunde«, schaltete sich Mrs Caroli ein. »Vor nicht langer Zeit hat er auch Wood ein kleines Schmuckkästchen geschenkt.«

Ich nickte und erinnerte mich an das Kästchen. Elgie hatte gesagt, wer immer es geschnitzt habe, müsse eine fundierte Kenntnis von Violinen haben.

»Dieser Löwenkopf scheint ein sehr persönliches Geschenk gewesen zu sein«, bemerkte ich.

»Oh ja«, bestätigte sie. »Guilleum lag uns sehr am Herzen. Er war völlig geknickt, als er uns erzählte, seine Geige sei zerbrochen. Deshalb hat Danilo diesen Löwenkopf angefertigt, um ihn aufzumuntern. Ich weiß nicht, warum, aber ich glaube, es war sein Lieblingsinstrument.«

»Und genau um darüber zu sprechen, sind wir gekommen«, sagte McGray, hob den Geigenkasten an und zog das Tuch beiseite. »Das ist die Amati-Geige. Mr Wood wollte, dass Sie sie bekommen.«

Den beiden verschlug es den Atem. Einen Moment standen sie so reglos da, dass ich den Eindruck hatte, auf eine Fotografie zu schauen: McGray den abgenutzten, blutbefleckten Violinenkasten in seiner verstümmelten Hand haltend, Caroli und seine Frau mit zutiefst bekümmertem Gesichtsausdruck stocksteif dastehend.

Caroli streckte eine Hand aus, doch kurz bevor seine Finger den Kasten berührten, zögerte er.

»Ich bin mir nicht sicher, ob ich sie haben will«, murmelte er.

Seine Frau trat näher an ihn heran und flüsterte ihm etwas auf Italienisch zu.

Ihre verblüfften Blicke ließen keinen Raum für Zweifel: Sie wollten diese Violine nicht.

»Warum nicht?«, fragte McGray. »Sie gehört rechtmäßig Ihnen.«

Caroli schüttelte fast geistesabwesend den Kopf. »Erst Guilleum ... und dann Theodore ...«, murmelte er.

McGray beugte sich zu ihm vor und sagte leise: »Glauben Sie an diesen Geigen-Fluch? Glauben Sie, dass der Teufel bei dieser Geige die Hand im Spiel hat?« Er hatte noch nicht ausgesprochen, als Mrs Caroli auf ihren Gatten zustürzte und den Geigenkasten packte. Nur ungern gestehe ich ein, dass ich mir gewünscht hätte, sie hätte die Finger weiter auf der Bibel belassen. Denn kaum ließ sie das Buch los, erhaschte ich durch ihre schwarzen Handschuhe hindurch einen furchterregenden Blick auf deformierte Fingerknöchel und unförmige Fingerglieder. Als sie den Griff des Kastens packte, konnten wir sogar ihre Knochen knacken hören.

»Entschuldigen Sie, Inspectors, das ist jetzt nicht der Zeitpunkt, um über Flüche und Dämonen zu sprechen! Der Leichnam unseres lieben Freundes befindet sich immer noch in unserem Haus! Falls Sie dringende Informationen benötigen, werden wir Ihre Fragen selbstverständlich beantworten. Aber wenn Sie nur gekommen sind, um zu besprechen, wer dieses Instrument erbt, hat das, glaube ich, noch Zeit.«

»Glauben Sie an den Fluch?«, wiederholte McGray. Sein starrer Blick wurde erst weicher, als Mrs Caroli sich ihre zitternde Hand auf den Bauch legte.

Einen Moment lang starrten Mr und Mrs Caroli einander fest an. Keiner sagte einen Ton. Ihr angespanntes Schweigen hätte allerdings nicht beredter sein können: Sie glaubten tatsächlich an den Fluch und zögerten aus diesem Grund, die Violine anzunehmen.

»Es tut mir leid, wenn ich Sie gestört habe«, sagte McGray schließlich. »Wären Sie einverstanden, wenn wir Mr Wood unseren Respekt erweisen?«

Mrs Caroli schaute ihren Gatten nur an.

»Natürlich können Sie das«, sagte Caroli, nahm seiner Frau den Geigenkasten aus den Händen und legte ihn auf den Schreibtisch. »Folgen Sie uns bitte.«

Er öffnete die Tür, legte Mrs Caroli eine Hand auf die Schulter und schob sie sanft vor uns her.

»Bitte entschuldigen Sie meine Gattin«, flüsterte er, sodass nur McGray und ich es hören konnten. »Sie steht stark unter Druck; Sie wissen schon … diese Todesfälle, und unser erstes Kind … also …«

»Das verstehen wir«, sagte McGray und tätschelte ihm den Rücken. Ich glaubte, Caroli würde uns den Weg weisen, doch er mischte sich einfach unter die Trauergäste.

»Ich bin mir nicht sicher, was Sie damit bezweckt haben«, murmelte ich.

»Es schadet nie zu wissen, welche Überzeugungen Menschen haben.«

Wir bewegten uns langsam in Richtung Sarg. Statt dem unglückseligen Mann unseren Respekt zu erweisen, bestand unsere wahre Absicht darin, schlichtweg die Szenerie zu beobachten.

»Wie lange, meinen Sie, sollten wir bleiben?«, wollte ich von McGray wissen.

»Nicht lange. Ich bezweifle, dass wir hier viel in Erfahrung bringen.«

Während wir zum offenen Sarg schritten, hörte ich jemanden meinen Namen rufen. Erst als ich den Blick senkte, sah ich Downs hastig auf uns zueilen. Offenkundig innerlich zerrissen folgte ihm Alistair Ardglass: Einerseits brannte er darauf, mit mir zu sprechen, andererseits war er von McGrays Anwesenheit vollkommen entnervt.

»Inspector Frey!«, sagte er schließlich. »Bitte, haben Sie jetzt Zeit, mit mir zu sprechen? Ich werde Ihnen nur wenige Minuten Ihrer kostbaren Zeit stehlen.«

»Nehmen Sie sich alle Zeit, die Sie brauchen«, sagte McGray und entfernte sich rasch.

Ardglass räusperte sich. »Oh, dieser Nine-Nails McGray … immer wieder stellt er unter Beweis, dass er ein ebenso unhöflicher Trinker ist wie …«

»Sie sagten, Sie würden nur wenige Minuten benötigen«, unterbrach ich ihn.

»Oh natürlich. Ich wollte Sie nur darüber in Kenntnis setzen, dass meine Nichte in die Stadt zurückkehrt.«

»Warum sollte das für mich von Belang sein?«

Nun schaltete sich Downs ein. »Sie hatten mich doch gebeten, Sie über den Verbleib sämtlicher Violinen von Monsieur Fontaine auf dem Laufenden zu halten. Erinnern Sie sich daran, dass ich immer noch das letzte Instrument habe, die Guadagnini? Miss Ardglass wird sie erben, aber ich habe nicht vergessen, dass Sie den Wunsch äußerten, dabei zu sein, wenn ich sie ihr aushändige.«

Diese letzte Violine hatte ich vollkommen vergessen. In Ardglass' Miene lag eine Spur Bitterkeit, was mich an seine Frustration erinnerte, in Fontaines Testament nicht berücksichtigt worden zu sein. Vergeblich versuchte er, diese Bitterkeit in seinen Worten nicht durchklingen zu lassen.

»Wie es sich trifft, veranstaltet meine Tante morgen einen Ball, um sie willkommen zu heißen. Und sie – und auch meine liebe Nichte – wären höchst erfreut, wenn Sie sie mit Ihrer Anwesenheit beehren würden. Es wäre eine äußerst geeignete Gelegenheit für sie, ihr … Erbe in Empfang zu nehmen.«

»Wie passend«, murmelte ich. Ich würde die Reaktionen von Fontaines letzter Erbin beurteilen und auch kurz mit der berüchtigten Lady Ardglass sprechen können, und das alles während eines einzigen Empfangs. »Nun, ich …«

»Ja, ich weiß, diese Einladung kommt sehr kurzfristig«, unterbrach mich Ardglass hastig, »doch ihre Ankunft war völlig unerwartet. Natürlich können Sie gern Ihren Bruder mitbringen, wenn Sie möchten.«

Ich zog die Augenbrauen hoch. »Woher wissen Sie, dass sich mein Bruder in der Stadt befindet?«

»Oh, Edinburgh ist nicht so groß wie London, Inspector; Neuigkeiten verbreiten sich hier so schnell wie ein Lauffeuer, vor allem bis zu einer Familie mit so guten Verbindungen wie der meinen. Es wäre von großem Vorteil für den Jungen, wenn er in Edinburghs gute Gesellschaft eingeführt würde.«

Ich blies die Wangen auf. Dieser überhebliche, kleinstädtische Spießbürger wollte mir Lektionen über die gute Gesellschaft erteilen!

»Offensichtlich«, lautete meine beherrschte Antwort.

»Dann … darf ich Ihre Anwesenheit bei Lady Anne ankündigen?«

Ich nickte nur, und Ardglass überreichte mir eine weitere seiner Karten mit der Adresse und der Zeit. Sowohl er als auch Downs machten eine übertriebene Geste der Ehrerbietung und schritten davon.

»Wie erbärmlich unterwürfig«, murmelte ich. Kaum waren die beiden gegangen, gesellte sich McGray wieder zu mir.

»Sah so aus, als seien Sie vor dem arroganten Tölpel davongelaufen«, sagte ich. McGrays Antwort bestand aus einer extrem vulgären Bemerkung – die ich lieber nicht wiedergebe –, und dann berichtete ich ihm von der Einladung.

»*Och!* Sie werden sich bestens amüsieren in diesem Schlangennest!«

»Ich denke, es wird eine gute Gelegenheit sein, Lady Glass auch über ihren Umgang mit den Opfern zu befragen.«

Als wir endlich am Sarg angelangt waren, strich sich McGray über seine Stoppeln. Plötzlich wurde mir bewusst, wie fehl am Platz er hier wirkte mit seiner karierten Weste und Hose inmitten einer Menschenmenge aus schwarz gekleideten Trauergästen.

»*Aye*, ich denke, Sie sollten hingehen. Aber ich werde Sie nicht begleiten.«

»Warum nicht?«

»Was denn? Werden Sie meine Gesellschaft vermissen?«

»So sicher, wie ich einen Dorn im Genitalbereich vermissen würde. Ich denke einfach, Sie sollten Ihre persönlichen Zerwürfnisse mit dieser Familie nicht mit Ihren beruflichen …«

»Oh, halten Sie die Klappe, Mädel! Ich schicke Sie allein

dorthin, weil ich glaube, dass Ihre schwülstige Art wesentlich besser dafür geeignet sein wird, ihnen Informationen zu entlocken.«

»Nun … das muss ich wohl einräumen. Ihre ungehobelte Art stößt jeden wohlerzogenen Menschen vor den Kopf.«

»Außerdem kann ich die freie Zeit dafür nutzen, zum Old-Calton-Friedhof zu gehen.«

»Wie bitte?«

»Zum Old-Calton-Friedhof. Erinnern Sie sich nicht mehr, dass ich auch noch Nachforschungen in Bezug auf die Irrlichter anstelle?«

Ich stieß das lauteste, verächtlichste »Ha!« aus, zu dem ich imstande war, worauf sich die verblüfften Blicke aller Anwesenden auf mich richteten.

»Wie können Sie in so einem Moment auch nur eine Sekunde an solch einen Blödsinn denken?«, zischte ich laut. »Wir haben zwei Tote in diesem Fall und noch nicht den Hauch einer Spur, die auf den Mörder hinweist!«

»Es wird sich alles zu seiner Zeit aufklären«, sagte McGray mit einer solchen Ruhe, einer so unbegründeten Gewissheit, dass ich fast die Hand erhoben hätte, um ihm ein wenig Verstand einzubläuen.

Andererseits erschien es mir als großer Vorteil, tätig werden zu können, ohne dass McGray sich einmischte. Er würde nicht dabei sein und die Leute mit dummen Fragen über Verwünschungen verwirren – wie er es soeben mit Mrs Caroli getan hatte – oder meine Zeit mit sinnlosen Befragungen von Madame Katerina und ihresgleichen verschwenden.

»Ich werde tun, was Sie wünschen«, schloss ich und täuschte dieses Mal einen missmutigen Ausdruck vor. »Können wir jetzt gehen?«

»*Aye*. Lassen Sie mich nur noch diesen Burschen ansehen …«

McGray folgend schaute ich in den Sarg, um einen letzten Blick auf Wood zu werfen. Während der Bestatter beim Blumengesteck seine Begabung unter Beweis gestellt hatte, hatte er bei der Leiche selbst keine so gute Arbeit geleistet. Der Tote sah aschfahl aus. Die einzige Farbe ging von der Druckstelle seines Geigerflecks aus und von der länglichen Verletzung auf seinem Gesicht. Seine malträtierte Wange und die Augenbraue erinnerten mich an jenen schrecklichen Moment, als ich glaubte, die Saite habe ihm das Augenlicht genommen.

Zu diesem Zeitpunkt hatte er nicht ahnen können, was ihm noch zustoßen würde … selbst wenn man diesen Unfall mit der Violine als böses Omen deutete, wie McGray es angedeutet hatte.

In einem Moment der Schwäche ließ ich mich von McGrays seltsamen und abergläubischen Vorstellungen mitreißen. Was, wenn diese Geige wirklich verflucht war? Was, wenn der Satan sie wirklich in der Hand gehalten und mit seinen Fingern Höllenmusik darauf gespielt hatte? Was, wenn er nicht nur die Sonate, sondern auch das Instrument mit einem Fluch belegt hatte?

Das waren alles närrische Gedanken, ich weiß … aber was, wenn …?

Als hätten meinen düsteren Gedanken echte Geister heraufbeschworen, ertönte plötzlich ein durchdringender Schrei von der anderen Seite des Raums.

Alle wandten sich dem Geräusch zu, und ich sah, dass Mrs Caroli, eine Hand auf ihren Bauch gepresst, sich über einen Stuhl beugte und langsam zu Boden sank.

Caroli rannte in Windeseile zu seiner Frau und stützte

sie genau in dem Moment ab, als sie einen weiteren Schrei ausstieß.

»Machen Sie Platz!«, schrie ich. »Ich bin ärztlich ausgebildet!«

»Aber Sie haben keinen Ab...«

»Ach, halten Sie den Mund.«

Als ich näher trat, sah ich einen dunklen Fleck auf Mrs Carolis Kleid, der sich rasch vergrößerte. Ihre Fruchtblase war geplatzt.

»Um Himmels willen! Wie lange haben Sie schon Wehen?«

Ihr Gesicht war blass und ihre Züge verzerrt. Sie murmelte etwas vor sich hin, das sich anhörte wie »seit ein paar Stunden«. Kein Wunder, dass sie uns gegenüber so abweisend gewesen war.

»Warum um alles in der Welt haben Sie es niemandem gesagt?«, stieß ich aus.

»Man ... man spricht nicht von solchen Dingen«, sagte sie mit keuchendem Atem.

Caroli brabbelte etwas auf Italienisch. Er werde den Arzt holen, jedenfalls verstand ich das mit meinen rudimentären Lateinkenntnissen so.

»Würden Sie bitte dafür sorgen, dass sie auf ihr Zimmer geleitet wird?«, sagte er mit beschwörender Stimme zu mir, und ich konnte ihm diesen Wunsch nicht abschlagen. Dann gab Caroli seiner Gattin einen Kuss auf die Stirn und schenkte ihr einen durch und durch liebevollen, mitfühlenden Blick. Schließlich stürmte er aus dem Haus und ließ eine völlig verwirrte Trauergemeinde zurück.

McGray und die beiden Dienstmädchen halfen mir, Mrs Caroli zur Treppe zu geleiten.

»Ich muss die Hunde einsperren!«, rief sie. »Es ist niemand da, der in der Lage ist, sie einzuschließen, wenn ich nicht ...«

Eine Wehe setzte ein, und die arme Frau wäre fast auf die Knie gefallen. McGray hielt sie mit seinen großen Händen fest und sprach mit Nachdruck auf sie ein.

»Mrs Caroli, bei allem Respekt, wie können Sie sich Sorgen um Ihre Hunde machen, wenn Sie im Begriff sind, gerade Ihr erstes Kind zur Welt zu bringen?«

Mrs Caroli holte tief Luft und stimmte zu. Ich spürte jedoch, dass sie eine scharfe Antwort gegeben hätte, wenn sie nicht solche Schmerzen gehabt hätte. Fügsam ging sie zur Treppe, drehte sich jedoch, als sie die erste Stufe genommen hatte, zu mir um.

»Würden Sie mir bitte meine Bibel holen? Ich glaube, ich habe sie im Arbeitszimmer liegen lassen ...«

»Gehen Sie schon, Frey, ich stütze sie«, sagte McGray.

Während er ihr hinaufhalf, rannte ich zum Arbeitszimmer. Die Bibel lag nach wie vor auf dem Schreibtisch, genau an der Stelle, wo Mrs Caroli sie zurückgelassen hatte, als sie uns empfangen hatte. Achtlos nahm ich sie in die Hand und drehte mich wieder um. Doch dann nahm ich aus dem Augenwinkel heraus eine Veränderung im Raum wahr. Ich hob den Kopf, und dann setzte mein Herz einen Schlag aus.

Der Geigenkasten war verschwunden.

24

Nach wie vor die Bibel umklammernd stürmte ich aus dem Arbeitszimmer und durchkämmte mit einem Blick die Halle. Eines der Dienstmädchen reichte Leuten an der Tür gerade ihre Mäntel, und ich bemerkte, dass die meisten Anwesenden im Begriff waren zu gehen. »*Niemand verlässt das Haus!*«, schrie ich aus voller Kehle.

Alle blieben wie angewurzelt stehen, als wären ihre Füße in Ketten gelegt worden, und alle Köpfe wandten sich mir zu. In der Menge erkannte ich die schockierten Blicke von Ardglass und Downs.

Ich hielt meinen Ausweis in die Höhe, damit jeder ihn sehen konnte, und steuerte mit großen Schritten auf die Tür zu. »*Ich stehe im Dienst der Britischen Kriminalpolizei Ihrer Majestät. Wer sich meinen Anweisungen widersetzt, wird strafrechtlich verfolgt und steht unter dem Verdacht des Raubes und des Mordes.*«

Ein erstauntes Raunen ging durch die Menge. Viele Anwesende runzelten entrüstet die Stirn, doch niemand legte Protest ein. Die einzige Bewegung im Flur stammte von McGray, der eiligen Schrittes die Treppe hinunterkam.

»Was ist geschehen, Frey?«

»Jemand hat die Amati gestohlen«, flüsterte ich ihm zu.

McGray erbleichte und setzte einen Blick auf, der noch finsterer war als der aller anderen. »Sie wissen, was das heißt, nicht wahr?«

»Allerdings. In diesem Augenblick befindet sich die Violine in den Händen desjenigen, der Fontaine ermordet hat – und womöglich auch Wood. Wir *müssen* rasch handeln. Der Mistkerl könnte noch hier im Haus sein.«

In diesem Moment kam Ardglass zaghaft und mit errötetem Gesicht auf uns zu.

»Ähm, Inspectors, bei allem Respekt, darf ich fragen, wie lange es dauern wird, bis …«

»So lange es verdammt noch mal nötig sein wird!«, rief McGray. Und so begann eine der längsten Nächte meiner Laufbahn.

Wir riefen sämtliche Beamte herbei, die die Polizei abstellen konnte, und vergatterten sie dazu, alle Ecken und Winkel der angrenzenden Straßen zu durchkämmen. Constable McNair war einer der Ersten, die eintrafen, und versessen darauf, dieses eine Mal etwas anderes zu tun, als den Eingang des Polizeipräsidiums zu bewachen.

McGray beschloss, die Durchsuchung der Umgebung zu leiten, während ich in Carolis Haus blieb und jede einzelne Person befragte, bevor ich sie gehen ließ.

Nachdem ich zwei bewaffnete Beamte vor der Eingangstür postiert hatte, wandte ich mich wieder einer Szene zu, die bizarr zu nennen noch untertrieben gewesen wäre: trauernde Männer, die still dastanden und mir nervöse Blicke zuwarfen; Ladys, die sich hektisch an Riechsalzfläschchen zu schaffen machten oder denen ihre Verwandten zufächelten; Hausmädchen, die wie aufgescheuchte Hühner herumliefen. Zwar brannten die Wachskerzen um den Sarg herum noch immer, doch irgendwie schien es, als sei es im Haus dunkler geworden. Weiter gedrückt wurde die Stimmung dadurch, dass wir Mrs Carolis Schreie vernahmen, die in einem Raum im Obergeschoss in den Wehen lag.

Als ich sah, dass eine Bedienstete nach wie vor Whisky in den Kaffee eines grinsenden alten Mannes goss, riss ich ihm das Getränk aus der Hand. »*Schenken Sie keine Spirituosen mehr aus!* Ich brauche die Aussagen dieser Leute. Gibt es hier einen ruhigen Ort, abgesehen vom Arbeitszimmer?«

Zitternd murmelte das Mädchen etwas vor sich hin, während sie auf die Küchentür wies.

»Das wird genügen müssen.« Ich wandte mich den Gästen zu. »Ladys und Gentlemen, je weniger Steine Sie mir in den Weg legen, desto schneller können Sie alle nach Hause gehen.«

Während das Hausmädchen mich in die Küche führte, sah ich Kopfschütteln und vernahm Flüstern und Wimmern. Mir war klar, dass bei einer so großen Menschenansammlung die Sache nicht geheim bleiben würde; sobald ich sie gehen ließ, würde sich die Nachricht wie ein Lauffeuer in der Stadt verbreiten. Mir traten die Gesichter von Campbell, Sir Charles und Lord Salisbury vor Augen, entsetzt in Anbetracht der Situation, aber McGray und mir blieb keine andere Wahl.

Ich beschloss, einen Schritt nach dem anderen zu machen, und richtete mich am Küchentisch ein, wo ein Polizist mir dabei half, Name und Adresse jedes Zeugen aufzunehmen. Der Raum war alles andere als ruhig: Die Bediensteten liefen kreuz und quer herum, um Wasser zu kochen und Tücher zu holen, und ich konnte sie nicht auffordern, still zu sein, da sie sich um Mrs Caroli kümmerten. Deren Schreie ertönten und verklangen in einem fort, nur leicht gedämpft von den Wänden und der Decke.

Einer der Hunde lag auf dem Boden und legte nervös

den Kopf hin und her, während er zusah, wie die Hausmädchen umherwuselten.

»Ich weiß, wie du dich fühlen musst«, versicherte ich dem Tier.

Obwohl ich die Leute so schnell wie möglich entließ, benötigte ich trotzdem viele Stunden, um sie mir einen nach dem anderen vorzunehmen.

Der halb betrunkene Nachbar, der sich während der gesamten Befragung an seinen Geschlechtsteilen kratzte: »Wissen Sie, wen ich töten muss, um noch so einen Kaffee zu bekommen?«

Das jüngste Hausmädchen: »Niemand hätte hereinkommen können, ohne dass wir es bemerkt hätten, Sir.«

Die knochendürre alte Jungfer (schon wieder), die genug Riechsalz inhaliert hatte, um das Tote Meer zu leeren: »Was für ein scheußlicher, entsetzlicher Abend, Sir! Ich bin so schockiert, dass ich mich nicht mehr erinnern kann ...«

Das nicht mehr ganz so junge Hausmädchen: »Es gibt da noch eine Tür im Hinterhof, aber die Schlüssel haben nur meine Herrin und ich.«

Alistair Ardglass: »Oh Inspector, ich hoffe, dieser Zwischenfall vermittelt Ihnen keinen falschen Eindruck von Edinburgh oder hält Sie davon ab, uns Gesellschaft zu leisten beim Ball am ...«

Jede wertlose Aussage strapazierte meine Geduld ein wenig mehr. Der Sarg, den ich jedes Mal deutlich sehen konnte, wenn im Wechsel die Hausmädchen oder die Zeugen die Tür öffneten, erinnerte mich fortwährend daran, wie wichtig mein Auftrag war.

Ich dachte schon, alles wäre vergebens. Doch dann folgte die Aussage eines sehr alten, aber dennoch geistig klaren Gentlemans, der zu Protokoll gab, fast den ganzen Abend über nahe der Tür zum Arbeitszimmer gesessen zu haben. Die einzigen Personen, die er durch diese Tür hatte gehen sehen, waren die Carolis, McGray und ich selbst gewesen. So senil er auch aussehen mochte, beschrieb er doch präzise, wie Ardglass versucht hatte, mich abzufangen, und wie ich ihm die Tür vor der Nase zugeschlagen hatte.

»Haben Sie Ihren Sitzplatz verlassen, nachdem Sie uns herauskommen sahen?«

»Nein, Sir. Ich blieb die ganze Zeit dort, bis Mrs Caroli schrie und Sie wieder in das Arbeitszimmer zurückkehrten, das weiß ich noch, und anschließend kamen Sie heraus und haben laut Ihre Anweisungen gerufen.«

Ich stieß einen erschöpften Seufzer aus und ließ den Mann gehen. Genau in diesem Moment vernahm ich einen Aufschrei im Flur. Einer der Hunde lief frei herum und hatte den schwarzen Stoff, mit dem ein großer Spiegel bedeckt worden war, beiseitegezerrt. Ich musste eingreifen, um wieder für Ordnung zu sorgen, aber die älteste Lady hörte erst auf zu schreien, als der Spiegel wieder bedeckt war. Alle hielten es für ein schreckliches Omen.

Es war noch ein Dutzend Personen zu befragen, doch keine lieferte mir nützliche Informationen. Als sie alle fort waren, ging ich mit dem Polizeischreiber die Namensliste und seine Notizen durch. Jetzt hatte ich endlich die Möglichkeit, das Haus zu inspizieren, ohne dass mir neugierige Blicke folgten.

Der erste Ort, den ich unter die Lupe nahm, war das Arbeitszimmer.

Ein rascher Rundumblick genügte mir, um zu erkennen, dass es, wenn keiner nach uns durch die Tür gegangen war, nur eine einzige andere Möglichkeit gab.

Ich erinnere mich noch, dass ich laut »Der Kamin!« rief.

Sofort kniete ich mich vor die Feuerstelle und betastete die Asche mit den Fingerspitzen. Sie war recht kühl, und mir fiel ein, dass kein Feuer gebrannt hatte, als McGray und ich eingetroffen waren. Die Asche sah wie kürzlich in Unordnung gebracht aus, aber deutliche Fußabdrücke konnte ich keine erkennen. Andererseits fielen mir sofort zwei kleine Flecken auf den Kaminsteinen auf. Ich bückte mich so weit nach unten, dass meine Nase fast die Backsteine berührte. Kein Zweifel, das waren zwei Abdrücke von Fingern, durch eine hastige Bewegung verschmiert. Jemand war aus dem Inneren des Schornsteins gestiegen.

Ich weiß nicht mehr, wie viele Male mein Blick von den Abdrücken zu dem schmalen Kamin wanderte, denn dieser Zusammenhang war schlechterdings unvorstellbar; dieser Rauchfang war unglaublich schmal, kaum größer als der Kopf eines erwachsenen Menschen. Larry, der Schornsteinfeger, hätte hier hineingepasst, aber nur knapp.

Ich griff mir die erste Öllampe, derer ich habhaft werden konnte, und eilte in den Hinterhof. Dort war es dunkel, und es herrschte Grabesruhe. Als ich hinaufschaute, sah ich, dass der Kamin des Arbeitszimmers mit anderen Kaminschächten auf der Rückseite des Hauses emporragte. Die Dächer der benachbarten Häuser waren zu weit entfernt, als dass jemand hätte herüberspringen können. Als ich dies begriff, lief es mir kalt über den Rücken. Denn es bedeutete, dass der einzige Weg, das Haus zu verlassen, darin bestand, in genau diesen Hof, in dem ich gerade stand, hinabzuklettern.

Sofort zog ich meinen Revolver aus dem Holster. Zwar rechnete ich nicht damit, dass der Dieb noch immer in der Nähe sein würde, beschloss aber dennoch, die gesamte Umgebung zu inspizieren.

Im Besitz der Carolis befand sich lediglich ein einziges

altes Pferd, und das schläfrige Tier bewegte sich kaum, als ein wenig Licht den Stall erhellte. Wie erwartet hielt sich dort niemand versteckt, und auf dem Boden verstreut lag eine nur hauchdünne Schicht Heu herum.

Neben dem Stall, und beinahe genauso groß wie dieser, befand sich der Hundezwinger. Seine Tür stand einen Spaltbreit offen, und ein leises Schnarchen drang von innen heraus. Ich stieß sie auf und stellte fest, dass drinnen der dritte Hund lag, sabbernd und friedlich schlafend.

Das Tier lag auf einem ordentlichen Haufen Stroh, bedeckt mit zerlöcherten Decken, von denen der unverwechselbare Gestank von Hunden ausging. Viele Bettler in East London, so dachte ich bitter, wären neidisch auf die Behausung der Hunde gewesen.

Ich wühlte in dem behelfsmäßigen Lager herum, suchte unter den Decken und im Stroh, obwohl ich bereits wusste, dass sich dort niemand verbarg. Dafür stießen meine Finger auf etwas Glattes – eine kleine Glasperle. Als ich sie hervorzog, stellte sich der Fund als Rosenkranz heraus. Im trüben Licht der Öllampe konnte ich ihn nicht genau betrachten, doch was ich sah, genügte mir, um zu erkennen, dass die Perlen aus buntem Muranoglas gefertigt worden waren. Vermutlich bewahrte Mrs Caroli ihn dort auf, um ihre Hunde zu »schützen«. Daher ließ ich ihn an Ort und Stelle liegen und begab mich zurück ins Haus. Ich konnte nun nichts anderes mehr tun, als McGray und die Beamten draußen zu unterstützen.

Mit schmerzendem Rücken schlurfte ich zur Tür, als ich erneut Mrs Carolis durchdringende Schreie hörte. Ihre Schreie, im Verbund mit den nun um den einsamen Sarg herumschleichenden Hunden, gaben ein morbid anmutendes Szenario ab.

Ein junges Hausmädchen schritt die Treppe hinunter, in den Händen einen Korb mit blutbefleckten Handtüchern. Die Hände des Mädchens zitterten, genau genommen zitterte es am ganzen Körper wie Espenlaub.

»Wie geht es ihr?«

»Sie hält sich gut. Es müsste bald alles vorbei sein …« Sie holte tief Luft. Sie hatte dunkle Ringe unter den Augen vor Müdigkeit.

»Hat sie starke Wehen?«, fragte ich, worauf das Mädchen ins Stottern geriet und errötete. »Schon gut, Sie können frei sprechen. Ich verfüge über medizinische Erfahrung.«

Ich sah, dass sie heftig schluckte und mit den Tränen rang. »In dieser Familie kommen Babys oft nicht gesund zur Welt, hat mir meine Mama erzählt … und jetzt weiß ich, was sie gemeint hat.« Ich wollte sie gerade bitten, näher darauf einzugehen. Doch dann sagte das Mädchen etwas, das mich schockierte: »Diese Sache wäre schon schwer genug gewesen, wenn wir einen anständigen Arzt gefunden hätten. Doch wir mussten die erste Hebamme holen, die wir auftreiben konnten, und ich fürchte, wir haben damit mehr Schaden angerichtet, als dass wir geholfen haben.«

»Was denn, nur eine Hebamme! Hat Mr Caroli den Arzt nicht angetroffen?«

Das Mädchen verzog das Gesicht und warf mir einen düsteren Blick zu. »Mr Caroli ist nicht wieder zurückgekehrt, Sir.«

Sie knickste, eilte zurück in die Küche und ließ mich verdattert am Fuß der Treppe zurück.

Nachdem ich sie angewiesen hatte, eine Liste von allen Personen zu führen, die hineingingen und herauskamen, ließ ich die beiden Officer, die die Tür bewachten, zurück.

Ich bat sie insbesondere, mich zu informieren, sobald Caroli zurückkehrte. Sein plötzliches Verschwinden gefiel mir ganz und gar nicht.

Die Luft draußen war feucht und frostig, und obwohl sich der Nebel ein wenig gelichtet hatte, sah die Welt nach wie vor so aus, als wäre sie ausschließlich in weißen und grauen Tönen gemalt worden. Ich sah ein paar unserer Officer die Straße entlangpatrouillieren und fragte sie, wo ich McGray finden könne. Einer von ihnen führte mich zu einer benachbarten Straße, wo McGray gerade einen jungen Wachmann befragte. Als er damit fertig war, berichtete ich ihm von den Fingerabdrücken am Kaminsims. Er war begeistert, das zu hören, doch als ich ihm erzählte, dass Caroli nicht zurückgekommen sei, fiel ihm die Kinnlade herunter.

»Ich kann es nicht glauben!«, murmelte er, »während seine Frau gerade entbindet! Ihm muss etwas zugestoßen sein.«

»Das denke ich auch; da ist etwas faul. Caroli verehrt seine Gattin doch offenkundig.«

McGray sann einen Moment nach. »Wir sollten die Kollegen bitten, auch nach ihm zu suchen. Sie durchkämmen mit den Männern die Gegend von der Hill Street zum Osten hin, und ich werde mich um die westliche Seite kümmern. Dort kenne ich mich gut aus, denn es ist nicht weit weg von meinem Haus.«

Wir gingen in entgegengesetzte Richtungen davon und machten uns für einige Stunden auf die Suche.

Während wir durch die dunklen Straßen von Edinburgh trotteten, begleitet von Beamten, lautstark Anweisungen erteilend und fast ohnmächtig vor Müdigkeit, schien es fast, als wären nicht wir hinter einem Menschen her, sondern der dichte Nebel hinter uns.

Ein entsetzliches Gefühl der Hoffnungslosigkeit beschlich mich. Dieser Fall schien zum Scheitern verurteilt zu sein; McGray und ich würden versagen ... Ich fühlte es mit schrecklicher Gewissheit in meinem Inneren. In diesem verfluchten Nebel würden wir nichts finden; wir würden damit fortfahren, nutzlose Zeugen zu befragen und aberwitzige Vermutungen anzustellen. Campbell und Monro würden derweil immer mehr auf Resultate drängen, und meine Karriere wäre noch schneller ruiniert, als ich es in meinen düstersten Prognosen vorausgesehen hatte. Während ich diesen Gedanken nachhing, wurden mir meine Beine immer schwerer, so als hätte sich der schottische Nebel in Fußfesseln verwandelt.

Als meine Frustration ihren Tiefpunkt erreicht hatte, tauchte eine graue Gestalt aus dem Nebel auf. Ich erkannte Constable McNair, der laut rufend auf mich zugerannt kam.

»Inspector Frey! Wir haben etwas gefunden!«

»Die Violine?«

McNair biss sich auf die Lippe. »Nicht ... ganz, Sir.«

Er führte mich zu einer dieser schmalen Gassen zwischen zwei großen georgianischen Herrenhäusern. Das Erste, was ich sah, war McGrays hoch aufgeschossene Gestalt, die sich dunkel vom Lichtschein der fünf allesamt auf die kopfsteingepflasterte Straße gerichteten Blendlaternen abhob.

»Was gibt es?«, fragte ich beim Näherkommen. Doch McGray wies lediglich auf die Stelle, die von dem Beamten mit den Laternen erhellt wurde. Als ich hinunterschaute, schwappte eine Welle der Übelkeit in mir hoch. Ich sah eine frische Blutlache und ein schwarzes Etwas, das sich als verkohlte menschliche Hand herausstellte ... und ein mir mittlerweile vertrautes Symbol, verdreht und hastig mit Blut gemalt.

Nine-Nails trat einen Schritt vor.

»Haben Sie sich das gut angeschaut, Frey?«

Ich nickte sprachlos. Bevor ich auch nur den Mund hätte aufmachen können, um Protest dagegen zu erheben, wischte McGray das fünfäugige Geschmier mit seinem Schuh weg.

»*Warum haben Sie das getan?*«, schrie ich. »Das war Beweismaterial, Sie Idiot! Es hätte ordnungsgemäß dokumentiert werden müssen! Fotografiert!«

»Wir können den Rest so großzügig dokumentieren, wie Sie wollen. Aber hier handelt es sich um einen Fluch, Frey«, erwiderte McGray scharf. Ich erinnerte mich daran, wie die abergläubische Lady angesichts des unbedeckten Spiegels geschrien hatte. »Es lädt den Teufel zum Zuschauen ein. Ich will nicht, dass noch mehr Menschen das zu Gesicht bekommen.«

Mit zornesrotem Gesicht stieß ich ein entrüstetes Schnauben aus. Doch bei aller Wut blieb mir nichts anderes übrig, als meine Arbeit wieder aufzunehmen. Die Morgendämmerung nahte, und wir wollten keine neugierigen Blicke anlocken. Deshalb trieben einige der Beamten ein schmutziges Segeltuch auf, um die Szene dem Blick der Öffentlichkeit zu entziehen.

Nachdem der Tatort ordnungsgemäß abgeschirmt worden war, knieten McGray und ich uns hin, um die verkohlte Hand näher zu inspizieren. Der Gestank, der von dem verbrannten Fleisch ausging, drehte mir den Magen um. Wir stellten fest, dass es sich um eine ziemlich lange Hand handelte, zweifellos die eines erwachsenen Mannes. Halb verborgen in der Asche sah ich einen goldenen Ehering funkeln.

»In diesem Ring ist vielleicht eine Gravur«, sagte ich zu

McGray. »Aber mir wäre es lieber, wenn die ganze Szenerie fotografiert würde, bevor noch etwas verändert wird.«

Wir wiesen McNair an, den Fotografen zu holen, worauf der junge Mann zu seinem Pferd eilte. Es war noch keine halbe Stunde vergangen, als er zurückkehrte, gefolgt von einem kleinen Pferdewagen, beladen mit einer sperrigen Kamera und einer Kiste mit Platten. Aufgrund des Nebels erkannte ich es nicht sofort, doch ihr folgte eine große luxuriöse Karosse. Deren Kutscher hielt an und stieg rasch ab, um die Tür zu öffnen. Sofort erkannte ich die Silhouette von Superintendent Campbell.

Als der Mann näher kam, verbeugten sich die Beamten vor ihm. Campbell hinkte ein wenig und ging auf einen Stock gestützt. Erst jetzt wurde mir bewusst, dass ich ihn noch nie stehend gesehen hatte, da er während unserer Begegnungen stets hinter seinem Schreibtisch gesessen hatte.

Ohne einen Ton zu sagen, kam er auf den Tatort zu. Seine Anwesenheit wirkte dadurch noch einschüchternder. Konzentriert schaute er die Blutlache an und starrte dann einen Moment auf die verkohlte Hand. Schließlich schnalzte er vorwurfsvoll mit der Zunge.

»Noch ein Mord ... Im Zusammenhang mit dieser Violine, Inspector, vermute ich?«

»Das sollte man meinen«, erwiderte McGray trotzig.

Campbell schüttelte den Kopf. »Wann fangen Sie beide eigentlich mit Ihrer Arbeit an? Man sollte glauben, Sie warten darauf, dass der Mörder bei Ihnen an die Tür klopft.«

»Sir, wir haben so viele Beamte aufgeboten, wie wir konnten, und befragten ...«

»Oh, aber selbstverständlich«, unterbrach mich Campbell mit spöttischer Miene. »Sie haben bei dieser Beerdigungsfeier *jeden* befragt, haben die Leute stundenlang warten lassen und jetzt die halbe New Town mit Ihrer Suchaktion um den Schlaf gebracht.«

»Sir …«

»Geht es nicht in Ihr erbsengroßes Denkstübchen, dass wir diese Angelegenheit diskret behandeln wollen?« Er stieß seine Worte mit einem harten Zischen hervor und bedachte mich dabei mit einem vernichtenden Blick. Dann wandte er sich McGray zu. »Auch Sie sollten sich dessen bewusst sein, McGray. Vergessen Sie nicht, dass Sie hier die Leitung innehaben sollten.«

Einen Moment lang sagten weder McGray noch ich ein Wort. Doch als ich anhob, etwas zu sagen, fuhr mir Campbell erneut über den Mund.

»Noch ein Todesfall«, sagte er. »*Noch ein Todesfall*, Inspectors, und Ihre Karrieren sind beendet. Haben Sie verstanden? Be-en-det. Ich hoffe, das war jetzt so deutlich, dass es auch Ihre trägen Hirne aufnehmen können.«

Bevor wir etwas erwidern konnten, war er bereits auf dem Rückweg zu seiner Karosse.

Ich kochte vor Zorn, und meine Stimmung verbesserte sich eine ganze Weile lang nicht. McGray hingegen musste nur ein paar seiner üblichen derben Sprüche von sich geben, um sich wieder zu beruhigen. Er hatte seine eigene Art, ging seinen eigenen Weg, ganz gleich, wer ihm in die Quere kam.

Wir ließen die gesamte Umgebung fotografieren und anschließend gründlich reinigen. McGray hob die scheußliche Hand mit äußerster Vorsicht auf und verfrachtete sie in einen Lederbeutel.

Als wir fertig waren, war es bereits Vormittag. Dass es schon so spät war, erkannte ich erst, als wir auf unserem Weg zum Präsidium einen Begräbniszug passieren lassen mussten. Es war, natürlich, der von Wood, und die Leute trugen seinen Sarg gen Süden zum Grange Cemetery.

Der Himmel war mit dichten Wolken verhangen, und bevor wir im Innenhof der City Chambers angelangten, kam erneut ein tosendes Unwetter auf.

Wir gingen direkt zur Leichenhalle und präsentierten Reed die Hand. Der junge Arzt war entsetzt von dem Anblick, führte aber nichtsdestoweniger eine gründliche Untersuchung durch.

»Viel mehr, als Sie wahrscheinlich schon festgestellt haben, kann ich Ihnen nicht dazu sagen. Die Hand gehörte einem erwachsenen Mann; die Knochen sehen in meinen Augen noch ziemlich jung aus, aber sie ist so schwer verkohlt, dass ich den Zeitpunkt, an dem sie abgetrennt wurde, nicht genau bestimmen kann – auch nicht, *wie* sie abgetrennt wurde.«

»Können Sie uns den Ring zeigen?«

»Natürlich. Ich werde versuchen, ihn abzuziehen.«

Mit einer Pinzette entfernte Reed den goldenen Ring. Dabei zerfetzte er das verbrannte Fleisch, und es blieb zum Teil an dem Goldring hängen.

»Wie angebrannter Speck in einer Pfanne«, kommentierte McGray.

Reed musste ein Skalpell benutzen, um die Fetzen verkohlter Haut von dem Metall zu kratzen, bevor er ihn uns reichte. Ohne zu zögern, nahm McGray den Ring entgegen und kratzte sogar mit seinem Fingernagel an der Innenseite.

»Sie hatten recht, Frey. Da ist eine Gravur, aber …«

Er verstummte.

Zögerlich reichte er mir den Ring. Ich borgte mir Reeds Pinzette, um ihn zu halten, und hatte keine Mühe, die

Inschrift zu lesen, da schwarze Asche die feine Gravur hervortreten ließ.

Als ich erkannte, dass die Worte nicht auf Englisch waren, setzte mein Herz einen Schlag aus. Obwohl es mir gelang, die Bedeutung zu entziffern, musste man sie nicht verstehen, um zu wissen, wem der Ring gehört hatte.

Con questo ricevi il mio cuore, mio amato Danilo.

Ich holte tief Luft, bevor ich den Satz laut übersetzte.

»Hiermit schenke ich dir mein Herz – mein geliebter Danilo.«

25

»Caroli ist tot! Das ist seine Hand!«

»Die arme Mrs Caroli«, murmelte McGray. »Ihr Mann stirbt ausgerechnet in der Nacht, in der sie ihr gemeinsames Kind zur Welt bringt.«

Ich schüttelte immer noch den Kopf. »Mit einem weiteren Mord hatte ich nicht gerechnet …«

»*Wir waren so dumm!*«, fluchte McGray, während er gegen einen Stuhl trat, sodass dieser gegen die Wand krachte. Seine Augen waren blutunterlaufen.

Ich räusperte mich laut, um zu verhindern, dass Reed die morbidesten Einzelheiten unserer Untersuchung mithörte; der junge Mann wirkte auch so schon besorgt genug. »McGray, wir sollten das im Büro besprechen.«

Wir bedankten uns bei Reed für seine Hilfe, und bevor wir gingen, überreichte er uns eine Akte.

»Hier, Inspectors. Das sind die ersten Auswertungen der Untersuchungen, die ich an Mr Woods Mageninhalt vorgenommen habe.«

»Können Sie es zusammenfassen?«, fragte ich ihn. Ich war zu übernächtigt, als dass ich noch etwas hätte lesen können.

»Der Magen war leer, wie ich bereits sagte, und ich habe keines der geläufigen Gifte gefunden: Ich habe nach Quecksilber, Arsen und Blausäure gesucht, den üblichen Mitteln. Wenn Sie es für nötig halten, werde ich nach weiteren obskuren Substanzen suchen. Außerdem werde ich die Blutproben untersuchen.«

»Nach jetzigem Stand würden Sie also sagen, der Mann ist eines natürlichen Todes gestorben.«

»So ist es, Sir.«

»Gute Arbeit. Geben Sie uns sofort Bescheid, falls Sie etwas finden.«

»Ja, Sir.«

Als wir in das schmuddelige Büro zurückgekehrt waren, sank ich in meinen harten Holzstuhl und stieß das größte Gähnen der Menschheitsgeschichte aus.

»Da ist etwas, das nicht ganz passt«, blaffte McGray, während er wie ein Tiger im Käfig auf und ab ging. »Da ist etwas, das uns entgeht.«

»Sie sind ein Meister des Offenkundigen, Nine-Nails«, sagte ich vollkommen übermüdet.

McGray war zu aufgedreht, als dass ihn mein Sarkasmus gestört hätte. »Caroli wurde von der gleichen Person getötet, die auch Fon-teen ermordet hat, *das* ist offenkundig. Alles war gleich: das gleiche Zeichen, die Blutlache …«

»Alles bis auf eines«, gab ich zu bedenken. »Die verkohlte Hand. Am ersten Tatort gab es keine verkohlten Körperteile von Fontaine.«

»Haben Sie diese Fotografien noch?«

»Habe ich.« Ich öffnete die oberste Schublade und zog sie hervor. »Hier. Aber ich glaube nicht, dass ein Stück menschliches Fleisch …«

»Es war verbrannt«, unterbrach mich McGray, obwohl er nur zwei Fotografien angeschaut hatte. Er zeigte mir ein Bild, und ich begriff sofort.

»Der Kamin.«

»*Aye*. Denken Sie an Reeds Obduktionsbericht: Fontaine

fehlte nicht nur ein großer Teil seiner Gedärme, sondern auch Herz und Leber.« McGray trat hastig an ein Bücherregal und zog einen ramponierten Band hervor. Er schlug eine Seite auf und überflog sie binnen wenigen Sekunden. »Alles passt: Ermorde dein Opfer, zeichne das Symbol, um den Satan zu beschwören, dann verbrenne eine Opfergabe, um ihn milde zu stimmen.« Er fuhr mit dem Finger die Zeilen entlang. »Jedwedes Fleisch eines Opfers genügt, aber die wertvollsten Organe sind Herz, Leber und Augen.«

Ich nickte. »Na schön, aber wie passt das ins Puzzle? Ich kann nicht erkennen, dass uns diese Informationen irgendwie weiterbrächten.«

»Es bestätigt, dass der Mörder es nicht bloß auf die Geige abgesehen hat, sondern auch auf die Därme. Caroli hätte auf gleiche Art sterben *müssen* wie Fon-teen. Der Mörder stand aber unter Zeitdruck und konnte das vollständige Ritual nicht mitten auf der Straße durchführen; er hat ihn einfach ermordet, dann die Opfergabe vollbracht (es war viel leichter, eine Hand abzutrennen, als ein inneres Organ zu entnehmen), und hat den Rest der Leiche dann woanders hingebracht, um in Ruhe weiter damit arbeiten zu können.«

»Aber wohin? Wir haben gründlich gesucht.«

McGray schüttelte den Kopf. »Das ist nicht schwer zu erraten. Aber überlassen Sie das mir, Frey. Was mir jetzt wirklich zu denken gibt, ist die Tatsache, dass der Mistkerl beschlossen hat, wieder zu morden, obwohl er doch bereits Fon-teens Därme hatte … Wie viele Morde plant er noch?«

Ich stöhnte. »Es muss keine geplante Zahl geben. Vielleicht hat er vor, es immer wieder und wieder zu tun …« Frustriert massierte ich meine Schläfen. »Mein Gott! Als wäre alles nicht schon schlimm genug!«

»Jammern Sie nicht so herum. Es kann *immer* noch

schlimmer werden. Immerhin haben wir noch Spuren, denen wir nachgehen können. Ich werde mir noch einmal diese Straße anschauen, in der Caroli starb.«

»Zeitverschwendung, würde ich sagen.«

»Mag sein. Aber bei Tageslicht bekomme ich eine bessere Vorstellung davon.«

»Falls man dieses matte, trübe schottische Schimmern Tageslicht nennen kann …«

»*Och*, das sagt mir der Richtige! Bei euch in London ist der Himmel mittlerweile doch noch verräucherter als nach dem Großen Brand von 1666.«

»Ach, halten Sie an sich! Sie haben recht, wir sollten jeder Spur nachgehen, die wir … h… ha…« Ich gähnte erneut und riss dabei den Mund so weit auf, dass ich McGray hätte verschlingen können. Ich war so müde, dass mir die Augen brannten.

»Sie sehen aus wie das Leiden Christi. Gehen wir lieber nach Hause und bringen diese Dienstmagd von Ihnen dazu, uns etwas zu essen zuzubereiten. Dann sollten Sie sich aufs Ohr legen. Ich will, dass Sie auf den Ball dieser Schlampenlady Ardglass gehen, aber vorher sollten Sie lieber noch Ihren Schönheitsschlaf halten.«

Meine Erschöpfung grenzte bereits an Abgestumpfheit, sodass ich mir nicht einmal die Mühe machte, McGray etwas zu entgegnen. Ich trottete ihm schlichtweg bis zu der Stelle hinterher, wo er unsere Pferde hatte hinbringen lassen.

Obwohl die schlimmste Phase des Sturms vorüber war, schüttete es auf unserem gesamten Rückritt zum Moray Place. Ich sah Sturzbäche von trübem Regenwasser die Hänge der Princes Street Gardens hinabschießen. Die Hauptstrecke der städtischen Eisenbahn zerschnitt die

Parkanlage auf ihrer unteren Ebene, in der gewaltige Gullys den endlosen schottischen Regen daran hinderten, die Schienen zu überfluten.

Joan hatte uns zwar so früh noch nicht zurückerwartet, doch sie improvisierte eine vollwertige Mahlzeit: Spiegeleier mit dicken Scheiben knusprigem Speck, frisches Brot, schwarzer Kaffee für mich und dünnes Ale für McGray. Dabei entging mir nicht, dass sie ihm die dickeren Speckscheiben servierte.

Wir langten glücklich und zufrieden zu. Wie eine gute, fette Portion Fleisch doch die Stimmung aufhellen kann, überrascht mich nach wie vor.

»Da ist noch etwas, das ich erledigen muss!«, nuschelte McGray, während ihm Brotkrumen und Eigelb in den Mundwinkeln hingen. »Ich muss Mrs Caroli das von ihrem Gatten berichten.« Mit düsterer Miene schüttelte er den Kopf. »Leicht wird das nicht werden.«

Wie es sich gehört, wischte ich mir mit der Serviette den Mund ab. »Eigentlich würde ich gern dabei sein; die Aussicht ist zwar, gelinde gesagt, düster, aber es ist eine Frage des Anstands.«

George kam herein, um unsere Teller abzuräumen. »Ein ehrenwerter Engländer! Und ich dachte schon, ich würde nie einen zu Gesicht bekommen!«

Leider stand Joan unmittelbar hinter ihm. »*Red nicht so mit meinem Herrn, du schäbiger Kartoffelsack!*«

McGray und ich wechselten einen ermüdeten Blick und verließen den Frühstücksraum, bevor das Gezeter unserer Bediensteten in ein Blutbad ausufern konnte.

Als McGray gerade die Hintertür zum Stall öffnete, rannte Joan mit einem frisch gebügelten Mantel auf ihn zu. »Sir, nehmen Sie diesen! Es ist eiskalt draußen!«

Wer von uns beiden das verdutztere Gesicht machte, vermochte ich nicht zu sagen.

Auf unserem Weg zur Hill Street, wo wir Mrs Caroli aufsuchen wollten, kamen wir gut voran. Kaum hatte einer der Bediensteten uns die Tür geöffnet, hörten wir das Neugeborene aus voller Kehle schreien – genauer gesagt: brüllen.

»Geht es den beiden gut?«, erkundigte sich McGray, während die Dienerin uns zur Treppe führte.

»Unserer Lady geht es gut … nun, den Umständen entsprechend. Aber das arme Kleine ist krank und fiebert. Der Arzt ist gekommen und hat uns angewiesen, den Jungen kühl zu halten … sonst kann er nichts für ihn tun.«

»Also ist es ein Junge«, sagte McGray.

»*Aye*, Sir. Es ist ein Stammhalter … Genau, wie unser Herr es sich gewünscht hat.«

Bevor wir hochgingen, warf ich einen raschen Blick in den großen Salon, wo das jüngste Dienstmädchen, jenes, das am Vorabend mit mir gesprochen hatte, damit beschäftigt war, die Blumen von der Trauerfeier wegzuräumen. Die halb verwelkten Blütenköpfe hingen matt an den gekrümmten Stielen, wie um zu verkünden, dass der Tod nun vollends Einzug in dieses Haus gehalten hatte.

»Ich sagte Ihnen ja schon, dass Babys in dieser Familie nicht gesund zur Welt kommen«, murmelte sie, während sie ihrer Arbeit nachging.

Als wir uns dem Schlafzimmer im Obergeschoss näherten, verzog ich das Gesicht, denn es verströmte den typischen Geruch von Krankheit. Als ich schließlich die arme Frau auf dem Bett liegen sah, erschauderte ich geradezu.

Ihr Gesicht war totenbleich, ihre Haut so blass und trocken wie Pergament, ihr dunkles Haar vollkommen aufgelöst, und ihre Augen, von dunklen Ringen umgeben, spiegelten das nackte Elend wider. Es war, als hätte ihr die Entbindung das Leben ausgesaugt. Als sie uns sah, runzelte sie kummervoll die Stirn; sie begriff, dass unser Erscheinen eine qualvolle Nachricht bedeutete.

McGray kniete sich an eine Seite des Bettes und nahm sanft eine ihrer Hände. Der Kontrast zwischen ihren steifen, verdrehten Fingern und seiner großen starken Hand hätte nicht deutlicher sein können. »Mrs Caroli, wir hoffen, dass Sie keine starken Schmerzen haben.«

»Ich werde es überstehen«, sagte sie mit einer festen Stimme, die nicht zu ihrem erschöpften Aussehen passte. »Aber eines muss ich wissen. Bitte, sagen Sie mir: Wo ist mein Mann?«

»Ich darf Sie nicht anlügen …« Sanft drehte McGray ihre Hand und legte ihr den goldenen Ring in den Handteller. »Am frühen Morgen fanden wir Ihres Mannes Ha… Wir stießen auf Beweise, die darauf hindeuten, dass …« McGray holte tief Luft, »… er ermordet wurde.«

Ein entsetzliches Schweigen entstand. Es kann nur Sekunden gedauert haben, fühlte sich aber an, als währte es grauenhaft lange Stunden. Schließlich hob Mrs Caroli die Arme, bedeckte sich mit zusammengepressten Händen das Gesicht und fing an zu zittern, so lange, bis das Bett bebte. Unter ihren Händen drang ein leiser, verzweifelter Klagelaut hervor, und wenig später waren ihre Finger von Tränen benetzt.

»Es tut uns sehr, sehr leid«, war alles, was ich zu sagen vermochte. In einem Moment wie diesem hätte sich alles andere hohl angehört.

»Ich möchte Ihnen noch einige Fragen stellen«, murmelte McGray, während er ihr beruhigend eine Hand auf die

Schulter legte. »Aber das tue ich nur, wenn Sie sich stark genug dafür fühlen.« Mrs Caroli antwortete zunächst nicht, schüttelte dann aber den Kopf und murmelte schließlich etwas, das sich vage wie »Lassen Sie mich allein« anhörte.

McGray tätschelte ihr erneut die Schulter, und dann gingen wir. Wir sagten den Dienerinnen, wo sie uns finden könnten, sobald Mrs Caroli in der Lage war, mit uns zu sprechen.

Als wir unsere Pferde bestiegen, sah ich, dass McGray fast unmerklich die Stirn runzelte.

»Ich fürchte, wir waren es, die das den Carolis angetan haben«, sagte er mit schuldbewusstem Blick, die Augen auf den Boden gerichtet.

»Weil wir ihnen die Geige übergeben haben, meinen Sie?«

»*Aye*. Denken Sie drüber nach, Frey: Jeder, der die Geige besessen hat, ist tot! Ich denke, ich sollte das verdammte Ding jetzt auftreiben, bloß, um es Ihnen zu geben und dann mal zu schauen, was passiert …«

Normalerweise hätte ich ihm etwas entgegnet, doch McGray wirkte so betrübt, dass er mir leidtat.

»Gehen Sie nach Hause, Dandy«, sagte er. »Ruhen Sie sich aus und besuchen Sie dann Ihren Ball der Hochnäsigen.«

»Sind Sie sicher, dass ich Ihnen nicht helfen soll?«

»*Aye*. Ich sehe doch, wie erschöpft Sie sind; Ihr Gesicht sieht noch beschissener aus als sonst. Außerdem habe ich vor, Madame Katerina dazu zu bringen, mir zu helfen, und sie wird mir viel bessere Dienste leisten, wenn Sie nicht dabei sind und über alles, was sie sagt, lästern.«

Ich neigte den Kopf. »Darin muss ich Ihnen recht geben. Ich kann mir kaum eine Begegnung vorstellen, die einem noch größeres Unbehagen bereitet.«

»Außerdem möchte ich, dass Sie heute Abend Lady Glass befragen. Die alte Schlange war Fon-teens und auch Woods Vermieterin. Es schmeckt mir nicht, dass sie in diesen Fall so verwickelt ist. Bestimmt wird sie ungezwungener plappern, wenn Sie allein mit ihr reden.«

Ohne ein weiteres Wort zu wechseln, gingen wir unserer Wege.

Als ich am Moray Place angelangt war, dachte ich, dass Elgie sich zweifellos über ein wenig Abwechslung freuen würde und es wenig gab, was bei einer solchen gesellschaftlichen Zusammenkunft schiefgehen konnte. Daher schickte ich ihm eine Nachricht, in der ich ihm von dem Ball berichtete. Er schickte den gleichen Boten mit seiner Antwort zurück und erklärte darin, die Aussicht versetze ihn in »absolute Hochstimmung«.

Nachdem ich Joan angewiesen hatte, meinen Sonntagsstaat für den Abend zurechtzulegen, verbrachte ich den Großteil des Tages damit zu schlafen. Ich bin froh, dass ich dies tat, denn dieser Abend sollte sich erneut als … ziemlich blutig herausstellen.

26

»Joan! *Joan!*«

»Ja, Sir?«

»Was zum Teufel ist das?«

»Ihr brauner Anzug, Sir. Ich habe ihn heute aufgebügelt.«

»Ich sehe, dass das mein brauner Anzug ist, Weibsbild! Ich hatte Sie gebeten, den schwarzen zurechtzulegen! *Den schwarzen!* Es handelt sich um eine sehr förmliche Gesellschaft, und da brauche ich den schwarzen!«

»Ich wollte ja den schwarzen bügeln, Sir. Aber ich weiß nicht, was Sie bei dieser Beerdigungsfeier angestellt haben, um diese armen Kleider in einen solch erbärmlichen Zustand zu bringen! Überall Schmutz und Asche, und sie haben so nach Hund gestunken, dass ich sie in Milch einweichen musste!«

Frustriert stöhnte ich auf und durchforstete hektisch den Kleiderschrank.

»Es hat keinen Sinn, Sir«, sagte Joan. »Sie hatten mich angewiesen, nur einen schwarzen Anzug mitzubringen. Aber da ist doch noch der marineblaue, den Sie so mögen. Kein Mensch wird bemerken, dass Sie Marineblau tragen, wenn die Gesellschaft bei Kerzenlicht stattfindet.«

In London würde ein Gentleman bei einer formellen Gesellschaft nie einen marineblauen Anzug tragen. Niemals! Erschrocken stellte ich fest, dass Joan recht hatte: Ich hatte keine angemessene Kleidung, und es war keine Zeit mehr, etwas dagegen zu unternehmen.

»Na schön. Geben Sie mir den marineblauen.« Ich kann nicht beschreiben, wie sehr es mich schmerzte, mich so etwas sagen zu hören – ich stand im Begriff, eine der Grundregeln der Etikette zu brechen.

Während ich mich hinter der spanischen Wand umkleidete, fuhr Joan damit fort, davon zu faseln, wie sehr sie George und die »großkotzigen Fischweiber«, die in den Nachbarhäusern arbeiteten, hasste.

»Mr McGray kam zurück, als Sie schliefen, Sir«, sagte sie dann. »Er war bloß ganz kurz hier und sagte, er müsse etwas in der Stadtbibliothek überprüfen … oder im Register oder so. Oh, der arme Mann sah ein wenig geschwächt aus, stieg dann aber doch wie ein junger Gott auf sein Pferd. Es ist noch nicht lange her, da kam er mit diesen riesigen Papierrollen zurück, seitdem ist er in seinem Arbeitszimmer und liest!«

»Es scheint, als interessierten Sie sich sehr für Nine-Nails«, unkte ich, da ich mich daran erinnerte, wie aufmerksam sie ihm sein Mittagessen serviert und ihm den Mantel geholt hatte. »Ich dachte, Sie hassen den Mann.«

»Ach Sir, selbst Sie wären freundlicher zu ihm, wenn Sie von seinem Ungemach wüssten.«

»Ungemach?«

»Ja. Haben Sie sich nicht gefragt, wie der arme Mann seinen Finger verloren hat? Oder warum niemand zu Besuch in dieses Haus kommt?«

Ich erinnerte mich daran, wie McGray davon gesprochen hatte, er behalte diese unfähige Agnes nur, weil sonst niemand für ihn arbeiten wolle. Zudem hatte er gesagt, Lady Glass habe schändliche Gerüchte über seine Familie in Umlauf gesetzt. Einzelheiten aber hatte er verschwiegen. »Nun ja, die Frage habe ich mir schon gestellt, aber ich kann nicht behaupten, das Gerede brächte mich um den Schlaf.«

Vor lauter Aufregung, die Geschichte loswerden zu können, quollen Joan förmlich die Augen über. »Oh Sir, es ist eine so furchtbare Geschichte …«

Resigniert stieß ich einen Seufzer aus. »Nun ist es zu spät, Ihren Redefluss zu stoppen. Machen Sie schon, aber beeilen Sie sich. Und geben Sie mir die Manschettenknöpfe und die Krawattennadel.«

»Ja, Sir. Also, es ist alles vor fünf Jahren geschehen, als die McGrays hier in Edinburgh noch hochangesehen waren. Der verstorbene Mr McGray hatte viele Besitztümer; Bauernhöfe und Schiffe, und ich glaube, auch eine Brennerei für guten Scotch, in der Nähe von …«

»Er war wohlhabend, davon kann ich mir jetzt eine grobe Vorstellung machen.«

»Oh ja, Sir, sehr wohlhabend. George geriet ganz aus dem Häuschen, als er mir diese Geschichten von seinem verstorbenen Herrn erzählte. Der verstorbene Mr McGray hatte es zu etwas gebracht, müssen Sie wissen; er hatte sich hochgearbeitet von einem Angestellten in einem schmutzigen Pub in Dundee – wo immer das ist. Natürlich konnten die ganz hochgestellten Leute hier in der Gegend so eine Familie ohne entsprechende Vorfahren und so weiter nicht leiden. Besonders diese Hexe Ardglass, die Sie heute besuchen werden, hat sich …«

»Joan, Sie schweifen ab.«

»Oh ja. Tut mir leid, Sir. Also, vor fünf Jahren, wie ich schon sagte, ist die Familie in eines ihrer Häuser bei Dundee gereist, um dort die Sommerfrische zu verbringen. Sie liebten ihre Pferde, die Jagd und das Leben auf dem Land. Sie verbrachten jedes Jahr etwa einen Monat auf ihren Landsitzen und nahmen dazu nur ein paar Bedienstete mit; ein Dienstmädchen, natürlich, und einen Mann, der die Kamine befeuerte und sonst all das tat, was wir Frauen nicht …«

»Joan, kommen Sie auf den Punkt! Übrigens will ich auch eine marineblaue Krawatte tragen.«

»Hier ist sie, Sir. Ich erzählte ja gerade, dass sie nur ein oder zwei Bedienstete mitnahmen … und das war dann die letzte Reise der Familie … Jeder erzählt eine andere Version von dem, was an diesem Tag geschehen ist, aber George hat mir gesagt, ich solle keiner davon Glauben schenken …«

»Na kommen Sie, jetzt erzählen Sie aber Schauermärchen.«

»Nun, Sir, es *ist* ja auch schaurig! Was würden Sie tun, wenn jemand aus Ihrer eigenen Familie sich wie ein Berserker verhalten und Sie angreifen würde? Genau das ist dem armen Mr McGray geschehen!«

Ich runzelte die Stirn. »Wie meinen Sie das?«

»Oh Sir, mir fehlen die rechten Worte, um das jetzt auszudrücken … aber seine Schwester hat ihre Eltern abgeschlachtet!«

Ihre Äußerung kam so unvermittelt, dass ich mir auf die Zunge biss.

»Sie hat *was* getan?«

»Sie abgeschlachtet … brutal ermordet! Oh, ich kann es kaum glauben! Das Mädchen hat ihre eigene Mutter mit einem Schürhaken durchbohrt und ihrem Vater mit einem Küchenmesser ins Herz gestochen! Ein Dienstmädchen war dabei, hat aber allen erzählt, sie habe nichts gesehen, sondern nur gehört, wie Miss McGray geschrien habe wie am Spieß. Die Frau ist dann losgerannt, um Mr McGray zu holen, der zu diesem Zeitpunkt gerade draußen war …

Und als er zurück ins Haus kam, fand er seine Schwester blutüberströmt vor, das Messer noch in den Händen haltend und vollkommen von Sinnen. Das arme, arme Mädchen.«

»Und dann …?«

»Mr McGray hat versucht, sie zu beruhigen. Aber seine Schwester hat ihn angegriffen und hätte wahrscheinlich auch ihn getötet, aber Gott sei Dank hat sie nur …«

Vor lauter Schreck über ihre eigene Erzählung brachte Joan kein Wort mehr hervor. Ich brauchte einen Moment, bis mir bewusst wurde, dass auch ich verstummt war und ihr Abbild im Spiegel anstarrte, während meine reglosen Hände nicht imstande waren, den Krawattenknoten zu binden.

»McGrays *eigene Schwester* hat ihm den Finger abgehackt!«, brachte ich schließlich hervor.

Joan nickte. Blitzartig kamen mir wieder die Augen von Miss McGray in den Sinn. Ich hatte recht gehabt, es waren nicht die Augen eines normalen Mädchens. Aber nie hätte ich es für möglich gehalten, dass es der Blick einer wahnsinnigen Mörderin der eigenen Eltern gewesen war.

»Und ich vermute, seitdem ist sie in der Irrenanstalt untergebracht.«

»Ja, Sir. Die arme Miss McGray hat nie wieder eine Silbe gesprochen. Der Letzte, der sie ein Wort hat hervorbringen hören, war so ein Dr. Clouston. Das Mädchen hat wohl nur geschrien, sie sei vom Teufel besessen.«

»Besessen?«

»*Aye*. Ich weiß, dass Sie nicht an so etwas glauben, aber niemand hatte eine bessere Erklärung. Sogar der Arzt im Irrenhaus weiß nicht, was mit ihr geschehen ist.«

Das konnte ich bestätigen. Ich erinnerte mich an mein kurzes Gespräch mit Dr. Clouston.

»Hat George Ihnen das alles erzählt?«

»Ja. Aber Sir, jeder hier kennt die Geschichte! Nach den Ereignissen haben die Leute hier in der Stadt auf ihren Gesellschaften monatelang über nichts anderes getratscht. Heute erzählen sich die Leute die Geschichte der McGrays sogar vor dem Kamin, genau wie sie am Weihnachtstag Geschichten von Hexen und Geistern erzählen. Ich bin erstaunt, dass Sie nichts von alledem gewusst haben. Haben Sie denn mit niemandem gesprochen, seit Sie hier sind?«

»Nun hören Sie aber! Ich bin außerordentlich beschäftigt, seit ich hier bin! Das Letzte, was ich tun würde, ist, auf dem Fischmarkt Jagd auf Klatschgeschichten zu machen.«

Im nächsten Moment klopfte jemand an der Haustür, und Joan rannte los, um durch das Fenster zu schauen. »Es ist Ihr Bruder, Sir!«

Ich schaute auf meine Taschenuhr und richtete die Kette an meiner Weste. »Mein Gott, er sollte doch schon vor zwanzig Minuten hier sein!«

Joan reichte mir meinen dicksten Mantel, und ich ging nach unten, in Gedanken nach wie vor bei McGrays dramatischer Vergangenheit.

Die Tür zum Bücherzimmer stand einen Spaltbreit offen, und ich erhaschte einen kurzen Blick auf ihn, wie er sich über einen Tisch mit einer riesigen Rolle Blaupausen beugte. Vollkommen konzentriert auf dieses Dokument berührte er fast mit der Nase das vergilbte Papier, während er mit seiner vierfingrigen Hand die Details eines komplexen Plans nachvollzog.

Plötzlich ergab alles einen Sinn: sein für sein Alter viel zu faltiges Gesicht, die Ringe unter den Augen, seine vollkommene Missachtung seiner äußeren Erscheinung und der guten Gesellschaft …

Vor allem aber erklärte diese morbide Geschichte McGrays Fixiertheit auf Geistergeschichten und seinen ganzen Aberglauben. Jedes Buch in dieser Bücherei, jedes absonderliche Artefakt, das er aufbewahrte, jede schlaflose Nacht, die er mit der Erforschung von Hexen, Kobolden und dämonischen Ritualen verbrachte, jeder Tag, an dem er sich abgemüht hatte, die Genehmigung für seine Sonderabteilung zu bekommen – all diese Bemühungen hatten ihren Ursprung in einer Familientragödie. Mir fiel wieder ein, wie zärtlich er die Hand seiner Schwester berührt hatte, als er sie in der Irrenanstalt besuchte, und wie wütend er geworden war, als er mich dabei ertappt hatte, wie ich in das Zimmer spähte.

Ob er tief in seinem Inneren nach wie vor die verzweifelte Hoffnung hegte, seine Schwester wieder zu erreichen? Wie war es ihm nur möglich, die Fassung zu bewahren, nachdem er fünf lange Jahre vor dem ausdruckslosen Gesicht dieses Mädchen gesessen und den Spott der ganzen Stadt ertragen hatte? Ich konnte nur ahnen, wie sehr er das Mädchen immer noch liebte – und gewiss auch seine Eltern geliebt hatte –, um bereit zu sein, sein Leben voll und ganz einem so aussichtslosen Unterfangen zu widmen. Es fällt mir schwer, es zuzugeben, aber in diesem Moment empfand ich echtes Mitleid mit dem Mann.

Ich wollte ihm gerade sagen, dass ich im Begriff war zu gehen, besann mich dann aber eines Besseren. Es ist unangenehm, wenn man etwas sehr Persönliches über einen anderen erfährt; man weiß dann nicht mehr recht, wie man mit ihm umgehen soll.

Joans Erzählung versetzte mich in einen düsteren Gemütszustand, und als ich aus dem Haus ging, verschlechterte das abendliche Wetter meine Stimmung noch mehr: Die Luft war schneidend kalt, und der Niederschlag hatte sich in einen dichten Eisregen verwandelt, den der Wind fast horizontal vor sich hertrieb.

Zum Glück musste ich nicht weit gehen. Elgie hatte es so arrangiert, dass ihn eine Kutsche am *New Club* abholte und uns beide dann vom Moray Place zum Anwesen der Ardglass bringen würde. Erfreut stellte ich fest, dass er eine prächtige Brougham-Kutsche gewählt hatte.

»Mein Gott, warum bist du nur so verflucht unpünktlich?«, blaffte ich ihn an, kaum dass ich in der Kutsche saß.

»Ach Bruder, mach nicht so einen Wirbel. Wir sind nur wenige Minuten zu spät dran.«

»Ein paar Minuten zu spät! Du bist so spät dran, dass Joan mir in der Zwischenzeit McGrays ganzes Leben und Leiden erzählen konnte.«

Elgie bekam leuchtende Augen. »Oh, hat sie dir alles über seine verrückt gewordene Schwester erzählt?«

»Was denn, das weißt du schon?«

»Nun, ich habe im *New Club* mit Leuten geplaudert. Als ich von deiner Arbeit sprach, fiel natürlich McGrays Name.«

»Ich würde es begrüßen, wenn du damit aufhörst, mit jedem Fremden, dem du zufällig über den Weg läufst, über meine Arbeit zu sprechen.«

Elgie fuhr fort, als hätte ich gar nichts gesagt. »Ach, mein Bruder, diese Geschichte von der wahnsinnigen Schwester ist einfach außergewöhnlich. Sie wäre es wert, in einem Buch niedergeschrieben zu werden! Dieser brave Mann hat mir erzählt, man habe sogar versucht, sie mittels Priester, Weihwasser und allem Drum und Dran zu exorzieren! Kannst du das fassen?«

Ich runzelte die Stirn. »Wäre es auch so amüsant, wenn es um mich oder Oliver ginge?«

Elgie verstummte. Seine Wangen liefen knallrot an, sodass sein blondes Haar im Vergleich dazu fast weiß wirkte.

»Ich … ich dachte, du magst den Mann nicht.«

»Ich mag ihn auch nicht, aber es gibt Dinge, über die man keine Witze macht.«

Ich bin noch immer überrascht, dass mir diese Worte über die Lippen kamen: Ausgerechnet ich verteidigte Nine-Nails McGray!

Elgie seufzte, wie er es immer tut, wenn er das Thema wechseln will.

»Ian, macht das CID dir das Leben schwer? Du siehst ziemlich … mitgenommen aus.«

Ich lächelte müde. »Es ist besser, wenn du nichts davon weißt. Reden wir von dir. Was hast du in der Zwischenzeit alles unternommen?«

»Du meine Güte, was habe ich mich gelangweilt! Entweder probe ich im Theater, oder ich schließe mich in meinem Zimmer ein und spiele Violine. Das Wetter hier ist fürchterlich! Wer hätte gedacht, dass London in dieser Hinsicht noch übertroffen werden kann?«

»Aber natürlich, Elgie! Du bist mit Sicherheit der Einzige, der verrückt genug ist, Ende November freiwillig nach Schottland zu reisen.«

»Obwohl ich gestehen muss, dass es mir auf eine bestimmte Art auch gefällt.«

»Wirklich?«

»Ja. Jedes Mal, wenn ich die ganz in Nebel eingehüllte Burg betrachte, fühle ich mich wie in einen Schauerroman versetzt. Ich rechne dann fast damit, die Wölfe heulen zu hören und die Geister geköpfter Mönche zu erblicken!«

Ich konnte über den Blödsinn meines Bruders, seine traumtänzerische Art und Weise und seine fantastischen

Vorstellungen nur lächeln. Diese Eigenschaften waren mir schon vor langer Zeit abhandengekommen.

»Ich habe dir sogar Neuigkeiten zu verkünden«, sagte Elgie in ernsterem Ton. »Ich habe ein ausführliches Telegramm von meiner Mutter erhalten.«

»*Tatsächlich!* Was hat Catherine denn mitzuteilen?«

»Sie macht sich Sorgen um Vater. Dass du ihm auf seinen Brief nicht geantwortet hast, macht ihm offenbar mehr zu schaffen, als er zugeben will.«

»Natürlich habe ich nicht geantwortet! Er hat mir eine ganze Abhandlung darüber geschrieben, wie unmöglich mein Verhalten ist!«

»Nun, Mum schreibt, dass er wirklich leidet, und …«

»Hat sie dich gebeten, mich dazu zu überreden, ihm zurückzuschreiben?«

Elgie neigte den Kopf. »Ähm, natürlich nicht. Sie hat mich gebeten, dich dazu zu überreden, so schnell wie möglich zurückzukommen – was, wie ich gestehen muss, nicht das Schlechteste wäre.«

Ich stieß ein lautes, bitteres Lachen aus. »Mein Gott, das ist ja nicht zu ertragen! Elgie, hör auf damit! Ich würde nur äußerst ungern in deinem Beisein schlecht von deiner Mutter sprechen!«

Diese Vorgehensweise war typisch für Catherine. Sie war manipulativ und berechnend wie immer. Höchstwahrscheinlich hatte sie sich sogar für Elgies Anwesenheit hier eingesetzt. Sie wusste, dass er der Einzige war, der eine Chance hatte, mich zur Rückkehr zu überreden, sodass sie ihn einer Gehirnwäsche unterzogen und ihn den ganzen Weg nach Schottland geschickt hatte, um genau dies zu erreichen. Und dann würde sie, wie immer, in den Augen meines närrischen Vaters zur Heldin werden.

Elgie verlegte sich auf kindliches Flehen. »Ian, ich weiß, dass du und Dad nicht immer einer Meinung seid, aber ganz ehrlich, ich verstehe seine Bedenken. Mir ist ja *selbst* nicht klar, warum du wie ein störrisches Kind darauf beharrst hierzubleiben. Diese Arbeit hier frisst dich auf. Schau dich nur an: Du siehst todmüde aus, bist schlecht rasiert und trägst einen marineblauen Straßenanzug zu einem formellen Ball! Willst du damit Vater irgendetwas beweisen?«

»Elgie, mach dich nicht lächerlich.«

»Dann ... willst du es Laurence für das heimzahlen, was er gesagt hat?«

»Verdammt, nein!«

»Was ist es dann?«

Ich schüttelte den Kopf. »Vergiss es. Du würdest es doch nicht verstehen ...«

»Nun, wie sollte ich denn auch, wenn du dich verflucht noch mal nicht erklärst?«

Elgie hatte mich zuvor noch nie angeschnauzt. Bei jedem anderen hätte ich mir gar nicht die Mühe gemacht zu antworten. Doch bei ihm fühlte ich mich dazu verpflichtet.

Ich musste einen Moment überlegen, da selbst ich mir nicht ganz im Klaren über meine wahren Motive war. Ich erinnerte mich an den Moment, als ich vor dem Dampfschiff gestanden hatte, das mich nach Schottland bringen sollte. Damals waren mir Zweifel gekommen, und ich war im Begriff gewesen, alles abzublasen und in den sicheren Hafen meines Elternhauses zurückzukehren. Doch irgendetwas hatte mich angespornt, und bis dahin hatte ich keine Zeit gehabt, wirklich darüber nachzudenken, was es war.

Eigentlich war die Antwort gar nicht so schwierig.

»Zuerst habe ich es an der juristischen Fakultät versucht, wo wir aber bloß endlos lange Gesetzestexte lasen, um dann nach Möglichkeiten zu suchen, sie zu verbiegen. Dann machte ich mich daran, Medizin zu studieren, und stellte fest, dass mir dazu der Schneid fehlt … Danach habe ich versucht, zu Hause zu bleiben wie Oliver, aber das fühlte sich nicht richtig an. Endlich glaubte ich, beim CID meinen Platz gefunden zu haben. Die Arbeit dort lag mir, und ich liebte sie sehr. Endlich hatte ich das Gefühl, mehr zu sein als ein hohlköpfiger Adliger. Ich tat etwas Sinnvolles! Und dann überrollte mich dieses ganze Durcheinander, und alles endete wieder in der Jauchegrube. Ich werde nicht geschlagen nach Hause zurückkehren. Nicht noch einmal.«

»Ist das diesen Kampf wert?«

»Um mir zu beweisen, dass ich kein totaler Versager bin? Natürlich ist es das wert, verflucht noch mal!«

27

Erst als ich die prächtige Ardglass'sche Villa in der Dublin Street erblickte, einer der teuersten Straßen in der New Town, ging mir vollends auf, wie illuster die Familie war. Der Garten des Herrenhauses grenzte an die Queen Street Gardens, einen langgezogenen Streifen aus Grünfläche und Eichen inmitten der umliegenden georgianischen Steinhäuser. Der Moray Place und die Dublin Street befanden sich an den gegenüberliegenden Enden dieser Gartenanlage, und wir hätten mühelos dorthin laufen können, aber zu Fuß dort anzukommen wäre äußerst ungebührlich gewesen. Wir hatten den Park noch nicht zur Hälfte durchquert, als wir uns auch schon in eine lange Schlange von Kutschen einreihten, die sich in die Dublin Street drängten. Der Regen hatte erst vor Kurzem nachgelassen, und die Straßen waren nach wie vor schlammig und rutschig, sodass die Kutscher Vorsicht walten ließen.

Als wir schließlich vor dem Eingang des Ardglass'schen Herrenhauses angelangten, sahen wir eine kleine Menschenmenge äußerst elegant gekleideter Ladys und Gentlemen, allesamt herausgeputzt in feinsten Pelzen und mit Hüten. Es war kaum zu glauben, dass jemand wie McGray in direkter Nachbarschaft zu diesen kultivierten Adligen wohnte, doch ich verstand nun, warum er so geächtet wurde.

Aus der kleinen Gruppe von Besuchern, die die Granitstufen zum Eingang hinaufgingen, ertönte eine vertraute Stimme. »Inspector Frey!«

Wie zuvor schon einmal erblickte ich die zu kurz geratene Gestalt von Downs erst in dem Moment, als er direkt vor mich trat. Wie vereinbart hatte er den Geigenkasten bei sich.

Ich wünschte ihm einen guten Abend und stellte ihm sogleich meinen Bruder vor. »Das also ist die letzte Geige, die Sie dem Testament des verstorbenen Mr Fontaine entsprechend übergeben.«

»So ist es, Inspector. Und ich werde erleichtert sein, sobald diese Bürde von mir abgefallen ist, das muss ich zugeben. Nicht dass ich abergläubisch wäre, aber an diesen Instrumenten scheint doch … etwas ziemlich Gruseliges zu sein.«

»Gruselig?«, wiederholte Elgie, noch bevor Downs das Wort ausgesprochen hatte. »Das hört sich nach einer Geschichte an, die du mir unbedingt erzählen musst, Bruder.«

»Ganz sicher nicht heute Abend.«

Wir gelangten zum Eingang und stießen dort auf Alistair Ardglass, der die eintreffenden Gäste begrüßte. Er küsste gerade die Hand einer äußerst eleganten Lady, stieß diese jedoch fast zur Seite, als er uns erblickte. Wie von einem Magneten angezogen fiel sein Blick auf den Geigenkasten.

»Aber Inspector Frey! Wie schön, dass Sie kommen konnten! Ist das für meine Nichte?«

Bei näherer Betrachtung stellte ich fest, dass er recht blass und abgezehrt aussah; sein Schläfenhaar glänzte vor Schweiß, und sein Backenbart war zerzaust. Sein Lächeln war auf widerliche Weise unterwürfig. Ich bedachte ihn mit einem verächtlichen Nicken. »In der Tat, das ist die Geige. Das hier ist mein Bru…«

»Oh, Ihr lieber Bruder! Wir sind uns bereits begegnet, im *New Club*.«

Ich zog die Brauen hoch. »Jetzt verstehe ich. Also ist Mr Ardglass derjenige, der dir von dem Exorzismus mit Weihwasser erzählt hat …«

»Einer von ihnen«, ergänzte Elgie.

»Bitte kommen Sie doch herein. Ich werde Ihnen Gesellschaft leisten, sobald ich nach meiner Tante geschickt habe. Sie wird entzückt sein, Sie endlich kennenzulernen!« Er wirkte so aufgeregt, dass er uns am liebsten den ganzen Weg bis zum Ballsaal hineingeschubst hätte.

Ein steifer Butler nahm unsere Mäntel entgegen und begleitete uns dann in einen riesigen Salon. Während wir eintraten, schaute ich zu der hohen Decke hinauf und erblickte drei gewaltige Kronleuchter voller brennender Kerzen. Es war bereits brechend voll, und die tanzenden Paare drehten sich unermüdlich wie ein Meer aus wogender Seide und Musselin. Die Gästeschar wärmte den Raum derart auf, dass man kaum glauben mochte, dass den ganzen Tag über Eisregen auf Edinburgh niedergeprasselt war.

Während die Tänzer sich rhythmisch vor uns hin und her bewegten, erhaschte ich zwischendurch kurze Blicke auf ein großes Orchester, das auf der anderen Seite des Ballsaals spielte.

»Gute Musiker?«, fragte ich Elgie, denn sein Ohr war das einzige, dem ich traute.

»Hervorragende, um ehrlich zu sein. Sie lösen sogar in mir den Wunsch aus, Walzer zu tanzen … Oh, wir sollten eine Kleinigkeit essen!«

Elgie machte Anstalten, sich einen Weg zu den imposanten Bergen erlesener Speisen zu bahnen, die kredenzt wurden: glasierte Edelkastanien, mit Lachs und Jakobsmuscheln gefüllte Pasteten, holländischer Spargel, eingelegte Perlhuhneier, Eiscreme auf in Portwein eingelegten Erdbeeren …

Diskret ergriff ich den Arm meines Bruders. »Warte noch eine verdammte Minute! Du willst doch nicht, dass alle hier glauben, du würdest am Hungertuch nagen!«

Nur widerwillig riss Elgie sich zusammen. Zum Glück blieb ihm nicht viel Zeit zum Schmollen, denn Ardglass kehrte schneller zurück, als wir erwartet hatten.

Ich sah, dass er zwei Frauen im Schlepptau hatte, die eine sehr alt, die andere Mitte zwanzig – eindeutig »Lady Glass« und ihre Enkelin, Caroline Ardglass. Alistair stellte die beiden dementsprechend vor, und meine Augen huschten dabei von der einen zur anderen, da ich nicht wusste, auf wen ich mich konzentrieren sollte.

Lady Anne Ardglass war zwar über siebzig, schritt jedoch nach wie vor kerzengerade daher; sie zog die Schultern nach hinten und hatte das Kinn erhoben, was ihr ein erhabenes Auftreten verlieh. Sie war dünn und ziemlich groß für eine Frau und trug einen beeindruckenden Kopfschmuck aus weißen Federn, der sie noch größer wirken ließ. Nichtsdestoweniger hatte der Zahn der Zeit auf ihrem Gesicht Spuren hinterlassen. Die Haut ihrer Wangen war rissig wie die Rinde eines Baums. Sie hatte dunkle, von Äderchen durchzogene Ringe unter den Augen, zweifellos vom Trinken, mit dem sie wahrscheinlich schon als junge Frau begonnen hatte. Als sie auf uns zuging, fiel mir ein leichtes Schwanken auf, wahrscheinlich von dem Alkohol, den sie bereits intus hatte.

Caroline hingegen hatte ein atemberaubend schönes Gesicht – hohe Wangenknochen, eine spitz zulaufende Kinn- und Nasenpartie und einen kleinen Mund mit scharlachroten, leicht geöffneten Lippen. Ihre Augen waren sehr dunkel, und ihr funkelnder Blick listig und entschlossen. Ich spürte, dass sie mich abschätzte, allerdings wusste ich noch nicht, zu welchem Zweck sie es tat. Auch wenn sie offenkundig vornehme, kultivierte Umgangsformen pflegte, strahlte ihre Körpersprache eine gewisse Tendenz zur Wildheit aus.

»Wir sind erfreut, endlich Ihre Bekanntschaft zu machen, Mr Frey«, sagte Lady Anne. Ihre Stimme war tief und angenehm moduliert, und ihr Tonfall verdeckte ihre schottische Herkunft. »Ich hoffe, Sie werden einen angenehmen Abend verbringen.«

»Danke, Lady Anne. Dies ist allerdings nicht nur ein gesellschaftlicher Besuch. Zuallererst möchten wir Miss Ardglass ein Erbstück aushändigen.«

Ich schaute zu Downs herab, der dem Mädchen sofort den Geigenkasten überreichte.

»Miss Ardglass, der verstorbene Monsieur Fontaine hat ausdrücklich festgelegt, dass Sie dieses Instrument bekommen sollen: Eine Violine von Guadagnini aus dem Jahr 1754.«

Besonders beeindruckt wirkte sie nicht. Stattdessen nahm sie den Kasten schlichtweg entgegen und machte einen Knicks.

»Dieser Violine ist einer der lieblichsten Töne zu eigen, die ich je gehört habe«, erklärte ihr Onkel daraufhin mit einem Anflug von Bitterkeit in der Stimme. »Du hast mehr Glück, als du ermessen kannst, Caroline.«

»Das ist ja wunderbar, Onkel«, erwiderte sie, nach wie vor ohne offenkundige Gefühlsregung. Tatsächlich wirkte sie eher gelangweilt.

Lady Anne musste eingreifen. »Bedank dich bei Inspector Frey, Caroline. Er hat sich eine Menge Umstände gemacht, um sie dir zu übergeben.«

Caroline schaute mich an und setzte ein gequältes Lächeln auf. »*Danke*, Inspector. Mir ist klar, dass die Übergabe einer Violine eine Entbehrung für Sie darstellen muss, die nur wenige Menschen auf sich zu nehmen imstande sind.«

Ich spürte, wie ihre Frechheit mein Sodbrennen entfachte. Wie manche Frauen es sich doch zunutze machen, dass man sie nicht schlagen darf! Mein Bruder aber konnte nicht die Klappe halten …

»Allerdings«, sagte er, bevor ich ihn hätte aufhalten können, »doch keine Entbehrung kann von Bedeutung sein, wenn sie für eine solch *feinsinnige, charmante* Lady auf sich genommen wird.«

Der Schlingel hatte ohne Zweifel von seiner Mutter gelernt, wie man *genau* die richtigen Worte betont. Damit sorgte er dafür, dass wir anderen uns schrecklich unbehaglich fühlten. Ich musste das betretene Schweigen brechen.

»Lady Anne, es gibt noch einen weiteren Grund für meinen Besuch. Da wäre noch eine Reihe von Fragen, die ich Ihnen stellen muss, und zwar recht dringend.«

»Oh, abscheuliche geschäftliche Angelegenheiten! Warum arbeiten Gentlemen wie Sie sich immer zu Tode? Zuerst sollten Sie ein wenig Abwechslung genießen. Bitte, tanzen Sie mit meiner Caroline. Sie wird entzückt sein.«

Stattdessen erdolchte Caroline sie mit ihrem Blick.

»So reizend die Aussicht ist, muss ich leider doch ablehnen, Lady Anne. Wie ich schon sagte, kann diese Angelegenheit nicht länger aufgeschoben werden.« Ich sah, dass Elgie gierig zu den Cocktailhappen schaute. »Außerdem wird mein Bruder gleichfalls entzückt sein, mit Ihrer Enkeltochter zu tanzen.«

Wer nun erboster war, vermochte ich nicht zu sagen. Sowohl Elgie als auch Caroline schauten mich zorniger an, als so manch geistesgestörter Mörder, den ich verhört habe.

Auf der Stirn von Lady Anne war eine Ader hervorgetreten. »Ausgezeichnet. Wir können uns in meinem Salon unterhalten.«

Sie bedachte ihre Nichte mit einem verächtlichen Kopfschütteln, und ich sah zu, wie Elgie mit Miss Ardglass davonschritt, während er ihr offenkundig gehässige Bemerkungen zuflüsterte. Ich selbst folgte Lady Anne durch den Raum. Die Menge machte uns augenblicklich Platz, so als befänden wir uns in Windsor Castle und als wäre sie die Königin von England. Ich hörte, wie eine mollige Frau ihrer Tochter zuraunte: »Denk daran, deinem Bruder zu sagen, dass die neueste Mode in London marineblau ist!« Ich verdrehte die Augen.

Sobald wir im Flur ankamen, schnippte Lady Anne mit den Fingern, worauf ein Butler mit einer Gaslampe herbeieilte. Er führte uns in ein kleines, recht behaglich anmutendes Gesellschaftszimmer, dessen Fenster auf die Hauptstraße hinauswiesen.

Das Zimmer war vollgestellt mit Geschäftsberichten und Dokumenten und sah beim besten Willen nicht so aus wie der Salon einer Lady, sondern eher wie das Arbeitszimmer eines Geschäftsmannes. Die einzigen Spuren weiblicher Präsenz waren ein Stück in Arbeit befindlicher Stickerei sowie ein Porzellanservice mit Blumendekor. Die Wände mussten dick sein, denn kaum hatte der Butler die Tür geschlossen, wurden die Geräusche der Gesellschaft vollständig gedämpft. Einige wenige Gaslampen erhellten den Raum und warfen scharfe Schatten auf das runzlige Gesicht von Lady Anne; das gelbliche Licht fiel auf die großen Perlen ihrer mehrreihigen Halskette und ließ sie schimmern wie unzählige Augen. Als ich bemerkte, dass sie Rotweinflecken um die Lippen hatte, kam es mir vor, als säße ich vor einer von Shakespeares Zauberschwestern.

»Was ist es, das Sie in Erfahrung bringen möchten, Mr Frey?«

»Lady Anne, ich bedaure, Ihnen mitteilen zu müssen, dass während unserer Ermittlung im Zusammenhang mit dem Tod von Mr Fontaine Ihr Name fiel … und das häufiger, als man hätte vermuten können.«

Die Frau schaute mich mit einer hochgezogenen Braue an, doch eine andere Regung war von ihrem Gesicht nicht abzulesen. »Fahren Sie fort«, sagte sie.

»Mr Fontaine brachte, wie Sie wissen, in seinem Testament zum Ausdruck, dass seine wertvollsten Violinen seinen engsten Kollegen und Schülern übergeben werden sollen – darunter auch Ihrer Enkeltochter. Eine der Violinen ging an Theodore Wood, der erst vor wenigen Tagen verstorben ist, und die fragliche Violine wird nun vermisst.«

»Und welche Rolle spiele ich bei alledem, bitte?«

»Sowohl Guilleum Fontaine als auch Theodore Wood wohnten in Immobilien, die sich in Ihrem Besitz befinden, Ma'am.«

Ihre Augenbraue sah mittlerweile aus wie ein umgedrehtes U. »Benötigen Sie Informationen von mir? Geht es um ihren Charakter oder ihre Finanzen?«

»Oh nein. Inspector McGray und ich haben in Bezug auf die Opfer ausreichend Informationen zusammengetragen. Im Moment bin ich daran interessiert, mehr über *Ihre* Rolle dabei herauszufinden, Ma'am. Ihre unmittelbare Nähe zu den Opfern zweier aufeinanderfolgender Todesfälle ist schon einigermaßen verblüffend.«

Erneut waren von ihrem Gesicht keine Regungen abzulesen. »Ich verstehe nicht. Wollen Sie damit andeuten, dass ich …«

»Andeutungen gefallen mir nicht, deshalb befrage ich Sie jetzt. Es kann alles ein unglücklicher Zufall sein, und in diesem Fall würden Ihre Antworten es sofort beweisen.«

»Natürlich ist es ein Zufall!« Sie stand auf und ging zu einem Regal in ihrer Nähe, wo sie nach einem bestimmten Band suchte. »Guilleum, wenn ich mich recht entsinne, zog 1865 in meine Immobilie – im Frühjahr, um genau zu sein –, ich führe darüber detaillierte Aufzeichnungen.« Sie reichte mir ein dickes Geschäftsbuch und wies auf den entsprechenden Eintrag. Dann kehrte sie zu dem Regal zurück. »Theodore, dieser arme Kerl, kam 1883 in die Stadt. Vorher bestritt er seinen Lebensunterhalt in irgendeiner gottverlassenen Gemeinde in Glasgow so lange, bis sein letzter Verwandter starb. Er erzählte mir, er habe keinerlei Verbindungen irgendwelcher Art, sodass er beschloss, sein Glück in Edinburgh zu suchen. Es war Mr Fontaine, der ihn zuerst spielen hörte und ihn einlud, sich dem Konservatorium anzuschließen. Er war es auch, der ihn mir als Mieter für eine meiner Immobilien empfahl. Musiker halten untereinander enge Verbindung, Mr Frey; es ist nur natürlich, dass sie dieselben Vermieter und Anwälte haben. Fontaine ist sogar zum gleichen Barbier gegangen wie mein Neffe!«

»Das Mietverhältnis ist nicht der einzige Punkt, der mich zu meinem Kommen veranlasst hat. Da ist auch noch die Frage der zerborstenen Fensterscheibe.«

Wütend schnalzte Lady Anne mit der Zunge. »Ach, du lieber Gott, dieses verdammte Fenster! Hätte ich geahnt, dass es mir so viel Ärger einbringt, dann hätte ich eigenhändig die Tür eingeschlagen!«

»Können Sie das ausführen?«

Sie setzte sich wieder. »Ich wurde um die Erlaubnis gebeten, die Tür zu Fontaines Arbeitszimmer gewaltsam zu öffnen. Das habe ich abgelehnt, wie Sie wissen, und stattdessen vorgeschlagen, die Leute sollten hinaufklettern, um die Fensterscheibe einzuschlagen.«

»Auf der Grundlage dessen, dass … ein Fenster billiger zu ersetzen ist als eine schöne Eichentür …«

»Ich bin Geschäftsfrau, Mr Frey, und gehe mit meinen Kapitalanlagen äußerst sorgfältig um. Meine Familie hätte es nicht so weit gebracht, wenn sie Kapital verprasst hätte. Schlussendlich ist es mein Besitz, über den wir hier sprechen.«

»Um ganz ehrlich zu sein, Ma'am, war die Bitte um Ihre Erlaubnis eine Höflichkeit, die ich nicht angeboten hätte. Unter solcherlei Umständen hätte ich zuerst die Tür aufgebrochen und erst später eine Erklärung abgegeben. Begreifen Sie, dass Ihre Entscheidung die Ermittlungen der Polizei behindert hat, wo es jede Sekunde um Leben und Tod von Mr Fontaine hätte gehen können?«

»Unsinn. Als die Polizisten zu mir kamen, war Guilleum bereits stundenlang in diesem Raum eingeschlossen. Zu der Zeit, als man mich um meine Erlaubnis bat, die Tür aufzubrechen, konnte er unmöglich noch am Leben sein.«

»Wie können Sie so etwas sagen? Sie wussten doch nicht, was ihm widerfahren war … oder …« Ich beugte mich ein wenig zu ihr vor. »Oder doch?«

»Natürlich wusste ich das nicht!«, entfuhr es ihr prompt, wobei ihr schottischer Akzent jetzt durchklang. »Ihre bloße Andeutung beleidigt mich zutiefst! Warum sollte ich etwas im Schilde führen gegenüber einem achtbaren Gentleman, der seit dreiundzwanzig Jahren mein zuverlässiger Mieter war? Und was hat das mit Theodores Tod zu tun? Mein Neffe berichtete mir, dass er an Cholera gestorben ist.«

Ich nickte bedächtig. »Eine verwirrende Situation, in der Tat. Unter anderen Umständen würde ich mich auf Ihr Wort verlassen und alles dem Zufall zuschreiben. Doch da ist noch etwas.«

»Noch etwas?«

»Allerdings. Ihr Neffe hat auf wirklich zudringliche Art darauf gedrängt, meine Bekanntschaft zu machen, und mich dann zu dieser Gesellschaft eingeladen … offenkundig auf Ihren Wunsch hin.«

»Und das macht mich zu einer Mordverdächtigen?«

»Wie ich schon sagte, Ma'am, falls es sich um einen Zufall handelt, wird sich das sofort herausstellen. Sie müssen lediglich die Wahrheit sagen.«

»Ich weigere mich, Ihre lächerlichen Anschuldigungen mit einer Antwort zu würdigen!«

»Lady Anne, wenn Sie nicht wollen, dass das CID eine tiefergehende Untersuchung durchführt, die zweifellos alles andere als förderlich für den Ruf einer so bekannten Familie wäre, dann sollten Sie mir eine plausible Erklärung dafür abgeben, warum Sie so versessen darauf waren, dass ich heute Abend zugegen bin. Wenn mich Ihre Antwort zufriedenstellt, werde ich diesen Raum verlassen und alles vergessen, was Sie gesagt haben.«

Lady Anne schüttelte den Kopf. Die Falten auf ihrer Stirn waren jetzt noch ausgeprägter als zuvor. Ich erkannte Schuldgefühle und Besorgnis in ihrer Miene, gepaart mit einem Anflug von Verlegenheit. Meine Mundwinkel zuckten unwillkürlich, um sich zu einem triumphierenden Lächeln zu verziehen, doch ich bemühte mich nach Kräften, eine ausdruckslose Miene zu bewahren.

Die Frau streckte sich, langte mit ausgestrecktem Arm in einen der Schränke und holte eine silberne Taschenflasche hervor. Sie genehmigte sich einen kräftigen Schluck, um dann endlich mit der Sprache herauszurücken. Der intensive Geruch von Whisky erfüllte den Raum.

»Es ist eine Schande, dass Sie mich dazu zwingen, darüber zu reden, vor allem so früh. Und es wird verletzend sein … vor allem für Sie.«

Ich runzelte die Stirn. »Bitte erklären Sie mir das.«

Sie gönnte sich einen zweiten Schluck, größer noch als der erste. »Seit ich von Ihrer Anwesenheit in der Stadt weiß, war es meine Absicht, Sie meiner Enkeltochter vorzustellen … da sie sich im heiratsfähigen Alter befindet.«

Ich blies die Wangen auf und massierte mir die Schläfen. »Um Gottes willen!«

»Wie gesagt, es ist eine Schande, dass Sie mich dazu zwingen, diese Unterhaltung ausgerechnet heute zu führen. Ich bin eine vernünftige Frau und hätte diese Angelegenheit erst vorgebracht, wenn Sie und meine Caroline enger miteinander vertraut gewesen wären.«

Ich machte mir nicht die Mühe, mein Lachen zu verbergen, und stand auf. »Lady Anne, nun begreife ich alles. Sie sind frei von jeglichem Verdacht. Ich muss jetzt gehen.«

»Mr Frey!«, beharrte sie. »Sie dürfen das nicht so leichtfertig abtun. Caroline ist eine beneidenswerte Partie: wunderschön, temperamentvoll, bewandert in Sprachen und Musik … Aber vor allem wird sie meinen gesamten Besitz erben und auch meinen Titel; diese äußerst vorteilhafte Verbindung würde die adelige Abstammung der Ardglass' mit der hohen gesellschaftlichen Stellung vereinen, für die die Freys seit Generationen gerühmt werden. Aus Ihrer Familie wurde noch nie jemand in den Adelsstand erhoben, während mein verstorbener Gatte von höchst angesehener Abstammung war.«

Beinahe gereizt öffnete ich die Tür. »Lady Anne, bitte, *bitte* sagen Sie nichts mehr! Ich könnte jedes einzelne dieser Argumente widerlegen, würde es jedoch vorziehen, wenn wir weiterhin einen respektvollen Umgang pflegen könnten.«

»Mr Frey, wollen Sie denn nicht …«

Da sie anders nicht zum Kapitulieren zu bewegen war, musste ich die Stimme erheben. »*Eine Lady sollte wissen, wann sie ihre Würde wahren muss!*«

Sie verstummte und warf mir einen bösen Blick zu. Wieder sah sie aus wie eine alte Hexe, die im Begriff stand, eine Kröte in ihren Hexenkessel zu werfen. Sie holte tief Luft und ergriff ihre kleine Taschenflasche. »Fühlen Sie sich wie zu Hause, Mr Frey«, zischte sie, während sie den Raum verließ. »Ich hoffe, Sie genießen die Gesellschaft noch.«

Die Gäste im Ballsaal waren in heller Aufruhr. Musik und Tanz waren beendet worden, doch sämtliche Bediensteten standen um das kleine Orchester herum.

Ganz am Rand der Menschenmenge stieß ich auf Downs, der auf Zehenspitzen stand und den Hals reckte, um zumindest einen flüchtigen Blick zu erhaschen.

»Was geht da vor sich?«, fragte ich ihn.

»Etwas wirklich Aufregendes: Ein Geigerduell!«

»Ein Geigerduell?«

»Ja, zwischen Mr Ardglass und Ihrem jungen Bruder.«

Ich war wie vom Donner gerührt. »Auf was zum Kuckuck hat sich der kleine Satansbraten da eingelassen?«, stöhnte ich, während ich die anderen Gäste beiseiteschob, um mir einen Weg zu den Musikern zu bahnen.

Tatsächlich fand ich Elgie vor, wie er lächelnd vor der Menge stand, neben ihm Alistair Ardglass. Mittlerweile schweißüberströmt stimmte der ältere Mann gerade seine Violine. Er wirkte noch blasser als sonst, und seine gelblichen Hände standen im Kontrast zu dem dunklen Instrument.

Ich zog Elgie am Arm und zischte ihm wutentbrannt zu: »*Was um alles in der Welt tust du da?*«

Sein Lächeln löste in mir das Verlangen aus, ihm einen Schlag zu versetzen. »Ich will ihm das Maul stopfen! Er glaubt, er wisse alles, wenn es um Musiktheorie geht. Er ist ein unerträglicher, überheblicher alter Mann.«

»*Und du bist noch zehn Mal überheblicher!* Ich werde nicht zulassen, dass du hier herumkokettierst wie eine verdammte Revuetänzerin! Verstehst du?«

Ardglass trat auf uns zu. »Zu spät, Inspector. Ihr Bruder hat so einen Wirbel veranstaltet, dass unsere Gäste sich nun darauf freuen.«

Schnaubend ließ ich Elgies Arm wieder los. »Na schön. Wenn du darauf bestehst, dich lächerlich zu machen, werde ich mich dir nicht in den Weg stellen.« Also ließ ich ihn beim Orchester zurück und ging direkt zum Tisch mit den Weinen. Als ich glaubte, noch weiter könne sich meine Stimmung nicht verschlechtern, trat Miss Caroline an mich heran.

»Sie haben einen widerlichen Bruder, Mr Frey.«

»Ich wünschte, Sie würden meinen ältesten Bruder kennenlernen.« Ich kicherte bitter und genehmigte mir dann einen riesigen Schluck Wein. Wie stärkend das doch war; nun konnte sich zumindest ein Teil meines Verstands um gesellschaftliche Gepflogenheiten bemühen. »Ich muss mich entschuldigen, falls Elgie in irgendeiner Weise anmaßend gewesen sein sollte.«

»Ich kann mit Jungen wie ihm umgehen«, erklärte sie.

»Es gibt da jedoch etwas wesentlich Heikleres, weshalb ich zu Ihnen komme. Ich muss Sie bitten, mir eine Frage zu beantworten.«

Ich spürte, dass Gefahr im Verzug war – nicht in Form eines Mordes oder einer Verletzung, sondern aus dem weit erschreckenderen und rätselhafteren Reich der weiblichen Intrigen. Allerdings gestatteten meine Manieren es nicht, sie einfach abblitzen zu lassen. »Dann stellen Sie bitte Ihre Frage, Miss.«

»Mr Frey, es tut mir leid, Sie in eine solch unangenehme Situation zu bringen, aber ...« Sie holte tief Luft. »Hat meine Großmutter Ihnen ... *ungebührliche* Fragen gestellt?«

Ich holte tief Luft und suchte nach einem höflichen Weg, ihr reinen Wein einzuschenken. Doch bevor ich überhaupt etwas sagen konnte, las sie es mir schon vom Gesicht ab.

»*Ach du meine Güte!*«, kreischte sie. »Hat sie Ihnen schon meine Hand angeboten? Wie verzweifelt muss sie sein, wenn sie so etwas schon am allerersten Abend tut, an dem sie Ihnen begegnet! Mr Frey, ich muss sofort etwas klarstellen.«

»Miss ...«

»Meine Großmutter mag sich an einen bankrotten Lord verkauft haben, aber das bedeutet nicht, dass ich in ihre Fußstapfen treten werde. Ich werde mich nicht wie ein Kalb auf dem Rindermarkt vorführen lassen. Verstehen Sie?«

»Miss ...«

»Es ist schon abstoßend genug, sie von Abstammung und Blutlinie reden zu hören, als würde sie Maultiere züchten ...«

Ihre Ausdrucksweise wurde allmählich so ungehörig, dass ich alle Etikette fahren ließ und ihr zwei Finger auf den Unterarm legte.

»Miss Ardglass, bevor Sie die Kontrolle über sich verlieren, seien Sie versichert, dass ich nie, *nie* das geringste Verlangen oder die Absicht hegte, Ihre Hand anzunehmen.« Zu spät erkannte ich, wie schrecklich diese Worte klangen. »Oh … vergeben Sie mir. Ich wollte nicht … ich will damit sagen, unter anderen Umständen … nun, eine feinsinnige Lady wie Sie wäre …« Nun war ich gefährlich nahe daran, ihr tatsächlich einen Antrag zu machen. Ich räusperte mich. »Miss Ardglass, das ist keine Unterhaltung, die man mit jemandem führen sollte, den man erst seit zwanzig Minuten kennt. Bitte seien Sie so freundlich und entschuldigen Sie mich.«

Ich verbeugte mich und ging rasch davon. Mir tat die junge Frau leid, und zugleich schämte ich mich für mein Herumstottern. Sie schien ein geistreiches, gescheites Mädchen zu sein und absolut in der Lage, für sich selbst zu sorgen. Dennoch fragte ich mich, inwieweit Lady Annes Bemühungen, ihre Zukunft zu sichern, mögliche Freier in die Flucht schlugen.

Ich ging zu einem Tisch auf der anderen Seite des Saals, weg von der Menschenmenge. Vor lauter Frustration bekam ich Magenkrämpfe. Ich konnte mich nicht erinnern, jemals auf einer desaströseren Gesellschaft gewesen zu sein. Und doch stand mir das Schlimmste erst noch bevor.

Alistair war gerade mit dem Stimmen seiner Violine fertig geworden und kündigte nun mit einem absolut lächerlichen Tamtam das Geigerduell an. Sie würden versuchen, den jeweils anderen zu übertreffen, bis sich einer der beiden geschlagen gab oder bis die Anwesenden entschieden, dass einer von ihnen klar der bessere sei.

»Ladys und Gentlemen«, sagte er schließlich, »als guter Gastgeber werde ich meinem Herausforderer das Privileg abtreten, das erste Stück zu spielen. Es beginnt *Mr Elgie Frey.*«

Als Elgie die Geige entgegennahm, kam vereinzelter Applaus auf. Er bedeckte den Kinnhalter mit einem Taschentuch; es war dasjenige, das ich ihm im Theater gereicht hatte, und ich fühlte mich unwillkürlich ein wenig geschmeichelt. Nachdem er seinen Hals sorgsam geschützt hatte, hob Elgie das Instrument in Position, versuchte sich an einer Reihe von Noten und Trillern und holte schließlich tief Luft.

Elgie brauchte lediglich zwei oder drei Takte zu spielen, bis wir alle das Hauptthema von »Die Jagd« aus Vivaldis »Der Herbst« erkannten. Das musste ich ihm zugutehalten: Er hatte als Einstieg ein bekanntes, freundliches Stück gewählt, und schon bald sah ich, wie sich Ladys von einer Seite zur anderen wiegten, der einprägsamen Melodie folgend. Kurz vor dem Ende explodierte die Melodie dann förmlich in einer schnellen Passage, die die Menge zutiefst überraschte – fast so sehr, als wären plötzlich inmitten der Halle ein echter Fuchs und eine Hundemeute aufgetaucht. Es gab anhaltende Ovationen, und es munterte mich auf zu sehen, dass Caroline und ihre Großmutter das Gesicht verzogen.

Alistair nahm die Violine, sann einige Momente nach und grinste dann hämisch, während er sich das Instrument an das Kinn hob.

Von Beginn an strich sein Bogen die unterste Saite mit rasender Geschwindigkeit. Es war der tiefe Presto-Satz aus »Der Sommer«, ebenfalls von Vivaldi, und Ardglass spielte ihn sogar noch schneller, als das Stück es verlangte. Damit nicht zufrieden reicherte er ihn außerdem mit Verzierungen an, die nicht der ursprünglichen Partitur entstammten. Die Musik klang wie ein verheerender Sturm.

Der tosende Applaus am Ende zeugte eher von Bewunderung als von Vergnügen. Indem er einen schwierigeren Satz aus der gleichen Komposition gewählt hatte, wollte Alistair die Überlegenheit seines Könnens überdeutlich machen. Elgie würde es nun schwer haben. Doch seine Reaktion hätte nicht angemessener sein können.

»Ich wusste nicht, dass wir uns auf die *Vier Jahreszeiten* beschränken sollten!«, kommentierte er. »Wenn Sie keine Einwände erheben, werde ich versuchen, ein wenig fantasievoller zu sein.«

Ardglass bedachte ihn mit einem vernichtenden Blick und übergab ihm die Violine. Mein Bruder grinste, als nährte ihn der Groll des Mannes.

Auch wenn Elgie seine Niederlage allmählich kommen sehen musste, nahm er das Instrument erneut freudig entgegen. Sein zweites Stück war definitiv nicht so schnell wie Alistairs hektischer »Der Sommer«. Doch sein perfekter Rhythmus und die hellen Noten verschmolzen mit seiner fröhlichen, kindlichen Einstellung und schenkten uns ein absolut temperamentvolles, erhebendes Musikstück. Ich sah, wie er von Zeit zu Zeit einen Blick auf die Zuhörer warf und sich über ihre Anerkennung freute. Dann begriff ich, worauf er hinauswollte: Während Ardglass sich darauf konzentrierte, seine Fertigkeit in den Vordergrund zu stellen, wollte mein Bruder, dass die Leute *Freude* an seiner Musik hatten. Das war ein genialer Schachzug, denn selbst wenn Ardglass ihn in technischer Hinsicht schlug, würde Elgie die Herzen der Menschen erobern.

Mit einem Mal wurde mir bewusst, dass ich ihn dieses Stück schon einmal hatte spielen hören … und das nicht an irgendeinem Tag. Es war das Stück, das er genau an dem Tag gespielt hatte, als ich meine Stelle in London verloren hatte; jener schreckliche Tag, als ich bei Scotland Yard dem Premierminister gegenübergestanden hatte. Es war Paganinis Capriccio Nr. 24, das gleiche Thema. Dennoch hörte es sich irgendwie … anders an. Ich musste einen Moment aufmerksam zuhören, hingerissen vom Talent meines Bruders und seinen leidenschaftlichen Bewegungen. Ich musste mir diesen schrecklichen Tag wieder in Erinnerung bringen und mich in jedes Bild, jeden Schritt, jedes Wort und jeden Geruch hineinversetzen. Und dann wurde es mir klar. Der Klang *war* anders, weil Elgie das Stück auf einer anderen Violine spielte. Der Klang der Saiten war nicht ganz so metallisch, der Nachhall der tiefen Noten lauter und tiefer, und die höheren Töne klangen angenehm gedämpft, fast dunkel.

»Ist es möglich, dass …?« Ich begriff erst, dass ich diese Worte laut vor mich hin gemurmelt hatte, als Downs mich darauf ansprach.

»Wie bitte, Inspector?«

Ich schüttelte den Kopf. »Nichts. Bloß so ein Gedanke …«

Als Elgie endete, erfüllte einen kleinen Moment lang verblüfftes Schweigen den Raum. Dann kam donnernder Applaus auf. Ich konnte mir kaum vorstellen, dass die Ovationen noch lauter hätten werden können. Offenbar dachte Ardglass auch so, denn er nahm die Geige mit zitternden Händen entgegen. Einen Moment lang hielt er das Instrument nur fest und starrte es mit seinen verwirrten kleinen Augen an. Langsam hob er dann den Kopf und bedachte Elgie mit einem verächtlichen Blick. Alle nahmen seine düstere Stimmung wahr, und eine angespannte Grabesruhe legte sich über den Raum.

Dann hob Alistair die Geige an und legte sie sich an seinen bereits geröteten Hals. Das Schweigen war so tief, dass sich jedes Schrammen und Kratzen auf dem Holz der Geige lauter anhörte. Er holte Luft und stieß sie dann tief und hörbar wieder aus. Dann legte er den Bogen an die Saiten, sorgfältig wie ein Chirurg, der im Begriff steht, ein Skalpell in den Körper eines Patienten zu drücken.

Scharfe, durchdringende Noten erklangen, was mich sogleich an den schrillen Klang eines Schwertes erinnerte, das geschliffen wird. Sie waren zunächst langsam und leise, doch Alistair erhöhte nach und nach sowohl das Tempo als auch die Lautstärke, als schwelle ein gespenstisches Kichern zu einem durchdringenden, grausamen Gelächter an.

Er spielte eine Reihe ausschweifender Passagen, um dann, die Finger in unnatürlichem Winkel verdrehend, zwei verschiedene Themen auf zwei Saiten gleichzeitig zu spielen. Das war etwas, das ich nur als unheimlich bezeichnen kann.

Eine Saite zitterte wie die gebrochene Stimme einer verängstigten Seele, während die andere eine leise, qualvolle Begleitung wiedergab, die in mir Mrs Carolis verzweifeltes Wehgeschrei wachrief. Gemeinsam schufen die Saiten unvorstellbare Echos und Obertöne – hätte ich es nicht selbst mit bloßem Auge gesehen, hätte ich geschworen, wir lauschten einem aus der Hölle stammenden ganzen Streichquartett.

Die leise Stimme einer alten Frau kam mir in Erinnerung. »Es war grauenhafte Musik … wie herumstochernde Messer … so muss sich die nackte Angst anhören …«

Alistair schloss mit einem tosenden Akkord, bei dem er die Saiten regelrecht mit dem Bogen schlug.

Es dauerte einen Moment, bis die Echos verklangen. Doch kein Applaus kam auf, sondern es herrschte eine gespenstische Stille, die nicht ausdrucksstärker hätte sein können. Wir hatten allesamt den Mund aufgerissen. Es war, als hätten wir mit angesehen, wie Alistair einen vorübergehenden Anfall von Wahnsinn erlitten hatte, der mit dieser dämonischen Melodie begann und endete.

Ich erinnerte mich daran, dass McGray ein altes Buch aus seinem Besitz gelesen hatte, und an die Dinge, die über Paganini und sein »dämonisches Benehmen« gesagt wurden.

Dann ging es mir schlagartig auf!

Wie wild andere Gäste teils mit dem Ellbogen beiseiteschiebend drängte ich mich auf Ardglass zu. Später erzählte mir Elgie, ich hätte gekeucht und geschnaubt, aber dessen war ich mir überhaupt nicht bewusst. Ich riss ihm die Geige so unvermittelt aus den Händen, dass er sich einen Finger an den Saiten schnitt.

»Hey! Ich gewin…«

»Halten Sie den Mund!«, brüllte ich. Ich hob die Geige an und schaute durch das F-Loch in den Korpus.

Amati, 1629.

Das waren genau die Schriftzeichen, die ich erwartet hatte. Sofort wandte ich mich Ardglass zu. Sein Gesicht war so rot, als hätte er sich verbrüht, und seine Augen glänzten vor nackter Angst.

»Alistair Ardglass«, sagte ich mit Nachdruck, sodass es alle hören konnten, »Sie sind verhaftet wegen des Mordes an Guilleum Fontaine und Danilo Caroli sowie möglicherweise auch an Theodore Wood.«

Erstauntes Raunen erfüllte den Ballsaal. Aus der am weitesten entfernten Ecke ertönte die heisere Stimme von Lady Anne: »*Das ist ungeheuerlich!*«

Ardglass setzte eine Elendsmiene auf. »Ich … ich … kann alles erklären! Es ist nicht, wonach es aussieht!«

»Das werden Sie auch erklären *müssen*!«, sagte ich. »Im Verhörraum werden Sie dazu reichlich Zeit bekommen.«

»Nein, nein!«, stammelte er, duckte sich und wich zurück, bis er über die Notenständer des Orchesters stolperte. Wie erbärmlich er doch aussah.

»Zwingen Sie mich nicht, Gewalt anzuwenden!«, zischte ich. Mir war nicht danach zumute, ihm hinterherzulaufen und ihn wegzuschleifen wie ein Kind, das einen Tobsuchtsanfall bekommen hat. Zum Glück kam er wieder zur Besinnung und machte sich, sehr langsam, auf den Weg zum Eingang. Da ich unangenehme Überraschungen bei der Verhaftung von Menschen gewohnt bin, heftete ich mich dicht an seine Fersen. Doch Ardglass wiederholte nur immer und immer wieder, er könne alles erklären. Als wir die Haupthalle erreichten, erschien es beinahe unwirklich, dass die Butler uns in unsere Mäntel halfen. Einer der alten Männer klopfte seinem Herrn auf die Schulter, worauf Alistair seine Tränen nicht zurückhalten konnte.

Schließlich traten wir aus dem Haus und stellten fest, dass auf der Dublin Street in Anbetracht der Tageszeit ungewöhnlich dichter Verkehr herrschte. Während wir auf die Kutsche warteten, betrachtete ich die Violine, die ich nach wie vor in den Händen hielt. Das Instrument wies eine normale Schnecke auf statt des Löwenkopfes, der sofort erkennbar gewesen wäre. Bei näherer Betrachtung erkannte ich neue Beschläge auf dem ursprünglichen Holzkörper.

»Was haben Sie mit dem Löwenkopf gemacht?«, fragte ich. »Haben Sie wirklich geglaubt, es würde niemandem auffallen?«

»Ich habe sie in meinem Arbeitszimmer gefunden, Inspector«, wimmerte er. »Das schwöre ich. Ich *schwöre*!«

»Wie passend!«, kicherte ich. »Allerdings schwer zu glauben, wenn man bedenkt, dass *Sie* zugegen waren, als sie den Carolis entwendet wurde.«

Er fasste mich an der Schulter. »Ich möchte mit Mr McGray sprechen. Er wird mir glauben.«

Ich lachte. »*Tatsächlich?* Ich glaube nicht, dass McGray allzu erpicht darauf sein wird, für Ihren Standpunkt einzutreten.«

»*Dies* wird er glauben! Er hat derlei Dinge schon gesehen.«

»Was für Dinge gesehen?«

Nun zitterte Ardglass sichtlich, hielt sich beide Hände an den Magen. Sein Gesicht war noch röter als zuvor. Zunächst glaubte ich, es sei die Anspannung, die ihn krank werden ließ.

»Den Teufel.«

Es war, als zerrissen ihn diese Worte regelrecht. Alistairs Gesicht nahm alle möglichen und unmöglichen Farben an – und dann, als wäre ein Damm gebrochen, erbrach er einen widerlichen Schwall Wein und halb verdaute Cocktailhappen. Er stürzte auf den Gehsteig, wobei er mit Händen und Knien in die Lache seines eigenen Erbrochenen klatschte. Während ihm noch immer Flüssigkeit aus dem Mund troff, schrie er: *»Der Teufel ist zu mir gekommen! Er hat mir die Geige gegeben. Er hat zu mir gesprochen!«*

Ich beugte mich zu ihm vor. »Ardglass, seien Sie still, wir bringen Sie zu einem Arzt …«

Ardglass schien mich gar nicht zu hören. Seine wirren Augen flackerten unruhig, während er weiter vor sich hin nuschelte und spuckte. Ich drehte mich kurz um, um nach jemandem Ausschau zu halten, der mir dabei hätte helfen können, ihn wieder aufzurichten. Dieser kleine Moment genügte ihm, um auf die Beine zu kommen und auf die Straße zu laufen.

Er gab einen grauenhaften Anblick ab; der Mann heulte wie ein Wahnsinniger, fuchtelte wie wild mit den Armen herum und rutschte dabei immer wieder auf dem schlammigen Boden aus.

Genau in dem Moment, als ich ihm hinterherstürzte, rannte Ardglass einem mit Fässern beladenen Fuhrwerk in den Weg. Die beiden Pferde, die es zogen, wieherten laut auf, und der Kutscher zog brüllend die Zügel an, doch die Straße war so rutschig, dass sie nicht rechtzeitig anhalten konnten. Im nächsten Augenblick trampelten die Pferde den armen Alistair nieder. Direkt vor meinen Augen stampften ihre Hufe auf seine Brust und seinen Rumpf, und dann rollte das vordere Rad des Fuhrwerks über seine Beine. Ihm blieb nicht einmal die Zeit zu schreien.

Kaum war das Fuhrwerk zum Stehen gekommen, rannte ich auf Ardglass zu. Die kleine Menge herumkreischender Menschen, die sich um uns versammelte, nahm ich gar nicht wahr. Ich musste unter das Fuhrwerk kriechen, wo er in einer unnatürlich verdrehten Stellung lag. Doch ich stellte nur noch das fest, was ich bereits wusste.

Alistair Ardglass war tot.

Ich will mein Herz in Fetzen reißen; mir meine Augen auslöffeln!

Er ist verloren, mein perfekter Plan! Alles geht in die Binsen!

Verflucht sei mein Pech! Verflucht mein verfluchtes Leben!

Diese Gedanken sind Gift. Gift! Der Verstand vergiftet sich selbst …

Ich darf nicht verzweifeln, nicht verzagen. Ich muss rasch handeln. Ich kann es noch immer rasch in Ordnung bringen!

28

Auf die ihm eigene, eindrucksvolle Art und Weise stürmte McGray in den Verhörraum. Er zog seinen Mantel aus und fuhr sich mehrfach mit der Hand durch das nasse Haar, wobei mir winzige Tropfen kreuz und quer ins Gesicht klatschten.

»Und wer ist jetzt schon wieder verreckt?«

Ich holte mein Taschentuch hervor und wischte mir sorgfältig das Gesicht ab, bevor ich ihm eine Antwort gab.

»Oh, nun kommen Sie schon, Frey! Einmal will ich, dass Sie den Mund aufmachen!«

»Alistair Ardglass.«

»Was?« McGray schaute auf den Kutscher des Fuhrwerks, den ich festgenommen hatte. Der Bursche war noch keine zwanzig und so verlottert, dass man ihm den Schmutz vom Gesicht hätte abkratzen können. Schweißperlen liefen ihm an den Schläfen herab, und genau wie Ardglass kaum eine Stunde zuvor erweckte er den Eindruck, als würde er sich gleich bepinkeln.

»Hat dieses Bürschchen ihn umgebracht?«, fragte McGray und zog eine Braue hoch.

Ich berichtete ihm in Kürze, was sich ereignet hatte, und auch, dass Ardglass durchgedreht und vom Teufel gesprochen hatte. Dann zeigte ich ihm die Amati-Geige, die auf dem verstaubten Tisch im Raum lag.

»Es war nicht meine Schuld, Sir!«, jammerte der Junge

unter Tränen. »Der Mann is direkt vor mir auf die Straße gelaufen! Sie waren dort! Sie haben's gesehen!«

»Und Sie sagten ja auch, Ardglass sei total durchgedreht …«, murmelte McGray, während er seinen Blick auf die Violine heftete.

»So ist es. Und ich kann auch bezeugen, dass Ardglass wie von Sinnen auf die Straße rannte. Allerdings habe ich festgestellt, dass dieser Mann hier einige interessante Verbindungen hat.«

»Verbindungen?«

»Allerdings. Wie es der Zufall will, steht er in Diensten von keinem anderen als Ihrer …«

Plötzlich riss jemand die Tür auf, und das Erste, was erschien, waren die großen, ausladenden Brüste von Madame Katerina.

»*Wo zum Teufel ist mein Junge?*«, brüllte sie. Ihre falschen Wimpern umrahmten wütend dreinblickende Augen.

»Ihr ›Junge‹«, fuhr ich sie meinerseits an, »hat einen unserer Hauptverdächtigen über den Haufen gefahren!«

Keuchend trat McNair hinter ihr ein. »Es tut mir sehr leid, Sirs! Ich wies sie an zu warten, aber sie hat mich beiseitegeschubst und …«

»Schon gut«, sagte McGray. »Die Lady hier hat einige Fragen.« Er schaute mich an. »Mit *›die Lady‹* meinte ich *Sie*, Frey!«

Ich wies auf den Kutscherjungen, dessen Tränen sich nicht von dem reichlich fließenden Schweiß unterscheiden ließen. »Da Mr …«

»McCloud«, sagte Katerina.

»Da Mr McCloud nicht imstande ist, zwei vernünftige Sätze aneinanderzureihen, muss ich *Sie* bitten, meine Fragen zu beantworten.«

»Schießen Sie los«, erwiderte sie herausfordernd.

»Was hat der Mann zu so später Stunde auf der Dublin Street verloren? Es war keine geschäftliche Botenfahrt, oder?«

»Doch, war es sehr wohl! Er war auf dem Weg nach Leith Harbour, um dort einige Fässer Ale auszuliefern, die heute Abend verschifft werden sollten! Dank Ihnen werden meine Kunden in Dunbar ihren Sprit nicht bekommen, und ich verliere …«

»Ihre Geschäfte sind mir schnuppe!«, brüllte ich.

Katerinas abartig lange Fingernägel kamen meinem Gesicht so nahe, dass McGray sich zwischen uns stellen musste.

»In Ordnung, genug jetzt. McNair, bringen Sie die beiden nach draußen. Ich muss mit Frey sprechen.«

McNair führte Katerina und ihren Kutscherjungen aus dem Verhörraum. Die Frau starrte mich weiterhin an. Unmittelbar bevor sie die Türschwelle überschritt, verlagerte sich ihr Blick. Sie zog hörbar die Luft ein und zögerte. Dann schwankte sie, als habe eine plötzliche Übelkeit sie befallen. McNair machte Anstalten, ihr zu helfen, doch Katerina lehnte ab. Langsam ging sie auf mich zu, dabei auf rätselhafte Weise mit ihren klauenartigen Händen gestikulierend. Ein sonderbares Leuchten in ihren Augen machte es mir unmöglich wegzuschauen.

»Oh Gott … *oh Gott …*«, seufzte sie, als bereiteten ihr die Worte körperlichen Schmerz. »Sie stehen kurz davor, den Menschen zu verlieren, den Sie am meisten lieben!«

Verblüfft starrten wir sie an. Einen Moment lang herrschte gespenstische Stille … und dann …

»Jetzt schieben Sie Ihren verdammten Arsch endlich hier raus!«, schrie ich.

Als sie den Raum verlassen hatten, setzte sich McGray

auf den Tisch und untersuchte die Violine. »Sie glauben also, Madame Katerina habe etwas damit zu tun? Ich hätte Sie für schlauer gehalten!«

»Das sind mir zu viele Zufälle«, widersprach ich. »Außerdem erinnere ich mich daran, dass Sie ihr vertrauliche Informationen weitergegeben haben, als wir sie trafen, und Gott allein weiß, was Sie ihr heute erzählt haben, als sie Ihnen geholfen hat, sich in der gesamten New Town zum Narren zu machen!«

Nine-Nails knirschte mit den Zähnen, und seine blauen Augen funkelten zornig. »Ich weiß, dass Sie mich für einen Idioten halten, und damit kann ich leben. Aber hören Sie auf damit, die Leute, denen ich vertraue, schlecht zu behandeln.«

»*Die Leute, denen Sie vertrauen!*«, ertönte meine Stimme durchdringend schrill, worauf McGray einen Schritt nach vorn machte, als sei er im Begriff, mich niederzuschlagen. Doch er bekam sich wieder unter Kontrolle und holte tief Luft.

»Ob Sie es glauben oder nicht«, sagte er, »sie hat mir geholfen, an äußerst nützliche Informationen zu kommen. Kommen Sie, ich erzähle es Ihnen in der Bibliothek. Sie müssen erfahren, was wir herausgefunden haben.«

Unmittelbar bevor wir das Präsidium verließen, trat Katerina auf McGray zu und übergab ihm mit den Worten, das habe sie fast vergessen, einen dicken Lederbeutel.

»Was ist das?«, fragte ich. McGray wirkte ein wenig verlegen.

»Äh … Carolis Hand. Ich hatte vergessen, dass ich sie Reed zurückgeben muss.«

»Das sollten Sie sofort tun. Das Ding da wollen Sie nicht mit zu sich nach Hause nehmen.«

»*Och*, ist Reed denn noch da? Zu dieser Stunde?«

»Ja. Ich hatte ihn holen lassen, damit er eine Autopsie bei Ardglass vornimmt. Er dürfte noch damit beschäftigt sein.«

Wir stießen auf Reed am Eingang zur Leichenhalle, wo er irgendeinen Papierkram erledigte. Mit schläfrigen Augen schaute er zu uns auf. »Inspectors!«

McGray warf den Beutel auf seinen Schreibtisch. »Bitte schön, Jungchen. Können Sie das zum Rest von Caroli legen?«

Rasch wandte ich mich ihm zu. »Nanu! Haben Sie die Leiche gefunden?«

»*Aye*. Während Sie geschlafen und dann Ihre Unterröcke und Tiaras hergerichtet haben. Ich erzähle es Ihnen, wenn wir zu Hause sind.«

Als Reed zurückkehrte, fiel mir auf, wie sauber sein Laborkittel war.

»Haben Sie noch nicht mit der Autopsie begonnen?«, fragte ich.

Der junge Mann nahm eine geduckte Haltung ein. »N-nein, Sir. Ich war gezwungen, d-die Leiche freizugeben …«

McGray hielt mich zurück und übernahm das Reden, bevor ich erneut einen wütenden Schrei ausstoßen konnte. »Was ist geschehen, Jungchen?«

»Es war Superintendent Campbell. Er kam vor nicht einmal zwanzig Minuten und hat angeordnet, dass ich die Leiche freigebe. Ein paar Bestatter haben sie mitgenommen.«

»Was zur Hölle …?!«, rief ich.

»Er war in Begleitung einer älteren Dame. Sie treffen ihn wahrscheinlich noch immer in seinem Büro an. Er hat ihr eine Tasse Tee angeboten, damit sie sich beruhigt.«

Augenblicklich stürmten McGray und ich in Campbells Büro. Dort fanden wir ihn tatsächlich vor, wie er Lady Anne einen doppelten Whisky verabreichte.

»*Was fällt Ihnen ein!*«, schrie Campbell, als McGray die Tür aufschlug.

»Sir«, sagte ich, »ich muss darauf bestehen, und zwar mit Nachdruck, dass …«

»Auf was bestehen, Frey?«, schrie er zurück. »Eine Autopsie an jemandem vorzunehmen, bei dessen Unfalltod *Sie* Zeuge waren?«

Lady Anne bedeckte ihr Gesicht und tat so, als weine sie. Doch ein trockeneres Augenpaar hatte ich noch nie zu Gesicht bekommen.

»Ich will nicht, dass mein armer Alistair aufgeschnitten wird«, wimmerte sie. »Das ist nicht nötig, *überhaupt nicht nötig*! Alle Passanten haben mit angesehen, was passiert ist! Mr Campbell, diese Männer haben den Verstand verloren! Ich weiß nicht, was sie von mir wollen. Man sollte glauben, sie finden Vergnügen an meinem Kummer!«

McGray machte einen Schritt auf Campbell zu. »Mr Ardglass ist unser Hauptverdächtiger, Sir, und dass diese alte Hexe versucht, die Leiche mitzunehmen, kommt mir verdammt verdächtig vor.«

»Sie würden sich freuen, wenn dem so wäre, nicht wahr?«, murrte Lady Anne. Sie stand auf und kippte ihren Whisky hinunter wie die gewohnheitsmäßige Trinkerin, die sie war. »Sie würden sich *freuen*, wenn meine Familie unterginge! Nun, jetzt haben Sie es fast geschafft! Nur noch meine Enkelin und ich sind übrig! Ich bete zu Gott, dass meine Nachkommen die widerlichen McGrays überleben!«

»Lady Anne«, sagte Campbell besänftigend, »bitte beruhigen Sie sich …«

»Wie kann ich ruhig sein, wenn die Gerechtigkeit in den Händen eines solchen Strolches liegt?«

Wilder Zorn ließ McGrays Augen glühen. Doch er rührte sich nicht. Ich rechnete damit, er würde explodieren, das Mobiliar auseinandernehmen und Lady Glass durch das Fenster werfen. Stattdessen murmelte er düster: »Ganz gleich, was Sie unternehmen – seien Sie versichert, dass ich Ihnen auf die Schliche kommen werde, Sie Miststück.«

Dann drehte er sich um und verließ zügig den Raum. Mir blieb nichts anderes übrig, als ihm zu folgen.

»Commissioner Monro wird von Ihrer Intervention erfahren«, verkündete ich, bevor wir gingen.

»Ist das eine Drohung, Frey?«

Ich zuckte mit den Schultern. »Nein, das ist eine schlichte Tatsache.«

Als er die Tür schloss, erhaschte ich einen Blick von Lady Anne. Sie grinste höhnisch.

»Scheiße!«, rief ich, kaum dass wir in McGrays Bücherzimmer ankamen. »Scheiße, Scheiße, Scheiße!«

»Immerhin sprechen Sie Klartext.«

»Was ist denn nur mit dieser Frau? Ihrer beider Familien sind wie die Montagues und die Capulets – nur eben viel vulgärer.«

»Tut nichts zur Sache«, sagte McGray. »Wir haben eine Menge wichtigere Dinge zu erledigen. Zuerst muss ich Ihnen erzählen, was ich bei Madame Katerina herausgefunden habe.«

McGray nahm eine riesige eingerollte Blaupause und breitete sie auf dem Tisch aus. Tucker wollte das alte Papier beschnüffeln, doch McGray schob ihn beiseite. »Nicht jetzt, Bursche. Geh zu George.« Er schnippte mit den

Fingern, worauf der Golden Retriever sofort den Raum verließ.

»Blaupausen des städtischen Abwassersystems …«, sagte ich mit Blick auf den komplexen Plan. »Bedeutet es das, was ich denke?«

»Falls Sie denken, dass Carolis Leiche in die Abwasserkanäle geschleppt wurde, dann ja.«

»Das ist etwas, was ich seiner armen Witwe nicht erzählen möchte … Wie sind Sie zu diesem Schluss gekommen? War das ein Tipp Ihrer vollbusigen Zigeunerin?«

»*Aye*. Sie hatte eine Vision, als sie Carolis Hand berührte. Der Bursche wurde hier abgeschlachtet …« McGray deutete auf eine Stelle in der Umgebung der New Town. »Wer immer Caroli ermordet hat, hat die Straße mit Bedacht ausgesucht: Es ist eine einsame Stelle zwischen Danilos Haus und dem Haus des Arztes.«

»Also wusste der Mörder höchstwahrscheinlich, wohin Caroli wollte?«

»*Aye*.«

»Aber woher? Die einzigen Menschen, die wussten, dass Mrs Caroli in den Wehen lag, befanden sich im Haus, und wir haben niemanden gehen lassen!«

»Ardglass war dort … und er wirkte körperlich nicht dazu imstande, durch einen Kamin zu klettern.«

»Also vermuten Sie, er hatte einen Komplizen.«

»*Aye*.«

»Ich bin froh, dass Sie das sagen. Er hat geschworen, Sie würden ihm seine Geschichte vom Teufel abnehmen.«

»Nein. Es gibt auch Kröten, die selbst ich nicht schlucke. Jemand ist für ihn bei Fon-teen eingebrochen, jemand hat die Violine gestohlen, ist Caroli die Straße entlang gefolgt, und dann …« McGray wies auf eine Markierung auf der

Blaupause. »Der Mistkerl hat seine Aufgabe erfüllt und die Leiche beseitigt; auch das sagt mir, dass die sich vorher die Umgebung sorgfältig angeschaut haben: An dieser Stelle befindet sich ein großer Einstiegsschacht, keine zwanzig Meter vom Tatort entfernt, groß genug, um einen schmalen Körper wie Caroli hindurchzukriegen ... Sie passen vielleicht auch durch, aber ich auf keinen Fall.«

»Wie können Sie sich da so sicher sein?«

»Weil ich versucht habe reinzukommen! Katerina sagte mir, dort sei definitiv etwas drinnen. Wir mussten McNair rufen, der Mensch besteht ja nur aus Haut und Knochen. Es gelang ihm reinzukommen, und ...«

»Warten Sie, warten Sie, warten Sie. Hat diese Katerina Ihnen wirklich gesagt, wo Sie die Leiche finden können?«

»*Aye*.«

»Indem, so vermute ich, sie Carolis Hand berührt hat?«

»*Aye*. Na und? So etwas tut sie eben.«

Ich blies die Wangen auf. »Und dann überfuhr ihr Lakai Alistair, und dann haben Sie ... Herrgott, mit dieser zwielichtigen Zigeunerin werden wir uns später noch beschäftigen müssen. Fahren Sie fort. McNair fand Carolis Leiche, und dann?«

»Ich wollte, dass McNair das Kanalisationsnetz genauer unter die Lupe nimmt, aber nachdem er zwei Minuten in der Scheiße gewatet ist, hätte der Bursche fast sein Abendessen ausgespuckt!«

»Viel hätte er nicht finden können«, sagte ich. »Das Abwasser muss jedes Beweismaterial weggeschwemmt haben.«

»*Aye*, aber ich habe nicht nach Beweisen suchen lassen. Es ging darum, einen Fluchtweg zu finden. Nur wenige Kanäle sind so breit, dass ein Mensch hindurchschlüpfen könnte. Wenn wir denen folgen, könnten wir herausfinden, wohin der Mistkerl entkommen ist. Ich wollte nicht, dass McNair – und nicht einmal Sie! – in dieser Kloake herumirren, daher dachte ich, ich schaue mir lieber mal die Blaupausen an.«

»Aus dem Katasteramt, vermute ich?«

»*Aye*.«

»Ich dachte, wir benötigen ein förmliches Ersuchen, um uns Bauunterlagen auszuleihen. Wie haben Sie die hier so schnell ergattert?«

»Sie wissen doch, dass ich überzeugend sein kann.«

Ich verdrehte die Augen. »Leider weiß ich das. Haben Sie etwas entdeckt?«

»Nein, sie sind nutzlos. Das Kanalnetz der New Town ist ordentlich und akkurat, aber im Rest der Stadt ist es ein wirr verlaufender Haufen Scheiße, vor allem in der Old Town. Wir könnten Monate dort unten verbringen, ohne dass es uns weiterbringen würde.«

Tatsächlich waren die schematischen Zeichnungen der Kanäle im Norden von Edinburgh ein nahezu perfektes Rasterfeld aus Kanälen und Rohrleitungen, das sich dann mit zunehmender Ausdehnung in der Mitte und im Süden in ein Wirrwarr sich windender, gestrichelter Kritzeleien verwandelte. Offenkundig basierte die Kanalisation der Old Town mehr oder weniger auf natürlichen Höhlen und unterirdischen Wasserläufen, die sich allesamt in die Nordsee ergossen.

»Die Schotten haben keine sauberen Blaupausen ihrer eigenen Hauptstadt!« Ich zog die Brauen hoch. »Was für eine Überraschung!«

»*Och*, halten Sie den Mund! Das bringt uns auch nicht weiter.«

»*Tatsächlich?*« Ich ließ mich in den Sessel sinken und massierte mir erneut die Schläfen.

»Das Gute daran ist, dass ich nach dem ganzen Blutvergießen endlich so etwas wie ein Muster erkenne.«

Ich hob das Kinn. »Ein Muster?«

»Erst starb Fon-teen, dann Wood, dann Danilo, schließlich Alistair ... Sapperlot! Wenn man es auflistet, hört es sich noch schlimmer an!«

»Kommen Sie jetzt zur Sache?«

»Fon-teen und Caroli hat man die Eingeweide entfernt ... während Wood an einer Krankheit starb, womöglich Cholera, und Alistair hatte diesen furchtbaren Unfall.«

»Genau! Wie passen Wood und Ardglass in die Gleichung? Ihr Tod steht in keiner Weise in Verbindung mit dem von Caroli und Fontaine.«

»Mag sein. Aber vielleicht ... stehen diese beiden in Verbindung zueinander.«

Ich kniff die Augen zusammen. »Wie meinen Sie das?«

»Theodore starb nach Brechanfällen, und auch Ardglass ...«

»Übergab sich, unmittelbar bevor er überfahren wurde!«, ergänzte ich.

»Richtig! Und ich glaube, in ihren Körpern muss etwas sein, etwas, das wir bei Theodore womöglich nachgewiesen haben, das für sich allein genommen jedoch unverfänglich wirkte.«

Ich nickte. »Nine-Nails, ich bin überrascht ... sowohl von Ihrer plötzlichen Zurschaustellung praktischer Vernunft ... als auch von der Tatsache, dass Ihnen das Wort *unverfänglich* geläufig ist.«

»Ach, verpissen Sie sich doch!«

»Ich sagte, Ihre Beweisführung ist richtig. Wir *müssen*

uns diese Leiche anschauen! Ich muss Monro telegraphieren, mir eine Genehmigung von ihm einholen, eine Autopsie durchzuführen …«

»*Aye*, das könnten Sie tun. Aber ich kenne diese gerissene Lady Glass; sie wird all ihre Beziehungen spielen lassen, um uns Steine in den Weg zu legen. Bis wir Zugriff auf die Leiche haben, ist Ardglass von den Würmern zu Dung verarbeitet. Und ich weiß, dass Campbell auf den Höchstbietenden reagiert.«

»Wie können Sie sich da so sicher sein?«

McGray setzte ein schiefes Lächeln auf. »Weil ich ihn selbst bestochen habe! Er hat mir erst gestattet, unsere Sonderabteilung zu Sonderbarem und Geisterhaftem einzurichten, nachdem ich ihm ein hübsches Sümmchen gezahlt hatte.«

Ungläubig schüttelte ich den Kopf. Bei diesem Fall verliefen alle Spuren im Sand. »Fällt Ihnen noch etwas anderes ein?«

McGray wölbte eine Augenbraue. »Natürlich tut es das! Kommen Sie, Frey, Sie haben doch eine medizinische Fakultät besucht. Erzählen Sie mir nicht, Sie hätten noch nie die Dienste eines Leichenräubers in Anspruch genommen!«

29

Die Nachricht von Alistair Ardglass' Tod verbreitete sich wie ein Lauffeuer in Edinburgh, und dieses Mal brachte uns Lady Annes Eitelkeit Vorteile: Die Frau sorgte dafür, dass die Nachricht von seiner Bestattung auf einer exponierten Seite im *Scotsman* erschien. In der Ankündigung wurde damit geprahlt, dass Alistair Ardglass seine letzte Ruhe auf dem Alten Friedhof von Calton Hill finden werde, der »Schottlands außergewöhnlichsten Bürgern« vorbehalten sei.

Am Morgen der Beerdigung ließ McGray Larry kommen, jenen Schornsteinfegerjungen, der uns bei der Durchsuchung von Fontaines Arbeitszimmer zur Hand gegangen war. Wir baten ihn, sich als Bettler auszugeben – da er ohnehin bereits wie einer aussah –, damit er dem Trauerzug für Ardglass folgen konnte. Larry machte seine Sache gut. Und das nicht nur, weil er uns bei seiner Rückkehr die genaue Stelle verriet, an der Alistair beerdigt worden war. Sondern auch, weil er seine Rolle als Bettler hervorragend gespielt haben musste, wie uns das hübsche Sümmchen Münzen verriet, das in seinen Taschen klimperte, als er uns verließ.

Danach nahm McGray die Sache in die Hand; über Madame Katerinas Beziehungen (manchmal jagte mir die Frau Angst ein ...) nahm er Kontakt mit einem Leichenräuber auf und schickte dann eine Nachricht an Reed, in der er diesen bat, uns bei einem späten Abendessen Gesellschaft zu leisten.

Am Abend fiel die Temperatur rasch ab, und überrascht stellte ich bei einem Blick aus dem Fenster fest, dass der Gehsteig weiß bedeckt war.

»Aber es schneit ja!«

»Umso besser«, sagte McGray, ohne den Blick von dem Buch abzuwenden, das er seit dem Mittag las. »Dann wird Ardglass nicht so verwest sein …«

Reed kam pünktlich. Der junge Chirurg hatte sich in einen dicken Mantel gehüllt, doch die bittere Kälte hatte ihm Wangen und Nase gerötet, was ihn nur noch mehr wie ein unerfahrenes Kind aussehen ließ. Er wollte wissen, warum wir ihn hatten kommen lassen, doch McGray schenkte ihm nicht sofort reinen Wein ein. Stattdessen ließ er ihn erst einmal das kräftige Abendessen genießen, das Joan zubereitet hatte: dicke Gemüsesuppe, köstliches Lammfleisch und dick mit Butter bestrichenes Brot. An diesem Abend würden wir alle zusätzliche Energie benötigen. McGray bot ihm von seinem Single Malt Whisky an, und erst als Reed ausgetrunken hatte, erzählten wir ihm, was wir von ihm erwarteten. Nie werde ich den Ausdruck im Gesicht des armen Kerls vergessen. Reed schaute uns entgeistert an.

»*Sind Sie wahnsinnig?* Sie wollen ein Grab schänden! Und obendrein wollen Sie, dass ich an Ort und Stelle eine Autopsie vornehme?«

McGray und ich sagten nichts, und beide waren wir nicht imstande, einen Anflug von Scham zu verbergen.

»Wie können Sie auch nur daran denken, so etwas zu tun?«

»Sie wissen, warum ich es tue«, entgegnete McGray sofort, worauf Reed betreten den Blick senkte. Ich musste an McGrays Schwester und die Erzählung von ihrem plötzlichen Zusammenbruch denken. Reed musste wissen, dass

McGray dies alles für sie tat, trotz seines verlorenen Fingers und seiner ihm teuren Eltern … Allmählich verspürte ich Verständnis für seine Einstellung. Doch McGray löschte es mit seinen folgenden Worten aus: »Frey hier tut es nur, weil er verzweifelt und ums Verrecken versucht, seine erbärmliche Karriere zu retten.«

»Sie sollten dankbar dafür sein, dass meine Situation Ihnen zupasskommt«, entgegnete ich mit finsterem Blick. »Ich habe nicht vor, noch allzu lange in Verzweiflung zu verharren.«

McGray schenkte Reed einen weiteren Whisky ein. »Kommen Sie, Jungchen, wir brauchen Sie! Wir vertrauen Ihren Fähigkeiten und verlassen uns auf Ihre Diskretion. Außerdem besteht die Möglichkeit, dass gar nichts Verdächtiges an der Leiche ist. In diesem Fall besteht keine Notwendigkeit, dass alle erfahren, was wir im Schilde geführt haben!«

Reed schüttelte den Kopf. »Wann wollen Sie es tun?«

McGray räusperte sich. »Heute Abend …«

»Heute Abend?!«

»Ja, Reed«, bestätigte ich. »Es muss so schnell wie möglich geschehen. Eine halb verweste Leiche zu obduzieren würde kaum hilfreich sein.«

Reed zögerte noch eine ganze Weile. Einen Moment machte er sogar Anstalten, aufzustehen und zu gehen. Nach einem frustrierten Aufstöhnen sagte er dann jedoch nur: »Sophie wird mich umbringen. Ich bin morgen zum Frühstück mit ihren Eltern verabredet!«

Wir hatten das Gefühl, schon eine Ewigkeit zu warten, vor allem, da Reed ständig auf und ab ging, so als wartete er auf seinen Henker. Dabei spähte er durch das Küchenfenster nach dem Leichenräuber, der das Haus über den Hinterhof betreten sollte.

Wir hatten Joan und George auf ihre Zimmer geschickt und ihnen erzählt, es sei zu ihrem eigenen Besten, nicht zu wissen, was wir vorhatten. Ich hatte das dumpfe Gefühl, dass Joan nicht so folgsam sein würde; doch mehr, als sie zu warnen, konnte ich nicht tun.

Während wir warteten, verlegte sich McGray wieder auf seine Lektüre und kraulte Tucker dabei von Zeit zu Zeit hinter den Ohren. Ich beneidete den Hund um seinen unbekümmerten Schlaf.

Endlich, wenige Minuten nach Mitternacht, drückte Reed die Nase an das Fenster. »Ist das der Mann?«

Bevor sich einer von uns beiden rühren konnte, klopfte es an der Tür.

»Das beantwortet meine Frage …«

Reed öffnete die Tür, und wir erblickten einen vollkommen verdreckten und heruntergekommenen Mann, der sich an den Türrahmen lehnte. Sein knochiges, zerfurchtes Gesicht war halb verborgen hinter widerlichen ungleichmäßigen Stoppeln und unter einem zerknitterten Zylinder. Er trug einen mit Löchern gespickten Mantel, der so ausgebleicht war, dass McGray neben ihm wie ein herausgeputzter Gockel aussah.

Der Mann grinste, und zwei Goldzähne blitzten auf. »Ach, du heiliger Bimbam! Das ist ja Nine-Nails McGray!« Er hörte sich ungehobelt und leicht betrunken an; doch ob er nun beschwipst war oder einfach immer so sprach, vermochte ich nicht zu sagen. »Stehe Ihnen gern zu Diensten, meine Herren! Sie können mich Billy nennen.«

Reed stockte der Atem, und ich sah, wie sich sein blasses Gesicht erst gelb und dann grün verfärbte.

»Was ist denn …«

»Du meine Güte, das ist ja Reed!« Billy machte einen Satz nach vorn, um dem verdutzten Mann auf die Schultern zu klopfen. »Schau sich das einer an, ein studierter Arzt des CID, Schulter an Schulter mit den mächtigen Inspectors!«

McGray zog eine Augenbraue hoch. »Sie kennen diesen Mann?«

Im Nu wurden die grünen Wangen rot. »*Och* … nun …«

»Kennen? Dieser Bursche hat für mich gearbeitet! Ach, die guten alten Zeiten!«

Reed räusperte sich so laut, dass ich schon fürchtete, er würde ersticken. »Nun, wissen Sie … Ich entstamme keiner wohlhabenden Familie … Ich konnte mir mein Studium nicht leisten, ohne … einer zusätzlichen Beschäftigung nachzugehen …«

Ich kicherte. »Und Sie waren derjenige, der Skrupel hegte, als wir Ihnen von unserem Vorhaben erzählten!« Reed wurde nun dermaßen rot, dass ich aufhörte, ihn zu hänseln. »Nun, ich vermute, es wird von Vorteil sein, nicht nur einen, sondern zwei Männer mit Erfahrung in diesem Gewerbe dabeizuhaben. Gehen wir.«

Billy überschritt bereits die Türschwelle.

»Warten Sie mal!«, sagte McGray. »Haben Sie gar kein Werkzeug dabei?«

Erneut ließ ein verschlagenes Grinsen Billys Goldzähne aufblitzen. Er schlug seinen Mantel auf, und wir erblickten, raffiniert am Innenfutter befestigt, eine Grabschaufel und eine kleine Picke, deren Handgriffe jeweils auf nicht einmal einen Fuß Länge gekürzt worden waren.

»Sie haben doch nach dem Besten im Gewerbe gefragt, nicht wahr?«

Es fiel kein Schnee mehr, während wir warteten, und die Wolken waren vorübergezogen und hatten nichts als den vom Mond erhellten Himmel zurückgelassen. Die eisige Luft sorgte dafür, dass wir Atemwölkchen ausstießen, während wir uns den Calton Hill hinaufmühten.

»Ist ein gutes altes Handwerk, die Leichenräuberei«, plauderte Billy gerade. »Ich könnte Ihnen jede Menge Geschichten darüber erzählen …«

»Das wird nicht notwendig sein«, sagte ich.

»Meine Lieblingsgeschichte ist die von William Burke«, fuhr Billy fort, als hätte ich überhaupt nichts gesagt. »Man nannte ihn den ›Wiederbeleber‹! Dabei war der Mann gar kein Leichenräuber als solcher; er hat das Gewerbe ein wenig weiterentwickelt. Er hat Menschen entsprechend dem Bedarf der Medizinischen Fakultät ermordet und ihr dann die Leichen verkauft.«

»Wurde er jemals gefasst?«, wollte Reed wissen.

»Aber ja doch! Gefasst, verurteilt und gehängt! Obendrein hat die Polizei seine sterblichen Überreste der gleichen Medizinischen Fakultät übergeben, die von ihm Leichen erworben hatte. Jungs wie ihr hatten ihren großen Tag, als sie den Mistkerl sezierten. Ich war noch nie im Museum, aber Verwandte von mir haben erzählt, sein Skelett werde dort immer noch ausgestellt … *Och*, und gleich neben den Knochen liegt wohl eine Brieftasche, die die Studenten aus der Haut von Burkes Hals gefertigt haben!«

»Sind wir bald da?«, ächzte ich.

»Oje, bekommen Sie es etwa mit der Angst zu tun, Mädel?«, fragte McGray.

Es bestand kein Grund, ihm eine Antwort zu geben; wir waren mittlerweile an den hohen Steinmauern des Friedhofs Old Calton angekommen. Über den Baumwipfeln erblickte ich den schlossartigen Turm des Calton Jail, der sich schwarz vom silbernen Schein des Mondes abhob.

»Die Luft ist rein, wie immer«, sagte Billy und wies dabei auf die menschenleere Straße. »Kein einziger Schutzmann unterwegs. So habe ich es gern.«

Er führte uns an das vergitterte Tor, holte ein Bündel Dietriche in allen Größen und Breiten hervor und machte sich damit an den dicken Ketten und Vorhängeschlössern zu schaffen. Ich war verblüfft, wie leise er dabei zugange war – weder die Vorhängeschlösser noch die Ketten rasselten ein einziges Mal.

Wenigstens ist er sein Geld wert, dachte ich bitter.

Fröstelnd rieb sich Reed die Hände. Seine Augen waren vor Angst und Schrecken geweitet. Offenkundig amüsierten ihn Geschichten von Brieftaschen aus menschlicher Haut nicht – und ich muss zugeben, dass sie auch nicht das sind, was man nach Mitternacht hören möchte, schon gar nicht, wenn man dabei ist, auf das Gelände eines alten Friedhofs einzudringen.

Billy öffnete das Tor und betrat den Friedhof mit bedächtigen Schritten, stumm wie eine Katze auf der Jagd. Wir drei folgten ihm und bemühten uns, keinen Laut von uns zu geben. Ich wollte gerade unsere Blendlaterne entzünden, doch McGray griff nach meiner Hand.

»Halten Sie die Augen auf nach Irrlichtern!«, brummte er.

»Konzentrieren Sie sich, McGray.«

Wir wollten uns gerade weiterstreiten, als Billy vor uns eine hektische Handbewegung machte.

»Sch-scht! Hören Sie.«

Reglos standen wir da und lauschten angestrengt, hörten aber nichts. Mit einer erneuten Handbewegung bedeutete uns Billy, ihm zu folgen. Ich hörte, wie er in der Luft herumschnüffelte wie ein Bluthund.

Vor uns erblickte ich breite, steil ansteigende und schneebedeckte Steinstufen. Die Treppe verlief in der Mitte eines gleichmäßig ansteigenden Hügels; überall lagen umgestürzte Grabsteine herum und warfen ihre Schatten auf den schneeweißen Rasen.

Reed ging sehr dicht neben mir. Der Mann zitterte und schaute sich immer wieder nervös um. Allmählich wurde selbst ich aufgeregt.

Billy hatte die Kuppe des Hügels erreicht und schaute sich dort um. Mit einem Mal hielt er inne. Urplötzlich stieß er keine Atemwölkchen mehr aus.

Er musste jemanden gesehen haben.

Fast hätte ich etwas gesagt, doch McGray berührte mich leicht am Arm, damit ich den Mund hielt. Gerade als er die wenigen Stufen hinaufstieg, die uns noch von dem Leichenräuber trennten, fing dieser an zu keuchen.

Die armselige Gestalt wich Schritt für Schritt zurück und wäre dabei fast über McGray gestolpert. Dann rannte er wie von Sinnen auf das Tor zu. Im Nu war er verschwunden.

McGray und ich tauschten einen verdutzten Blick. Reeds Gesicht war zu einer Grimasse des Entsetzens verzerrt.

Nine-Nails und ich zogen unsere Revolver aus den Holstern und stiegen die Stufen weiter hinauf. Ich sah, dass sich die größten Grabmäler auf der anderen Seite des Hügels befanden; große Steinnischen, die aussahen wie kleine Kapellen. Hinter ihnen erstreckten sich eine Panorama-Aussicht auf Edinburgh, die hohen Gebäude der Royal Mile und die Silhouette der alten Burg. Mir war aber nur ein kurzer Blick darauf vergönnt, bevor McGray mich erneut an der Schulter stupste. Nun hörte sich auch *sein* Atem schneller an.

Er wies mit dem Lauf seines Revolvers den Hügel hinab, irgendwo zwischen zwei Reihen mit hohen Grabkammern, doch inmitten ihrer Schatten konnte ich nichts erkennen.

Langsam ging McGray weiter, bei jeder Bewegung schien er mit seiner Angst zu ringen. Ich folgte ihm. Jeder Schritt führte mich näher heran an diese schreckliche, undurchdringliche Dunkelheit; trotz der eisigen Luft spürte ich, dass mir der Schweiß die Schläfen hinabrann.

Und dann sah auch ich etwas.

Inmitten der Dunkelheit stand da eine noch schwärzere Gestalt, ein dunkler, sich ruckartig und gruselig nah an Ardglass' Grab bewegender Schatten. Der eisige Wind trug ein widerwärtiges Geräusch zu uns, und ich musste sofort an einen Aasgeier in der Größe eines Menschen denken, der einen verwesenden Fleischfetzen aus einem Körper riss.

McGray blieb wie angewurzelt stehen und machte eine bedächtige Bewegung mit der Hand. Erst jetzt bemerkte ich, dass Reed uns dicht auf den Fersen geblieben war. McGray bedeutete ihm nun, ein wenig zurückzubleiben. So vorsichtig und leise, wie wir konnten, steuerten wir auf das Grab zu. Der Schnee dämpfte das Geräusch unserer bedächtigen Schritte, und auf diese Weise näherten wir uns, um einen besseren Blick auf das zu erhaschen, was hier vor sich ging.

Das Grab war geöffnet worden. Neben dem Loch im Boden lag ein Haufen lehmige Masse, über den sich gerade die schwarze Gestalt beugte.

Ich wollte glauben, dass sie menschlicher Natur war, denn ich erkannte die Umrisse von Schultern und Kopf unter einem schwarzen Umhang. Aber sie hatte etwas

Primitives … Unwirkliches an sich. Am Rand des Grabes kauernd langte sie mit erkennbar unnatürlich langen Armen in den offenen Sarg, verrenkte sich dabei auf eine für mich unvorstellbare Art und Weise und versuchte krampfhaft, etwas aus dem Grab an die Oberfläche zu zerren.

Es kostete mich eine gewaltige Anstrengung, weiterhin ruhig zu atmen. Das scheußliche Wesen und ich waren kaum ein paar Meter voneinander getrennt, sodass mir der Gestank der geschändeten Leiche in die Nasenlöcher drang – zusammen mit einem Geruch, der mir in letzter Zeit unglücklicherweise vertraut geworden war. Der von verbranntem Fleisch.

Mein Herz raste, doch ich gab keinen Laut von mir. McGray machte eine Geste in meine Richtung, mit der er mir signalisierte, meine Waffe auf das Wesen zu richten. Zeitgleich bereiteten wir uns darauf vor zu schießen. Die Abzüge klickten exakt im gleichen Moment, worauf das Wesen sofort erstarrte.

Wir verharrten allesamt eine Weile reglos, da wir nicht einordnen konnten, was hier vorging. Dem Wesen ging es wahrscheinlich genauso.

»*Keine Bewegung!*«, rief McGray schließlich. »Heben Sie die Hände! Halten Sie sie so, dass ich sie sehen kann!«

Während er dies rief, bewegte er sich langsam und in einem Bogen näher auf das verdammte Grab zu.

Das Wesen rührte sich nicht.

McGray holte Luft. Dann brüllte er mit durchdringender Stimme: »*Tun Sie, was ich …*«

Blitzschnell warf mir das Wesen eine Handvoll blutiger Gedärme ins Gesicht.

Als sie mich trafen und mir die feuchte Masse die Wangen hinabglitt, gab ich einen ungezielten Schuss ab. Blut drang mir in die Augen, doch es gelang mir, einen flüchtigen Blick auf die Kreatur zu erhaschen, die mit der Flinkheit einer Spinne blitzschnell davonkroch.

Als ich mir das Blut aus dem Gesicht gewischt hatte, sah ich, dass McGray dem schwarzen Schatten bereits wie ein Wirbelwind hinterherlief und dabei über Grabstätten und Grabsteine sprang.

Plötzlich beleuchtete ein weißes Licht den Friedhof, und das Blut auf dem Schnee glänzte wie eine scharlachrote Rose. Ich erblickte das hastig auf die weiße Fläche gekritzelte fünfäugige Symbol, die schwarze Masse eines verkohlten Organs und das scheußliche Ende eines Gedärms, das über den Rand des Grabes lappte.

Das Licht stammte von Reeds Laterne. Ich packte sie und lief damit los. »Bleiben Sie hier!«

»Aber Sir …«

»Behalten Sie die verdammte Leiche im Auge!«

Mittlerweile stürmte ich bereits die vereisten Stufen hinab, wobei meine Füße auf den Steinen bedenklich ins Rutschen gerieten. Ich durchquerte das offene Tor und beleuchtete beide Seiten der Straße, hielt das gleißende Licht der Laterne in das nächtliche Dunkel. Ich erhaschte einen Blick auf McGray, der in der Ferne mit wehendem Mantel in Richtung Westen rannte. Bevor ich mir dessen richtig bewusst wurde, lief ich bereits im vollen Sprint hinter ihm her.

Ich sah, dass er nach links abbog und in eine schmale Gasse hineinrannte; ich folgte ihm und schoss in eine kaum mehr als einen halben Meter breite Lücke, welche die Friedhofsmauer von dem benachbarten Gebäude trennte. Ich sah McGrays große Gestalt als Silhouette vor dem sternenbedeckten Himmel aufragen. Er stand reglos da, unmittelbar an der Kante einer Klippe. Der zerklüftete Hang fiel steil ab zu dem Wirrwarr von Eisenbahnschienen, die die beiden Stadtteile trennten.

»Haben Sie die Spur verloren?«, fragte ich keuchend.

»*Aye*, es kann noch nicht weit sein. Es trägt einen …«

Plötzlich ertönte ein knackendes Geräusch.

Ich spürte eine Bewegung direkt über meinem Kopf und drehte mich gerade noch rechtzeitig um; die schwarze vermummte Gestalt sprang auf mich zu, wobei eine funkelnde blaue Klinge das Licht reflektierte. Ich schrie auf, McGray zog mich beiseite, und das bluttriefende Messer zischte nur wenige Zentimeter vor meinem Gesicht entlang.

Dann bekam ich einen Schlag verpasst. Die Laterne fiel mir aus der Hand, und während ihr Lichtstrahl in der Luft herumwirbelte, erhellte er das Innere der Kapuze des Wesens. Ich erhaschte einen Blick auf ein gespenstisches Gesicht von krankhaft gelblicher Hautfarbe; das Licht fiel auf fünf glasige Augen, von denen jedes in einer anderen Farbe funkelte. Es war, als sähe man das Teufelszeichen in natura.

Der Moment währte so kurz, dass ich erst begriff, was ich erblickt hatte, als das Licht verschwunden war und die Blendlaterne den Hang hinabkullerte, während die schwarze Gestalt ihr hinterherlief.

Brüllend wie ein wildes Tier sprang McGray ohne Rücksicht auf Verluste dem Wesen hinterher. Im Mondlicht sah ich die beiden wie verrückt auf die Schienenstränge zurennen.

»*McGray!*«, schrie ich. Dann hörte ich, wie er seine Waffe zweimal abfeuerte. Ohne nachzudenken, zog ich mir den Mantel aus und nahm ebenfalls die Verfolgung auf.

Die Zweige hart gefrorener Sträucher peitschten auf

mich ein, und spitze Steine fügten mir Prellungen zu, während ich hilflos versuchte, die Kontrolle über meinen Lauf den Hügel hinab zu behalten.

Die letzten Meter waren nur noch ein diffuses, schmerzhaftes Wirrwarr, bis ich schließlich auf allen vieren am Fuße des Calton Hill landete. Ich benötigte ein paar Sekunden, bis ich mich aufrappelte und wieder Herr meiner Sinne war, dann noch einmal kurze Zeit, bis mir klar wurde, wo ich mich befand.

Vor mir verliefen die Schienen. Die Züge hatten den Schnee in dreckigen Matsch verwandelt, und ganz hinten erblickte ich in der Ferne die gelben Lichter aus den Gebäuden der Old Town. Es dauerte einen qualvollen Moment, bis ich die beiden rennenden Gestalten entdeckte; sie waren so weit entfernt, dass ich McGrays Silhouette kaum noch ausmachen konnte, während er gerade, ohne dabei nach rechts oder links zu sehen, über die Schienen sprintete. Ich sprang auf den Schotter, wobei ich im Schneematsch ausglitt. Plötzlich hatte ich das Gefühl, als befände ich mich im Inneren einer geschäftigen Fabrik: Entlang vieler parallel verlaufender Schienenstränge donnerten Reisewagen, Güterwaggons und Lokomotiven vorbei, und das Pfeifen der Lokomotiven durchschnitt die Nacht. Fortwährend rasten die Waggons vor mir entlang und versperrten mir sowohl den Weg wie auch die Sicht. Jedes Mal, wenn dies geschah, befürchtete ich, McGrays Spur endgültig verloren zu haben. Die Luft, die ich einatmete, stank nach Kohlenfeuer, und die Asche brannte mir in den Augen. Verzweifelt lief ich weiter, bis mir die Beine schmerzten, gewann dabei jedoch zumindest so viel an Boden, dass ich erkennen konnte, dass McGray dem Wesen immer näher kam. Schließlich stürzte er sich auf die vermummte Gestalt und warf sie zu Boden.

Er hatte es!

Ich lief weiter und war nur noch einen Schienenstrang von den beiden entfernt, als ich das ohrenbetäubende Pfeifen eines Zugs hörte. Als ich mich umdrehte, setzte mein Herz einen Schlag aus – eine Lokomotive näherte sich mir in voller Fahrt und war bereits so nah, dass ich den entsetzten Gesichtsausdruck des Lokomotivführers erkennen konnte. Verzweifelt ließ er seine Pfeife schrillen. Ich zögerte einen verfluchten Moment, und dann war es zu spät, der Zug schnitt mir den Weg zu McGray ab.

»*Verdammt!*«, brüllte ich, während einer der Waggons nach dem anderen direkt an meiner Nase vorbeidonnerte.

Durch das Rattern des Zugs hindurch hörte ich McGrays wildes Schreien und danach ein zermürbendes Quieken. Es hörte sich an, als kämpfte er gegen ein Wildschwein. Ich sank auf die Knie und spähte durch die vorbeirasenden Räder hindurch, erhaschte dabei flüchtige Blicke auf McGrays schlammverschmierte Stiefel und den Saum des schwarzen Umhangs, den die mit McGray in einen wilden Ringkampf verwickelte Gestalt trug. Daneben lag ein voluminöser Sack, dessen Boden blutdurchtränkt war.

Ich sah McGray zu Boden stürzen, mit dem Kopf nur wenige Zentimeter entfernt von den Waggonrädern. Dann drückte die mit dem Umhang verhüllte Gestalt ihn nieder und presste mit einem ihrer langen Arme McGrays Kehle zu. Ich bemühte mich, erneut die fünf Augen auszumachen, doch es war zu dunkel.

McGray kämpfte verbissen, bemüht, sich mit seiner vierfingrigen Hand das aufblitzende Messer vom Hals zu halten, doch hörte ich ihn trotz des lärmenden Zugs röcheln.

Ich stieß einen gellenden Schrei aus. Es gab nichts, womit ich ihm hätte zu Hilfe kommen können!

Die Klinge senkte sich allmählich in Richtung seines Gesichts, und er hatte nicht die Kraft, sie aufzuhalten. Ich wollte schießen, konnte dies jedoch nur ungezielt tun, und die Kugel hätte leicht von den Rädern des Zugs abprallen und als Querschläger mich oder McGray treffen können.

Die Messerklinge blitzte im Scheinwerferlicht des Zugs auf und kam McGray unbarmherzig näher. Schließlich hörte ich ihn vor Schmerz aufbrüllen. Auch ich brüllte auf, würde ich doch Zeuge von McGrays Tod werden, während ich nur wenige Schritte von ihm entfernt stand!

In diesem Augenblick passierte uns der letzte Waggon. Sofort feuerte ich. Ich verfehlte mein Ziel zwar um einiges, doch immerhin gelang es mir dadurch, die Kreatur zu verscheuchen.

Die schwarze Gestalt packte den blutigen Sack und lief davon. Ich kniete mich neben McGray und erkannte, dass er am Hals aus einem schmalen Schnitt der dünnen Klinge blutete.

Er schob mich beiseite. »Es geht mir gut, laufen Sie los und schnappen Sie es sich!«

»Sie müssen …«

»Scheiße, schnappen Sie es sich!«

Seine polternde Stimme trieb mich an, sodass ich schlichtweg losrannte und auf die hohen alten Gebäude der Old Town zuhielt.

Ich sah, wie der schwarz Ummantelte in einer der schmalen Gassen verschwand, deren Stufen zur High Street hinaufführten. Nie werde ich diese hektische Verfolgungsjagd vergessen, während derer ich fluchend und keuchend mit aller Kraft vorwärtshetzte. Meine Muskeln brannten, während ich die Stufen hinaufhetzte, der Schmerz nahm rasch und ständig zu. Plötzlich sah ich vor mir nur noch

Steinstufen, scheinbar ins Unendliche führend. Keine Spur von der Kreatur! Ich hatte unseren Mörder aus den Augen verloren …

Meine Beine brannten wie das Feuer der Hölle, doch dann erblickte ich endlich ein schwaches Licht am Ende der Gasse. Der Anblick verlieh mir neue Kräfte, und gegen den wachsenden Schmerz ankämpfend stieß ich ein Knurren aus, aus dem am Ende der lauteste Schrei wurde, den ich je von mir gegeben habe.

Wie ein Wirbelwind erreichte ich die letzte Stufe und stürmte auf die Royal Mile hinaus. Verzweifelt schaute ich mich in alle Richtungen um. Wir waren ganz nah am Polizeipräsidium!

»*Was für ein dreister Mistkerl!*«, schrie ich laut heraus.

Schließlich erblickte ich das Wesen wieder. Es huschte durch mein Blickfeld in Richtung Holyrood, mittlerweile allerdings wesentlich langsamer und irgendwie unbeholfen hoppelnd.

»Gleich habe ich dich!«, spornte ich mich an, sammelte die wenigen Kräfte, die mir noch geblieben waren, und nahm die Verfolgung wieder auf. Diese Kreatur, was immer es sein mochte, war kein unverwundbarer Dämon, sondern erschöpft nach der hektischen Verfolgungsjagd, und ihre Bewegungen wurden sprunghaft. Das gab mir Hoffnung.

Doch dieser Moment lehrte mich, nie allzu optimistisch zu sein. Denn während ich noch meinen Erfolg bejubelte, glitt ich auf den vereisten Steinplatten aus, fiel rückwärts hin und schlug mit dem Hinterkopf auf dem Bürgersteig auf. Dabei nahm ich den Aufprall nicht einmal wahr; es drehte sich schlichtweg alles um mich herum, und bis auf mein Sehvermögen verließen mich all meine Sinne.

Da tauchte eine schwarze Gestalt vor mir auf, erst die

Straßenlaternen und dann den ganzen Himmel verdunkelnd. Einen Moment meinte ich in ihre mannigfaltigen Augen zu schauen … vermochte aber nicht zu sagen, wie viele es waren.

Das war das Letzte, was ich sah.

30

Blut.

Die Luft roch danach, als hielte mir jemand einen blutgetränkten Lappen vor die Nase. Aber da war kein Lappen … Der stechende Geruch kam von meiner Brust! *Von meinem Gesicht!*

»Mein Gott!«, schrie ich und richtete mich verzweifelt auf.

Es folgte eine Vision von Weiß: weiße Wände, weiße Laken, weiße Verbände … Aber der Geruch des Blutes war kein Traum.

Ich schnappte einen Moment nach Luft, während sich nach wie vor alles um mich drehte. Dann nahm die Welt um mich herum allmählich wieder Gestalt an. Ich befand mich am Moray Place, lag in meiner Nachtwäsche im Bett und trug einen festsitzenden Kopfverband. In meinem Kopf hämmerte es, und mir taten sämtliche Gelenke weh. Ich presste eine Hand an meine schmerzende Stirn, und urplötzlich traten mir alle Ereignisse der vergangenen Nacht wieder vor Augen. Dieser Gestank nach Blut stammte lediglich von den Überbleibseln dessen, was das Wesen mir ins Gesicht geschleudert hatte.

Die Tür ging auf. Überrascht erblickte ich Larry, den jungen Schornsteinfeger, der mit einem Frühstückstablett hereinkam. Als ich sah, wie übel zerschrammt sein linkes Auge war, hätte mir fast der Atem gestockt.

»Guten Morgen, Sir. Hungrig?«

»Du meine Güte! Was ist denn mit deinem Auge geschehen?«

Larry stellte das Tablett auf dem Bett ab. Ich erkannte, dass sein halber Augapfel knallrot war; ein Blutgefäß in seinem Auge war geplatzt.

»Das war mein Dad. Er hat sich von dem Geld, das ich gestern bekommen habe, betrunken …«

Der Gedanke daran, wie wenig ich von der Welt dieses armen Jungen wusste, löste ein stechendes Schuldgefühl in mir aus. Wie wohltätig ich mir immer vorgekommen war, wenn ich mit Shillingen und Viertelpennys um mich geworfen hatte, nicht ahnend, dass sie womöglich mehr Schaden als Nutzen anrichten würden.

»Ich verstehe … McGray lässt dich also hier wohnen?«

»Aye.«

Ich machte Anstalten, dem Jungen die Haare zu zerzausen, doch der arme Kerl fuhr zusammen, als er sah, wie ich die Hand hob. Ungehalten schüttelte ich den Kopf.

»Weiß dein Vater, wo du bist?«

Larry schaute beiseite. »N-nein, nein, Sir, ich bin weg, während er schlief. Aber bitte schicken Sie mich nicht wieder zu ihm zurück!«

Fast hätte ich laut aufgelacht. »Aber nein, ganz im Gegenteil.«

Ich wog meine Situation ab. Falls tatsächlich in Bälde Vorkehrungen für meine dauerhafte Unterbringung in Edinburgh getroffen werden würden, brauchte ich wahrscheinlich einen zweiten Bediensteten, der Joan zur Hand gehen konnte. Sie hatte es immer schon gehasst, Feuer zu machen, und, ehrlich gesagt wurde sie ja auch nicht jünger.

»Wenn McGray dich schon hier wohnen lässt«, schlug

ich vor, »dann hat er wohl auch nichts dagegen, wenn ich dich anstelle. Wie fändest du es, mein Diener zu werden? Du würdest dann natürlich auch meiner Dienstmagd bei einer Reihe von Hausarbeiten zur Hand gehen müssen.«

Plötzlich standen dem Jungen Tränen in den Augen, und er wandte sich rasch ab und lief zur Tür. Als ich schon glaubte, ich hätte ihn beleidigt, hörte ich seine stolze Stimme durch die Wände hallen: »*Er sagt, ich kann bleiben!*«

Was ich dann ebenfalls hörte, war ein lautes *Pssst*, zweifellos aus dem Mund von Joan. Sicher hatte sie darauf spekuliert, dass es mir ans Herz gehen würde, wenn sie den Jungen schickte, um mir das Frühstück zu servieren. Ein Teil von mir fühlte sich irgendwie manipuliert, aber der Anblick des Gesichts des Jungen hätte auch den härtesten Mann berührt.

Plötzlich begriff ich, wie hungrig ich war, und fiel mit großer Begeisterung über das Frühstück her. Während ich auf gebuttertem Röstbrot herumkaute, dachte ich wieder über den Fall nach und über alle möglichen Fragen, die ich noch stellen musste. Ich erinnerte mich nicht einmal mehr daran, wie ich letztendlich in meinem eigenen Bett gelandet war … oder was schlussendlich mit diesem Wesen geschehen war, dem wir hinterhergejagt waren.

Eine halbe Stunde später kehrte Larry zurück, um das Tablett wieder mitzunehmen. Sein breites Grinsen stand im Widerspruch zu seinem hässlichen Bluterguss. »Benötigen Sie noch was, Sir?«

»Oh ja, hol mir McGray. Er muss mir berichten, was vergangene Nacht passiert ist.«

»*Och*, der Herr McGray ist früh aus dem Haus gegangen. Er hat eine Vorladung von so einem bedeutenden Mann bekommen und musste ins Polizeipräsidium.«

»Oh Gott!«, murmelte ich. »Stammte die Nachricht von einem Mann namens Campbell?«

»Äh … *Aye*, ich glaube schon.«

»*Mein Gott!*« Ich sprang aus dem Bett. »Hast du irgendwas von dem, was gestern Nacht geschehen ist, mitbekommen?«

»Nein, Sir. Aber der Herr McGray fuhr hoch wie Sie jetzt gerade, als er die Nachricht gelesen hat … und auch, als er die Zeitung gesehen hat …«

»Mein Gott!«, schrie ich erneut gellend auf. »Kannst du mir sagen, wie die Schlagzeilen lauteten?«

»Nein, ich kann nicht lesen, Sir.«

»Ich brauche Joan. Sie oder George muss aus McGray noch das letzte Quäntchen Informationen herausgepresst haben. Joan! *Joan!*«

»Seit ich Ihnen das Tablett gebracht habe, Sir, habe ich sie nicht mehr gesehen.«

»Typisch. Wenn man die beiden braucht, sind sie nicht aufzutreiben!«

Meine einzige Möglichkeit bestand darin, mich selbst ins Präsidium zu begeben. Ich durchsuchte das Zimmer nach sauberer Kleidung. Dabei stieß ich auf ein dreckiges Bündel am Fußende meines Bettes. Es stellte sich als der Anzug heraus, den ich am vergangenen Abend getragen hatte: blutig, verdreckt und hoffnungslos zerrissen.

»Ach, du meine Güte! Das ist der fünfte gute Anzug, den ich mir seit dem Fall Mary Jane Kelly ruiniert habe!«

Ich würde den berüchtigten marineblauen Anzug tragen müssen, den ich auf dem Ball von Lady Ardglass getragen hatte – so zerknittert und schmutzig er auch sein mochte.

Ein Blick in den Spiegel verriet mir, dass ich einen wirklich schrecklichen Anblick abgab: Stoppeln, blasse Wangen, wirres, unter den Verbänden hervorsprießendes Haar und dunkle Ringe unter den Augen.

»Elgie hatte recht«, seufzte ich. »Diese Arbeit hier frisst mich auf.«

Ich wies Larry an, den ruinierten Anzug wegzuwerfen, und ging dann in Richtung Haustür. Das Haus schien verlassen zu sein, sodass ich selbst zur Garderobe gehen musste, um mir eigenhändig meinen Mantel zu holen. Als ich die Garderobentür hastig öffnete, fielen mir fast die Augen aus dem Kopf angesichts des Anblicks, der sich mir bot.

George und Joan!

Eng umschlungen und sich leidenschaftlich küssend!

Joans Haare waren völlig zerzaust, und eines ihrer rundlichen Beine war unbedeckt und ragte in die Luft hinauf.

Eher erschöpft als in irgendeiner anderen Stimmung ließ ich mich vernehmen: »*Ohhh!* Und ich hatte gerade geglaubt, etwas noch Schrecklicheres nie zu Gesicht zu bekommen!«

»*Aber, Sir …!*«

»Ich habe für so etwas keine Zeit, Frau!«

Ich schob George beiseite, packte mir den nächstbesten Mantel und schloss die Garderobe rasch wieder.

*

Auf dem Weg zum Präsidium sah ich einen Zeitungsburschen, der auf der Princes Street gerade die Schlagzeilen des Tages lautstark verkündete. Inmitten des geschäftigen Treibens verstand ich kein einziges Wort, sodass ich ihm schlichtweg ein Sixpence-Stück zuwarf und ihm ein Exemplar aus der Hand riss, ohne die Gangart meines Pferdes zu verlangsamen.

Die gewaltige Schlagzeile ließ mir fast die Augen aus dem Kopf fallen:

DER RIPPER IST IN LOTHIAN!!!!

Ich schrie auf und gab mich einem heftigen Wutanfall hin, stöhnte und strampelte mit den Beinen, was mir die verwirrten Blicke sämtlicher Passanten einbrachte. Ich zerknüllte das Schundblatt und warf es in hohem Bogen vor mir zu Boden, um sicherzustellen, dass es von Philippas Hufen zertrampelt wurde. Ich war fest davon überzeugt, dass mich nichts auf der Welt hätte noch wütender machen können – nicht ahnend, dass mir das Schlimmste erst noch bevorstand.

Als ich am Präsidium angelangt war, sah ich, dass eine Horde von Reportern den Innenhof belagerte. Kaum war ich abgestiegen, löste sich ein Mann aus der Menge und näherte sich mir.

»*Inspector Frey!*«, schwatzte er mich an. »Waren Sie es, der das geschändete Grab entdeckt hat? Sind Sie während der Jagd auf den Ripper wirklich auf dem Eis ausgerutscht?«

Am liebten hätte ich ihm einen Schlag auf die Nase und einen Tritt zwischen die Beine versetzt. Doch dann hätte er eine noch größere Skandalgeschichte zu veröffentlichen gehabt.

»Gehen Sie mir aus dem Weg, Sie stinkendes Stück Scheiße!«, blaffte ich ihn an, schob die Pressevertreter mit dem Ellbogen beiseite und bahnte mir einen Weg hinein.

McGray befand sich nicht im Untergeschoss, doch ich fand ihn wartend neben der Tür von Campbells Büro vor. Er hielt ein Exemplar der Zeitung umklammert, und ich sah ihm an, dass er es schon eine ganze Weile zusammengeknüllt hielt.

»Ach, da sind Sie ja! Alles in Ordnung, Eure Hoheit? Sie sehen grauenvoll aus.«

»Ich weiß ... Aber das hat nichts mit dem Sturz zu tun, das können Sie mir glauben.«

Er hielt mir die schauderhafte Titelseite unter die Nase. »Dann haben Sie also die Zeitung schon gelesen, nicht wahr? Was halten Sie davon?«

»Vier Ausrufezeichen sind übertrieben. Bitte sagen Sie mir, was gestern Abend passiert ist.«

»Die Klatschtante Joan hat es Ihnen nicht erzählt?«

»Nein. Sie war ... anderweitig beschäftigt.«

»Nun, ich blieb noch einen kleinen Moment auf den Schienen liegen, bevor ich hinter Ihnen her bin, aber ich habe Ihre Spur verloren. Sie sind gerannt wie der Teufel, Frey! Da ich Sie nicht mehr sehen konnte, hielt ich es für besser, ins Präsidium zu laufen, um Verstärkung zu holen. Aber als ich an der Royal Mile angelangt war, herrschte dort bereits Aufruhr; ein paar Schutzmänner haben Sie auf dieser riesigen überfrorenen Pfütze liegen sehen. Ich kann nicht glauben, dass Sie die übersehen haben!«

»Oh, ich bitte um Verzeihung! Ich war damit beschäftigt, dieses verfluchte Dingsbums zu schnappen, das Ihnen fast die Gurgel aufgeschlitzt hätte!«

»Wie dem auch sei, mit Hilfe einiger Schutzmänner habe ich Sie ins Haus getragen und dann George angewiesen, Ihnen einen Arzt zu rufen. Dann sind wir nach Calton Hill zurück und stellten fest, dass der arme Reed noch immer auf das Grab aufpasste. Er konnte aber nicht verhindern, dass ein paar Minderjährige das blutige Schlamassel mitbekommen haben, und als wir die Leiche für eine ordnungsgemäße Obduktion hierherbrachten, hat uns ein Haufen verfluchter Reporter aufgelauert.«

»Verdammt …«

»Außerdem habe ich veranlasst, dass ein paar Schutzmänner die Gegend inspizieren, wo wir Sie gefunden hatten. Von der Stelle, an der Sie gelegen hatten, zog sich eine Blutspur; sie folgten ihr durch ein paar Straßen, doch dann verschwand sie einfach so. Raten Sie mal, wo sie endete.«

Das war nicht schwer. »An einem Kanaldeckel?«

»So ist es. Wieder so ein verdammter Kanal. Ich habe einen der Burschen losgeschickt, um die Blaupausen zu besorgen, und wir haben bis in die frühen Morgenstunden versucht, eine Spur zu finden, aber gefunden haben wir« – sein Gesicht verfinsterte sich – »dieses *Dingsbums* nicht.«

Ich trat ein wenig näher und flüsterte so leise wie möglich: »Dann konnten Sie also noch nicht herausfinden … was das für ein *Dingsbums* war, nicht wahr?«

McGray gestattete sich ein bitteres Lächeln. »Sagen Sie es mir. Sie haben es auch gesehen.«

»Ich weiß nicht, was ich gesehen habe …«

»Ach, jetzt hören Sie mir doch auf mit dieser Scheiße, Sie Memme! Sie haben doch auch die fünf Augen gesehen, oder etwa nicht? Als es ihnen die Laterne aus der Hand getreten hat? Ich durfte es mir ja näher anschauen, als es versucht hat, mich abzuschlachten.«

Dieses eine Mal konnte ich ihm nicht widersprechen. Das Bild hatte sich in mein Gedächtnis eingebrannt. »Ich … So etwas habe ich noch nie gesehen.«

McGray seufzte und senkte den Blick; er schaute auf die Stelle, an der der vierte Finger seiner Hand hätte sein müssen.

»Ich schon«, sagte er, nachdem er heftig geschluckt hatte. »Einmal.«

Mehr sagte er nicht. Ich wollte fragen, was er damit

meinte, aber in diesem Augenblick trat Campbells Assistent aus dem Büro. »Der Superintendent erwartet Sie.«

»Ein Zuckerschlecken wird das nicht«, knurrte McGray.

Mehr denn je wirkte Campbell wie ein wütender Löwe, der uns in seinem Versteck auflauerte. Ohne ein Wort zu sagen, trommelte er mit den Fingern auf die druckfrische Zeitung, die auf seinem Schreibtisch lag. Wir traten ein, verneigten uns und nahmen Platz. Doch er benötigte schätzungsweise eine ganze Minute, bis er schließlich so verächtlich wie möglich hervorstieß: »Ich *muss* Ihnen gratulieren, Gentlemen, Ihnen beiden!«

»Gratu… ?«

»Sie sind die berüchtigsten Männer in Schottland, und morgen um diese Zeit werden Sie die berüchtigsten Männer des gesamten Britischen Empire sein!«

Ich ballte die Fäuste. Dieser Wüstling hätte ein Seelenverwandter meines Bruders Laurence sein können!

»Es wäre unsinnig, die Entweihung von Ardglass' Grab Jack the Ripper zuzuschreiben!«, versuchte ich, ihn zu überzeugen. »Ardglass war ein völlig anderer Typ Opfer; das Verbrechen fand unter völlig anderen Umstän…«

»Versuchen Sie nicht, mir eine Predigt zu halten, Frey! Ich weiß, dass Journalisten nichts als ein Haufen hirnloser Arschlöcher sind, die kaum buchstabieren können, aber das sind ihre Leser auch! Und dank Ihnen muss ich jetzt Kontakt aufnehmen mit diesen schmutzigen Hornochsen, die bei uns im Innenhof herumblöken.«

»Ich kann mit ihnen reden, wenn Sie …«

»Ich werde mich selbst um die Presse kümmern, McGray. Das Letzte, was wir jetzt brauchen, ist, Ihr exotisches Gesicht in der Öffentlichkeit sehen zu lassen.«

»Sir«, schaltete ich mich ein, »ich denke, ich werde damit zurechtko…«

»Frey, Sie kommen nicht einmal ohne Teewärmer mit einer Teekanne zurecht!«

»Sir, wenn Sie gestatten …«

»Nein, tue ich nicht! Ich will Ergebnisse, und die will ich *jetzt*, bevor diese verfluchte Journaille diese ganze Geschichte auf ein nicht mehr kontrollierbares Ausmaß aufbläht. Ich erwarte von Ihnen, mir bis morgen um diese Zeit einen identifizierten, unter Anklage gestellten Täter zu präsentieren. Verstanden?«

»*Was?!*«, schrie McGray auf. »Sie können doch nicht erwarten …«

»Sie haben viel Zeit mit der Arbeit an diesem Fall verbracht, nicht wahr?«

»So ist es«, räumte ich ein, »aber Sie haben meine Berichte gelesen: dürftige Beweislage, nicht miteinander in Verbindung stehende Todesfälle … bis Ardglass starb, gab es keine deutliche Spur, der wir hätten nachge…«

»Tut mir leid, Frey, ich höre immer nur *Bla-bla-bla* und *Wir sind ein Haufen Vollidioten.*«

»Sir …«

»*Morgen, Frey!*«, schrie Campbell und übertönte dabei sogar McGray. »Andernfalls werden Sie beide entlassen. Ich werde keine weiteren Risiken eingehen, nur um Ihre erbärmliche Karriere zu retten, und ich bin davon überzeugt, dass Sir Charles und der Premierminister der gleichen Meinung sein werden. Und McGray, welche Abmachungen wir in Bezug auf Ihre Sonderabteilung auch immer gehabt haben, betrachten Sie sie als beendet. Ich bin sicher, dass Ihre idiotischen Theorien diesen Fall nicht vorangebracht haben, und ich werde meinen Ruf nicht aufs Spiel setzen, indem ich Sie in Ihrer kranken Besessenheit in Bezug auf Ihre irre, blutrünstige Schwester unterstütze.«

McGray erstarrte zur Salzsäule. Dann aber schlug er mit einem überraschenden Haken Campbell wütend mit der Faust auf die Nase. Ich sah das Blut spritzen, und während Campbells Kopf nach hinten kippte, stand McGray pfeilschnell auf und packte ihn am Kragen.

»McGray!«, stieß ich hervor.

Campbell war benommen. Er brauchte einen kurzen Moment, bis ihm bewusst wurde, dass man ihn geschlagen hatte und McGray ihn gerade mit beiden Händen würgte.

»Es heißt, der Wahnsinn liege einem im Blut«, flüsterte McGray, während er Campbells Hals mit jedem Wort ein wenig fester zusammendrückte. »Es braucht bloß ein klitzekleines … irgendwas … um ihn freizusetzen.«

»H-hilfe, Frey«, brachte Campbell würgend hervor. »*Hilfe!*«

So entsetzt ich auch war, konnte ich mir eine sarkastische Bemerkung doch nicht verkneifen. »Ich sähe mich sehr wohl veranlasst, Ihnen zu helfen … Aber ich bin ja nur ein Vollidiot …«

Aus reiner Genusssucht lehnte ich mich zurück und ließ ihn noch eine Weile leiden. Dann tätschelte ich McGray die Schulter. »Kommen Sie, Nine-Nails, wir haben keine Zeit zum Spielen! Sie haben den Superintendent gehört: Wir haben nur noch einen Tag, um das Schlamassel zu beseitigen.«

McGray löste die Hände vom Hals Campbells, der daraufhin wie ein nasser Sack auf seinem Schreibtisch zusammenfiel. Das Blut aus seiner Nase tröpfelte auf die Schlagzeile der Zeitung.

Während er in das Büro im Untergeschoss stürmte, brüllte McGray wie wild herum.

»Was für ein verdammtes Schwein! Verfluchter, gottverdammter Haufen Scheiße! Ich könnte ihm seine beschissenen Eier an die Spitze des Mercat Cross nageln und ihn dann von Ochsen zweiteilen lassen!«

»Eloquenter hätte ich mich auch nicht ausdrücken können«, seufzte ich, während ich mich auf den harten Holzstuhl sinken ließ. Ich bot McGray mein Taschentuch an, damit er sich Campbells Blut von den Knöcheln wischen konnte. »Ich glaube kaum, dass wir beide nach dieser kleinen Szene unsere Stellungen behalten werden … und doch fühle ich mich seltsam … beschwingt.«

McGray fläzte sich auf seinem Stuhl und legte die Füße samt Stiefel auf den Schreibtisch. »Es tut mir ehrlich leid, dass sich die Sache für Sie nicht gut entwickelt hat, Frey. Das meine ich ernst.«

»Nun, wir müssen trotzdem noch …«

Er schnalzte mit der Zunge. »So geht das im Leben, nicht wahr? Man schuftet und schuftet wie ein verdammter Ackergaul, und wenn man endlich meint, man hätte was erreicht, geht alles den Bach runter …«

»Wir müssen jetzt rasch handeln, wo …«

»Sie können gehen, wenn Sie wollen, Frey«, fügte McGray hinzu, in Gedanken gänzlich woanders. »Ich muss meine eigenen Schlachten schlagen … Und ich weiß, dass hier nichts für Sie zu holen ist. Seien wir ehrlich, Sie hassen mich, und Sie hassen es hier. Wenn ich untergehe, sollte ich das all…«

Ich sah mich gezwungen, aufzustehen und ihm eine saftige Ohrfeige zu verpassen. »Jetzt lassen Sie mich doch endlich aussprechen, Sie neunfingrige Vogelscheuche!«

McGray wäre beinahe rückwärts mit dem Stuhl umgefallen. Urplötzlich kehrte er in die Wirklichkeit zurück. »Ich hoffe, Sie haben mir etwas Entscheidendes mitzuteilen, Mädel, sonst mache ich dasselbe mit Ihnen, was ich gerade gedroht habe, mit Campbell zu tun … Und das Mercat Cross steht direkt auf der anderen Straßenseite!«

»Verstehen Sie denn nicht? Wir befinden uns in der günstigsten Ausgangslage, in der wir je waren.«

McGray zog eine Augenbraue hoch. »Geht es Ihnen gut, Kerl? Ich glaube, Sie sind doch heftiger mit dem Kopf aufgeschlagen, als wir dachten.«

»Denken Sie mal nach«, beharrte ich und schaute ihn dabei mit funkelnden Augen an.

Allmählich, ganz allmählich verzog sich McGrays Gesicht, seine Falten gruben sich tiefer ein, und er setzte erneut sein spitzbübisches Grinsen auf. Irgendwie begriff ich erst in diesem Moment, wie jung er noch war, womöglich sogar ein paar Jahre *jünger* als ich. »Wir haben die Geige, und wir haben das, was von Alistairs Leiche übrig ist; das sind die beiden Sachen, die wir am dringendsten benötigten.«

»Stimmt!« McGray sprang auf. Neues Leben schien durch seine Adern zu strömen. »Also schön, Mädel, dann wollen wir mal einen letzten Versuch wagen …«

Es war später Nachmittag, als Reed mit seinem Bericht in den Händen in das Büro zurückkehrte. Der Mann hatte rote Ränder um die Augen und sah aus, als würde er jeden Moment ohnmächtig werden – durchweg verständlich, denn er hatte seit unserer Verfolgungsjagd über den Friedhof kein Auge mehr zugemacht.

»Hier sind sie, Inspectors«, sagte er und reichte uns die Dokumente.

»War es eine gründliche Obduktion?«, fragte ich. Zu meiner Überraschung brachte Reed seine Antwort ohne seinen sonst üblichen Respekt hervor.

»Ich habe jeden Quadratzentimeter seines dicken, fetten Körpers untersucht, und bei Gott, ich schwöre, dass mein Gehalt das hier nicht wert ist!« Der arme Kerl schauderte. »Ich werde eine Gehaltserhöhung einfordern, und Campbell kann nicht ablehnen.«

»Gut, aber reden Sie nicht heute mit ihm, Jungchen«, riet ihm McGray. »Irgendwie schwant mir, dass er gerade keine gute Laune hat.«

Rasch überflogen wir die Dokumente.

»Fehlende Gedärme …«, las ich laut vor.

»Ja, es fehlen fast zwei Meter, Sir …« Reed riss den Mund auf und gähnte wie ein Walross.

»Haben Sie diesen Sack gesehen, den das Scheusal mit sich schleppte?«, fragte McGray. Eine Antwort von mir benötigte er nicht.

»Das Scheusal?«, flüsterte Reed.

»Schon gut«, beschied ich ihm. Dann widmete ich mich erneut dem Bericht. Inmitten des hastigen Gekritzels fiel mir eine kurze Wendung auf.

»Sie sprechen hier von Hyperpigmentierung am Hals …«

»Ja, Sir, vor allem an der linken Halsseite. Ein wenig auch am Kinn und in noch geringerem Maße an den Fingerspitzen seiner rechten Hand.«

Seine Worte brachten mir augenblicklich meine ruhmreichsten Tage im CID in Erinnerung. Erneut verspürte ich einen Adrenalinschub, wie er sich bei mir nur dann einstellte, wenn ich auf die Lösung gekommen war.

»Kann ich die Leiche sehen?«, fragte ich sofort.

»Aber selbstverständlich, Sir.«

Reed holte tief Luft und zog das weiße Laken beiseite. Ein ekelerregender Geruch verbreitete sich, und sogar McGray kniff die Augen zusammen, denn die Leiche sah schlichtweg fürchterlich aus. Das Fleisch begann sich aufzublähen und nahm allmählich eine grässlich gräuliche Farbe an. Erst jetzt verstand ich Reeds Entrüstung.

»Na schön, dann zeigen Sie es mir«, sagte ich. »Allzu lange möchte ich nicht hinschauen.«

Reed neigte Alistairs Kopf ein wenig zur Seite, da der Hautlappen seines Doppelkinns den größten Teil des Flecks verdeckte. »Da sehen Sie es, Inspector.«

Es war ein sehr großer Fleck, dunkelbraun, an den Rändern fast schwärzlich, und verglichen mit dem Rest des verwesenden Körpers war diese Stelle Fleisch relativ fest und elastisch, so als wagte es kein Parasit, sie zu befallen.

»Zeigen Sie mir seine Finger«, forderte ich ihn auf, obwohl ich bereits selbst dabei war, die leblose Hand zu heben. Einzig ganz oben an den Fingerspitzen war eine ähnliche Tönung zu erkennen.

»Was ist denn, Frey?«, wollte Nine-Nails wissen. »Sie grinsen wie ein an Verstopfung leidendes altes Weib, das gerade Backpflaumen entdeckt hat.«

»Eine solche Pigmentierung habe ich schon einmal gesehen«, murmelte ich.

»Tatsächlich?« McGray spähte mir über die Schulter.

»Ja! Und zwar mehr als einmal.« Ich ließ meinen Blick mehrfach vom Hals bis zu seinen Fingerspitzen gleiten, bis mir die ganze Tragweite meiner Entdeckung bewusst wurde. Das hier waren die Sternstunden, die mich zum Sklaven meines Berufs gemacht hatten. Ich wandte mich erneut Reed zu: »Haben Sie eine Ausrüstung, um die Marsh'sche Probe zu machen?«

Reed starrte mich einen Moment verständnislos an. Dann aber weiteten sich seine Augen überrascht. »Wollen Sie damit sagen, dass ...«

»Ja, will ich.«

Es dauerte noch einen Moment, bis er meine Worte endgültig begriffen hatte. Doch dann stürzte er nach vorn und beugte sich tief über die Leiche: »Natürlich! *Natürlich!* Ich hätte es mir denken müssen! Ich habe Fälle wie diese an der Universität gesehen.«

»Es lag nicht wirklich auf der Hand«, beruhigte ich ihn. Mein Grinsen verbreiterte sich, falls das überhaupt noch möglich war. »Zumindest nicht vor diesem Zeitpunkt. Haben Sie die Ausrüstung?«

»Ja, habe ich, Sir. Ich habe damit Woods Mageninhalt untersucht.«

»Nun, jetzt wissen Sie, warum Sie nichts in seinen Eingeweiden gefunden haben.«

»Allerdings.«

»Gut. Bereiten Sie den Apparat vor und untersuchen Sie die Haut dieses Mannes. Falls Sie noch Proben von Woods Leichnam besitzen, testen Sie diese ebenfalls. Und da gibt es noch eine Probe, die Sie für mich analysieren müssen. Wir werden sie holen und binnen einer Stunde wieder hier sein.«

Mit McGray im Schlepptau verließ ich die Leichenhalle. Wissbegierig zog er mich am Arm.

»Nun sagen Sie mir schon, was hier vor sich geht, Frey!«

»Sind Sie noch nicht darauf gekommen? Die Todesursache bei Wood und Ardglass war tatsächlich die gleiche.«

»Und das wäre ...?«

»Vergiftung durch kutane Übertragung.«

McGray runzelte die Stirn. »Durch die Haut? Übertragen von w…?« Er brauchte den Satz nicht zu vollenden, da er begriffen hatte. »Kommen Sie, holen wir uns die Probe!«

Der für die Marsh'sche Probe gedachte Apparat war im Prinzip recht simpel, sah aber so aus wie jene komplizierten Glaskonstruktionen, die in einem Chemielabor herumstehen: eine U-förmige, mit weißem Pulver gefüllte Röhre; das Ende des einen Us war verbunden mit einem runden Glaskolben, der Reste der Probe enthielt, das andere Ende war mit einem längeren, dünneren Röhrchen verbunden, das von einem Bunsenbrenner erhitzt wurde. Reed hielt eine weiße Porzellanschale dicht an das offene Ende dieser dünnen Glasröhre, und die bis dahin makellose Keramik wurde silbrig schwarz.

»Mein Gott!«, rief er laut. »So ein Resultat habe ich noch nie gesehen!«

Mit Hilfe einer Pinzette nahm er die Schale und stellte sie neben eine Ansammlung von Farbmustern, deren Spektrum von Hellgrau bis Rabenschwarz reichte. Der Fleck auf der Schale war dunkler als alle Farbmuster.

»Jenseits von allem!«, rief McGray. »Damit könnte man einen Elefanten umbringen!«

»Allerdings«, sagte ich. »Und jetzt wissen wir auch, wer hinter alledem steckt.«

31

Ich warf den Kinnhalter aus Palisanderholz auf Joe Fiddlers Arbeitstisch. In seiner Werkstatt waberten immer noch die Ausdünstungen seiner Blähungen.

McGray stellte sich neben mich und legte Fotografien aus Fontaines Arbeitszimmer nebeneinander, nämlich jene, die die Amati Maledetto zeigten. »Wie schlau Sie doch sind, Jungchen!«, rief er in aufrichtiger Bewunderung. »Sie haben uns alle hinters Licht geführt!«

Joe Fiddler warf uns einen erstaunten Blick zu, und seine Augen traten fast aus ihren Höhlen. »Wie können Sie glauben, ich hätte Guilleum umgebracht?«

»Und Theodore Wood. Und Danilo Caroli und Alistair Ard...«

»Unsinn!«, schrie Joe, während er mit einem Hammer herumfuchtelte. »Sie reden Scheiße!«

McNair trat hinter uns. »Wollen Sie, dass ich nach dem Zeug suche?«

»Ja«, erwiderte ich. »Fangen Sie damit in den Wohnräumen von Mr Fiddler an.«

Joe stellte sich McNair in den Weg. Der Versuch des armseligen Mannes, den hoch aufgeschossenen jungen Beamten aufzuhalten, wirkte erbärmlich.

»Es wird das Klügste sein, uns unsere Arbeit machen zu lassen«, erklärte ich.

McGray trat auf ihn zu und schob ihn sanft beiseite.

»Kommen Sie, Jungchen, wir müssen Sie mitnehmen, um Sie zu befragen.«

»Nicht wenn Sie mir nicht zuvor sagen, warum!« Er wirkte so zerbrechlich, ja so gebrochen, dass selbst ich nicht umhinkam, ein wenig Mitgefühl mit ihm zu empfinden.

»Na schön«, sagte McGray. »Setzen Sie sich. Frey wird Ihnen alles erklären.«

Joe Fiddler nahm auf einer Holzkiste Platz. Die Verwirrung stand ihm im Gesicht geschrieben. Ob sie echt oder gespielt war, vermochte ich zu diesem Zeitpunkt noch nicht zu sagen.

»Den Kinnhalter für seine Geige haben Sie angefertigt, nicht wahr?«, fragte ich, während ich in der Werkstatt auf und ab ging. Ich ergriff eine in Arbeit befindliche Violine und legte sie neben den Kinnhalter. »Da ist Ihr Zeichen drauf.« Ich deutete auf das Symbol, das ich schon zuvor auf seinen Werken gesehen hatte, ein sich windendes Schriftzeichen, das sowohl ein J als auch ein F formte. »Außerdem waren Sie der Letzte, der Fontaine vor seinem Tod gesehen hat, und Sie haben die Violine ausgeliefert, die Sie seit einer Weile in Reparatur gehabt hatten, die gleiche Violine, auf der er spielte, als alles geschah.«

Joe schaute uns an und setzte eine entschlossene Miene auf. »*Aye*, ich habe dieses Stück angefertigt, und ich habe Guilleums Geigen repariert. Das macht mich aber nicht zu einem verdammten Mörder!«

»Diesem Stück hier haben Sie aber eine besondere Behandlung zukommen lassen«, fuhr ich fort. »Sie haben dieses Holzstück mit einer konzentrierten Arseniklösung getränkt …«

Wie bestellt kehrte in diesem Moment McNair in den Raum zurück. »Hab's gefunden, Chefs!«

Er hielt eine große braune Flasche in der Hand. Ich ergriff sie und las das Etikett. »Bettwanzen-Vernichtungsmittel, und dem Etikett kann ich entnehmen, dass es von einem alteingesessenen Drogisten stammt. Sie wissen schon, dass es sich hier im Wesentlichen um in Lauge gelöstes Arsenik handelt, nicht wahr? Wäscht man die Lauge aus, gewinnt man reines Arsenik.«

»Sie können nicht …«

»Ach bitte, lassen Sie mich ausreden! Wie Sie wissen, ist Arsenik eines der bevorzugten Gifte unserer Zeit. Es ist leicht zu bekommen und ruft Symptome hervor, die Ungeschulte irrtümlich für Krankheiten des Verdauungstrakts halten können, etwa Cholera oder Darmgrippe. Sogar unserem Forensiker sind trotz seiner unbestreitbaren Fähigkeiten die feinen Unterschiede entgangen. Mir hingegen sind die Auswirkungen von Arsen sehr vertraut, und zwar durch meine Untersuchung des Falls der Good Mary Brown, jener Frau, die fünf Ehegatten vergiftet hat, wenn Sie sich erinnern. Es war der berühmteste Fall, an dem ich arbeitete, bevor der Ripper …«

»Nun hören Sie endlich auf, die Geschichte haben wir alle schon x-mal gehört!«

»Na schön. Nun, Arsenik entfaltet seine Wirkung auch dann, wenn es durch Hautkontakt aufgenommen wird. Das ist aber nicht die bevorzugte Methode von Mördern, denn sie ruft Hautausschläge und Hyperpigmentierung hervor, und vor allem wirkt das Gift erst nach längerem Kontakt tödlich … Und das wussten Sie, Joe.«

»Nein, wusste ich nicht!«

»Oh, und ob Sie es wussten! Das war eine brillante Methode, ausschließlich jene Violinisten zu töten, die es wagten, mit dieser Geige zu spielen. Sie wollten nicht jeden töten, der sie anfasste – McGray und ich haben die Geige wiederholt berührt, aber dadurch haben sich bei uns keine Symptome eingestellt. Nein, Sie haben den Kinnhalter nur deshalb vergiftet, weil Sie Geiger töten wollten, die das Instrument teilweise stundenlang mit ihrem Hals und ihrem Kinn halten müssen. Mein eigener Bruder hat auf dieser Geige gespielt und hätte sich leicht vergiften können, doch Gott sei Dank schützte er seinen Hals mit einem Tuch.

Dabei fällt mir ein weiterer Vorteil ein, den Sie erkannt haben müssen: Sie wussten, dass man die Hyperpigmentierung, die sich unweigerlich in Zusammenhang mit dem Arsen einstellt, irrtümlich für … wie heißt das noch, McGray?«

»Geigerflecken.«

»Genau, für Geigerflecken halten würde. Und genau das passierte auch bei Theodore Wood; der Mann hatte einen so ausgeprägten Geigerfleck, dass wir ihn nie auf eine Vergiftung zurückgeführt hätten.« Ich erinnerte mich lebhaft an den Anblick von Wood, wie er in seinem Sarg lag; eine aschfahle Leiche mit einem leuchtend roten Fleck auf dem Hals. »Erst nachdem wir die Leiche von Alistair Ardglass untersucht hatten, der die gleiche gerötete Stelle auf der Haut aufwies und unmittelbar bevor er überfahren wurde auch Symptome einer Arsenvergiftung zeigte, haben wir den Zusammenhang hergestellt. Wahrscheinlich hätte ich es schon viel früher erkennen müssen, da ich Gelegenheit hatte, die Violine zu untersuchen, nicht lange nachdem der Mord geschehen war.« Ich langte nach einer der Fotografien. »Nun ist es mir klar, ja sogar offenkundig, aber damals konnte ich es nicht genau erkennen … Ich hatte bloß das Gefühl, als hätte ich etwas gesehen, das fehl am Platz war, und eine Zeitlang …«

»Frey, Sie schweifen wieder ab.«

»Schon gut, schon gut! Aber ich bin trotzdem erstaunt über mein Versäumnis. Ich habe die verfluchte Violine von Nahem gesehen, habe sie in den Händen gehalten, erkannte aber nicht das, was diese Bilder uns zeigen: Fontaine wurde die Kehle durchgeschnitten, während er spielte, sodass sein Blut auf das ganze Instrument spritzte ... *nicht aber auf den Kinnhalter*. Ich weiß sogar noch, wie ich dachte, das Palisanderholz sehe *makellos* aus.«

»Also hat jemand das Dingsda gegen das vergiftete ausgetauscht, *nachdem* er Fon-teen abgeschlachtet hat«, fügte McGray hinzu und machte sich über die Veränderung meines Tonfalls lustig.

»Aber ich kann mir beim besten Willen noch immer nicht erklären, welches Motiv Sie haben. Wollten Sie, dass die Leute solche Angst vor dem Instrument bekommen, dass es letztendlich in Ihre Hände gelangen würde? Wollten Sie, dass wir alle an eine verfluchte Violine glauben, anstatt an menschliches Handeln, um sich so selbst aus der Schusslinie zu bringen? Das erinnert mich an die vielen anderen Aspekte des Mordes, die Sie noch erklären müssen. Wie ist es Ihnen gelungen, diese Kamine hinaufzusteigen? Wo haben Sie das mit der Hexenkunst gelernt? Und vor allem: Wo ist Ihre Saitenwerkstatt, und was haben Sie mit den Darmsaiten vor, die Sie gerade herstellen? Je mehr ich darüber nachdenke, desto erstaunlicher finde ich es, dass ich Sie nicht von Anfang an unter Verdacht hatte. Sie sind offenkundig ein sehr begabter Geigenbauer, und die Herstellung von Saiten *muss* ergo zu Ihren Fertigkeiten gehören.«

»Darmsaiten? Hexenkunst?« Fiddler wandte sich McGray zu. »Wovon zur Hölle spricht er? Vielleicht verstehe ich ja bloß seinen knurrigen Akzent nicht.«

Er wirkte vollkommen verdutzt. Weder fuhr er zusammen, noch zitterte er auf diese Weise, wie es Schuldige tun, wenn die Panik sie befällt. Er *war* nervös, natürlich, aber auf eine Art und Weise, wie es bei jedem der Fall gewesen wäre, der im Begriff steht, ins Gefängnis zu wandern.

Auch McGray fiel dies auf. Er strich sich über die Bartstoppeln und fragte dann leise: »Was können Sie zu Ihrer Verteidigung vorbringen?«

Joe Fiddler holte besorgt Luft. »Was wollen Sie, dass ich Ihnen erzähle? Das sind alles Ammenmärchen! Dieses Wanzenvernichtungsmittel benutzt doch jeder!« Er warf einen verächtlichen Blick auf die Flasche. »Bestimmt benutzen es eure Dienstmägde auch, um eure verschissenen Laken zu reinigen! Das macht mich für Sie zu einem Mörder? Sogar meine verstorbene Frau hat das Zeug benutzt, um ihre Haut weiß und hübsch zu machen!«

»Kein Wunder, dass Sie Witwer sind«, murmelte ich.

»Außerdem habe nicht ich diesen Kinnhalter für Guilleum gemacht. Er mochte kein Palisander, er hat immer Ebenholz verwendet.«

Insoweit musste ich ihm recht geben. »Palisanderholz *ist* ungewöhnlich für einen Kinnhalter …«

»*Aye*. Deshalb erinnere ich mich auch daran, dieses Stück perfekt gemacht zu haben. Ich arbeite nur ganz selten mit Palisander, es riecht abscheulich!«

Nine-Nails stieß ein gackerndes Lachen aus. »Das tut es in der Tat!«

»Ich kann Ihnen sagen, wer diesen Kinnhalter in Auftrag gegeben hat, und sogar den Tag, an dem ich ihn ausgeliefert habe.«

»Ich bin davon überzeugt, dass Sie uns dies sagen können, Jungchen, aber können Sie es auch beweisen?«

Joe sprang augenblicklich auf. »Klar kann ich das! Ich habe einen Brief des Auftraggebers. Es ist sogar mit Datum und allem.« Er öffnete eine alte Truhe, in der sich zerknitterte Dokumente stapelten. Nachdem er sie durchwühlt hatte, zog er einen kleinen Brief hervor. »*Aye*, das war im September, noch nicht so lange her …«

Ich riss ihm den Brief aus der Hand und schaute ihn an. Die Handschrift war wunderschön und ordentlich, und der Auftrag schien echt zu sein; eine spezielle Nachfrage nach einem Kinnhalter aus Palisander. Als ich begriff, wer ihn verfasst hatte, setzte mein Atem aus.

»Also, wer hat diesen Kinnhalter gekauft?«, drängte McGray.

Joe setzte ein schiefes Lächeln auf. »Sagen Sie es ihm, Jungchen.«

Ich nannte den Namen, mit dem ich am wenigsten gerechnet hätte:

»Lorena Caroli.«

32

Heftiger Regen prasselte auf meinen Schirm, als McGray und ich, immer noch wie vor den Kopf gestoßen, vor der Haustür der Carolis standen. Das Trauergebinde hing immer noch dort, die Eibenzweige waren noch grün und hingen nicht welk herab, doch die Lorbeerblätter, vom Wetter gebeutelt, lagen in jämmerlichem Zustand auf der schwarzen Schleife. Betroffen sahen wir, dass man eine kleinere Schleife aus weißer Seide hinzugefügt hatte. Eine volle Minute lang brachte keiner von uns beiden einen Ton hervor. Wir wussten nur zu gut, dass Weiß die Farbe der Unschuldigen war.

»Sind Sie sicher, dass Sie das jetzt tun wollen?«, fragte ich schließlich, als ich spürte, dass der eisige Regen meine Hose durchnässt hatte. Auch der Geigenkasten, den McGray mitgebracht hatte, war mittlerweile tropfnass.

»Glauben Sie, es gibt einen guten Zeitpunkt?«, entgegnete McGray, während er zögernd an die Tür klopfte. Er hatte recht. So schwierig es war, wir mussten unsere Pflicht tun.

Das jüngere der beiden Hausmädchen nahm uns in Empfang. Sie hatte rote Augen und betupfte mit einem feuchten Taschentuch ihr Gesicht. Sie machte Anstalten, uns wegzuschicken, aber McGray trat trotzdem ein.

»Wir müssen deine Herrin sprechen, Mädchen. Wie kommt sie zurecht?«

Das Mädchen schauderte. »Oh, sie spricht seit einiger

Zeit nicht mehr, Sir, und gegessen hat sie auch nicht. Sie geht immer nur in ihrem Zimmer auf und ab. Seit gestern hören wir nur noch ihre Schritte, schon die ganze Nacht über. Ich bete zu Gott, dass sie damit aufhört.«

Auch wir konnten nun von oben widerhallende, dumpfe Geräusche vernehmen, die in unruhigem Wechsel kamen und gingen.

»Wann ist es geschehen?«, murmelte ich. »Das mit dem Baby, meine ich.«

Das arme Mädchen bemühte sich, eine Antwort hervorzubringen, bekam aber kein Wort über die Lippen, sondern brach in Tränen aus und rannte in die Küche. Einen unangenehmen Moment lang standen McGray und ich in der Haupthalle und wussten nicht, was wir tun sollten. Von den Geräuschen des beharrlichen Auf- und Ablaufens im oberen Stockwerk abgesehen herrschte im Haus Totenstille.

»Kommen Sie, Frey!, sagte McGray und machte sich auf den Weg zur Treppe. Als er an Lorenas Tür klopfte, schlug mir das Herz bis zum Hals. »Mrs Caroli?«

Keine Antwort. Die Schritte verhallten aber nicht. McGray klopfte weitere zwei Male.

»Wir kommen jetzt herein«, sagte er und öffnete bedächtig die Tür.

Scheu, fast ängstlich folgte ich McGray in das Zimmer. Das Erste, was ich erblickte, war das leere Kinderbettchen, nach wie vor wunderschön dekoriert mit weißer Spitze und einer bestickten Decke. Dann huschte ein großer Schatten vor uns her, und der Anblick von Lorena ließ mir das Herz sinken. Sie sah ganz aus wie eine weibliche Verkörperung des Sensenmanns: ganz in Schwarz gehüllt, mit eingefallenen Wangen, und ihre Haut war so blass, dass sie beinahe so glänzte wie blanke Knochen.

Zutiefst betrübt und von äußerster Verzweiflung gepeinigt ging sie von einem Ende des Zimmers zum anderen und stieß dabei zuweilen gegen einen kleinen Tisch. In einer Hand hielt sie ihren Rosenkranz und presste ihn sich gegen den nach wie vor dicken Bauch; mit der anderen rieb sie sich über die Brust, so als wollte sie sich damit eines unerträglichen Fröstelns entledigen.

»Mrs Caroli«, sagte McGray, »wir müssen Ihnen einige Fragen stellen.«

Sie antwortete nicht und schien unsere Gegenwart auch gar nicht zu registrieren. Sie fuhr einfach damit fort, auf und ab zu gehen, und einen Moment dachte ich schon, sie habe den Verstand verloren.

McGray legte den Geigenkasten auf den kleinen runden Tisch und öffnete ihn.

»Ich glaube, das hier gehört immer noch Ihnen.«

Lorena machte noch einige Schritte, ohne Notiz von uns zu nehmen. Doch als sie den Tisch erreicht hatte, erhaschte sie einen Blick auf die Violine.

Sofort blieb sie stehen, und fast wären ihr die Augen aus den Höhlen gesprungen. Nachdem sie heftig geschluckt hatte, versuchte sie zu sprechen. Ihr Mund war trocken, sodass ihr die Worte nur krächzend über die Lippen kamen.

»Wo haben Sie sie gefunden?«

McGray sprach leise. »Lord Ardglass hatte sie.« Dann wies er auf den Kinnhalter. »Und wir wissen, dass dieses Teil vergiftet wurde. Man hat uns auch erzählt, dass *Sie* es speziell anfertigen ließen.«

Es waren wohl nur ein paar Sekunden, doch es fühlte sich an wie Stunden, bis Lorena sich regte und blinzelte. Nichts war mehr übrig von der makellosen Schönheit und der Lebhaftigkeit, die wir erst einige Tage zuvor bei ihr erlebt hatten. An diesem Abend war sie die personifizierte Verzweiflung.

»Es ist alles meine Schuld«, flüsterte sie und ließ den Rosenkranz fallen. Dann massierte sie sich mit ihren knotigen, steifen Händen die Schläfen.

Ein schriller Ton drang aus ihrer Kehle. Er schwoll allmählich zu einem wahnsinnigen Kreischen an, das aus den dunkelsten Tiefen ihres Körpers kam und schlimmer klang als das Quieken von Schweinen im Schlachthaus. Das Heulen ließ mich zusammenzucken, und ich hätte mir am liebsten die Ohren zugehalten. Sie hielt den Ton so lange, bis ihr der Atem ausging und sie langsam auf das Bett sank.

McGray trat näher an sie heran, fasste sie behutsam an den Schultern und half ihr, sich wieder aufzurichten. »Wie können Sie sagen, es sei Ihre Schuld? Das können Sie unmöglich getan haben, gnädige Frau.«

Sie zitterte. »Nicht ich selbst … aber Gott weiß, was ich getan habe. Es ist, als hätte ich die Messer gehalten und ihnen eigenhändig die Kehle aufgeschlitzt … Die meines Gatten …«

Erneut rieb sie sich die Brust, dieses Mal so voller Verzweiflung, dass ich schon glaubte, sie werde ihr Kleid zerreißen.

McGray hob den Rosenkranz auf und legte ihn wieder in ihre Hände. »Ganz gleich, was es ist, Sie müssen es uns sagen.«

Mrs Caroli schluchzte nur und wollte ihm ihre Hände entziehen. Doch McGray ließ sie nicht los.

»Was Sie gerade durchleben, habe ich auch durchlebt«, flüsterte er. »Der Schmerz geht tief. Ich habe ihn gespürt, als ich die Meinen verlor; an einem einzigen Tag wurde meine ganze Familie getötet, und ich blieb allein zurück, genau wie Sie jetzt. Meine kleine Schwester lebt zwar noch, aber an manchen Tagen fühlt es sich so an, als sei sie weiter entfernt als die Toten in meiner Familie …«

Nie zuvor hatte ich Nine-Nails mit solcher Intensität reden hören. Es war offenkundig, dass er diese Worte schon lange einmal hatte laut aussprechen wollen, und ich konnte mir nur die Frage stellen, wie lange er sie schon mit sich herumgetragen hatte.

»Wir sind so etwas wie Leidensgenossen«, fügte er hinzu und zeigte ihr das, was von seinem vierten Finger übrig war – eine gruselige Parallele zu ihrer schrecklichen Arthritis. »Es gibt nichts, was Sie erzählen könnten, das ich nicht verstehen würde.«

Lorena Caroli vergoss lautlos reichlich Tränen, doch nach einer Weile nickte sie schließlich stumm.

»Gut«, sagte McGray. »Lassen Sie sich Zeit, gnädige Frau. Wir haben den ganzen Abend.«

Irgendwie gelang es McGray, Mrs Caroli dazu zu bewegen, ein wenig Tee und ein leichtes Abendessen zu sich zu nehmen. In Anbetracht ihres Wehklagens und Stotterns war es offenkundig, dass wir sie erst würden beruhigen müssen, um eine zusammenhängende Aussage von ihr zu bekommen.

Wenig später kam das Hausmädchen mit einem Tablett herein. Sie zitterte am ganzen Körper, wodurch Besteck und Geschirr klapperten. Während sie Tee einschenkte, hielt sie ihren ängstlichen Blick auf die Wiege gerichtet, und als die Tasse fast übergelaufen wäre, nahm ich ihr die Kanne aus den Händen.

»Das wäre dann alles«, beschied ich ihr, worauf das Mädchen nur zu gern das Zimmer verließ.

Mrs Caroli musste beide Hände zu Hilfe nehmen, um die Tasse an die Lippen zu führen, und ihre Finger waren dabei unnatürlich abgewinkelt. Sie nahm ein paar kleine Schlucke, doch als sie die Tasse wieder abstellen wollte, fiel sie ihr aus den Händen; das Porzellangefäß knallte auf die Kante des Tischs und zerschmetterte auf dem Teppich.

Mit blutunterlaufenen Augen starrte sie ihre entzündeten Gelenke an. »So hat alles angefangen!«, sagte sie, mit einem Mal konzentriert. »*Diese verdammten Knochen!* Der Fluch der Familie Zangrando! Meine Großmutter hatte sie, meine Mutter hatte sie, meine Schwester Lucía und ich … Wir dachten, nur wir Frauen hätten sie, aber dann heiratete meine arme Lucía und gebar einen Sohn.«

Ich schaute so rasch auf, dass ich mir fast den Hals verrenkt hätte. McGray war wie vom Blitz getroffen.

»Einen Sohn, sagten Sie?«

Lorena nickte. »Ja. Giacomo. Nie werde ich den Tag vergessen, an dem er geboren wurde. Die Hebamme glaubte, Lucía hätte den Teufel zur Welt gebracht, und ich kann es ihr nicht verübeln.« Die Tränen rannen ihr die Wangen hinab. »Das armselige Kind sah abscheulich aus …«

Sofort tauchte in meinem Kopf die grauenhafte Gestalt auf, die wir auf dem Friedhof gesehen hatten.

»Es war ein großes Baby«, fuhr Lorena fort, »und seine Arme und Beine hörten scheinbar nie auf zu wachsen. Und er konnte damit Dinge tun, die kein anderer tun konnte: Er konnte seine Finger in alle Richtungen verdrehen, sich die Schultern und Oberschenkel nach Belieben auskugeln … ach, hätten die Leute ihn gesehen, hätten sie ihn bei lebendigem Leib verbrannt! Die ganze Familie, was das betrifft!

Deshalb haben wir den Jungen zu meinem Onkel gegeben. Er war Glasbläser auf Murano, einer kleinen Insel nahe

Venedig. Dorthin kommen nur Leute, die mit Glas handeln, daher war er dort gut versteckt. Mein Onkel lehrte Giacomo sein Handwerk, und der Junge lernte schnell. Er stellte wunderschöne Dinge her … meine Rosenkränze, hübsche Vasen und Figuren … Giacomo war der begabteste Junge, den ich je gesehen habe. Außerdem schnitzte er gerne mit Holz und zeichnete und las, und er rezitierte die Namen der Sterne.«

Einen Moment glaubte ich, sie werde lächeln, doch offenkundig hatten die Dinge einen fürchterlichen Verlauf genommen.

»Dann starben mein Onkel und meine Schwester, und da war außer mir niemand mehr, der sich um Giacomo hätte kümmern können …« Erneut legte sie sich die Hand an die Brust. »Ach, Sie müssen das verstehen … Auf ihrem Totenbett nahm mir Lucía beim Grabe unserer Mutter den Schwur ab, dass nie jemand von dem Jungen erfahren sollte. *Ich konnte nicht Nein sagen! Ich …«*

»Halten Sie sich nicht damit auf, gnädige Frau«, sagte McGray in besänftigendem Ton. »Fahren Sie einfach fort.«

»Ich war bereits mit Danilo verlobt«, sagte sie, nachdem sie heftig geschluckt hatte, »und wir hatten beschlossen, in London zu leben, sodass Giacomo mit uns kommen musste.«

McGray beugte sich vor. »Was hielt Ihr Gatte von dem Schwur?«

Sie reagierte, als habe man ihr Salz in eine Wunde gestreut. »Oh, er verabscheute ihn. Er wollte Giacomo nie in unserem Haus haben. Er war der Meinung, er gehöre in eine Anstalt. Er hatte natürlich recht …«

Mir fiel ein, wie Danilo sie angestarrt hatte, als sie erwähnte, sie wolle ihr Kind Giacomo nennen.

Die Erwähnung ihres verstorbenen Mannes brachte Lorena erneut zum Zittern, sodass ich das Thema wechselte, bevor sie vollends zusammenbrach; wir brauchten sie in ansprechbarem Zustand. »Wie ist Giacomo in London zurechtgekommen?«

»Schlecht«, erwiderte sie, sichtlich um Haltung ringend. »Ab diesem Zeitpunkt ging alles schief. Giacomo vermisste meinen Onkel und verabscheute das Wetter in England. Doch was ihm am meisten zusetzte, war die Tatsache, dass er nicht mehr mit Glas arbeiten konnte. Wir konnten keinen Ofen betreiben oder all das Werkzeug und die Farbstoffe bereitstellen, die er benötigte, ohne dass die halbe Nachbarschaft es mitbekommen hätte.

Ich erinnere mich daran, wie der arme Junge seine alten Stücke anstarrte. Zu jener Zeit hat er eine Menge Holzschnitzereien angefertigt. Aber das war zu ... leicht für ihn. Er stellte einige wunderschöne Stücke her, die wir für ihn verschenken sollten, aber schon bald langweilte es ihn. Wenn er mit Holz arbeitete, konnte ich sehen, wie er immer mehr ins Grübeln geriet. Schließlich wurde er aufsässig, fing an, Fragen zu stellen. Er wollte ausgehen, und ein paar Mal ist es ihm auch gelungen auszureißen. Daraufhin machten in der Nachbarschaft natürlich Gerüchte die Runde. Deshalb mussten wir hierherziehen, wo uns niemand kannte.

Eines Tages bekam Giacomo eher zufällig Danilos Violine in die Hände und fing an, darauf zu spielen. Er hatte meinen Gatten schon oft üben hören und ahmte das Spiel einfach nach. Er lernte so schnell, wir konnten es nicht fassen.«

»Haben Sie ihn ermutigt zu spielen?«, wollte ich wissen.

»Natürlich haben wir das. Dadurch war der Junge ja

beschäftigt. Wenn er auf eine Melodie stieß, die ihm gefiel, übte er sie den ganzen Tag lang. Eine Zeitlang hörten die Fragen auf ... zumindest so lange, bis ich Guilleum begegnete.« Schluchzend verzog sie das Gesicht, und ihre nächsten Worte waren kaum noch verständlich. »Ich ... ich habe die beiden einander vorgestellt. Ich war es, die Guilleum bat, Giacomo zu unterrichten ...«

Sie sprang auf und begann wieder damit, auf und ab zu gehen. Es war, als treibe ihr schlechtes Gewissen ihren Körper an. Ich konnte mir diese Eigenschaft bei ihrem Neffen gut vorstellen – ein ruheloser, brillanter Geist, eingesperrt in Mauern, die sich bestimmt grauenhaft eng anfühlten. Schlagartig kamen mir Katerinas Worte wieder in den Sinn. *Ein in einen Käfig gesperrtes Genie.*

»Zuerst sah es gut aus«, sagte Mrs Caroli. »Aber dann wollte Giacomo mehr, immer mehr lernen. Er riss nachts aus, um sich mit Guilleum zu treffen. Er konnte durch die kleinste Spalte kriechen – durch Schornsteine ...« Lorena schauderte. »Eines Nachts, mein Gott, eines Nachts wachte ich auf und stellte fest, dass er am Fußende unseres Bettes saß und uns beobachtete. Er hat Danilo und mich einfach während des Schlafs beobachtet. In meinen Alpträumen sehe ich ihn immer noch, genau hier thronend wie ein Aasgeier!

Die Monate vergingen, und er wurde immer distanzierter und seltsamer. Sogar der arme Guilleum bekam es mit der Angst zu tun, doch es gelang ihm, ihn mit seiner Musik zu besänftigen. Er war ja so einfühlsam. Dann ereigneten sich sonderbare Dinge. Vasen und Statuetten verschwanden, und in der Nachbarschaft kursierte das Gerücht, Fremde würden um unser Haus herumschleichen ...«

Ich erinnerte mich an Joans Worte und schaltete mich

ein. »War die Rede von einem Dämon, der des Nachts um Ihr Haus herumgeisterte?«

»Genau! Und ich wusste, dass er es war. Er brach nachts aus und kehrte erst in den frühen Morgenstunden zurück. In manchen Nächten war Danilo gezwungen, ihn in den Hundezwinger zu sperren. Ich hatte keine Ahnung, was er im Schilde führte, bis ich etwas in seinem Schlafzimmer fand …« Sie trat an ihren Nachttisch, wühlte in einer Schublade herum und holte eine kleine Glasscherbe hervor. Sie sah aus wie eine Pfeilspitze, kunstvoll angespitzt und geschärft; das Glas selbst wies wunderschöne kobaltblaue Flecken inmitten eines türkisfarbenen Grundtons auf. »Ich stellte fest, wieso die Glasarbeit verschwunden war. Dieses Stück war Teil einer Statuette gewesen, es war vom Rock einer andalusischen Tänzerin abgebrochen, die Giacomo im Alter von zwölf gefertigt hatte. Es war eines meiner Lieblingsstücke gewesen. Als ich ihn fragte, was das zu bedeuten habe, hat er … er hat …«

Sie zitterte am ganzen Körper. Mir war klar, dass uns nicht viel Zeit blieb, bis sie vollends zusammenbrechen würde.

McGray erkannte es gleichfalls und kam daher auf den Punkt. »Wussten Sie, dass er es war, der die Morde verübt hat?«

Lorena schüttelte den Kopf. Sie hatte abermals damit begonnen, auf und ab zu gehen, und presste sich dabei beide Hände an die Schläfen. »Nein! Nein! Ich … Ein Teil von mir hat es geahnt. Man spürt so etwas. Die Bediensteten hatten mir erzählt, dass ständig Flaschen mit Wanzenvernichtungsmittel verschwanden. Aber ich hätte nie gedacht, dass mein Neffe …« Sie stieß mit der Hüfte gegen den Tisch und verlor das Gleichgewicht, sodass McGray sie festhalten musste, damit sie nicht zu Boden stürzte. »*Warum hat er es getan?*«

McGray schaute sie mitfühlend an. »Das kann nur er selbst uns sagen …«

Er half ihr zum Bett, und wir gaben ihr einen Moment der stillen Trauer. Ihr von den Gräueltaten zu berichten, die Giacomo verübt hatte, und von den noch verstörenderen Untaten, die er unseres Wissens nach noch geplant hatte, stand schlichtweg nicht zur Debatte. Später vielleicht.

Während sie weinte, ging mir durch den Kopf, wie nah sie der Tragödie immer gewesen war, wie es unter der Oberfläche gebrodelt hatte, um dann zu eskalieren. Bei allem Mitleid, das sie in mir hervorrief, erkannte ich sehr wohl auch ihre Schuld.

»Mrs Caroli«, sagte ich, »wir haben Grund zu der Annahme, dass Giacomo noch weiteren Menschen Schaden zufügen wird, wenn wir nicht rasch handeln. Wir brauchen Ihre Hilfe, um ihn zu finden. Haben Sie eine Idee, wo er sich versteckt halten könnte? Können Sie uns irgendeinen Hinweis geben?«

Mrs Caroli hob den Kopf und schaute mich mit grimmigem Blick an. »Was wird dann mit ihm geschehen?«

Ich wollte ihr eine ehrliche Antwort geben, doch sowohl McGray als auch ich selbst konnten nur betreten den Blick senken. Plötzlich schien der Regen draußen ohrenbetäubend laut zu sein.

»Ich kann Ihnen keine Hinweise geben«, murmelte sie, die Augen auf die kleine blaue gläserne Klinge geheftet.

McGray und ich wechselten einen frustrierten Blick. Wir wollten schon aufstehen, als sie erneut sprach.

»Ich kann es Ihnen genau sagen.«

33

Es war weit nach Mitternacht, und über die Royal Mile fegte ein eisiger Wind. Bei solch rauem Wetter verspürte kein Mensch das Bedürfnis rauszugehen, erst recht nicht nach den jüngsten Schlagzeilen, sodass die Straße leergefegt war.

McNair lenkte die Pferde mit größter Vorsicht, da sich der Schnee in schmutzigen Matsch verwandelt hatte und die Räder der Kutsche jedes Mal ins Rutschen gerieten, wenn wir abbogen. Die Fahrt schien ewig zu dauern, bis ich endlich die Umrisse des Holyrood Palace erblickte. Das Licht aus den Fenstern warf helle Streifen in den düsteren Schatten auf der Straße, und als wir nach rechts abbogen, erblickten wir vor uns die imposanten Umrisse von Arthur's Seat. Der Berg mit den Wäldern um sich herum sah aus wie ein pechschwarzer schlafender Riese.

»Wir sind fast da«, informierte uns Mrs Caroli und deutete auf die in der Dunkelheit liegenden Felder. »Genau hier«, verkündete sie, als wir eine schroff aufragende Felswand erreichten. McNair zügelte die Pferde, und Mrs Caroli stieg aus der Kutsche, bevor einer von uns ihr hätte seine Hilfe anbieten können.

Schwankenden Schrittes wies sie auf einen schmalen Spalt am Fuß des Berges; es war der Eingang zu einer Art Höhle. Er war kaum zu erkennen, und hätte Mrs Caroli nicht darauf gewiesen, hätte ich den Spalt für eine schlichte Unebenheit im Fels gehalten.

»Dort«, flüsterte sie mit Tränen in den Augen.

»Weiter brauchen Sie nicht mitzukommen«, sagte McGray, während er sie sanft am Arm berührte.

»Ich *wage* es auch nicht, weiter mitzukommen«, erwiderte sie und hüllte sich fester in ihr Schultertuch.

»McNair, kümmern Sie sich um die Lady«, wies ich ihn an, worauf der Constable nickte. »Es wird nicht lange dauern … hoffe ich.«

Als wir Anstalten machten, die Höhle zu betreten, ergriff Mrs Caroli unsere Arme und nuschelte mit verzweifelter Stimme: »Tun Sie ihm nichts, *ich flehe Sie an*! Er ist das einzige Familienmitglied, das mir noch geblieben ist.«

McGray rang sich ein Lächeln ab. Er blickte sie wohlwollend mit seinen blauen Augen an und tätschelte ihr die Schulter. »Wir werden unser Bestes geben, es zu vermeiden«, versprach er, doch ich wusste, dass er sie nur trösten wollte.

Schon ich musste mich durch die Öffnung zwängen, doch für McGray war es noch wesentlich komplizierter: Schnaubend ruckelte er eine Weile hin und her, bis er seine breiten Schultern hindurchgequetscht hatte.

Zum Glück öffnete sich der schmale Eingang zu einem wesentlich breiteren Tunnel. Wir entzündeten unsere Gaslaternen und richteten den Lichtschein nach vorn, doch der Gang war zu lang und zu gewunden, als dass sein Ende zu sehen gewesen wäre.

»Ladys first«, sagte McGray. Ich war zu angespannt, als dass mich sein idiotischer Humor verstimmt hätte. Meine Hände zitterten in der Kälte, während wir hineingingen, und noch immer spukten mir die düsteren Geschichten, die Mrs Caroli uns erzählt hatte, im Kopf herum. Jeden Augenblick rechnete ich damit, jene fünf dämonischen Augen im

Dunkeln auftauchen zu sehen. Doch außer Stille war hier nichts. Jedes Mal, wenn ich mit meiner Laterne um eine weitere Ecke im Tunnel leuchtete, tänzelten die Schatten auf bedrohliche Art herum, was meinen Herzschlag immer wieder beschleunigte. Jeder Spalt in den Felsen schien die Klaue eines weiteren Monsters zu sein, jeder ausgewaschene Stein das foppende Gesicht eines neuen bösen Geistes. Als wir schließlich ein leises Geräusch vernahmen, klopfte mein Herz erneut wie wild. McGray blieb stehen und forderte mich auf zu lauschen. Wir hörten es erneut. Es waren die leisen Echos eines fernen Tropfens.

Wir gingen weiter.

Nach wenigen Metern erreichten wir eine Biegung. Lautlos holte McGray seine Waffe aus dem Holster. Ich tat es ihm nach. Genau in dem Moment, in dem wir um die Kurve gingen, erwartete uns ein absolut schauderhafter Anblick – fünf Augen, die direkt vor uns aufblitzten!

Ich schrie auf und sprang zur Seite. Dabei rammte ich McGray, und ihm fiel die Laterne aus der Hand. Instinktiv richtete ich meinen Revolver auf die abscheuliche Fratze, denn ich rechnete damit, an Ort und Stelle angegriffen zu werden. Doch die Augen bewegten sich nicht; ihre runden Pupillen starrten mich durchdringend an, im Lichtkegel unserer Laternen schimmernd.

Mein Herz hämmerte nach wie vor, bis ich begriff, was ich in Wirklichkeit vor mir hatte.

»Es ist eine Maske«, flüsterte McGray, hob seine Laterne wieder auf und hielt sie näher an das Objekt heran.

Sie war an dem Fels befestigt und das verschlungenste Schnitzwerk aus Palisanderholz, das ich je gesehen hatte. Aus der Mitte der dreieckigen Maske sprossen geschnitzte Weinblätter hervor, ähnlich wie bei den mit Weinranken umgebenen Kapitellen in Kathedralen. Die Blätter umrahmten die Umrisse von drei Paar Augenhöhlen, von denen eines leer gelassen worden war. Aus geblasenem Glas gefertigte Augen waren in die anderen fünf Augenhöhlen eingelassen worden, jedes einzelne in einer anderen Farbe. Das Werk war so detailgenau, dass ich sogar feinen Adern ähnelnde Linien aus farbigem Glas in der Bindehaut entdeckte.

Die hölzernen Blätter formten einen grimmigen, finsteren Gesichtsausdruck, und im Verbund mit dem intensiven Starren der Glasaugen wirkte die Maske erschreckend lebendig.

»Holzschnitzer, Glasbläser und Geigenspieler …«, murmelte ich fasziniert.

»Und Mörder«, ergänzte McGray, während er sich wieder in Bewegung setzte.

Wir ließen die Maske hinter uns, und von nun an stieg die Temperatur. Zudem wurde das Tropfgeräusch lauter.

Nach wenigen Schritten gelangten wir an eine weitere Biegung. Als McGray sie beleuchtete, vernahmen wir ein leises metallisches Geräusch.

McGray beschleunigte seine Schritte, und wir stellten fest, dass sich die Kurve zu einem großen unterirdischen Gang öffnete.

Im Licht der Laternen meinte ich zunächst, es mit einer Pflanzung von geraden, sehr dünnen Bäumen zu tun zu haben, doch McGrays Laut des Ekels belehrte mich eines Besseren. Ich kann das nackte Entsetzen nicht in Worte fassen, das mich überfiel, denn vor meinen Augen präsentierte sich einer der verstörendsten Anblicke, die sich mir jemals geboten haben: ein Gewirr menschlicher Gedärme, allesamt mit Haken an der Decke befestigt und herunterbaumelnd wie Leichen am Galgen. Von einigen tropfte noch immer

Blut, sodass sich scheußliche Lachen auf dem Boden bildeten. Einen Moment lang vermochte sich keiner von uns beiden zu rühren oder ein Wort hervorzubringen.

McGray war der Erste, der einen Schritt nach vorn trat.

»Sie sind in drei Reihen sortiert«, sagte er, während er mit wissbegierigem Blick um die Anordnung herumging. »Von den frischesten zu den ältesten …«

Ich zwang mich dazu, tief Luft zu holen. Ich hätte damit gerechnet, dass es hier streng riechen würde wie in einer Metzgerei, doch stattdessen nahm ich einen scharfen Geruch nach Seife und Öl wahr, eher wie in einer Gerberei.

McGray beugte sich über eine Reihe von glänzenden Gegenständen. Unter den Gedärmen lagen vier lange Messer, eines vor jeder Reihe, und neben jedem von ihnen lag ein Stück Papier mit Gekritzel darauf.

Wie die Maske war auch jedes einzelne Messer ein wahres Kunstwerk. Die Griffe bestanden aus prächtig geschnitztem Holz, und die Klingen waren aus geschliffenem Glas gefertigt.

Sie sahen wunderschön, aber auch ausgesprochen tödlich aus. Ihre Vorzüge konnte ich nur erahnen – eine Glasklinge würde wesentlich länger scharf bleiben als eine aus Metall.

McGray trat näher an die Reihe der älteren Gedärme heran. Sie sahen trocken und verschrumpelt aus – fast schon dazu geeignet, zu Violinsaiten verarbeitet zu werden. Er beugte sich über das entsprechende Messer. Es hatte eine enorm breite Klinge aus grünem, mit winzigen gelben Punkten gesprenkeltem Glas.

»Auf dem Papier steht nur der Buchstabe G«, sagte McGray zu mir.

Ich schaute ihm über die Schulter, und das Erste, was mir auffiel, war die Tatsache, dass die Spitze der Klinge fehlte.

»Das G muss für Guilleum Fontaine stehen«, sagte ich, »und das ist das Messer, mit dem er ihn getötet hat. Das fehlende Stück dieser Klinge landete in Larrys Fuß.«

In der Nähe befand sich ein blutgetränkter Stapel Papier. Ich schaute ihn mir näher an und sah, dass es sich um die Notenblätter aus der Teufelstrillersonate handelte.

»Die Partitur hat er nur benutzt, um die Därme einzupacken«, sagte McGray. »Wie die Zeitung beim Metzger!«

»So ist es. Und ich hatte die ganze Zeit geglaubt, es hätte eine tiefere Bedeutung, er hätte bewusst eine Partitur aus dieser Komposition weggenommen …«

Ich zuckte mit den Schultern und trat an die nächste Reihe Gedärme. Auch diese sahen geschrumpft aus, doch einige von ihnen waren noch glitschig und gaben nach wie vor einen abscheuerregenden Anblick ab. Auf dem Zettel neben dem Messer stand ein D.

»Danilo Caroli«, sagte McGray. Mit einem Mal wirkten die hängenden Gedärme noch verstörender.

»Ja. Theodore gehörte nicht zu Giacomos Plan. Glauben Sie, er hat ihn nur getötet, damit die Geige weiter von Hand zu Hand ging?«

»Ich weiß es nicht«, antwortete McGray.

Wir gingen weiter und stießen auf das blaue Messer, das in Calton Hill direkt vor meiner Nase aufgeblitzt hatte. Wie erwartet stand auf dem Zettel ein A.

»Alistair«, sagte McGray. Die ganz frischen, noch blutigen Gedärme bestätigten es.

Neben der Klinge erblickte ich ein winziges funkelndes Augenpaar. Zunächst glaubte ich, es gehörte einer Ratte, sah dann aber, dass es sich um die Augen des hölzernen Löwenkopfes handelte, der die Amati-Violine verziert hatte. McGray hob ihn auf, um ihn genauer zu untersuchen.

»Also hat Ardglass die Wahrheit gesagt«, sagte ich. »Giacomo hat ihm *wirklich* die Violine gegeben! Er muss sich durch den Kamin hereingeschlichen und sie ihm hinterlegt haben. Und der dumme Ardglass dachte, er schaue dem Teufel ins Antlitz!«

»Was für ein Idiot, sie überhaupt erst an sich zu nehmen!«, brummte McGray. »Typisch Ardglass! Er wusste, dass wir nach dieser Geige suchen, und er wusste auch, dass sie gestohlen worden war. Aber er hat sie einfach behalten und darauf gespielt, bis es dazu führte, dass er sich die Seele aus dem Leib kotzte!«

Ich seufzte. »Ich kann nicht behaupten, dass ich allzu betrübt darüber wäre …«

Es war erschreckend, noch auf ein viertes Messer zu stoßen, das isoliert auf der feuchten Erde lag und an das noch kein Zettel geheftet worden war. In meinen Augen war es das bedrohlichste: Die ungewöhnlich lange Klinge war dunkelrot und hatte schwarze tigerfellartige Streifen. Als McGray die Decke beleuchtete, entdeckten wir eine Reihe leerer Haken, die schon in den Fels gehämmert worden waren.

»Er hat den nächsten Mord schon vorbereitet«, stieß McGray, nach Luft schnappend, hervor. »Ich würde sagen, er hat von Anfang an vier Morde geplant.«

»Mag sein. Aber warum vier?«, flüsterte ich. »Vielleicht finden wir hier etwas, das uns Aufschluss darüber gibt.«

Wir fanden eine sehr einfache Geige, höchstwahrscheinlich ein Instrument, das die Carolis Giacomo geschenkt hatten, um ihn bei Laune zu halten. Sie lag oben auf einem Stapel klammer Bücher, deren Spektrum von Geschichte, Musiktheorie und Astronomie bis hin zu, natürlich, Zauberei und Chemie reichte. Darunter war auch ein kleiner

Band aus sorgfältig von Hand zusammengehefteten alten Papieren. Ich blätterte die Seiten durch und stellte fest, dass sie voller Kindergekritzel steckten. McGray hielt seine Lampe näher heran und las laut vor.

»Blut! Ich hasse Blut! Und wie er gequiekt hat! Wie eines dieser Schlachtschweine …« Er blätterte einige Seiten weiter. *»Kratz es ab … kratz es ab … kratz dieses schleimige Zeug ab …«* McGray schauderte. »Stecken Sie das ein, Frey. Das ist Beweismaterial.«

Ich steckte mir das Notizbuch in die Brusttasche, und wir gingen weiter. In der Nähe der Bücher standen leere Flaschen, die allesamt das Etikett von Wanzenvernichtungsmittel trugen.

»Das erklärt den starken Seifengeruch«, bemerkte ich. »Hier hat er das Gift aus Lauge extrahiert.«

In der hintersten Ecke des unterirdischen Gangs stießen wir auf ein Lager aus Decken, die eine behelfsmäßige Schlafstätte darstellten. In einer Ecke lagen Gedärme. Jemand hatte ihre Schleimschicht abgekratzt. Neben den gesäuberten Därmen lag ein schleimiger Brei abgekratzter Eingeweide, und gleich daneben erblickten wir einen kleinen Messingschaber – *das* war das metallische Geräusch gewesen, das wir noch vor wenigen Momenten gehört hatten.

»Hier hat er gearbeitet«, flüsterte McGray, »und diesen Schaber hat er dazu benutzt, um die Därme sauberzukratzen. Als er uns gehört hat, hat er sie fallen lassen … also … muss er immer noch …«

»… in der Nähe sein«, ergänzte ich murmelnd, um dann hektisch suchend mit jähen Bewegungen den Lichtstrahl meiner Laterne hin und her blitzen zu lassen. Erneut spielten die Schatten meinen Augen einen Streich – die schwankenden Schatten, die die Gedärme warfen, wurden zu einer Armee von Monstern.

»Frey, hören Sie auf damit!«

Urplötzlich erwachte einer der Schatten zum Leben und stürzte sich auf mich. Ich machte einen Satz zur Seite, und Nine-Nails feuerte seine Waffe zweimal ab. Kaum dass ich einen undeutlichen Blick auf eine vermummte Gestalt erhaschte, verspürte ich auch schon zwei heftige Tritte gegen meinen Arm und in meinen Magen. Mir fielen Revolver und Laterne aus den Händen, und ich sah, wie die Gestalt im schwarzen Umhang auf McGray zustürzte.

Ihm blieb nicht einmal die Zeit zu schreien, und auch ich erhaschte nicht mehr als einen flüchtigen Blick, denn McGrays Laterne zerschmetterte auf den Felsen, und die Höhle fiel in tiefste Dunkelheit. Mit einem Mal war es pechschwarz vor unseren Augen. *Schwärze!*

Ich rechnete damit, noch mehr hektische Geräusche zu vernehmen, doch es folgte lediglich Schweigen. Keiner von uns dreien sagte in der pechschwarzen Höhle einen Ton.

Nach einem Moment absoluter Verwirrung spürte ich, wie McGrays Hand nach meinem Arm tastete und mich schließlich langsam an die Seite zog. Mucksmäuschenstill bewegten wir uns einige Meter weiter. Ich begriff, was er vorhatte: Wir würden uns leise vorwärtsbewegen und beten, dass uns das Wesen nicht hören würde.

Kann Giacomo etwa in dieser völligen Dunkelheit etwas sehen?, fragte ich mich. Womöglich konnte er uns mühelos erkennen, als wäre es helllichter Tag, und genoss es zu sehen, wie wir uns erschrocken und tastend voranbewegten.

Mit einem Mal hörten wir ein platschendes Geräusch aus Richtung der Blutlachen und blieben auf der Stelle stehen, mit heftig pochendem Herzen.

Dann herrschte wieder Stille.

Nichts war zu hören, nichts zu sehen. Ich nahm nichts weiter wahr als das Hämmern meines Herzen und McGrays Hand, mit der er meinen Arm umklammerte.

Nun kam ein bedrohliches Gefühl in mir auf. Ich spürte es geradezu wie eine stoffliche, in meiner Brust anschwellende Masse. Es war der Schrecken, nicht zu wissen, wann wir angegriffen werden würden, wer zuerst verletzt werden würde und wo an meinem Körper ich den ersten Stich hinnehmen müsste …

Sacht zog mich McGray am Arm, worauf wir erneut einige Schritte gingen. Nicht einmal beim Sezieren von Leichen an der Medizinischen Fakultät in Oxford hatte ich solche Vorsicht walten lassen.

Erneut war ein platschendes Geräusch zu vernehmen, worauf wir stehen blieben. Abermals folgte tiefe Stille, und dieses Mal währte sie eine Ewigkeit.

McGray klopfte mir mit einem Finger auf den Arm. Noch heute ist mir nicht klar, wieso ich verstand, was er mir bedeuten wollte: Auch Giacomo konnte nichts sehen!

Er verbarg sich im Dunkeln, ging genauso vorsichtig vor wie wir. Und war genauso unsichtbar.

Allerdings war er sehr schlau vorgegangen. Er wusste, dass er uns nicht beide würde überwinden können, sodass er uns entwaffnet und blind gemacht hatte, bevor wir etwas unternehmen konnten.

Ich tastete nach dem Feuerzeug in meiner Tasche. Wie verlockend es doch war, es aufflammen zu lassen und nach meinem Revolver zu langen oder nach meiner Laterne – ich hatte sie fallen lassen, aber nicht gehört, dass sie zerschmettert wäre. Allerdings wäre mein Feuerzeug in einer solchen Dunkelheit wie ein Leuchtfeuer gewesen und hätte unsere

Position verraten, lange bevor ich nach einer Waffe greifen konnte.

Als ich schon glaubte, wir würden ewig hier warten, hallte eine heisere, gehässige Stimme in der Höhle wider. Die Worte prallten in schauderhaften Echos auf die Wände: »*Ich töte vier …*«

Es war eine sonderbare Stimme. Ihre offenen Vokale und das rollende »r« klangen eindeutig mediterran, aber nicht vollends.

»*Wollt ihr wissen, warum?*« Die Frage wurde in einem so widerlich süßlichen Ton gestellt, dass mir das Blut in den Adern gefror.

Keiner von uns erwiderte etwas. Angesichts des Echos vermochten wir nicht zu sagen, von wo die Stimme gekommen war. Unser Gegner hingegen besaß zweifellos ein wesentlich besseres Gehör.

»*Das wollt ihr nicht wissen? Aber ihr seid doch so interessiert an mir!*«

Die Stimme klang abgrundtief böse, hatte aber gleichzeitig etwas Kindliches an sich, wodurch sie nur noch erschreckender wirkte. Es war die Art Stimme, wie wir sie in unserer Kindheit fürchten, jene Stimme, die wir in der Dunkelheit unseres Schlafzimmers in der Kindheit zu hören glauben.

»*Ich bin ein Krabbeltier … sagen alle zu mir … sperren mich weg, wenn Besuch kommt … aber es ist* nützlich, *ein Krabbeltier zu sein … ich sehe und höre alles! Ich komme überallhin!*«

Ich hörte das wallende Geräusch von Kleidern um uns herum. Es erklang und verhallte, als käme es aus allen Richtungen.

»*Wollt ihr es wirklich nicht wissen? Ihr seid scheu!*« Die

Stimme verwandelte sich in ein erschreckendes Geheul. *»Dann zeig ich's euch!«*

Erneut war das Geräusch wallender Kleider zu hören, dieses Mal hektischer. Dann vernahm ich einen hölzernen Laut, etwas, das ich immer gehört hatte, wenn Elgie seine Geige in die Hand nahm.

Der Klang tiefer Noten erfüllte die Höhle. Die Melodie war hektisch, ausgeschmückt mit aufblitzenden Trillern; sie war fesselnd, aber auch erschreckend, wie die turbulenten Orgelfugen von Bach.

Dann herrschte Stille.

Im nächsten Moment ertönte eine zweite Salve von Noten. Es war die gleiche Melodie, doch nun in einer höheren Tonart und doppelt so schnell gespielt. Erneut brach sie abrupt ab, um wenig später ein drittes Mal in einer noch höheren Tonart und einem noch schnelleren Tempo wieder aufgenommen zu werden. Dann brach sie abermals ab.

Als ich schon glaubte, ein höheres Tempo oder ein schnellerer Rhythmus wäre nicht möglich, erklang ein vierter Ausbruch, schrill und schier unerträglich. Es war ein Geräusch wie von über Glas kratzenden Nägeln, das mir in die Ohren drang, und dennoch wollte ein Teil von mir die Höhle erhellen und diese Finger sehen, die in irrer Hast Druck auf die Saiten ausübten.

Gott sei Dank hörte es bald wieder auf. Dann aber erklang erneut Giacomos Stimme.

»Kommt ihr nicht drauf? Dumme Narren. Dann verrate ich es euch!«

Auf der anderen Seite der Höhle wurde eine winzige Flamme entzündet. Bloß ein Streichholz flammte auf, in meinen Augen sah es aber so gleißend hell aus wie ein tosendes Feuer. Ich erhaschte einen Blick auf die fünfäugige

Maske und das rote Messer. Die Gestalt stand am Eingang eines schmalen Durchgangs. *»Ich nehme noch ein Messer. Ich töte heute Abend …«*

McGray rannte auf das Licht zu und feuerte seine Waffe ab, worauf die Gestalt das Streichholz fallen ließ und davonlief. Als ich mein Feuerzeug anmachte, stellte ich fest, dass meine Gaslaterne noch funktionsfähig war. Doch kaum hatte ich sie entzündet, schnappte Nine-Nails sie sich und rannte hinter Giacomo her.

»Das ist eine Falle! McGray!«, rief ich. Doch er hörte nicht auf mich, sondern schlüpfte bereits in den Gang hinein. Mir blieb keine Zeit zum Nachdenken, daher brüllte ich das Erste, das mir in den Sinn kam: *»Sich töten zu lassen bringt Ihnen Ihre Schwester nicht wieder zurück!«*

McGray erstarrte. Ich hatte ihn an seiner empfindlichsten Stelle getroffen.

Er blieb einen Moment stehen … um dann, innerlich schwer mit sich ringend, zu keuchen und zu ächzen. Gott weiß, wie viele Gedanken ihm in diesen wenigen Momenten durch den Kopf schossen … Schließlich stürzte er ohne Rücksicht auf Verluste los.

»Verfluchter dickköpfiger Schotte!«, schrie ich und rannte ihm hinterher. Zwei würden eine bessere Chance haben als einer.

Mittlerweile war McGray bereits ein gutes Stück gelaufen und hatte dabei unsere einzig verbliebene Lichtquelle mitgenommen. Ich musste ihm blind folgen, wie wild rennend und in den Felsen herumstolpernd, bis ich endlich den Lichtschein der Laterne erblickte.

»Wo ist er?«, fragte ich. McGray rührte sich nicht. Vor ihm zweigte der Gang in drei Richtungen ab.

»Ich glaube, ich haben ihn verlo…«

Als er einen schwachen Lichtschein im mittleren Gang erblickte, machte McGray einen Satz nach vorn. Erneut rannten wir, so schnell wir konnten, dieses Mal durch einen sich schlängelnden, klaustrophobisch engen Tunnel, der sich endlos dahinzuziehen schien.

»*Kommt schon!*«, brabbelte die furchteinflößende Stimme wie von Sinnen, und ihre Echos hallten in der Höhle wider. »*Ich zeig's euch! Ihr habt mich fast erwischt, aber ihr kriegt mich nicht!*«

Ich weiß nicht, wie weit wir liefen, doch urplötzlich blieb McGray stehen. Ich stieß gegen ihn, und fast wären wir in einen breiten Kanal gestürzt, der sich vor uns auftat.

Der Schacht war kreisrund und aus Backsteinen gemauert. Er war drei Meter breit, und in seiner Mitte floss eine stinkende Kloake.

»Die Höhle ist mit der Kanalisation verbunden«, stieß McGray hervor. »So hat er Carolis …«

Noch während er sprach, sprang McGray in die trübe Brühe hinein. Er hatte die Gestalt erblickt.

»Herrgott, warum immer dann, wenn ich gute Kleidung trage?«, stöhnte ich und sprang direkt hinter ihm hinein.

Ich versank bis zu den Oberschenkeln in der braunen Flut. Der üble Geruch ließ mich zusammenzucken. Ich wollte laufen, doch mein Mantel hielt mich zurück wie ein Anker. Ich sah, dass McGray sich seines Mantels entledigte, und ich musste es ihm gleichtun (obwohl ein Teil von mir selbst in diesem Moment den Verlust meines pelzbesetzten Kleidungsstücks bedauerte).

»Er entkommt mir!«, rief McGray, während er den Kanal vor uns beleuchtete. Die schwarze Gestalt schlängelte sich unverdrossen gegen die Strömung, während wir beide uns mit Händen und Füßen im Schlamm abmühten.

»Er will nicht entkommen. Er will, dass wir ihm folgen«, grunzte ich, einen brennenden Schmerz in den Beinen verspürend. Die Strömung war eine immense Herausforderung, und schon bald gerieten wir ins Schnaufen.

Mir wird sich wohl nie erschließen, wie wir es schafften, inmitten der quiekenden Ratten und des grauenhaften Gestanks voranzukommen. Ich beneidete McGray; der Mann umklammerte einfach seine Laterne und bahnte sich stoisch seinen Weg voran.

Ab und zu drehte sich die vermummte Gestalt um, um einen flüchtigen Blick auf uns zu werfen, wobei die fünf Augen im Lichtschein der Laterne funkelten. Einige Male war McGray versucht zu schießen, beschloss jedoch, sich die Kugeln aufzusparen, bis er seinem Ziel näher gekommen war.

Wir verloren die Gestalt aus den Augen, als sie um eine Kurve bog. Wir waren ein ziemliches Stück zurückgefallen, sodass wir bedenklich lange benötigten, um diese Stelle zu erreichen. Beim Abbiegen stellten wir fest, dass sich der breite Kanal scheinbar endlos erstreckte; selbst der helle Schein unserer Laterne drang nicht bis an sein Ende. Unmittelbar neben uns sahen wir den Zufluss einer weiteren Röhre, die den Hauptkanal mit einem spärlichen Rinnsal Abwasser speiste.

Weit und breit war niemand zu sehen.

»Ist er hier entlanggekommen?«, fragte Nine-Nails verzweifelt, auf das Einlassrohr deutend. »Oder ist er geradeaus weiter? *Was hat er getan?*«

»Das eine oder das andere«, sagte ich. »Wir sollten uns aufteilen. Sie können geradeaus gehen, und ich …«

»Nein. Wir müssen gemeinsam gegen ihn antreten. Einen von uns kann er ausschalten, aber nicht beide.«

Frustriert die Laterne hin und her schwenkend schaute sich McGray beide Kanäle an. »Nun, was er kann, das kann ich auch.« Dann brüllte er: »*Komm schon!* Komm schon, Giacomo! Dein Tantchen hat uns alles über dich erzählt!«

Keine Antwort. McGray schrie noch lauter: »Sie hat uns erzählt, wie deine Mutter dich bei den Hunden eingesperrt hat, als du ein kleines Kind warst! Wie sie deine Tante am Totenbett schwören ließ, dass sie dich niemals der Welt zeigen würde!«

Wir lauschten angestrengt. Doch außer dem dumpfen Plätschern des Abwassers war nichts zu vernehmen.

»Wir wissen, dass du es schwer gehabt hast!«, rief McGray. »Aber wir können dir helfen! Selbst wenn man so aussieht wie du …«

»*Ich kann euch dabei helfen, in die Hölle zu kommen!*«

Das war kein Schrei gewesen, sondern ein bitteres, höhnisches Flüstern. Wir vernahmen es kaum und rannten sofort in den Seitenkanal hinein. Vor uns vernahmen wir ein Platschen, zudem hektische Schritte, nicht allzu weit entfernt.

»*Aye*, jetzt hast du dich verraten, Jungchen!«, sagte McGray.

Wir liefen an so vielen Biegungen und Gabelungen entlang, dass ich vollends die Orientierung verlor. Mir fiel das Wirrwarr von gestrichelten Linien ein, das ich auf dem Stadtplan gesehen hatte; wir befanden uns irgendwo unter der Old Town.

Da wir nicht mehr gegen die Strömung angehen mussten, machten wir rasch Boden gut. Wir hörten Giacomos Schritte immer deutlicher und sogar seinen keuchenden Atem.

»Komm schon, Jungchen! Du bist der Sache nicht gewachsen!«

Nun war es Giacomo, der ein gackerndes Lachen ausstieß. »*Das sehe ich anders ...*«

Wir gelangten an einen weiteren breiten Kanal. Als wir ihn betraten, sahen wir noch den Saum von Giacomos Umhang in einen äußerst schmalen Schacht flutschen.

McGray drängte mich nach vorn. »Machen Sie schon! Da passe ich nicht rein!«

Der Schacht führte zur Straße hinauf; im Lichtschein der Laterne kroch Giacomo hinauf.

Ich tat mein Bestes, um ihm zu folgen. Doch die Röhre war nass und glitschig, und kaum war ich hineingeklettert, entglitt mir der Revolver, und ich rutschte den ganzen Weg zurück.

McGray schob mich voran, als wäre ich eine Puppe. Dieses Mal vergrub ich meine Nägel in den Backsteinen, spürte aber dennoch, wie ich wieder hinabglitt. Derweil bewegte sich die Gestalt in dem dunklen Umhang behände auf das offene Ende des Kanalisationsrohrs zu.

Laut fluchend und zappelnd gelang es mir, mich nach oben zu schieben. Doch es war zu spät. Mir wurde schlecht, als ich sah, wie Giacomo sich auf unglaubliche Art und Weise drehte und wand; er quetschte sich fast so hindurch, als habe er keine Knochen im Leib, und glitt schließlich durch das schmale Rohr auf die Straße hinaus.

Als ich die Öffnung erreicht hatte, packte mich die schiere Wut, und in einem hilflosen Versuch, den Mistkerl zu erwischen, streckte ich die Arme aus. Durch diese Öffnung passte kein normaler Erwachsener hindurch.

Giacomo stieß abermals ein gackerndes Lachen aus. Durch seine Maske hindurch konnte ich seine Augen sehen, während sich das Licht der Straßenlaternen auf dem roten Messer brach. Er kniete sich neben das Kanalisationsrohr und stach auf mich ein, sodass ich zurückweichen musste.

Auf ebenso unheimliche Weise wie zuvor flüsterte er: *»Vier Morde. Einer für jede Saite …«*

»McGray, werfen Sie mir den Revolver zu!«

»Sie wissen, was die Buchstaben bedeuten? Die kleinen Buchstaben auf dem Papier?«

McGray warf mir beide Waffen zu, doch ich konnte sie nicht ergreifen, ohne dass ich hinuntergefallen wäre.

»Die Namen der Männer, die Sie getötet haben«, schnaubte ich.

Erneut lachte Giacomo. *»Sie verstehen nichts von Musik. Vier Saiten einer Violine … eine Quinte zwischen jeder Saite …*

»Was, zur Hölle …?«

Er sprach langsam, als spreche er mit einem Zurückgebliebenen. *»Die tiefste Saite, wo alles anfängt. Die G-Saite … G für Guilleum.«*

»Gui … Guilleum?«

»Dann vier Noten höher, die D-Saite, Danilo, mein Idiot von Onkel … dann die A-Saite, der fette Alistair … Dann hatte ich Probleme bei der nächsten Saite. Wissen Sie, welche Saite dann kommt?«

Mein Herzschlag setzte aus.

»Oh, Sie wissen es, wie ich sehe! Und Sie haben recht; die E-Saite, und die steht natürlich für …«

»Elgie.«

Eine panische Angst, wie ich sie noch nie zuvor gespürt hatte, bemächtigte sich meiner. Sie erfüllte meine Brust, während mir das Geflüster der Zigeunerin wieder in den Sinn kam: *»Sie stehen kurz davor, den Menschen zu verlieren, den Sie am meisten lieben!«*

Giacomo stieß ein scheußliches gackerndes Lachen aus und sprach erneut mit seiner schreckenerregenden, boshaften Stimme: *»Ich habe euch aus den Kaminen heraus ausspioniert, ich habe ihn spielen hören. Er passt für meine Zwecke … Ihr steckt jetzt da unten fest. Auf keinen Fall kommt ihr dort rechtzeitig wieder heraus, um mich aufzuhalten … Ich gewinne! Ich bekomme meine Geige für Satan!*

Dann sah ich, wie er wie ein Wahnsinniger die Straße hinunterlief.

34

Niedergeschlagen und am ganzen Körper zitternd glitt ich den Schacht wieder hinunter. Meine Beine versanken in der trüben Brühe, und McGray musste mich herausziehen.

»Ist Ihr Bruder immer noch im *New Club*?«

Nackte Panik bemächtigte sich meiner. »Ja, aber wie kommen wir hier raus? *Wie-kommen-wir-hier-raus*? Wir werden es nie ...«

»Beruhigen Sie sich, Frey! Wir müssen bloß einen Kanalschacht finden ...«

»Ach ja?«, schrie ich auf. »Und wie sollen wir den in dieser beschissenen Kloake finden?«

»Sie vergessen, dass ich Stunden damit verbracht habe, diese Pläne zu studieren! Vielleicht erinnere ich mich daran. Jetzt sagen Sie mir: Was haben Sie dort oben gesehen? Können Sie mir irgendeinen Orientierungspunkt nennen?«

»N-nein, ich ...«

»Dann steigen Sie wieder hoch und suchen Sie einen!«

Dies tat ich sogleich, mich dieses Mal mit aller Kraft gegen die Wände stemmend. »Wir befinden uns direkt unter der Royal Mile ...«

»In Ordnung. Wo ungefähr?«

»Äh ... Ich sehe eine Kirche. Sie sieht komisch aus ... Sie hat geschwungene Konturen und einen winzigen Portikus.«

»Die Canongate Church«, sagte McGray wie aus der

Pistole geschossen. »Ich glaube mich zu erinnern, dass ein Hauptrohr unterhalb der High Street verläuft … und …«

Nun verlor ich die Beherrschung. »Wie wollen Sie sich an eine einzelne Stelle erinnern, die Sie Tage zuvor auf einem ellenlangen Stück Papier betrachtet haben?«

»*Och*, halten Sie den Mund und lassen Sie mich nachdenken!«

McGray bedeckte sich das Gesicht mit beiden Händen und murmelte etwas vor sich hin.

Hektisch ging ich auf und ab. Ich war mit den Nerven am Ende. Wie hatte ich nur so einfältig sein können? Nine-Nails bei diesem verdammten Wettlauf zu folgen war eine denkbar schlechte Entscheidung gewesen. Und während er sich jetzt damit abmühte, etwas aus seiner Erinnerung hervorzukramen, rannte dieser Mörder – dieses *Monster* – Straßenblock um Straßenblock in Richtung meines Bruders! Der schreckliche Anblick dieser herabbaumelnden Eingeweide ließ mich erneut schaudern, und unwillkürlich stieß ich einen qualvollen Schrei aus.

Rasender Zorn übermannte mich. Am liebsten hätte ich McGray ins Gesicht geschlagen. Doch genau in diesem Moment öffnete er freudig erregt die Augen.

»Ich bin ja so dumm! *Natürlich!*«

»Erinnern Sie sich an etwas?«

»*Aye*, aber nicht an die Pläne … Da ist eine sehr große Einstiegsöffnung gleich vor dem *Ensign Ewart*! Wenn das hier also das Hauptrohr der Royal Mile ist und die Canongate Church gleich hier … *Folgen Sie mir!*«

Bang rannte ich McGray hinterher, bis wir auf ein breiteres Abflussrohr stießen, in das das gelbe Licht der Straßenlaternen fiel.

Ächzend und fluchend stemmten wir mit vereinten

Kräften den Gullydeckel vor der Öffnung zur Seite. Ich hatte nicht damit gerechnet, dass das verdammte Ding so schwer sein würde! Einen schrecklichen Moment lang bewegte es sich nicht vom Fleck. Dann aber quietschten seine verrosteten Scharniere, und mit aller Kraft gelang es uns, ihn beiseitezuschieben. Die Öffnung war gerade breit genug, dass ich mich hindurchzwängen konnte.

»Ich werde einen anderen Weg finden müssen«, sagte McGray und schob mich hinaus.

Ich bugsierte mich aus dem Abwasserkanal heraus. Als ich mich aufrichtete, brüllte McGray etwas, das ich nicht verstehen konnte. Erst als ich bereits die halbe Strecke zurückgelegt hatte, schwante mir, dass er mich angewiesen hatte, eine Waffe mitzunehmen. Doch nun war es zu spät dafür umzukehren. Mir blieb auch keine Zeit, meine Möglichkeiten abzuwägen; ich beschloss, zum *New Club* zu laufen und meinen Bruder zu beschützen. Dass es dafür womöglich bereits zu spät war, versuchte ich dabei zu verdrängen.

Weder auf Pfützen noch auf Kutschen achtend rannte ich, so schnell ich konnte, bis mir die Beine ihren Dienst zu versagen drohten. Dennoch schien sich die Erde langsamer zu drehen denn je. Ich jagte die Treppenstufen der engen Gassen von Castle Rock hinunter, durchquerte die Princes Street Gardens und rannte an der verwaisten Nationalgalerie vorbei. Als endlich vor mir die georgianische Fassade des *New Club* auftauchte, wäre ich beinahe gestolpert. Ich war so verzweifelt, dass ich, ohne auch nur zu schauen, die Princes Street überquerte. Ich kann nur deshalb vermelden, dass dort keine Pferdegespanne entlangfuhren, weil ich es heil und am Stück bis zum Eingang schaffte.

Ich stürmte in die Halle, zeigte meine Ausweispapiere

vor und schrie dem verschlafenen Angestellten zu, er solle so viele Wachtposten herbeirufen, wie er konnte. Dann jagte ich hinauf und gelangte nach einer schieren Ewigkeit in den Flur, an den Elgies Zimmer angrenzte.

Mein Herz setzte einen Schlag aus, als ich feststellte, dass die Tür zu seinem Zimmer einen Spaltbreit aufstand. Ich trat gegen die Tür, und dann …

Ein kraftloses Feuer und eine einzelne Gaslampe erhellten das Zimmer schwach. Es war menschenleer.

Eine zentnerschwere Last legte sich auf meine Brust und machte es mir schwer, Atem zu schöpfen …

»Was gibt es?«

Ich kann die Erleichterung nicht beschreiben, die ich verspürte, als Elgie den Kopf hinter einem Lehnstuhl hervorstreckte und in meine Richtung schaute. Ich rannte auf ihn zu, zog seinen schmächtigen Körper an mich heran und umarmte ihn, so fest ich konnte.

»Du meine Güte, Ian, du stinkst!« Freundlichere Worte konnte ich von ihm nicht erwarten.

»Ach, sei still! Ich will, dass du sofort raus aus …«

Ich drehte mich um. Ein grässlicher Anblick ließ uns beide gellend aufschreien.

Giacomo war da. Während er aus dem Kamin glitt, funkelten die fünf Glasaugen seiner Maske. Der Saum seines Umhangs hatte Feuer gefangen, doch achtlos erstickte er die Flammen mit der bloßen Hand. Es hatte den Anschein, als hätte er keine Konturen. Mit schlangenartigen Bewegungen sprang er in das Zimmer und stellte sich direkt vor die Tür. Wir hörten das scheußliche Knacken von Knochen, als er seine überdehnten Schultern wieder richtete.

Ich stellte mich schützend vor meinen Bruder, und gemeinsam wichen wir bis ans andere Ende des Zimmers zurück. »Wenn du ihn kriegen willst, musst zu zuerst an mir vorbei!«

Elgie duckte sich hinter mir, am ganzen Körper zitternd. Mir selbst war klar, dass ich leere Drohungen von mir gegeben hatte. Ich hatte keine Waffe, und das wusste Giacomo. Während er das lange Messer hervorholte, stieß er wieder sein gackerndes Lachen aus.

Ich musste schlucken, als mir die bittere Wahrheit aufging: Wir würden hier und jetzt sterben. Die Fratze dieses fünfäugigen Dämons würde das Letzte sein, was ich je sehen würde ...

»Komm schon!«, brüllte ich in einem letzten Akt zur Schau gestellter Tapferkeit. »Komm und hol dir diesen Mann, der nur aus Haut und Knochen besteht! Seine Eingeweide reichen nicht mal für eine halbe Saite!«

Ich sah, wie die glitzernde Klinge sich hob. Sie war so scharf, dass sie uns mühelos aufschlitzen würde. Giacomo fauchte wie ein wütender Stier.

Plötzlich ertönten ein ohrenbetäubender Knall und ein Schrei ... Ein Schwall Blut spritzte mir quer über das ganze Gesicht, und dann sah ich die glänzende Klinge durch das Zimmer segeln.

Giacomos Hand war glatt durchschossen worden, und er fiel seitlich zu Boden, brüllend wie das wilde Tier, zu dem er geworden war. Ich sah eine hoch aufgeschossene Gestalt im Türrahmen stehen und erkannte sofort die breiten Schultern von Nine-Nails McGray, in jeder Hand eine Waffe haltend.

Als das Messer auf dem Boden aufkam, trat McGray mit seinem bestiefelten Fuß darauf, sodass kleine rote Glasscherben in alle Richtungen flogen. Giacomo wollte sich wieder aufrappeln und McGray angreifen, doch der schlug ihm mit dem Kolben eines Revolvers auf den Kopf. Der missgebildete Teufel fiel ohnmächtig auf den Boden.

Alles war so schnell geschehen … es war kaum ein Wimpernschlag vergangen.

Nach dem dumpfen Aufschlag auf dem Teppich verfielen wir in tiefes Schweigen, bemüht zu verarbeiten, was wir gesehen hatten. Die erste Stimme, die ich vernahm, war die von Elgie.

»Was zum Teufel ist das?«

McGray beugte sich über Giacomo, um ihm Kapuze und Maske abzunehmen. Ich war überrascht, wie kindlich Giacomo aussah. Mrs Caroli hatte angedeutet, wie jung er war, doch ich begriff es erst vollends, als ich seinen spärlichen Bartflaum und seine vollen schwarzen Locken erblickte.

»Er ist Geiger«, sagte McGray zu Elgie. »Etwa in Ihrem Alter, Jungchen.«

Ich hatte die Luft angehalten und begann erst jetzt wieder zu atmen. Die Luft auszustoßen fühlte sich an, als nähme mir jemand die Bürde der ganzen Welt von den Schultern.

Es war vorbei.

Nun mussten wir noch Campbell gegenübertreten und ihm alles erklären.

35

Campbells Büro sah so zwanghaft aufgeräumt aus wie immer, und der weiße Schnee, der durch das Fenster hindurch zu sehen war, ließ den Raum noch heller wirken. Infolgedessen hob sich das gewaltige blaue Auge, das McGray ihm verpasst hatte, wie ein blutiges Steak auf einem makellosen Porzellanteller ab.

Kein Wunder, dass er Nine-Nails zurzeit nicht in seiner Nähe haben wollte.

»Würden Sie Ihren Bericht bitte zusammenfassen, Frey?«, sagte er, während er die dünne Akte zerstreut durchblätterte.

»Sehr gern«, erwiderte ich. Einen vierseitigen Bericht zu lesen, so dachte ich, überforderte offensichtlich die Aufmerksamkeitsspanne des Mannes. Die Tatsache, dass ich Stunden damit verbracht hatte, Lorena Caroli zu den genaueren Details zu befragen, interessierte ihn eindeutig nicht. »Im Grunde genommen fing alles vor siebzehn Jahren an. Damals brachte Lucía Zangrando – Mrs Carolis Schwester – traurigerweise ein furchtbar missgebildetes Kind zur Welt, das sie Giacomo nannte. Ich bin mit dem Leiden des jungen Mannes nicht vertraut – das ist etwas, das ich noch nie gesehen habe –, doch es scheint sich um eine Knochenerkrankung zu handeln, die in der Familie liegt. Mrs Caroli beispielsweise leidet an einer für eine Frau in ihrem Alter ungewöhnlich fortgeschrittenen Arthritis, und sie hat uns erzählt, dass ihre Schwester ähnliche Symptome aufwies.

Lucía Zangrando und ihr Gatte gerieten durch ihr Kind in schreckliche Verlegenheit. Es kursierten bereits Gerüchte, nach denen die Familie unter dem Fluch dieser Knochenkrankheit stünde, und Giacomo war offensichtlich ein extremer Fall. Allerdings brachten die beiden nicht den Mut auf, sich seiner zu entledigen. Es ist keine Seltenheit, dass derartige Kinder verstoßen oder als ›Monster‹ auf Abnormitätenschaus geschickt werden. Aber sie entschieden sich, ihn einfach zu verstecken. Giacomo erwies sich dessen ungeachtet als unglaublich intelligentes Wesen. Der Junge erlernte mühelos das Geigenspiel, das Maskenschnitzen und die Glasbläserei, all diese venezianischen Künste.

Seine Eltern starben fast zur gleichen Zeit, Lucía nur wenige Monate nach ihrem Gatten. Auf ihrem Totenbett nahm sie ihrer Schwester den Schwur ab, dass diese sich ungeachtet seiner Abnormalität um den Jungen kümmern und ihn versteckt halten würde … Mrs Carolis Worten zufolge war ihrer Schwester die Vorstellung ein Gräuel, dass alle Welt wusste, dass ihr Schoß ein solches Kind hervorgebracht hatte. Lorena heiratete Danilo Caroli, der später dazu eingeladen wurde, in Schottland zu lehren. Daher haben sie Giacomo mit nach Edinburgh genommen – eingesperrt in einen Zwinger, gemeinsam mit den Hunden.

Mrs Caroli und ihr Gatte hielten ihn versteckt, allerdings nicht so strikt, wie seine verstorbenen Eltern es sich gewünscht hätten. Sie brachten ihn in einem richtigen Schlafzimmer unter, aßen mit ihm zu Abend und sperrten ihn nur dann bei den Hunden ein, wenn sie Besuch erwarteten. Mrs Caroli brachte ihm Lesen und Schreiben bei und gestattete es ihm, nachts, wenn ihn niemand sehen konnte, durch die Stadt zu laufen. Sie richtete es sogar so ein, dass ihr beider bester Freund in Edinburgh ihn klassisches Geigenspiel lehrte.«

»Fontaine«, sagte Campbell.

»Ja, und damit unterschrieb er sein eigenes Todesurteil. Mr Fontaine, selbst zur Hälfte Franzose, verstand die Lage nur zu gut, in der sich die Carolis befanden: Sie waren gerade erst nach Schottland gekommen, sahen fremdländisch aus und pflegten unbekannte Bräuche – von Lorenas Krankheit ganz zu schweigen. Daher fiel es ihnen schwer, engere Bekanntschaften zu knüpfen. Sie waren so angetan von dem Mann, dass sie beschlossen, ihm ihr dunkelstes Geheimnis anzuvertrauen. Ich bin zu der Erkenntnis gelangt, dass Fontaine ein absolut gutherziges Wesen hatte. Da er kinderlos war, nahm er sich des Jungen bereitwillig an und erklärte sich bereit, ihn heimlich zu unterrichten. Was sein Spielen anging, erwies sich Giacomos Missbildung als Vorteil. Wie ich unglücklicherweise mit eigenen Augen ansehen konnte, hat der Junge außergewöhnlich lange Finger und kann diese nach Belieben dehnen, was ihm eine Fingerfertigkeit verleiht, die für normale Menschen undenkbar ist. Außerdem sind Schultern und Becken bei ihm so instabil, dass es ihm möglich ist, durch die engsten Stellen zu schlüpfen. Er hat das Haus der Carolis nachts verlassen und sich dann unbemerkt über den Kamin Zutritt in Fontaines Arbeitszimmer verschafft. Schon bald beherrschte Giacomo die klassischen Stücke.«

»Und dann ging etwas schief, nehme ich an.«

»Ja, Sir. Mrs Caroli zufolge wurde Giacomo jähzornig und aufmüpfig. Warum, begriffen die Carolis nie so recht, auch wenn die Gründe dafür geradezu auf der Hand liegen: Der Junge muss, er *muss* sich seiner Fähigkeiten bewusst geworden sein, sodass die fortwährende Isolation zur Qual wurde, wie seine eigenen Aufzeichnungen belegen. Das Schlimmste, was man einem regen Geist antun kann, ist, ihn einzusperren; er wird rastlos und verwirrt. In Giacomos Fall verschlimmerte sich wohl alles noch durch die naturbedingten Stimmungsschwankungen in der Jugend.

Auch wenn nie jemand etwas von Fontaines heimlichem Schüler erfuhr, blieb seine Anwesenheit bei den Menschen in seiner Umgebung nicht gänzlich unbemerkt. Seine Haushälterin, eine alte Frau mit dem Spitznamen Goodwife Hill, erklärte, Fontaines Spielweise sei während einer sonderbaren Phase vor etwa drei Jahren ziemlich schlampig und eindeutig unter seinem normalen Niveau gewesen. Was sie damals gehört hat, waren in Wirklichkeit Giacomos erste Versuche, klassische Stücke zu spielen. Die Frau hat uns auch erzählt, dass Fontaine sich immer in seinem Arbeitszimmer einschloss und sogar die Ersatzschlüssel bei sich behielt – und genau das tat er auch am Abend seines Todes.

Auch Fontaines Geigenbauer, ein gewisser Joe Fiddler, berichtete von Fontaines seltsamem Verhalten. Eine von dessen Lieblingsgeigen zerbrach plötzlich aufgrund starker Abnutzung, etwas, was bei den Instrumenten des Mannes noch nie geschehen war. Es handelte sich um die Violine, die Giacomo sich von Fontaine immer auslieh, und um sein Malheur wiedergutzumachen, schnitzte er persönlich diesen ungewöhnlichen Löwenkopf.«

»Oh ja. Diese berüchtigte ›verfluchte‹ Geige.«

»Ich muss zugeben, die kleine Violine hat eine derartige Vorgeschichte, dass man sich schon Fragen stellen kann. Der arme Giacomo, der sich danach sehnte, aus seinem Hundezwinger zu entkommen und aller Welt seine Talente zu demonstrieren, nährte seine Fantasie mit diesen Geschichten: die Teufelstrillersonate, Paganinis Umgang mit dem Satan, Violinensaiten aus menschlichen Därmen … Er wollte seine Seele dem Teufel opfern, höchstwahrscheinlich seine eigene Teufelstrillersonate erschaffen und so der beste Komponist aller Zeiten werden. Um das zu erreichen, ersann er einen schaurigen Plan, den er in seinen Aufzeichnungen detailliert vermerkte: Er verwendete die Leichen – und Seelen – von vier Virtuosen und wollte aus deren Därmen jeweils eine Saite schaffen, auf der er sein neues Stück spielen konnte. Und es gelang ihm, Spieler zu finden, deren erster Buchstabe des Taufnamens zu der Saite passte, die er aus ihrem Darm herstellte: Guilleum für die Saite, die auf G gestimmt wurde, Danilo für die D-Saite, dann Alistair und … Elgie.«

Ich holte tief Luft und sah, dass Campbell nickte; dieses eine Mal zeigte sich Mitgefühl auf seinem Gesicht.

»Es scheint, als habe Giacomo seine Morde zudem entsprechend einer aufsteigenden Reihenfolge auf der Tonleiter verübt und nur Menschen getötet, die tatsächlich Geige spielten. Ob dies am Anfang Zufall war oder Teil seines Rituals, vermögen wir nicht zu sagen, beim zweiten aber war es mit absoluter Bestimmtheit Absicht.«

»Ein kluger Kopf …«, murmelte Campbell.

»In der Tat. Er wusste, dass die Violine nach Fontaines Tod an Theodore Wood gehen und sie dann im Falle von Woods Tod an die Carolis gehen würde, in seinen eigenen Haushalt. Daher musste Wood beseitigt werden, auch wenn er nicht Teil der irren Mordfolge des Jungen war.«

»Und er hat das auf ausgesprochen kreative Art und Weise getan, Frey.«

»Auf geniale, würde ich sagen: Er hat die Geige *vergif-*

tet, nachdem er Fontaine getötet hatte, und zwar so, dass nur jemand, der diese Geige über einen längeren Zeitraum spielte, davon betroffen sein würde, nicht aber jemand, der sie nur zufällig berührte oder in der Hand hielt. Theodores Tod stellte uns wirklich vor ein Rätsel, weil er vollkommen vom Muster abwich.«

»Erzählen Sie mir jetzt von Caroli.«

»Der Abend von Theodores Totenfeier war auch der Abend, an dem Giacomo Mrs Caroli entkam. Weil bei ihr die Wehen einsetzten, konnte sie ihn nicht im Zwinger einsperren. Prompt beschloss der Junge, die Violine an sich zu nehmen – ein Kinderspiel für ihn, da sie sich im Haus befand. Anschließend machte er sich daran, das *Material* für seine zweite Saite zu beschaffen.« Ich seufzte, denn Carolis Tod war der, den ich am meisten bedauerte. »Ich glaube, Mr Caroli war von Anfang an ein potenzielles Opfer, ein offenkundiges D und auch eine Respektsperson, die Giacomo nicht besonders leiden konnte. Seinen Aufzeichnungen konnte ich entnehmen, dass er die Leistungen seiner Verwandten irgendwie anerkannte, Caroli jedoch als Eindringling betrachtete.«

»Und was ist mit dem Blutbad, das er auf dem Calton Hill angerichtet hat?«

»Oh, das war Giacomos großer Fehler. Zeitpunkt und Ort des Todes von Ardglass überraschten ihn – genau wie uns. Ich glaube, er hatte vorgehabt, Ardglass in genau jener Nacht zu ermorden. Daher versteckte er sich in den Kaminen und spionierte von dort aus; er muss da gewesen sein, als er meinen Bruder spielen hörte. Als Ardglass von dem Fuhrwerk getötet wurde, setzte Giacomo alles auf eine Karte, um der Leiche habhaft zu werden, bevor die Eingeweide verwesten. Das Grab zu schänden war eine wirklich dreiste

Tat, so nahe am Calton Jail … und dann auch noch direkt auf das Präsidium zuzulaufen!«

»Es war ein sehr glücklicher Zufall, dass Sie und McGray ausgerechnet an jenem Abend auf dem Friedhof waren, um … nach Irrlichtern Ausschau zu halten, sagten Sie?« Campbell sagte dies mit tonloser Stimme, während sein Blick über die entsprechenden Zeilen in dem Bericht schweifte.

»Sehr glücklich, allerdings«, log ich schamlos. Ich war davon überzeugt, dass er wusste, was uns tatsächlich dort hingeführt hatte. »Wie Sie wissen, war es der rote Fleck an Alistairs Hals, der uns zu dem vergifteten Kinnhalter führte … und von diesem zu Mrs Caroli, die ihn eigens für ihren Neffen in Auftrag gegeben hatte. Die arme Lady erzählte mir, sie habe geahnt, dass etwas Schreckliches passieren würde. Das volle Ausmaß aber wurde ihr erst klar, als wir ihr das Beweismaterial vorlegten.«

»Jedenfalls hat sie das behauptet«, sagte Campbell.

»Wie viel Mrs Caroli ahnte, werden wir nie erfahren; allerdings würde ich im Zweifelsfall zu ihren Gunsten entscheiden. Dass wir die Umstände von Fontaines Tod geheim hielten, wirkte sich zu Giacomos Gunsten aus. Ohne die Einzelheiten zu kennen, ist es durchaus möglich, dass sie eins und eins nicht zusammengezählt hat.«

Campbell nickte bedächtig. »Eine letzte Frage habe ich noch, Frey. McGray hat ständig diesen Unsinn von den fünf Augen des Teufels und dem satanischen Ritual gefaselt, das Giacomo an seinen Opfern angeblich vollzog.«

»Das stimmt.«

»Wo hat Giacomo diesen ganzen Quatsch gelernt?«

»Wir können nur vermuten, dass er insgeheim Verbündete hatte, von denen selbst die Carolis nichts wussten. Ein trübsinniger, missgestalteter Bursche, der des Nachts umherschweift, könnte die Aufmerksamkeit von jemandem erregen, der sich für Okkultismus interessiert. Am Ende meines Berichts empfehle ich ja auch eine weitergehende Untersuchung.«

Hastig blätterte Campbell die Seiten um. »Nanu, da haben wir ja auch gleich eine Verdächtige! Eine gewisse … ›Madame Katerina‹.«

»Es liegen nur Indizienbeweise vor, aber so ist es. Diese Frau wusste Dinge, die niemand sonst hätte wissen können. Sie bezeichnete den Mörder als ein ›in einen Käfig gesperrtes Genie‹; das Fuhrwerk, das Ardglass tötete, wurde von einem ihrer Lakaien gelenkt, und später sah sie voraus, dass mein Bruder in Gefahr geraten würde. Außerdem hat McGray ihr gegenüber wiederholt wichtige Informationen preisgegeben.«

»Welche Meinung hat Inspector McGray von ihr?«

»Oh, er weiß gar nicht, dass ich sie in diesem Bericht erwähnt habe. Er glaubt, die Frau habe eine *Gabe*, und scheint ihr restlos zu vertrauen. Ich persönlich glaube, dass ihre eigentliche Gabe ihre Gerissenheit ist.«

Campbell nickte. »Gut. Wir werden sie genau im Auge behalten.« Er schloss die Akte. »Sie können jetzt gehen, Frey. Es liegt nun an Ihnen, über Ihre Zukunft zu entscheiden.«

Dichter Schnee fiel auf Edinburgh Castle.

Auf einer windgeschützten Bank sitzend schaute ich zu, wie die Dächer der Burg und die Hänge des erloschenen Vulkans allmählich weiß angemalt wurden. Bald waren die dunklen Äste der kahlen Bäume die einzige Andeutung von Farbe in den Princes Street Gardens.

Mir fiel ein, dass dieser Park vor gar nicht allzu langer

Zeit noch unter Wasser gewesen war; North Loch hatte man ihn genannt. Mit Blick auf die Burg konnte ich nur ahnen, welch atemberaubende Aussicht es einmal gewesen sein musste – die in die Jahre gekommenen braunen Mauern und die Felsen, die sich auf dem stillen Gewässer eines Sees gespiegelt hatten.

Ich hüllte mich fester in meinen Mantel und schaute erneut auf die Uhr. Sir Charles Warren verspätete sich zu unserem Treffen, und ich fror.

Nachdem ich noch einige Zeit gewartet hatte, sah ich den Mann rasch die Stufen hinabkommen, die von der Princes Street in den tiefer liegenden Garten führten. Auch er fror und hatte es wahrscheinlich schwerer als ich, denn sein Mantel wirkte recht dünn für die Jahreszeit. Ich erkannte ihn sofort an seinem spärlichen Haarwuchs und seinem ausgeprägten Schnurrbart, der so weiß war wie der Schnee um uns herum.

Er setzte sich neben mich und begrüßte mich mit einem festen Händedruck – für einen Mann wie ihn eine eindeutige Gefühlsregung.

»Sie waren viel beschäftigt, Frey.«

»Ich nehme an, Sie haben meinen Bericht gelesen.«

»Das habe ich, und Lord Salisbury war erfreut darüber, ihn ebenfalls in die Hände zu bekommen. Hervorragende Arbeit, Frey. Sogar dieser Zwischenfall auf dem Friedhof hat sich zum Guten gewandt. Ihre Erkenntnisse kamen genau zum richtigen Zeitpunkt, um die dämlichen Thesen der Journaille zu widerlegen.«

»Haben Sie von unserer … Auseinandersetzung mit Superintendent Campbell gehört?«

»Das haben wir! Das sollte ich Ihnen jetzt nicht sagen, aber einige Officer raunen hinter vorgehaltener Hand, sein

Gesicht sähe aus, als wäre er von einem Pferd niedergetrampelt worden …« Er sah, dass ich Anstalten machte zu grinsen. »Nehmen Sie die Sache nicht so humorig, Frey! Dieses Verhalten war vollkommen unehrenhaft. Doch alles in allem erwies es sich als nützlich, einen Informanten hier drüben zu haben, und Sie und McGray scheinen einander mit Ihren jeweiligen Fähigkeiten recht gut zu ergänzen. Der Premierminister hat mit Monro gesprochen und ihn angewiesen, sich einzuschalten. Er hat Campbell daraufhin einen aussagekräftigen Brief geschickt, in dem er ihn anweist, über seine Differenzen mit Ihnen und McGray hinwegzusehen. Sie werden beide Ihre kleine Sonderabteilung behalten.«

Diese Worte wurden von einer Windbö begleitet. Die Schneeflocken, die mir ins Gesicht flogen, waren so eisig wie die Nachricht.

»W-wie bitte? *Unsere* Sonderabteilung? Heißt das, ich muss hier weiter mit diesem verrückten Nine-Nails McGray arbeiten? Ich dachte, Lord Salisbury habe den Anstand, mich wieder in London einzusetzen!«

Sir Charles seufzte. »Ich habe tatsächlich versucht, ihn dahingehend zu überreden. Doch er meinte, Sie seien derzeit hier oben nützlicher für das CID als in London. Er hält es für äußerst praktisch, ein paar gute Informanten zu haben, die er nach Belieben einsetzen kann, ohne Verdacht zu erregen. Auch das sollte ich Ihnen jetzt nicht sagen, aber ich bezweifle, dass mutmaßliche Nachahmungstaten des Rippers die einzigen Fälle sind, die dem Premierminister für Sie vorschweben.«

Ich spürte, dass ich vor Zorn rot anlief. »Ich werde also nicht wieder an meine alte Stelle versetzt?«

»Nun … nein. Jedenfalls noch nicht.«

Es gab so vieles, was ich hätte sagen wollen, doch ich brachte nichts davon über die Lippen; ich war zu erschöpft, als dass ich mich hätte zur Wehr setzen können, und ich wusste auch, dass mir kein Argument helfen würde. Niedergeschlagen wandte ich den Blick ab. Sir Charles tätschelte mir die Schulter und sprach besänftigend auf mich ein.

»Machen Sie sich keine Sorgen, Frey. Ich war von Anfang an überzeugt davon, dass diese Sache zu etwas gut sein würde.« Er hörte mein leises, bitteres Lachen. »Außerdem verstehe ich nicht, warum Sie so rasch nach London zurückkehren wollen, wenn man an die ausgesprochen unangemessene Verlobung Ihres Bruders denkt.«

Stirnrunzelnd schaute ich zu ihm auf. »Wie bitte?«

»Kommen Sie, Frey. Dass Ihr ältester Bruder Ihre frühere Verlobte heiraten wird, muss ja wohl alles andere als angenehm sein …«

»Was?«, rief ich, sprang auf und brüllte dann ohne jede Manieren: »Laurence und Eugenia! A-aber … *Wie? Wann?*«

Sir Charles lief knallrot an. Mein grobschlächtiges Verhalten brachte seine Gemütsruhe ins Wanken. Ich räusperte mich und rückte mir den Kragen zurecht, bemüht, einen selbstbeherrschten Eindruck zu erwecken – ein sinnloses Bestreben in Anbetracht meines geröteten Gesichts und des Stakkatos meiner Atemwölkchen.

»Hat man Sie denn nicht informiert?«, fragte er eher ungläubig denn verlegen. »Ich dachte, dass … nun … da doch Ihr jüngster Bruder hier in Edinburgh weilt … wüssten Sie es mittlerweile.«

An die genauen Worte, die er nun folgen ließ, erinnere ich mich nicht mehr. Jedenfalls sagte er, die neuerliche Verlobung sei nur wenige Tage nach meiner Abreise verkündet worden. Dann entschuldigte er sich und ging davon, sobald die Etikette es zuließ. Er ließ mich in einer Stimmung zurück, die so mies war wie der Winter kalt. Ich irrte eine Weile durch den Park und hielt nach einer ruhigen Stelle Ausschau. Schließlich wurde ein mit Reif überzogenes, verwildertes Stück Land zum unglückseligen Adressaten meiner Wut. Kaum war ich sicher, dass mir niemand zuschaute, gab ich mich absoluter Unzivilisiertheit hin, schlug und trat um mich und trampelte auf Blättern, Zweigen und Eicheln herum, während ich die übelsten Obszönitäten ausstieß, die ich in meinem Repertoire hatte.

Einzig meine Kurzatmigkeit ließ mich innehalten; keuchend legte ich die Hände auf die Knie, ohne Notiz von den Schneeflocken zu nehmen, die um mich herum niederschwebten. Plötzlich sah ich, dass ich doch einen Zuschauer hatte: Eine schwarze Katze starrte mich mit verwirrt blickenden grünen Augen an. Irgendwie berührte mich dies noch unangenehmer, als wenn ich von Queen Victoria persönlich beobachtet worden wäre.

In Gedanken daran, dass Weihnachten vor der Tür stand und damit die jährliche Pirschjagd meiner Familie in Gloucestershire, kehrte ich zurück zu McGrays Haus. Alles andere als in Vorfreude auf das Familientreffen fragte ich mich nur noch, ob Laurence wohl die Stirn haben würde, Eugenia und die Ferrars auf das Anwesen meines Onkels einzuladen. Eine weihnachtliche Zusammenkunft, das wusste ich nur allzu gut, war eine perfekte Gelegenheit, ein neues Verlöbnis zu feiern.

»Immerhin werden wir auf die Jagd gehen«, sagte ich zu mir selbst. »Ich kann immer behaupten, es sei eine verirrte Kugel gewesen …«

Epilog

An diesem Morgen war McGray sehr früh auf, was nicht hieß, dass er viel geschlafen hätte. Als ich in den Frühstücksraum trat, stellte ich fest, dass er bereits fast fertig mit dem Essen war und vergnügt mit Joan plauderte.

Sie hatte Whisky-Fudge, Toffee und andere Süßigkeiten vorbereitet, und während ich frühstückte, stellte sie alles hübsch in kleinen Beuteln zusammen, die sie mit Schlingen zusammenschnürte. Als George mit frischen weißen Rosen vom Floristen zurückkehrte und Joans Verpackungen sah, äußerte er sogleich, wie albern diese aussähen. Joan konterte mit ihren üblichen Kraftausdrücken, und ich schauderte bei der Vorstellung, wie die beiden sich in ihren ruppigen Liebeleien sonnen mussten. McGray wusste noch nichts von dem grässlichen Anblick, der sich mir geboten hatte, als ich unsere Bediensteten auf frischer Tat ertappt hatte.

McGray und ich ließen sie ungestört weiterzanken und machten uns daran, unsere Pferde zu holen. Larry hatte die Reittiere bereits gesattelt; als wir auf ihn stießen, verfütterte er gerade einen Eimer Hafer an Rye und Philippa. Das Auge des Jungen war im Laufe der letzten Tage rasch verheilt, und Joan hatte ihm so gut wie allen Ruß vom Gesicht geschrubbt. Ich war froh, dass seine Eltern noch nicht nach ihm verlangt hatten; ich hätte es gehasst, mit ansehen zu müssen, wie er wieder in dieses gewalttätige Zuhause zurückkehrte.

Wir machten uns auf den Weg. Unsere erste Station war

der Bahnhof der Caledonian Railway. Wir trafen Elgie auf dem Bahnsteig der ersten Klasse an, wo er zuschaute, wie sein Gepäck verladen wurde.

»Warum in aller Welt hast du dir einen verdammten Dudelsack gekauft?«, rief ich, als ich das anstößige Instrument aus einem der Schrankkoffer herausragen sah.

»Ich versuche es vielleicht mal damit«, erwiderte Elgie. »Ich werde in den kommenden Monaten Tag und Nacht mit dem Orchester proben, also lasse ich die Violine lieber bis zum neuen Jahr in Ruhe.«

»Nun«, schnaubte ich, »wenn du etwas spielen willst, das sich anhört wie der Schrei eines Katers, der gerade kastriert wird ...«

»Hey!«, protestierte McGray. »Sagen Sie so etwas noch einmal, und ich mache einen Dudelsack aus Ihren Londoner Gedärmen!« Dann bemerkte McGray, dass das Reiseziel meines Bruders Bristol war. »Fahren Sie gar nicht nach London, Jungchen?«

»Nein. Ich habe nur wenig Urlaub«, erklärte Elgie, »deshalb fahre ich direkt zum Gut meines Onkels in Gloucestershire. Es ist ja schon fast Weihnachten, und wir gehen immer mit ihm auf die Jagd. Ich hoffe, Sie erlauben, dass mein Bruder kommt ... wenigstens für ein paar Tage.«

»Du hoffst, er erlaubt es mir! Was willst du denn damit sagen?«, murrte ich.

»Mr McGray ist doch dein Vorgesetzter, oder nicht?«

Entrüstet stammelte ich ein wenig herum. »Fahr ... einfach weg!«

Elgie schüttelte McGray die Hand und sprang in den Wagen. Grinsend winkte er uns zum Abschied zu. Während der Zug mit ihm davonfuhr, kam ein wenig Neid in mir auf: Elgie war jung, unbekümmert und temperamentvoll. Ich schauderte, als ich daran dachte, dass ich ihn um Haaresbreite verloren hätte.

Dann ritten wir weiter zur Königlichen Irrenanstalt. Es gab immer noch Formalitäten in Bezug auf Giacomo zu erledigen, und McGray wollte wie üblich die Gelegenheit nutzen, um Pansy zu besuchen.

Dr. Clouston erwartete uns bereits. Sobald wir den Papierkram erledigt hatten, führte er uns in die ausgedehnte Grünanlage der Anstalt. Dort deutete er auf einen von zwei Pflegern bewachten jungen Mann. Augenblicklich erkannten wir Giacomos seltsame Gestalt wieder: Der Junge saß auf einer Bank und hatte die Beine zu einem unmöglichen Lotussitz verrenkt.

Wir beobachteten ihn eine Weile, bevor wir etwas sagten. Es war schwer zu glauben, dass so ein junger Mann diese grauenhaften Verbrechen begangen hatte. In einem dicken Morgenrock und mit seinem lockigen schwarzen, die rundlichen Wangen umrahmenden Haar sah man ihm sein zartes Alter an – siebzehn. Er war vollkommen in Anspruch genommen von einem Stück feuchten Lehms, das seine überlangen Finger zu einer fünfäugigen Maske formten. Seine rechte Hand – jene, die McGray durchschossen hatte – war noch immer bandagiert, doch das schien ihn überhaupt nicht zu stören.

»Bringen Sie den Burschen ein wenig an die frische Luft?«, fragte McGray.

»Ja«, erwiderte Clouston. »Ich weiß noch immer nicht, wie ich an ihn herankommen kann, aber ich werde ihn mit Sicherheit nicht in seinem Zimmer einsperren. Eingesperrtsein ist genau das, was ihn zu … dem hier gemacht hat.«

»Und Sie beschäftigen ihn«, fügte ich hinzu und deutete auf den Lehm.

»Ja. Ich möchte verhindern, dass er auf dumme Gedanken kommt. Er hat noch keine Silbe gesagt, seit Sie ihn hierhergebracht haben, und Kunst ist die ursprünglichste Form, sich auszudrücken. Natürlich können wir ihm keine Geige zur Verfügung stellen – das würde seine Wahnvorstellungen nur noch verstärken –, und aus naheliegenden Gründen werde ich ihm auch keine scharfen Werkzeuge für die Holzschnitzerei in die Hände geben. Ich habe darüber nachgedacht, ihm das Malen zu gestatten, aber Gott weiß, welche Art Gift er mit all diesen Chemikalien in den Farben bereiten könnte … Für den Moment wird er sich also mit Lehm begnügen müssen.«

»Haben Sie das von Mrs Caroli gehört?«, fragte McGray.

»Dass sie Schottland verlässt? Ja. Ich glaube, sie reist zum Familiensitz ihres Vaters in Venedig. Eine ihrer Bediensteten überbrachte mir gestern einen Brief von ihr. Die Frau wird uns mit einer stattlichen Spende ausstatten, damit dieser Bursche gut behandelt werden kann.«

Ich stieß einen tiefen Seufzer aus. »Die arme Mrs Caroli …«

Voller Entrüstung ließ Clouston seinen Notizblock fallen. »*Die arme Mrs Caroli!* Das schlimmste Verbrechen hier hat diese verdammte Frau begangen! Sie hat dieses Geschöpf nur deshalb versteckt, weil der Junge anders aussieht. Stellen Sie sich vor, er hätte die Chance gehabt, wie ein normales Kind aufzuwachsen. Die Wundertaten, die er für die Musik hätte vollbringen können, für die Kunst, vielleicht sogar für die Wissenschaft! Und diese Lady kann nicht einmal strafrechtlich belangt werden, weil Giacomo minderjährig ist und daher keine gesetzlichen Ansprüche hat!« Er machte eine bedauernde Miene und bückte sich, um das Notizbuch aufzuheben. »Entschuldigen Sie meinen Ausbruch. Ich habe nur …«

Genau in diesem Moment rannte ein laut kreischender Irrer an uns vorbei. Mit einer raschen Bewegung wich ich ihm aus – ich hatte mir schon zu viele gute Anzüge ruiniert. Clouston war gezwungen, sich den Pflegern bei ihrer Verfolgungsjagd anzuschließen, und ließ uns zurück, ohne dass wir Gelegenheit bekamen, uns angemessen voneinander zu verabschieden. Was für ein engagierter Mensch der alte Dr. Clouston doch war.

Kopfschüttelnd machte ich Anstalten zu gehen, bemerkte dann aber, dass McGray Giacomo mit trübsinnigem Gesichtsausdruck beobachtete. Er fuhr sich mit dem Daumen der versehrten Hand über den Stumpf seines vierten Fingers.

»Er ist kein Dämon, bloß ein Junge«, seufzte er erschöpft dreinblickend. »Sie müssen erfreut darüber sein, Bürschchen.«

Irgendwie war ich dies auch, doch McGray wirkte dermaßen niedergeschlagen, dass ich es vorzog, ihn nicht deswegen anzusprechen.

»Es tut mir leid, dass Sie nicht das gefunden haben, was Sie erwartet hatten«, sagte ich nur und meinte es ehrlich.

»Ich weiß, dass ich bei diesem Fall rücksichtslos vorgegangen bin. Ich meine, ich bin immer rücksichtslos, aber ich glaube, dieses Mal habe ich es übertrieben … Ich hätte die Geige auf keinen Fall den Carolis geben dürfen …«

»Hören Sie, ich habe es in meinem Bericht vermerkt, und ich sage es Ihnen auch: Ich glaube nicht, dass wir Carolis Tod hätten verhindern können. Wir haben die Violine Giacomo zwar praktisch in die Hände gespielt, aber das war wahrscheinlich unser bester Zug; hätten wir die

Violine nicht in Ardglass' Händen gefunden, würden wir wahrscheinlich jetzt um meinen Bruder trauern und hätten immer noch keine Spur.« Erneut meinte ich jedes Wort so, wie ich es sagte, aber es heiterte McGray offenkundig nicht auf.

»Ich bin froh, dass ich Elgie helfen konnte«, sagte McGray. Dann stieß er den erschöpftesten Seufzer aus, den ich je von ihm vernommen hatte. »Als meine Eltern starben, und das hier …« Er zeigte mir seine verstümmelte Hand. »… als das hier geschah, habe ich jemanden gesehen … jemanden wie ihn, Frey.« Er beobachtete Giacomo genau. »Ich sah, wie jemand wie er in das Zimmer schlich, als die Leichen meiner Eltern noch dort lagen und meine Schwester Amok gelaufen war. Ich dachte immer, es sei ein Dämon gewesen. Bis jetzt hatte ich mir nicht vorstellen können, dass es auch etwas anderes hätte sein können …«

»Heißt das, Sie glauben nicht länger an diesen ganzen Unsinn von ›Sonderbarem und Geisterhaftem‹«?

McGray lächelte. »Nein. Es heißt nur, dass ich jetzt weitere Möglichkeiten in Betracht ziehe. Sollten Sie auch tun, Mädel.«

Ich schnalzte mit der Zunge, während ich zusah, wie er mit den Beuteln voller Süßigkeiten in der Hand davonging.

»Nehmen Sie sich den Tag frei, Dandy. Sie haben es verdient.«

Kopfschüttelnd sah ich zu, wie McGray die Irrenanstalt betrat. Sobald er aus meinem Sichtfeld verschwunden war, ging ich in Richtung Eingangstor. Der Patient rannte noch immer in den Gartenanlagen herum, aber ich hatte in den vergangenen Wochen schon zu viele unangenehme Überraschungen erlebt.

Als ich mich noch einmal umschaute, erhaschte ich durch

eines der oberen Fenster einen Blick auf Nine-Nails und Pansy. Trotz der Entfernung war der Anblick herzzerreißend: McGray strich seiner Schwester liebevoll eine dunkle Haarlocke aus dem Gesicht, setzte sich dann neben sie und erzählte ihr wahrscheinlich ausführlich von den Ereignissen der letzten Tage. Ich sah, wie er die Beutel mit den Süßigkeiten neben ihr abstellte und beim Sprechen angeregt mit den Armen herumfuchtelte, das Gesicht durch ein Lächeln erleuchtet.

McGrays Gesicht hat etwas Sonderbares an sich; schaut man ihn aus einem bestimmten Winkel an, wirkt er lebendig, unbekümmert … ja, sogar kindlich. Dann neigt er den Kopf oder rümpft die Nase oder macht eine überdrüssige Geste, und man erkennt, dass ihn die Schicksalsschläge in seinem Leben geprägt haben.

Heute verstehe ich ihn. Er muss auf Gespensterjagd gehen, muss den Geschichten von Sonderbarem und Geisterhaftem nachgehen und glauben, dass sie real sind … Er braucht etwas, für das er kämpfen kann und das ihm das Gefühl gibt, dass sein Leben noch immer eine Bestimmung hat. Vielleicht ist es genau das, was verhindert hat, dass auch er wahnsinnig wurde.

Vielleicht ist es auch das, warum ich das CID brauche.

Ich schüttelte den Kopf, bemüht, derlei Gedanken zu verdrängen. Dann bat ich die Angestellten der Anstalt, mir mein Pferd zu holen. Während ich wartete, bemerkte ich, dass es trocken und sonnig war, obwohl wir Anfang Dezember hatten.

Der hellblaue Himmel und die kühle Luft waren eine Einladung zu leben; es schien der perfekte Moment zu sein, die Burg zu bestaunen, während man im *New Club* an einer guten Zigarre schmauchte, oder inmitten der georgianischen

Herrenhäuser herumzubummeln oder endlich Calton Hill zu besteigen und einen schönen Ausblick auf Edinburgh zu genießen – ohne Nebel und ohne mit Dolchen bewaffnete Geister.

»Kein Grund zur Eile, Ian«, sagte ich zu mir selbst, während ich die verschneite Straße entlangritt. »Es sieht so aus, als würdest du noch ein ganzes Weilchen in dieser Stadt festhängen …«

Anmerkungen des Autors

Das Marfan-Syndrom wurde erst 1896 wissenschaftlich beschrieben.

Es handelt sich um eine genetisch bedingte Erkrankung, die sich auf den Bewegungsapparat auswirkt. Betroffene zeigen eine allgemeine Instabilität des Bindegewebes, mit Überdehnbarkeit der Sehnen, einem erhöhten Bewegungsumfang der Gelenke und verlängerten Knochen. Erwachsene Patienten sind in der Regel deutlich über einen Meter achtzig groß und haben überproportional lange und feine Gliedmaßen sowie schmale, lange Finger. Die Krankheit wird autosomal-dominant übertragen; Kinder von Krankheitsträgern weisen daher eine sehr hohe Wahrscheinlichkeit auf, dieses Syndrom zu entwickeln.

Bis zum heutigen Tag steht keine spezifische Behandlung für das Marfan-Syndrom zur Verfügung.

Unsere Leseempfehlung

E-Book Only

Exklusiv als E-Book:
Weihnachten 1888. Nach einer aufreibenden Zeit in Edinburgh ist Ian Frey froh, die Feiertage auf dem englischen Landgut seiner vornehmen Familie zu verbringen. Besinnliche, friedvolle Abende mit Brandy am Kaminfeuer, köstliche Speisen und die traditionelle Hirschjagd erwarten ihn. Doch dann taucht ein ungebetener Gast in Gloucestershire auf …

www.goldmann-verlag.de
www.facebook.com/goldmannverlag

GOLDMANN
Lesen erleben